Quart*buch*

Der Junge Saltatempo, der »Zeitenspringer« genannt wird und ein wahrer Sympathikus ist, besucht in der Stadt das Gymnasium, wo er sich verliebt und die Launen der schönen Klassenkameradinnen kennenlernt.

Im Dorf zu Hause geschieht indes ein Unglück: Ein Bergrutsch, die Folge einer ungenehmigten Abholzung, kostet den Vater Saltatempos das Leben.

Saltatempo hegt zuerst wilde Rachegedanken gegenüber den Verantwortlichen, die ihre Schuld leugnen, denn er weiß, daß handfeste Interessen hinter der Zerstörung der Landschaft stehen. Weil er aber politisch und emotional reift, stellt er die Vergeltung vorerst zurück und erobert inzwischen die schöne, von allen umschwärmte Selene. Die Liebe siegt über die Wut. Für dieses Mal.

Mit ungewöhnlichen Bildern erzählt der italienische Bestsellerautor Stefano Benni diese *éducation sentimentale et politique,* einfühlsam und mitreißend.

Stefano Benni
Der Zeitenspringer

Roman

aus dem Italienischen von Moshe Kahn

Verlag Klaus Wagenbach Berlin

Und ich träumte so gewaltig,
daß mir Blut aus der Nase rann.
Fabrizio De André, Sand Creek

Erster Teil

1

Als ich noch sehr klein war, habe ich einen Gott gesehen. Ich hopste zur Bisacconi-Schule. Ich hopste oder hüpfte wegen des Gefälles, denn ich wohnte in den Bergen, und die Schule war unten. Man springt pausenlos, der Weg ist abschüssig, was einen daran hindert stehenzubleiben, ein ständiges Gerüttel in den jungen Nüssen und eine Art Keuchen in den kleinen Lungen. Die Bisacconi ist die Grundschule im Ort, ein kotzgelber Bauklotz in einem Wildkräutergarten, sie verdankt ihren Namen einem Mann namens Lutilio Bisacconi, an den man sich erinnert, weil er auf der Türschwelle seines Hauses gestorben ist, umgebracht durch die Hand seines faschistischen Vetters.

Und so steht es denn auch auf der Gedenktafel:

Lutilio Bisacconi, gefallen.

Sie haben wahrscheinlich den Steinmetz nicht bezahlt oder irgendein begrifflicher Streit war ausgebrochen, der mit ›gefallen‹ beigelegt wurde. Es wird nicht genauer gesagt, ob im Krieg, im Widerstand, in der Blüte seiner Jahre, nichts: gefallen und basta.

Und wir dachten doch, daß damals keiner so fiel wie Tadeo, der schon mit acht so kackwenig sah wie ein Alter und nach innen gekrümmte Reiterfüße hatte und trotzdem Fahrrad fahren wollte und ein Fahrrad hatte, das aussah, als hätte es ein Hai durchgekaut, und der außerdem einen Prellstein nicht mehr von einem Abgrund unterscheiden konnte und auch an einem Tick litt, der ihm den Kopf aus der normalen Haltung bog, weshalb er praktisch jeden Tag fiel und eine verbeulte Stirn und ein immer verbundenes Handgelenk hatte, seine ägyptischen Knie mit Schotterhieroglyphen übersät.

Daher hätte man die Schule ruhig auch nach ihm benennen können: Tadeo, gefallen, oder fallend oder früher oder später fällt er wieder.

Darüber habe ich einen Aufsatz geschrieben, und sie haben mich dafür fertiggemacht.

An jenem Tag gegen Ende des Winters war es einfach schön, mit jedem Gedanken vom Thema abzuschweifen. Die Wiesen waren mit Reif überzuckert und die Sonne trank ihn auf, während ich heimlich still und leise sang: Wenn du mich schon verlassen willst, sag' mir wenigstens warum. Ich sang und lief auf das Bildungsziel Schule zu, mein Tornister schlug mir an die Schenkel, die Füße taten mir wegen der Eiseskälte weh. Es war Rauhfrost und hoch oben flogen Vögel. Das Tal unten sah aus wie eine Farbpalette.

Ich blieb stehen, um zu trinken, und betrachtete mich im Waschtrog, ich war häßlich. Voller Furunkel in jeder Färbung und Form, spitze, mit Kraterloch, wie eine ausgequetschte Feige, wie eine Brustwarze (ich zähle nur auf). Dann hatte ich eine gebogene Nase, wie ein Hühnerschnabel, und einen Kopf mit senkrecht aufschießenden Haarborsten, eine umgedrehte Klobürste. Jedes Mal, wenn ich einer Prinzessin zulächelte, suchte sie Schutz beim Drachen. Jedes Mal, wenn ich mit meinen Musketierfreunden herumstreifte, stopften sie mich unter ihre Mäntel, um die Leute nicht zu verschrecken.

Als ich die Hälfte des Wegs hopsend zurückgelegt hatte, blieb ich an einem Weinberg stehen und klaute eine Dolde Spritzerzibeben. Jede einzelne Traube war so groß wie mein Kopf (ich übertreibe), eine Dolde mit Köpfen von mir, jeder einzelne rief: ach, iß mich nicht. Um mehr Genuß von der Beute zu haben, zog ich einen Kanten vom Ewigkeitsbrot aus der Tasche. Nichts habe ich je im Leben gefunden, das so hart gewesen wäre wie diese Kruste. Nicht mal die Zähne eines Mähdreschers oder eines hungrigen Kaimans hätten sie durchbeißen können. Als wäre der Kanten aus Stahl geschmiedet. Die Krume hatte die Festigkeit bestimmter Steine, porös zwar, aber gewaltig fest.

So setzte ich mich also hin, die Morgendämmerung zog herauf und die Sonne erwärmte den Reif mit Glutstreifen, die Kontur der Berge glich einem schlummernden Riesen, der sich eine Borte an sein Gewand geheftet hatte. Das Rauschen des Flusses leistete mir Gesellschaft, denn ich wußte, daß Döbel und Hechte und Barben und Rotaugen in ihm waren, alles herrliche Geschöpfe, wie sie dahinschossen und dunkle Tiefen erkundeten, die wir niemals kennen werden, ganz zu schweigen von den Eichhörnchen, vom Schäferdachs, vom Runzelmaulwurf und vom Falken, der hoch oben im Zenit über mir schwebte. Und ganz zu schweigen von zwei gefleckten Kühen, die unter einem Baum wiederkäuten, Kastanien fielen ihnen auf den Kopf und sie waren glücklich.

Ein poetischer Augenblick, doch damals hatte ich Mühe, die poetischen Augenblicke der Traurigkeit von denen der Heiterkeit zu unterscheiden, daher war es, wenn ich einen poetischen Anfall aufkommen fühlte, ein bißchen so, wie wenn das Gekröse in Wallung käme und vor dem Befreiungsschlag dröhnt und brodelt, weshalb ich, wenn sich der Gedichts- oder der Sonetten- oder überhaupt der nicht zu verpassende Krampf einstellte, ihn auch immer gleich ausnutzte.

Ich zog die Kiefernknochen auseinander, als wollte ich den Horizont verschlingen, ich fraß Monte Mario, den Bahnhof, ein Stück der Kantonalstraße und dann, mit einem Mahlgeräusch, ein Stück Brot. Es hieß Ewigkeitsbrot, weil es tausend Jahre halten konnte und sich immer in gutem Zustand befand.

Dieses Brot konnten nur ich, Fox, der Hund, der eine Bracke war, so groß wie ein Pferd, und die Hexe Berega mit den gußeisernen Zähnen essen. Weil die Hexe Berega ein von mir und Selene (meiner Freundin) erfundenes phantastisches Geschöpf war und Fox das Brot nur in Wasser, in Milch und in selbst produziertem Sabber eingeweicht aß, war ich der einzige, der an dem Ewigkeitsbrot mit dem Gütesiegel DOC knabberte, und nicht ohne Grund nannte man mich Lupetto, kleiner Wolf.

Da machte das DOC Brot unter meinen Eckzähnen krack, und Fox machte weit weg wau, und der Saft der Spritzerzibeben tschack – das Rauschen des Flusses wüßte ich nicht in einem Wort zusammenzufassen, doch die Sonne stieg weiter, und da war der Duft eines bestimmten, unwiederholbaren Glücks.

Ich aß vier Trauben, und drei explodierten mir in der Luftröhre, denn wenn eine Spritzerzibebe sich dir nicht querstellt, bedeutet das, daß sie nicht gut ist. Die Traube muß ganz klein sein und prall von Saft, von Zucker und von dem Neid der Bienen, die Explosion, die einsetzt, wenn dein Zahn sie ritzt, ist wie eine Bombe, ein Herausschießen von Genuß, und die Zibebe zieht in der Nase hoch und in die Bronchien hinein bis in die Bauchspeicheldrüse, und du hustest und genießt wollüstig und hustest und genießt wollüstig, und während du hustest, wirfst du dir noch eine Traube ein, um noch mehr voll Wollust zu genießen.

Wenn ihr's noch nie probiert habt, geht euch wirklich was ab, sagte mein Papa immer, der in eine Fuchsfalle getappt war (das erzähle ich euch später noch).

Also, ich sitze da auf der Erde und friere mir den Arsch ab und esse Ewigkeitsbrot und Spritzerzibebe und beobachte eine Spinne, die vor sich hinstrickt, die Sonne steigt immer höher und der Schulunterricht beginnt. Ich meine, ich könnte die Glocke unten im Tal hören, eine Uhr habe ich nicht, ich schätze die Uhrzeit nach der Eiseskälte meiner Füße ab, es herrscht eine Eiseskälte, die halb acht entspricht, mit eingeschlafenem großen Zeh, dem glücklichen, und quietschender Ferse.

Ich stehe auf, und schlagartig erweitert sich das Panorama, ich sehe, wie die Rücken der Fische im Fluß hier und da hin schießen, ich sehe die Piazza des Dorfes und Selene auf einer Bank, sie wartet auf mich und flicht währenddessen ihren Zopf, und dieses staatsbeamtete Aas von Professor Testuggine, der mit dem Fuß klopft, weil ich verspätet bin, und die Büste des Gefallenen Bisacconi in der Eingangshalle. Schon schmecke ich diesen wunderbaren Schulgeschmack von ausgekotzter Minestrina und Schmelzkäse, der unter den Hintern gehalten wurde, und von in Großmutters Nachttopf gekochter Birne und denke, eines Tages wird irgend jemand für all das bezahlen, als plötzlich die Erscheinung auftaucht.

Vom Garten her kommt ein Mann herauf, der wie eine Wolke in den Himmel ragt, mit misthaufenfarbenem Riesenbart, umschwärmt von Fliegen, ganz in Lumpen und Fetzen gekleidet, einem schwarzen Überwurfmantel, mit glänzenden Flicken benäht. Er hat einen Stab aus Birnbaumholz und einen alten Hund, und zwar so alt, daß er an wer weiß wie vieler Pisse von Tyrannosauriern geschnüffelt hat, er humpelt und blubbert, als wäre er voller Brühe.

Sogleich lächelt der Wolkenmann mir zu und ich begreife, daß nur ein Gott so lächeln kann, er hockt sich auf die Anhöhe, ins Gegenlicht, zwischen Baldrianstauden und Zichorien, zieht drei oder vier Arten von Hosen und Unterhosen herunter und fängt an zu kacken, aber so richtig, es ist, als würde sich eine Anakonda entwinden oder

Getreidestrahlen aus dem Mähdrescher kommen oder Polenta aus dem Kupfertiegel; ein Triumph warmer Scheiße, die bei der Berührung mit dem Boden eine riesige stinkende Dampfwolke entfaltet, und je mehr er macht, desto größer wird der Dampf, legt sich über die Wiese und auf die Bäume und beschlägt die Häuser der Schnecken.

Und er macht immer weiter, eine solche Menge, wie man sie sich nicht vorstellen kann, während der Hund mich anblickt, als wolle er sagen, das ist noch gar nichts, und inzwischen sieht man den Mann schon nicht mehr, sondern nur eine große Wolke, durch die ein Regenbogen schimmert. Aus ihr dringen keuchend kurze Atemzüge, die bedeuten, daß er noch immer kackt, und die Vögel umfliegen die Wolke und zwitschern in Feiertagslaune.

Dann verteilt sich die Dampfwolke, auf der Erde bleibt ein rauchender Obelisk übrig, die Erde hat sich erwärmt, und meine Füße tun mir nicht mehr weh.

Und der Gott zieht unter der Mütze ein Feigenblatt hervor, wie es sie nur im Garten Eden gibt, so wunderschön fünflappig und glänzend, ohne Arschabwischerhärchen, er macht Bewegungen wie die Fächerschwinger des Sultans, auf und ab, auf und ab.

Er wirft das biologisch abbaubare Blatt fort, das ins Tal hinab schwebt, und ich stelle mir vor, daß es, wenn es unversehrt und voller Scheiße bis auf die Piazza vor der Kirche hinunter gelangt, eine Reliquie wird, und die Menschen aus allen umliegenden Orten herbeikommen, um das Blatt Gottes zu schauen, und ich werde wie die heilige Bernadette, nur nicht so keusch.

»Das ist Leben«, sagt der Gott und räkelt sich, und mit göttlichem Blick erspäht er einen Röhrlingspilz, obwohl hier gar nicht die Gegend dafür ist, pflückt ihn und mampft ihn, die Hälfte für sich, die andere Hälfte für den Hund.

»Guten Appetit«, sage ich.

»Danke«, sagt er, »das ist ein herrlicher Tag zum Angeln oder auch dafür, daß ein brausendes Gewitter niederbricht und man einen Filler-Gauss-Raum schafft oder daß einer sich Hals über Kopf verliebt und es erst am nächsten Tag merkt.«

»Ganz genau«, sage ich.

»Gut also, wie heißt du, Junge, der nie zur Schule sich bequemen will?«

»Man nennt mich Lupetto.«

»Kleiner Waldwolf«, sagt der Gott und erhebt einen schmutzigen, aber herrlichen Finger zum Himmel, »genieß' deine Freiheit, und eines Tages wirst du die Ehre haben, den Kaiser zu töten. Hast du ein Stückchen Ewigkeitsbrot?«

Ich gebe es ihm.

»Du weißt nicht, wieviel ich essen werde«, sagt die große Mannsgestalt, »und was ich dir dafür geben werde. Also, Lupetto, stell dich da unter den bereiften Nußbaum und sieh zu, daß du das Geräusch der fallenden Tropfen hörst. Bist du soweit? Jetzt erkläre ich dir etwas Grundlegendes. Das hier«, sagt er, »ist eine Uhr für die äußere Welt.«

Und er zieht eine wunderbare Taschenuhr von gebräuntem Stahl mit Sternen- und Fischzeichen hervor. Er öffnet sie, und drinnen ist ein Carillon, zwölf Tänzerinnen, die sich drehen, wenn sie an dir vorüberziehen, verneigen sie sich, und in der Mitte schlägt ein Gnom die Sekunden auf einem Amboß.

»Sie ist wunderschön«, sage ich.

»Der Teufel hat noch schönere, welche mit glühenden Zeigern und einem Kuckuck, der einem die Augen aushackt. Aber auch die hier ist nicht übel. Das ist die Uhr, die deinen sogenannten normalen Tag angibt: das Zuspätkommen zur Schule, das frühe Aufstehen, die Stunden, die einfach nicht vergehen wollen, die Kalender, die Gezeiten und die Fußballspiele. Aber Achtung!«

Der Herr Gott verschlingt die Uhr.

»Keine Angst«, sagt er, »ich habe sie verschluckt, sie ist verschwunden, und doch ist die Zeit nicht stehengeblieben. Siehst du, die Elster bleibt im Flug nicht stehen, die Tropfen fallen und du wirst älter. Jetzt hör mir zu.«

Und ich hörte das Ticken der Tropfen, die vom Nußbaum fielen.

»Also, das ist das Geräusch der inneren Uhr. Sie mißt eine Zeit, die nicht geradlinig verläuft, sondern vorwärts und rückwärts, sie macht Kurven und Kehren, sie rollt sich auf, sie erfindet und setzt alles wieder in Szene. Es ist eine Zeit, die du weder mit Stoppuhren noch mit den ausgeklügeltsten Astromechanismen messen kannst. Es ist deine Zeit, sie mißt dein Leben, das einzigartig ist und daher unterschiedlich von meinem oder von dem Gabriels, meines ungewöhnlichen Hundes.«

Der Hund verneigte sich und ich sah, daß er eine Uhr an der Pfote trug.

»Krieg' jetzt keinen Schrecken, aber du wirst immer mit zwei Uhren leben, einer äußeren und einer inneren. Die äußere wird dir helfen, nicht zu spät zur Schule zu kommen, oder, wenn du auf den Bus wartest und am Tag, an dem du stirbst, zu berechnen, wie lange du gelebt hast. Die andere, die einhundertsechsundsiebzig protologische, neunzig eschatologische und sechsunddreißig in Romanform gebrachte Chaoszeiten umfaßt, hast du als kleiner Junge verschluckt, auch wenn du dich nicht daran erinnerst. Nenn' sie ganz einfach die zweite Uhr beziehungsweise das Uhrbiwerk. Immer, wenn du ihr Ticken hörst, das Tropfen des Wassers, das Zirpen einer Grille, jeden nur erdenklichen Rhythmus und jedes nur vorstellbare Stammeln der Welt, kann es sein, daß das Uhrbiwerk kaputt geht, du wirst es nicht aufhalten können und du wirst nach vorne stürzen oder zurücklaufen und Dinge sehen und andere wiedersehen.«

»Wie sieht ein Uhrbiwerk aus?«

»Sehen kann man es nicht, es besteht aus vielen vielen Teilen, die, wenn sie sich miteinander verbinden, unsichtbar werden. Soll ich dir ein Beispiel nennen? Du betrachtest dein Haus von außen und sagst: das da ist mein Haus. Doch das Haus hat unten einen Keller, wo in Bottichen die Gärung vor sich geht, mit Schimmelpilzen an den Wänden und dem Geruch von Jahren und Jahrhunderten, doch in dieser dunklen Vergangenheit gärt der Most und reift der Käse. Oben ist der Kornspeicher, dort liegen Mehl, Äpfel, Nüsse und getrocknete Tomaten, dort tummeln sich Nagemäuse und räuberische Siebenschläfer, dort befindet sich der Vorrat für deine Zukunft. Dann ist da noch der Wohnbereich mit dem wärmenden Kamin, der dampfenden Küche und dem rauschenden Klo, auch das Bett, das dich aufnimmt und dir Träume bereitet, Alpträume auch, und die eiskalten Bettlaken im Winter, und das Fieber und die Stunden, in denen du nicht schläfst in der Nacht. Und manchmal verändert sich alles: durch den Kamin kommt die Nacht, die Funken der Geister der Vergangenheit oder die Angst vor dem, was hinter der Tür lauert. Im Keller geben dir der Wein und die Dunkelheit Vorstellungen von Reisen, von Enterversuchen, im Kornspeicher schlagen die gefangenen Vögel sich den Kopf an, wie schlimme Gedanken. Ja, so sieht dein Haus aus, nicht so, wie du's von außen siehst, mit den Fenstern, der Haustüre und dem Efeu an der Mauer.«

»Das ist kompliziert«, sage ich.

»Nichts ist kompliziert, wenn du mittendrin herumspazierst. Von oben gesehen ist der Wald ein undurchdringliches grünes Meer, aber du kannst ihn Baum für Baum kennenlernen. Der Kopf eines Menschen ist unbegreiflich, bis du schließlich innehältst und ihm zuhörst. Die Geschichte, na ja, die Geschichte … ach, lassen wir das. Und ich hole nur deshalb so weit aus, weil ich dir sagen will, daß du von heute an Saltatempo heißen wirst, Zeitenspringer. Aber jetzt geh', ich höre das Klingeln der Schule. Selene macht sich Sorgen und die Rücken der Fische glänzen.«

»Amen«, sagt der Hund.

Und der Gott entfernt sich zwischen den Quittensträuchern und den Zypressen und ich habe Tränen in den Augen, weil ich eine Gottheit gesehen habe, ich weiß nicht, ob eine Heiden- oder Waldgottheit, aber das passiert schließlich nicht jedem, manchmal vielleicht den Gutmütigen, aber einem Nichtsnutz und Zuspätkommer wie mir? Ich renne hinunter und weine und weine, stolpere und falle hin und die Spritzerzibeben zerplatzen in der Tasche. Während ich ausgestreckt auf der Erde liege, höre ich eine Zikade ganz rhythmisch zirpen, zip zip zip, und ich habe ein Gefühl, als würden Räder durch meinen Bauch rollen, oh je, da passiert es auch schon. Ich stehe auf, sehe den niedrigen Himmel und die Landschaft, die sich verbiegt, als hätte sie ein Gummiband in sich, so wie das Wasser, wenn es das Bild der Fische zurückwirft, und alles sich im Nu verändert. An Stelle des Feldwegs ist eine von Häusern gesäumte Straße da und es stinkt, als hätte der Gott das Gas angelassen. Unten im Tal steigt von der Ortschaft her eine schwarze Rauchfahne auf und der Fluß ist ausgetrocknet, ausgehoben und aufgesogen. Ihn überspannt eine lange breite Straße, die sich in ein Loch in den Bergen verliert, und sie ist voller Autos, die eilig da hinein verschwinden, hoffentlich hat man auch auf der anderen Seite ein Loch gemacht, sonst wird es eine Katastrophe. Die Autos sind keine elfhunderter Fiats oder Giardinettas, sie sind lang und laufen spitz zu, sie sehen aus wie die Raumschiffe aus dem Buch von Jules Verne und es sind wohl Tausende, doch offensichtlich hat man die Karosserie verbessert, wohingegen die Motorenentwicklung Rückschritte gemacht hat, denn sie fahren nur langsam, in einer Schlange, wie Perlraupen, sie hupen und schicken Qualm aus ihren Hintern und am Himmel ist eine unheimlich riesige Libelle, die einen ohrenbetäubenden Lärm verursacht. Mamma mia, sage ich, was ist nur mit mir los, dann wird alles schlagartig wieder normal, einschließlich der Spritzerzibebe, die mir an den Beinen runterrinnt, ebenso die verdammten Frostbeulen, und dazu eine große innere Freiheit, das Gefühl, daß noch viele Entdeckungen zu machen und noch viele Seiten zu lesen sind.

Ich hüpfe und springe und komme in den Ort und auf die Piazzetta. Selene sitzt nicht auf der Bank, ich bin an die zehn Minuten verspätet.

2

Mein Klassenzimmer, die 5b, war klein und an der Wand hing eine einzige große Landkarte von Europa, auf der Rußland halb abgeschnitten war, wobei unklar ist, ob aus Platzmangel oder aus politischer Absicht, und dann gab es auch nur ein Stück Kreide für die Tafel, nur ein großes Fenster und nur ein großes Arschloch, nämlich Professor Naselli, genannt Testuggine, Schildkröte.

Der war bösartig von Geburt an, durch seine Erziehung und aus freiem Entschluß, das alles noch verstärkt durch Hämorrhoiden und durch seine Alfa-Zigaretten, die wir Stinker nannten, und von denen er bis zu vier Päckchen am Tag rauchte. Vier mal zwanzig, achtzig Alfastinker. Jeder Stinker eine Minute Schleimauswurf. Eine ganze Reihe von Brodeln und Prusten und Widerlichkeiten, die am Ende in einem durchweichten Taschentuch katalogisiert wurden, das grünlich war wie der Schlamm des Flusses.

Testuggine-Schildkröte hatte einen ungleichen Oberlippenbart, an der einen Seite länger, an der anderen kürzer, man wußte nicht wieso, er war immer in braunen Nadelstreif gekleidet und knöpfte sich nie richtig die Hose zu, aus der wollene Unterhosen und manchmal auch eine Stück von seiner Riesenschnecke zum Vorschein kamen. Selene sagte, das würde er absichtlich tun, weil er ein Sexbesessener sei, das seien die, von denen man niemals Bonbons annehmen dürfe, man könne ihm wohl eins geben, doch Bonbons von ihm annehmen? Nie!

Testuggine-Schildkröte hatte auch noch andere unangenehme Seiten: er benutzte ein Rasierwasser, das nach Totenkranz roch, er hatte gelbe Fingernägel und eine Frau, die nie aus dem Haus ging, weil sie an Nervenzerrüttung litt, und es hieß, daß sie noch mehr Alfastinker als er rauche. Und schließlich war Naselli-Testuggine-Schildkröte-Schleimauswerfer-Totenkranzstinker ein Kreuzritter für die politische Richtung von Fefelli Federico, genannt Fefè, Bürgermeisterkandidat und größter Rinderhändler in der Gegend, dessen Wahlkampfspruch lautete: »Im Leben eines Mannes gibt es drei wichtige Dinge: Familie, Stall und Messe.«

Meine Freunde waren ein bunt zusammengewürfelter Haufen, wie die Pilze im Wald, gute und faule, große und feine, graue und bunte, einige stammten aus gottverlassenen Häusern in den Bergen, andere waren reiche Söhnchen von Ladenbesitzern und Winzern, einige waren von jugendlicher Ahnungslosigkeit über das Leben, andere wichsten ununterbrochen auf Teufel komm raus, einige waren ganz klein, wie etwa Grattino, der dann mit dreizehn an Knochenfraß starb, andere waren lang und kropfig, wie etwa Sterpa, der der Sohn eines Vetters und einer Kusine war und in einer Einöde lebte, wo man seit hundert Jahren unter Blutsverwandten vögelte, er sah aus wie ein Troll, war aber gutmütig.

Dann war da Fulisca, klein und dunkel, ihr Vater verkaufte Kohlen und reinigte Kamine, sie hatte ein Stimmchen wie eine elektrische Säge und machte ganz allein die wunderschönsten Halsketten aus Eicheln.

Die mir liebsten Freunde waren Osso, der sechzig Kilo wog, mit fetten Schenkeln und einem Kälbernacken, nicht umsonst der Sohn des Fleischers. Er redete ungeheuer viel Blödsinn, so daß man ihn allein in eine Bank setzte, ganz hinten, wie einen Pestkranken, trotzdem hörte man ganz genau, was er von sich gab, denn seine Stimme war tief und voll wie die eines Erwachsenen.

Dann war da Gancio der Schlaufuchs, er war schlank und flink und hatte Mandelaugen. Er war bei Vollmond geboren worden und daher vollkommen verrückt. Er verbrachte sein Leben damit, Streiche gegenüber der Welt auszuhecken, war Vollwaise und lebte mit drei ziemlich zwielichtigen Brüdern zusammen.

Außerdem gab es Selene, blond und ziemlich kräftig, die mir einmalig schön vorkam, auch wenn ihre Zähne leicht leprös waren und sie das S lispelte.

Dann waren da noch Valisi Testadiferro und Nico Castagna und Lucianina Banghera und Camillina Figarina und Merlone Secchione. Unter den Kleinen, das heißt denen von der dritten und vierten Klasse, erinnere ich mich an die etwas Besonderen.

An Grillomartino, weil er sehr flink und wendig war und gut Fußball spielen konnte.

An Ciccio Mia, weil er beim Fußballspielen den Ball immer »Mia« nannte, er war zwar klein und geduckt, aber ein hartnäckiger Verteidiger.

An Viperino, Meßdiener und Spion, Sohn eines reichen Mannes mit sechsundzwanzig Weinfeldern.

An Otorina l'Obice, die aufgrund irgendeines Zaubers in ihrem Hals mit sieben Jahren so laut rülpsen konnte wie jeder Junge in der Schule, und wenn sie mit Bitterorangen vollgepumpt war, konnte sie einen Lärm wie zehn Wale machen.

Und schließlich noch an die Hausmeisterin Grazia, die heimlich Marmelade verkaufte, zwanzig Lire pro Aufstrich.

Und jetzt, wo ich sie alle in meiner Erinnerung hatte vorbeiziehen lassen, betrat ich die Klasse, und Testuggine-Schildkröte sagte:

»Ah, wieder einmal verspätet, der junge Herr. Hat er irgendeine besondere Entschuldigung heute?«

Konnte ich denn sagen, ich hätte gesehen, wie Gott sich in einer Wolke mit Regenbogen erleichtert hatte? Und die Geschichte mit dem Uhrbiwerk? Also erzählte ich ganz schlicht:

»Signor Professore, ich bin über den Damm am Graben gegangen, der Chiapparola heißt, da waschen die Frauen aus dem Weiler ihre Wäsche, und ich betrachtete einige Exemplare der hiesigen Flora und Fauna, um sie möglicherweise als Anschauungsmaterial für den naturwissenschaftlichen Unterricht mitzubringen, als ich ganz plötzlich eine verdächtig schwingende Bewegung in den Brennesseln sah, die in dieser Gegend üppig wachsen, und ich drang, die Gefahr verachtend, ins Blattwerk vor, um den Grund für dieses geheimnisvolle Rascheln zu suchen.

Und was sehe ich, Signor Professore?

Eine großmäulige Viper, eine von den ganz giftigen, sie war sandfarben und hatte einen flachen Kopf, der aber an den Seiten aufgebläht war, wie bei Osso, wenn der sich ein halbes Brötchen in den Mund stopft, und mir wird klar, daß diese Blähung, ich meine die der Viper und nicht die von Osso, sagen will, daß die Viper scheißwütend ist und drauf und dran ist anzugreifen.

Da hob ich vom Boden einen gegabelten Zweig auf, um mich zu schützen.

Doch, Signor Professore, der Zweig war nichts anderes als zwei weitere großmäulige Vipern, die sich ineinander verschlungen hatten, weil doch jetzt die Zeit der Paarung ist.

Was tun?

Ich werfe also die Vipern auf die einzelne Viper, und das Unwägbare geschieht.

Die einzelne Viper war der Ehemann der Viper, die um die Liebhaberviper geschlungen war, und so wird ein Techtelmechtel offenbar, ein Durcheinander entsteht, eine Diskussion mit Zischen und Fauchen, und ein wilder Kampf findet statt, und ich verweile da, um zu sehen, wie es ausgeht.

Wie geht es aus?

Schlimm. Alle drei Vipern verbeißen sich und bringen einander um, und da begreife ich, daß es in der Welt keinen Platz für die Liebe gibt. Ich nehme also die kleinen Leichen und beerdige sie und baue ihnen einen kleinen Altar mit Blumen, der immer noch da steht, für den Fall, daß Sie die Wahrheit dieser traurigen Geschichte nachprüfen wollen.«

Natürlich erzähle ich diese Lüge nicht, sie ist viel zu schön, um sie so billig zu vergeuden. Ich bin still und höre zu, wie Testuggine-Schildkröte abschleimt und schimpft. Er sagt, wir wären ein Land von Strohköpfen und Ausgefuchsten, halb Kindsköpfe, halb Bestien, aber bald würde sich etwas ändern, oh ja, es wird sich was ändern, und darüber will er heute mit uns reden.

Ich atme auf. Fasziniert schaue ich zu Osso, der einen Popel aus seiner Nase zieht und sich ihn in die Tasche steckt. Er schafft es, ihn auch zwei bis drei Stunden noch frisch und lebendig zu halten, ohne daß er an Gewicht oder an Flüssigkeit verliert. Er hat wirklich einen grünen Daumen. Fulisca füllt ihr Heft mit schwarzen Fingerabdrücken. Selene dagegen zeichnet Häuser. Und weil ihr eigenes so klein ist, in dem sie mit ihren Eltern wohnt, die Schneider sind, zeichnet sie Häuser mit zehn und mehr Zimmern, mit Aufzügen und Rolltreppen, und wenn einer pinkeln gehen muß, dann muß er sich gleich noch was zu essen mitnehmen. Und da sehe ich, daß Gancio eine Hornisse zubereitet. Gancio ist der größte Blasrohrschütze der Welt, ausgenommen die Guatayabas-Indianer in Amazonien. Er stellt Blasrohre aus Plastikröhrchen und Klebeband her, er macht sie einzeln, doppelt oder mehrrohrig wie eine Panflöte, und vor allem stellt er Pfeile her, die schneller und tödlicher sind als irgendein stacheliges Insekt. Er verwendet kein Pfeilgift, sondern ausschließlich Spucke und Harz, das er in Kirschbaumstämmen findet.

»Ihr glaubt, daß die Welt dieser elende Ort ist«, sagt Testuggine-Schildkröte zwischen den Ringen eines Alfastinkers. »Eure bäuerischen Eltern haben euch nie beigebracht, daß es auch noch etwas anderes geben könnte. Aber jetzt wird alles anders. Ein neuer Bürgermeister, den einige von euch vielleicht kennen, Dottor Fefelli, wird die Wahlen gewinnen, und dann wird hier die Autobahn vorbeigehen. Genau am Fluß, mit einem großen Viadukt oben drüber. Und wir werden eine wichtige Ausfahrt, eine ganz wichtige, und dann werden Tankstellen entstehen, Restaurants und Industrien, und es wäre jetzt an der Zeit, daß ihr beginnen würdet zu lernen, denn wenn das alles kommt, gehört es dem, der zuerst zugreift. Das ist die neue Gelegenheit, ihr könnt alle reich werden, sofern ihr euch anstrengt. Verstanden? Weiß einer von euch, was eine Autobahn ist?«

»Das ist eine größere Straße«, sagte Merlone Secchione. »Da muß man Maut zahlen, wenn man drauf will oder von ihr runter.«

»Entschuldigen Sie mal«, sagte Fulisca, »dann werden die reich, aber nicht wir.«

»Nein, du Bestie! Denn vor allem sind da die Enteignungen. Wo die Autobahn herführt, enteignet der italienische Staat und zahlt dafür beträchtliche Summen. Dann entstehen Infrastrukturen, und danach der Tourismus, die Tieraufzucht, und dann braucht man Arbeitskräfte, kurz gesagt, es ist eine große Erneuerung, die da in Bewegung gerät, und Geld kommt in Umlauf.«

»Und was ist mit den Hühnern?« sagte Sterpa der Troll.

»Mit den Hühnern?«

»Ja, schon so wie die Straße jetzt ist, sterben bereits eine Unzahl orientierungsloser Hühner, die von den Reifen platt gemacht werden. Auf einer noch größeren Straße walzen sie noch mehr platt, das wird wohl keine Asphaltstraße werden, sondern eine aus Hühnerbrei.«

»Nicht nur die Hühner«, sagte Selene dramatisch, »sie machen auch uns platt.«

»Was für eine Klasse von Bestien«, schrie Testuggine-Schildkröte, »ich sollte euch…«

Aber er sprach nicht zu Ende. Gancios Hornisse traf ihn am Schenkel, das Bein gab nach, er flog der Länge nach hin. Alle wurden für diesen Tag nach Hause geschickt, Schule aus, und am nächsten Tag kamen alle in Begleitung eines Elternteils zurück.

Mein Vater begleitete mich und hörte sich die Standpauke an. Doch weil er ein durch ein Tellereisen hinkender kommunistischer Schreiner war, kochte in ihm die Wut über jede Art von Autoritätsanspruch hoch, und im geheimen stand er auf unserer Seite.

»Wegen einer Nadel im Oberschenkel«, prustete er los, »was sollen wir denn da sagen, die wir uns Gewehrfeuer über Jahre hinweg eingehandelt haben?«

Doch als er vor der Schildkröte stand, verkleidete er sich als tüchtiger und verantwortungsbewußter Vater und nickte bejahend zu den Anfällen des Stinkerrauchers. Jedesmal wenn er nickte, spürte ich, daß er still im Kopf eine Verwünschung losschickte, die den Lehrer an verschiedenen Stellen seines Körpers befiel.

»Sehen Sie«, sagte Testuggine-Schildkröte, »Ihr Sohn ist ein intelligenter Junge, aber er ist nicht bei der Sache. Er träumt, in Geschichte verwechselt er die Jahreszahlen, er macht die Hausaufgaben des nächsten Tages, er fängt an, über die Zukunft zu reden, als ob er sie kennen würde, und über die Babylonier, als hätte er sie gesehen. Er bringt Romane, Geographie und Tiere durcheinander. Und vor allem springt er von einem zum anderen, wenn er spricht, er schweift ab und weiß nie, wieviel Uhr und welcher Tag es ist, kaufen Sie ihm doch wenigstens eine Uhr.«

»Werde ich«, sagte mein Vater.

Auf dem Weg nach Hause machte er ein Gesicht wie einer, der dir Vorhaltungen machen muß. Dann sah er mich traurig an und sagte:

»Ich werde eine ernste Maßnahme treffen.«

Mit niedergeschlagenem Blick.

»Ich werde dich Saltatempo nennen, Zeitenspringer. Lupetto, kleiner Wolf, das bist du nicht mehr. Du bist Signor Saltatempo. Und heute wirst du zur Strafe zwei Zentner Holz hacken.«

»Heute die eine Hälfte und morgen die andere«, sagte ich.

Nach der Standpauke war glücklicherweise Samstag, und wir gingen zum Fluß.

Zuerst hopsten wir die Böschung hinunter, kamen dann zum Röhricht und durchquerten die Wüste der Spanischen Fliegen, eine Sandzone, die sich hervorragend für eine Denkpause sowohl für uns als auch für alle Flußbewohner eignete, vielleicht war es ja der weiche Sand oder der natürliche Schutz der Papyruspflanzen, die eine Art schattiger Vorhänge bildeten, doch die Eingeweide fanden ihren Schwung, und die Fliegen schwirrten herbei und kontrollierten. Wir machten unser Basislager in der Nähe unseres Lieblingsgrabens, der langsam und durchsichtig dahinfloß, dann ein Gefälle bildete und in der Nähe eines großen Felsblocks verschwand. Unterhalb des Felsblocks befand sich eine Tiefe von vier Metern, mit gigantischen Hechten darin, deren Mäuler von den Angelhaken schief geworden und voller Narben waren, Kämpferhechte, die noch nicht die Bekanntschaft mit der Angelrute des Schicksals gemacht hatten.

Und auch mir kam es nicht vor, als wäre die Angelrute des Schicksals in der Nähe, ausgestreckt auf dem Sand liegend, mit den Füßen im Wasser und einer Libelle senkrecht über dem Kopf. Und ich blickte zu Osso und Gancio hinüber, die sich aufs Fischen mit dem Steinklopfer vorbereiteten, auf ihre jugendlichen Nacken und ihre schlammverschmierten Schenkel, und ich erkannte keinen goldenen Angelhaken über ihren Köpfen, bereit, sie zu packen, unter dem großen Gesurre der Schnurwinde, die sie da hinaufbringt, in die Wolken, wo der Große Fischer die zappelnden, nach Luft schnappenden Seelen in einer Reuse festhält. Und bei ihm ist ein Mann mit Hut, der ihn anblickt, denn auch Gott entgeht nicht dem obersten Gesetz der Fischer: Ob du ihn fängst oder nicht, früher oder später kommt ein Mann mit Hut und blickt dich an. Und der Fluß veränderte seine Farbe, seine Tiefe und Geschwindigkeit, ja sogar sein Wasser, das leichte, singende Wasser, das flach über die Kiesel rann, war nicht das grüne, langsame, das bei den Wurzeln zum Stocken kam, das eisige dunkle Wasser unter der Brücke war nicht das weiß schäumende Wasser, das kopfüber die Klippen hinabstürzte und zur gefährlichen Strömung wurde, wo wir Verantwortungslosen uns gegenseitig herausforderten, wer sich der fatalen Stelle am weitesten nähern würde, an der man sich in eisige Strudel einwirbelte. Es gab so viele Gewässer und so viele Gedanken, die zwischen der Sonne, meinem Kopf und dem Trockenschlamm herumsurrten, der mein Kissen war. Ich schaute zu Selene hinüber, die eine Schilfrohrflöte machte und sie mit ihren kleinen Zähnen bearbeitete, auf ihre grünblauen, leicht schielenden Augen und auf ihr weizenblondes Haar, und ich hätte es nicht gemocht, wenn die Angelschnur sie mir fortgetragen hätte, wobei sie als Köder vielleicht eine wilde Erdbeere einsetzen würde, die sie so gerne mochte. Und sie sah mich von der Seite an, wobei sie teils an ihrem Schilfrohr herumnagte, teils lächelte, und ich mich sonderbar fühlte. Ich wußte zwar nicht, ob das die Liebe war, aber ich hätte an keinem anderen Ort sein mögen.

Und da hörte man den ersten Schlag mit dem Stein. Osso und Gancio fischten auf folgende Weise: sie suchten sich einen breiten, flachen Stein gleich unter der Wasseroberfläche aus, der möglicherweise voller kleiner Verstecke war, hoben dann einen anderen schweren Stein auf und warfen ihn auf den flachen; durch den Luftdruck kamen alle Fische, die sich unter den bombardierten Stein geflüchtet hatten, benommen und nach Luft schnappend nach oben, und die beiden brauchten sie nur einzusammeln.

Diese Art zu fischen mochte ich nicht, das war doch, als säße man zu Hause beim Essen beisammen und, patapumm, schleudert jemand einen Steinblock von einer Tonne auf dein Dach und du fliegst noch mit der Serviette am Hals und mit einer halben Gabel Tagliatelle durchs Fenster.

Aber selbst, wenn ich es ihnen gesagt hätte, hätten sie nicht aufgehört.

Inzwischen hatte Selene sich den Rock etwas hochgezogen, und sie hatte weiße, sehr weite Schlüpfer an, aber es waren immerhin Schlüpfer, und ich fühlte, wie mich ein warmer Strom mit springenden Fischen durchdrang.

Außerdem bemerkte ich, daß alle Libellen paarweise herumflogen, es war die Zeit der Paarung, sie vereinigten sich in der Luft, ein wüster Verkehr von Libellenpaaren fand da statt. Ich versuchte, mich von diesem luftigen Eros abzulenken, doch gleich sah ich im Sand einen Mistkäfer, glänzend schwarz und groß, der es ebenfalls mit seiner Verlobten trieb, die beiden zogen im Mamboschritt vorwärts und hinterließen eine Spur im Sand, ihren Weg der Liebe. Da zog ich mich fast nackt aus, nur die gerippte Unterhose behielt ich an, und warf mich in den Wassergraben des Flusses, wobei ich dachte, ich will doch mal sehen, ob's auch hier getrieben wird, submarin, doch das Wasser war kalt und roch nach Schlamm, wodurch sich mir der Magen umdrehte. Ich ging wieder hinaus und trocknete mich an der Sonne.

Patapamm machte Ossos Stein, und vier betäubte Rotaugen kamen an die Oberfläche.

Oben, auf dem Damm, sahen wir ein paar Herrschaften, die uns zuschauten. Und ich hörte ein Geräusch, das ich von da an noch viele Male hören sollte, und über dem Röhricht öffnete sich das zahnübersäte Maul des Drachens. Ein Schaufelbagger.

»Sie beginnen schon mit der Zerstörung«, seufzte Selene und spielte auf der Schilfflöte, »sie werden den Fluß fortbringen und die Fische, einfach alles.«

»Der Fluß ist groß, der Schaufelbagger ist klein«, sagte ich.

Osso und Gancio liefen gleich, um sich den Schaufelbagger anzusehen. Die Strömung brachte ein zermalmtes Fischlein an meine Füße, das noch lebte, es schlug mit seiner Schwanzflosse, konnte aber nicht mehr schwimmen, und das Wasser trug es fort.

Mir kam der Gedanke, daß auch wir Fischlein waren, und von einem Augenblick auf den anderen konnte ein großer Stein auf unser Leben niedersausen, und für diesen Stein waren wir unbedeutend, wir zählten nicht das geringste.

Für mein Alter damals war das ein ausgesprochen frühreifer, allerdings auch trauriger Gedanke, so wie die Kinder, die immer nur Skelette zeichnen, und ihre Mama sagt ihnen *bravo.*

Da umarmte ich Selene, und sie entzog sich mir nicht. Sie zitterte und streichelte mir einen Zeh. Sie war ganz glatt und duftete nach Seife.

3

Ich stand regungslos am Feldweg und betrachtete meinen Vater. Er saß auf der steinernen Bank der Anhöhe, rauchte einen Zigarrenstummel und blickte über das Tal. Bei ihm waren die drei Hunde, jeder in einer anderen Haltung. Alaska, die Bracke, sah ihm ins Gesicht und fragte: also, was machen wir? Fox, der Hirtenhund, schnupperte zum Wald hin und witterte einige mögliche Cherokee-Indianer. Nestore, der Wuschelbuschel, döste vor sich hin, sein Kopf lag auf seinen Pfoten, und er witterte Unheil. Meinem Vater war gerade mitgeteilt worden, daß man ihn, weil die Ausschachtarbeiten für den Viadukt genau unter unserem Grundstück verliefen, enteignen und das Haus gegen eine beträchtliche Summe abreißen würde. Mit diesem Geld könnten wir uns leisten, was wir nur wollten. Wir könnten ein anderes Haus kaufen, mit Strom drinnen, ein einträgliches Geschäft beginnen, etwa mit Lakritz oder Jagdpatronen, und uns, kurz gesagt, wie alle anderen verhalten, die zufrieden waren, daß sie verkaufen konnten. Doch mein Vater war nicht zufrieden, er rasierte sich seit drei Tagen nicht und streifte mit den Hunden über die Pfade bis zu dem prähistorischen Kalankengebirge und zu den Hügeln des Monte Mario und kehrte erst spät wieder nach Hause zurück.

Was hätte ich ihm schon sagen können auf der Anhöhe, die wie ein Schiffsbug in diesem Meer aus Grün und Nebel aussah und uns mitunter das Gefühl gab, so weit weg zu sein von allem. Rasier dich, Babbo.

Ich hüpfte also den Feldweg hinunter und unterdessen verging ein Jahr und das gesamte Tal wurde zu einer Baustelle. Da gab es Betonmischmaschinen, die wieder- und wiederkäuten, und Schaufeln, die aushoben, und Pumpen, die aufsogen, und Häuschen aus Metall und neue Leute in den Bars und quietschende Autos und plattgewalzte Hühner und große Aufregung.

Ich ging durch die Weinfelder: Gott war mir nicht mehr erschienen. Ich sah lediglich – und das beinahe jeden Morgen – einen alten

Fuchs, der halb blind war und mich erst im letzten Augenblick bemerkte.

Es war der letzte Schultag in der Grundschule des Gefallenen Bisacconi. Ich entschloß mich, den Weg der Pflaumenbäume einzuschlagen, bis zum Froschteich, und eine Abkürzung zu nehmen. Auf halber Wegstrecke waren ein Gemüsegarten und eine Holzbaracke, verglichen mit der die von Robinson Crusoe eine elegante Dachterrassenwohnung war. In der Baracke lebte Celso. Celso war sechshundertzweiundneunzig Jahre alt und hatte immer schon dort gelebt. Seine Behausung bestand aus vier miteinander vernagelten Holzlatten und einem Dach aus Feinblech, drinnen war ein Bett aus Steinen, eine Feuerstelle, zwei Pfannen, zwei Hühner und hunderte von leeren Zigarettenpäckchen.

Ich bin an der Tür stehengeblieben und dachte: Wie kann ein Mensch Jahr um Jahr in diesem dunklen Loch leben, was für ein Fetzen von Leben, wie wenige Gedanken und Gesichter, was für eine abgrundtiefe Einsamkeit.

Und doch, als ich ihn ankommen sah, so gekrümmt, mit dem Korb Kartoffeln unter dem Arm und der Hacke, spürte ich die Wärme seines armseligen Lebens, seine Gedanken. Ich sah das Feuer, das er nachts entzündete, und eine blonde Frau, die ihm im Traum erschien, und die Hustenanfälle, die sein Herz zum Stillstand brachten. Und das Geräusch des Regens, die eisigen Morgendämmerungen, den Geruch der aus dem Boden gegrabenen Kartoffeln und den Geruch des Weins, den ihm mein Vater schenkte.

Diesen Fetzen konnte man nicht zerreißen, er war aus demselben Stoff wie ich. Celso, wollte ich ihn fragen, bist du zum Fluß gegangen, als du noch klein warst? Hast du da auch die sterbenden Fische in der Strömung gesehen? Wer hatte das Recht, sie hinwegzufegen? Die Welt drehte sich weiter, vielleicht zerstörte sie, um sich weiter zu drehen, was vor ihr lag, und das war ein Stückchen Welt, aber doch nicht von einem feindlichen Planeten, man durchlöcherte die Berge, die Menschen sollten sich schneller überall hin bewegen können, unmöglich, alleine zu bleiben, nie wieder Baracken und Einsamkeit. So stand es geschrieben. Doch wenn dieser Gemüsegarten weggefegt würde, würde die Autobahn den Berg auffressen, und die Holzlatten würden unter dem Atem des Wolfs zusammenbrechen, wohin würde Celso dann gehen?

Und ich hoffte, daß die blonde Frau oder der Husten ihn mitnehmen würden, bevor er diese Behausung verlassen müßte, denn jede Höhle ist eine Behausung. Jedes Loch, jedes Nest, jeder Stein unter Wasser ist eine Behausung, auch wenn sie kein Namensschild mit Klingelknopf hat, auch keine Telefonnummer und keine Tür mit Vorhängekette.

Ich verstand nicht, warum das Leben auf diese Weise hier verteilt wurde, ein Gemüsegarten für einen und die ganze Welt für einen anderen, lange Tage des Nichtstuns für die einen und wenig kranke Zeit für die anderen. Die Eiseskälte für Celso und Alfastinker für den Lehrer und Träume für Selene und für mich Freiheit und Eiscreme und ein Schicksal als großer Fußballer oder Dirigent und der Bus zur Stadt und natürlich Sex bis zum Abwinken, mehr als eine Libelle und eine große Zukunft, die mich rief.

Ich fühlte mich glücklich und traurig zugleich.

Ich ging auf Celso zu, er war halb erblindet, er erkannte mich erst aus einem Meter Entfernung. Am Gürtel trug er eine Vipernhaut. Wenn sie die Haut sehen, sagte er, kriegen sie Angst und tun mir nichts. Bei den Menschen klappt das nicht.

Er lachte mich durch zweieinhalb Zähne an und steckte mir ein Büschel Radieschen zu. Ein Geschenk. Er wiegte den Kopf, das war seine Art, Freundschaft zu äußern.

Da gab ich ihm zwei Zigaretten, die ich hatte mitgehen lassen.

Er zeigte sich verwundert, rollte sie in der von Erde verdreckten Hand, verschwand, und ich dachte: Ich werde ihn nie mehr wiedersehen.

Dann lief ich hinunter, es war der letzte Schultag.

Der Herr Hochverehrterschulrat hielt eine Rede über unsere Zukunft und über die unseres kleinen Dorfes, das eine große Metropole werden würde, und Gancio wandte mit leiser Stimme ein, daß der Name *Metropole* viel zu wenig sei, wenn sie schon groß sein solle, müsse sie mindestens eine Kilometropole sein, und um ihn zum Schweigen zu bringen, verpaßte ich ihm einen Lopez, daß ist ein Schlag mit den Fingerknöcheln an den Schenkelmuskel und tut kainisch weh, und er antwortete mir mit einem Schlag in den Nacken.

Hier muß ich eine Zwischenbemerkung über die Schurkenstreiche und Angriffsattacken einschieben, die wir in jenen mythischen, wilden Zeiten in der Schule ausheckten.

Der Lopez ist, wie bereits gesagt, ein Fingerknöchelschlag auf den Schwellmuskel des Schenkels.

Der Sblisgo oder auch Einschlag besteht aus einem Schlag mit dem Knie von hinten, der das Bein des Vordermanns genau in dem Augenblick einknicken läßt, wenn er sein ganzes Gewicht darauf gelagert hat; es ist, als würde man ihn in ein Loch fallen lassen, einfach mörderisch gut.

Der Hundebiß. Man krallt sich die Wade des Opfers und rüttelt und reißt dann wie ein wildgewordener Hund. Ist zwar blöd, aber funktioniert immer.

Das Lecken. Ein Schlag auf den Arsch mit dem Gummiriemen, mit dem man die Bücher zusammenhält.

Die Zwille. Ein Schlag auf das Ohr des Banknachbarn mit einem scharf gespannten und dann losgelassenen Gummi.

Der Ranzenzauber. Ein gewaltiger Fußtritt von hinten und unerwartet gegen den Ranzen des Typen, der vor dir hergeht, mit schädlicher Doppelwirkung: dadurch fällt der Ranzen und die Armmuskeln werden schmerzhaft gedehnt.

Der Breitschlag. Ein Schlag mit voller Hand in den Nacken.

Der Speziallopez. Ellenbogenschlag in die Rippen beim Laufen, wird auch im Fußball angewandt.

Ich habe einiges ausgelassen: den Haftrotz, den einfachen Tritt, den Nasenheber, den Eierschlag, das einfache Beinchenstellen oder auch das abgestimmte Beinchen zu zweit und andere weniger bekannte Tricks.

Tatsache ist, daß ich auf den Breitschlag immer mit einem Doppellopez geantwortet habe, das heißt mit einem Lopez an die eben erst blaugeschlagene Stelle, und Gancio holte zu einem gepfefferten Schlag aus, der die ganze Mannschaft samt Pausenbrot zu Boden schickte.

Auch am letzten Tag, stöhnte der Herr Hochverehrterschulrat, verhaltet ihr euch noch wie Esel. Professor Testuggine-Schildkröte nickte zustimmend in einer Alfastinkerwolke, als wollte er sagen: Die haben höchstens eine Karriere als Hungerleider und Streuner vor sich, und dann schoß Gancio eine Hornisse auf den Schulrat ab, die ihn aber zum Glück verpaßte. Der kleine Pfeil bohrte sich in den Tafelrahmen, wie in den Filmen von Robin Hood, dem, der die Reichen bestahl, um den Armen zu helfen, was man nur dann machen kann, wenn einer schon überhaupt reich ist. Kurz und gut, der Herr Hochverehrterschulrat, in Unkenntnis darüber, daß er gerade einem Guatayaba-Pfeil entkommen war, sprach zu uns über die Autobahn und die Industrien wie etwa die der Hühnerzucht und der Zementfabrik, die in der Nähe entstehen würden, und der Troll, der, wie immer, wenn die Rede auf Hühner kam, hektisch wurde, bewegte den Hals auf und ab wie ein Huhn. Fulisca steckte sich einen Finger in die Nase und verzierte ihn mit einem aschgrauen Lichtschein, dann machte sie einen Bananenrülpser (ihr Pausenessen waren alte Bananen, schwarz wie Auberginen) und schlief auf der Bank ein. Die Fliegen summten über den Anakoluthen des Herrn Hochverehrterschulrat, der zwei Sätze auf Latein drechselte und uns schöne Ferien wünschte, uns aber auch ans Herz legte zu lernen, weil das Gehirn wie ein Werkzeug sei, das, wenn man es nicht benutzt, roste, und alle dachten wir das gleiche, und gerade in diesem Augenblick trat Fefelli mit seiner Frau ein. Das war schon sonderbar, denn außer dem Herrn Hochverehrterschulrat und Testuggine-Schildkröte waren keine anderen Erwachsenen in der Klasse, doch Fefè kam und führte seinen Wahlkampf, er fühlte sich schon als Bürgermeister, und dazu trug er einen Briefumschlag bei sich, der aus der scheißfarbenen Anzugstasche hervorschaute. Ein flüsterndes, bösartiges Raunen war zu hören, eine Reihe heimtückischer Weiber und kleiner Satyrn. Denn Signora Tiziana Fefelli, genannt Labrador, war eine Frau, über die viel getratscht wurde. Alle kicherten, auch Selene, die so tat als wäre nichts, aber ihr Kinn hatte sich gekräuselt, denn auch ihr waren die Geschichten der hier erschienenen Dame nicht unbekannt geblieben. Geschichten, die aus vertraulichen Äußerungen gegenüber Paolo, dem Frisör, entstanden und von ihm in der ganzen Polis verbreitet worden waren. Der Name Labrador hatte indessen nichts mit dem geographischen Ort, sondern, nennen wir es einmal so, mit der Physik der kommunizierenden Röhren zu tun. Die Geschichten über Signora Tiziana glichen einer Odyssee, bei der es für Odysseus besser war, nicht heimzukehren. Man erzählte sich nämlich, daß unsere Penelope die Hosen mit den Blicken aufknöpfte und daß sie bei Abendessen so etwas wie eine Angreiferin abgab, die sogar mit Greiffüßen versehen war, unter dem Tisch mit den Zehen in die männlichen Preziosen kniff, und der auserwählte Gast über seiner Lasagne einen Erstickungsanfall bekam. Wo immer im Freien plattgedrückte Saat zu sehen waren, konnte es sich nur um zwei Dinge handeln: entweder hatte sich dort ein Rind ausgeruht oder Labrador hatte dort gevögelt. Man erzählte sich, daß sie über derart unterschiedliche Rhythmen verfügte, die einem Dirigenten alle Ehre gemacht hätten, vom umgarnenden Lento über ein heroisches Crescendo bis hin zum fortreißenden Finale; es hieß, sie könne es in unterschiedlichsten Turnstellungen machen und hätte dem Arzt fast einen Herzinfarkt wegen Vortäuschung zugefügt, der gekommen war, um eine Luftröhrenentzündung zu behandeln, und sich eine derartige Therapie niemals hätte vorstellen können. Sie war unbezähmbar: ihr Mann schloß sie zu Hause ein, und doch gab es ein ständiges Rein und Raus von Installateuren, Gasmännern, Tischlern und Elektrikern, denn es gab in diesem Haus einen Gnom, einen robusten Cupido, der ein Rohr pro Tag beschädigte, Verputz von der Wand kratzte und Glühbirnen fraß und Stühle zertrümmerte, nur damit Signora Tiziana die Handwerker einlassen konnte.

Doch selbstbewußt ihrer Reputation eingedenk, kümmerte Labrador sich weder um das Gerede noch um den Herrn Hochverehrterschulrat noch um uns und hatte sich einem wunderbaren Gedanken hingegeben. Sie klimperte mit den Wimpern und zog ihre Lippen mit soviel Rot nach, daß man damit die Pasta hätte zubereiten können. Doch hatte sie ein sanftes, trauriges Gesicht, als wollte sie sagen: laßt mir doch das bißchen Vergnügen.

Neben ihr zappelte das Ehemännlein, klein, rund, grinsend, mit einem Scheck über dreihunderttausend Lire für die neue Turnhalle der Schule, und als er ihn, auseinandergerollt als wäre es Klopapier, dem Herrn Hochverehrterschulrat übergab und herumstolzierte als wollte er sagen: davon hab' ich noch eine ganze Menge, holte sie zu ihrem großen Auftritt aus. Sie bückte sich, dabei raschelte ihr Unterrock, und kontrollierte die Laufmasche in ihrem Strumpf. Unsere kleinen Köpfe neigten sich und unsere Schnäbel öffneten sich und sie merkte das und machte eine Bewegung, als wollte sie sagen: ihr Spitzbuben. In unserer Vorstellung sahen wir auf Fefellis Stirn die zwei Hörner eines Auerochsen hervorspringen, geschmückt mit Weinblättern, und die Hörnerspitzen waren wie mit Sidol glänzend gerieben. Wir waren Labrador dankbar.

Aber wir waren schon eine ganze Weile da, wir pinkelten uns alle in die Hose. Endlich endete die Feierlichkeit mit der Nationalhymne aus dem Lautsprecher. Danach gegenseitige Lopez und Verabschiedungen und dann liefen wir, wie Wölfe heulend, in einem unvergeßlichen Augenblick kollektiven und individuellen Glücks nach draußen und waren frei. Manche lachten, manche hüpften, andere, wie Selene, weinten, nur der Troll fragte, ob wir die Geschichte mit den Hühnern begriffen hätten, aber er fing sich einen Tritt in seine Nüsse ein und schwieg.

Wir gingen zur Piazza, und der Lautsprecher spielte eine Polka, die nicht polnisch ist, wie mir mein Onkel, der Tänzer, erklärt hatte, die Mazurka ist polnisch und deine verstorbene Mama mochte sie sehr. Ich hatte keine Erinnerungen an Mama, ein Foto auf Papas Nachtschränkchen, oder ein hageres Gesicht, das beobachtete, wie das Schmalz in der Pfanne zerrann, wer kann sagen, ob sie darin ihre wenige noch verbleibende Zeit erkannte. Aber das war kein Tag zum Traurigsein, auf dem Markt waren viele neue Menschen und eine Menge noch nie gesehener silberner Autos mit gewölbten Hinterteilen, und Bortolini, der Mechaniker, sah sie sich eingehend an, denn das war sein gegenwärtiges und künftiges Gebiet. Wir suchten nach Zuckerwatte, denn wir sahen überall Kinder mit Gnomenbärten und bis an die Ohren mit Zucker verklebt, doch als wir am Zuckerstand ankamen, stand dort eine Menschenschlange. Da kauften wir einfach Lakritze und machten damit Fulisca glücklich, denn so wurden auch wir schwarz. Dann gingen wir zum Rindermarkt hinüber, wo Fefelli sich mit zwei diebischen Toskanern auseinandersetzte, die Nummern, Gewichte und was sonst noch klauten. Gancio schoß einen Hornissenstachel auf einen jungen Mann aus der Stadt ab, der ihm auf die Eier sauste, weil er hinter der Postbotin her war, die für uns ein Sexsymbol darstellte. Dann zählten wir unser Geld nach und beschlossen, zum Kettenkarussel der Kirmes, das bei uns Arschtreter hieß, hinaufzugehen. Zigeuner hatten es auf dem Fußballplatz aufgebaut, und von weitem hörten wir schon die Schreie von luftiger Angst und Aufregung.

Zwischendurch sah ich meinen Vater an den Tischen des Ceeffeff.

Der CFF, Circolo Filosofico Fancazzista, dem die angehörten, die nicht das geringste zu tun hatten, kam je nach Witterungsbedingungen vor oder in der Bar auf der Piazza zusammen. Einige Mitglieder waren Arbeiter, andere weniger. Sie kamen zusammen, um über verschiedene Themen zu sprechen, etwa den Sporensporn, Sivori, Mussolini und das Schicksal der Welt.

Und hier gebe ich eine Beschreibung der Persönlichkeiten unseres Dorfes.

Vor allem Baruchs, eines ehemaligen Partisanenführers. Er hieß so, weil er sehr weise war, und eines Tages hatte jemand ein philosophisches Buch von einem gewissen Baruch Spinoza gesehen, Baruch klang besser, und so blieb ihm der Spitzname Baruch. Er war ein hagerer, knöchriger Grashüpfer, und trug, bei Sonne wie bei Eiseskälte, eine weite Jacke aus Barchent, mit Flicken über den Flicken der Flicken, sozusagen Exponentialflicken. Er rauchte toskanische Zigarillos, die schon auf sechs Kilometer zu riechen waren, ich weiß nicht, welcher Behandlung er sie unterzog, er sagte, er würde sie in Grappa rollen, die Freunde sagten, er würde sie einer Kuh in den Arsch schieben, jedenfalls war das Aroma einmalig und unverwechselbar. Baruchs Rolle war die unseres geistigen Führers.

Lavamèl war der Pechvogel, das heißt der Unheilskünder in unserem Ort. Schwarz gekleidet, mit einem vampirischen Überwurfmantel, dunkler Sonnenbrille und einem schwarzen Kater, der Carbonchio hieß und fünfzehn Jahre alt war und immer aussah, als wäre er von einem Auto angefahren worden, und als er dann tatsächlich unter eins kam, merkten wir es überhaupt erst nach einer Woche. Lavamèls Aufgabe bestand in der Ankündigung von Unheil, Krankheiten und Busverspätungen. Zu unserem Glück und seinem Unglück brachte er nicht die geringste Unheilsbotschaft. Seine Rolle war mithin die eines Berufspessimisten.

Karamasow war kugelförmig, schnurrbärtig und trug die Haare wie Einstein. Er war sechs Jahre in Rußland gewesen, wo er Erdölleitungen verlegte. Dort waren ihm zwei Finger abgefroren und auch ziemlich viele Neuronen. Er war zum anarchistischen Stalinisten geworden, was ein ganz ansehnlicher Wettstreit ist. Für ihn war alles, was es gab jedenfalls besser in Rußland. Seine Rolle war die eines Ideologen, Kremlinologen und Lügners.

Dann war da Caprone-Ziegenbock, von Beruf Bauer. Boxergesicht, zwei Arme, die jeden Gegenstand verrücken konnten, vom Ein-Zentner-Schwein bis zum Baumstamm. Sein Daumen ließ jeden Pornostar lächerlich aussehen. Er lebte unterhalb des Fußballplatzes mit Schafen, Schweinen und einem Hund, der Hisssss hieß, weil er ihn nur so rief, mit einem Hauch, und Hisssss war der größte, dreckigste und sanfteste Hund der Welt. Caprone wohnte in einer Baracke aus verschiedenen Materialien, da er gemauerte Steinhäuser verachtete. Er versteckte einen Becher mit Geld jeden Tag woanders, im Brunnen, unter der Matratze, in einem Loch im Boden. Manchmal vergaß er, wo er ihn versteckt hatte und hungerte dann eine Woche lang, bis er das Bündel schließlich wieder gefunden hatte. Er war unser landwirtschaftlicher Experte. Nur, daß er wenig sprach, ein Sonett im Monat. Daher mußte man, wenn man etwas von ihm erfahren wollte, eine Art Quiz anwenden.

Beispiel: Caprone, was ist die beste Jahreszeit, wenn man Tomaten setzen will?

Jede?

Frühjahr?

Herbst?

Winter?

»Frühjahr, du ausgemachter Trottel«, antwortete Caprone.

Um die Seelen kümmerte sich Don Brusco, der Pfarrer. Er war bekreuzt, bigott und pedantisch. Mit zwei Glas Rotem wurde er zum Zentrumspolitiker, tolerant und gemäßigt. Mit fünfen konnte man ihm alles beichten und losgesprochen werden. Balduino schwor, daß er mit Grappa in der Lage war, ihn *Vorwärts, vorwärts, große Partei* singen zu lassen.

Wenn wir eine Generation überspringen, kommen wir zu eben diesem Balduino, dem Bar-Besitzer. Balduino war der Chef der homonymen Alkoholiker, und das waren Piero, der Käser, und Piero, der Frisör. Gemeinsam machten sie äthylische Experimente. Das heißt, sie stellten Versuche an, wie viele Gläschen Liköre ein Mensch aufnehmen konnte, bevor er flach auf dem Boden lag. Sie schätzten Whisky und guten Wein, doch ihre Leidenschaft und ihr Verderben waren der Strega, der Millefiori Cucchi, der Kaffeelikör Borghetti, der Pezziol, der Inca Pisco, die Marsalaweine, der Minzlikör mit Stravecchio. Ihr Motto lautete: Wenn er runtergeht, ist er nicht übel. Alle drei waren sie Lügner und Visionäre und, weil der Alkohol außerordentliche Erleuchtungen bringt, fanden sie Lösungen für komplexe Probleme.

Mein Onkel Nevio war der Experte. Im weit gespannten Katalog der Welt gab es nichts, was er nicht kannte. Experte für die Jagd, das Angeln, die Landbestellung, den Weinbau, für Autos, Traktoren, alte und neue Geschichte, Fußball und olympische Sportarten. Man brauchte nur ein einziges Wort auszusprechen (heute würde man sagen: einzutippen), etwa: Hase. Onkel Nevio legte einen Finger an die Schläfe, setzte die Suchmaschine in Gang, und schon kamen die ersten zehn Informationen:

Der Hase, größter in diesem Gebiet geschossener Hase, sechseinhalb Kilo, von Ossos Großvater, beim ersten Schuß erlegt.

Der Hase, der Winterhase wird nicht weiß, er bekommt ein weicheres Fell und baut keine Höhle.

Der Hase, am besten als Hasensalami gekocht, mit Rosinen.

In Jugoslawien gibt es viele Hasen, die man dort mit dem Schmetterlingsnetz fängt.

Der Hase kann sieben Meter weit springen, aber das kümmert ihn einen Scheißdreck.

Leprotto, Junghase, ist der Name eines Zweigangmopeds achtundvierzig Kubik, hat aber eine schwere Gangschaltung und zu kleine Reifen.

Lepri war einer, der gestorben ist, weil er wegen einer Wette eine Mine gezündet hat. Er sagte, was soll das schon sein, aber dann war es doch was.

Das unwandelbare Gesetz des Hasen besagt: Wenn du die Erlaubnis hast, nur einen Hasen zu jagen, und du schießt auf einen großen, kommt dir, wenn du ihn in den Sack stopfst, ein doppelt so großer vor die Flinte.

Der Unterschied zwischen einem Hasen und einem Karnickel liegt im Charakter.

Der tote Hase ist eines der Lieblingssujets von Malern, die Stilleben malen.

Auf den Nacken klicken für weitere Informationen.

An den Tischen des im Schatten liegenden Bereichs, unter der von

Bienen summenden Linde, befand sich die Gruppe Buton, die so nicht wegen ihrer Alten genannt wurde, sondern wegen ihrer Steinalten. Genauer gesagt:

Cipolla, der 1947 mit dem Pflug auf eine Mine gekommen ist; sie hat ihm die Ohren zugestopft, und er ist so stocktaub geworden, daß er im nächsten Jahr wieder auf eine stieß, er kam völlig verdreckt und voller Blut nach Hause und sagte: Unten am Fluß muß eine Mine hochgegangen sein, ich habe von weitem ein Getöse gehört.

Arturo Novantasei, Arturo Sechsundneunzig genannt, weil ihm noch vier Jahre fehlten, um das Jahrhundert rund zu machen.

Maria Casinò, die mit achtzig noch alles spielte: Poker, Menschärgeredichnicht, auch Stapelstehlen mit Kindern, wenn's nichts anderes gab.

Unter den mittelmäßig Gebildeten beiderlei Geschlechts war Regina die wichtigste Institution, Schreibwaren-, Zeitungs- und Rauchwarenverkäuferin. Von süditalienischer Herkunft, ehemalige Rotstaffettistin, mit wunderschönem Apachengesicht. Regina war Expertin in jeder nur erdenklichen Verlegerfrage, von Kochrezepten bis zum Liebesroman, vom Polizeibericht bis zum Comic, von der Politik bis zum Klatsch. An sie wandte man sich in einer großen Bandbreite von Fällen. Wenn man wissen wollte, wie man Wachteln in Cognac kocht und wie Vom Winde verweht endet, aber auch wer der augenblickliche Innenminister ist, und in welcher Nummer Tex zum ersten Mal Mephisto begegnet. Außerdem war sie eine aufmerksame Leserin der Todesanzeigen. Wenn einer starb, der irgendwelche Beziehungen zum Ort hatte, berichtete sie es sofort. Eines Morgens kam sie zur Fancazzisten-Runde und teilte mit: Glisenti Ettore ist gestorben.

Wer ist denn das? fragten alle.

Sie erinnerte daran, daß es vor zehn Jahren eine Wespenplage gab. Die Wespen hatten ihr Nest im Campanile gebaut und von dort aus flogen sie ihre Angriffe. Sie fielen über Essen her und tranken wie Flußkrebse. Der Sohn von Lucia hatte auch einen prophylaktischen Schock, er schwoll an wie eine Melone und mußte ins Krankenhaus gebracht werden, wo man ihm ein Antihistalin spritzen mußte. Da sagten alle, jetzt reicht's, und aus der Stadt kam ein gelber Lastwagen, auf dem stand: Glisentis Schnelle Entwesung, Ratten und Insekten. Achtung. Und professionell wie er war, löste Ettore das Problem an einem Nachmittag, und auf der Erde lagen mehr tote Wespen als Soldaten am Little Big Horn. Folglich war Glisenti ein Wohltäter des Orts, und jetzt erinnerte uns Regina daran, daß wir ihn ehren mußten.

Dann war da Luciana, Kurzwarenhändlerin, Kartenlegerin und Modeexpertin.

Zoraide, die Stickerin, die 1950 Miss Region war.

Grinza, die Frömmste im Ort, die auch noch beim Radfahren betete.

Veronica, die Tankstellenfrau, hochgewachsen und vollbusig, die wegen ihrer dauernden Sprüche über ihre Pumpe und Poppen schon mit dreißig Jahren weiße Haare hatte.

Caio, der Bäcker, der immer lustig war und jede Nacht beim Kneten Opern sang, und die Legende erzählt, daß, wenn man auf eine Ciambella biß, Noten des Rigoletto herausströmen konnten.

Und da waren seine Söhne Giglio und Loris Arduini, die Schönlinge des Dorfes, immer mit mehlbedeckten Bizepsen.

Und Favilla, der Schmied, dem die Funken den Oberlippenbart angesengt hatten.

Und Manghino, der Elektriker, der behauptete, daß eine Glühbirne kaputt geht, wenn sie etwas gesehen hat, das ihr nicht gefiel.

Und Luis, der Traktorfahrer, der mit seinem Traktor das Feld bestickte.

Und Bortolini, der Mechaniker, der alles reparieren konnte, vom Fahrrad bis zum Bagger, aber vor allem war er der größte Angler der Welt.

Ich ging meistens zu den Bombardierern, die so hießen, weil sie von starkem Charakter waren und die Neigung hatten, laut zu werden, sich zu widersprechen und zu streiten. Carburo, den man leicht wütend machen konnte, Gewerkschaftler und Billardchampion. Belloni, der Wasserleitungsinstallateur, der Sherlock Holmes aller Wasserleitungen, berühmt für seine Fähigkeit, herauszufinden, wo in der Wand das Leck war, und ebenso berühmt für die Dimensionen seines natürlichen Rohrs. Ossobuco, der Fleischer, Ossos Vater, alt gewordener Faschist und Magier des Fleischgrillens. Edison Rondelli, ein ziemlich bigotter Lebensmittelhändler, der nach Waschpulver roch, nach Brühwürfeln und anderen Aromen, die Hunde liefen ihm immer nach und pinkelten ihm ans Hosenbein, man weiß nicht wieso, einer seiner Düfte inspirierte sie wohl. Chicco, der Kupferschläger, Dekorateur, Anstreicher, Karikaturist und auch Maler *nackter unbequem hingestreckter Frauen.* Paolo, der Barbier, Frisör und Tratschör.

Abseits, in der vollzeitlich beschäftigten Fancazzistischen Kategorie, gab es Slim den Herrlichen. Slim hatte seit Menschengedenken noch nie etwas für's Trinken bezahlt, war aber doch in der Lage, immer wieder zu schnorren und zu allen Jahreszeiten zu überleben. Er war es, der dreißig Jahre vor den Modeschöpfern die firmierte Kleidung erfand. In dem Sinn, daß er den großen Schneidern Wechsel firmierte, niemals bezahlte und doch immer wie ein Model gekleidet war. Als einzigen Beruf übte er den des Vogelmenschen aus. Weil er eine besondere Zahnstruktur hatte, mit einem Spalt zwischen den Schneidezähnen, verstand er es mit großer Perfektion, einhundertzwanzig Vögel nachzuahmen, von denen sechsundzwanzig nur in seiner Vorstellung existierten. Wenn ich sage: mit großer Perfektion, übertreibe ich keineswegs, er ging Katzen hinterher, zirpte, und die Katzen wurden verrückt. Gelegentlich ging er an die Tische der Trattoria, wartete auf Kundschaft, fing mit seiner Vogelgesangsvorstellung an, und am Ende konnte er ein bißchen Geld einstecken. Man nahm ihn auch mit auf die Jagd, aber das funktionierte nicht. Die Katzen konnte er noch hereinlegen, die Vögel aber nicht.

Und zum Schluß Libero, der Verrückte, der Humpler, der beste Tischler der Welt, der sogar aus Zahnstochern einen Kuckuck machen konnte. Also, kurz, mein Vater.

4

In der Gruppe der Bombardierer erkannte man meinen Vater sofort, er redete immer im Stehen, mit ausgebreiteten Armen, bewegte sich hin und her wie ein Schiedsrichter, rauchte und kippte Rotwein in sich hinein. Die anderen hörten ihm zu und konnten ihn nie unterbrechen. Er sah mich und grüßte, aber nie lächelte er mir zu. Er trug einen langen weißen Bart, er wirkte wie der alte Fuchs der Anhöhe.

Ich hörte, wie er sagte:

»Vier Lire geben sie uns, und dann verdienen nur noch sie. Sie werden uns alles wegnehmen. Wie könnt ihr das nur nicht begreifen?«

»Du bist ein alter Pessimist«, sagte Onkel Nevio, »es werden doch Touristen kommen. Sie kommen zum Jagen hierher. Und ich werde ein Geschäft für Jagd- und Fischereiartikel aufmachen: Flinten, Patronen, Angelschnüre, Kescher, Vorspanner, alle nur möglichen Köder, Regenwurm, Mehlbrei, Zittergras, Seidenraupen, wir werden reich.«

»Hasen wird es früher oder später keine mehr geben«, sagte Rondelli, der einem Hasen sehr ähnlich sah.

»Derzeit gibt es in Italien zehn Millionen Hasen«, präzisierte Nevio.

»Ich hab' verkauft und bin froh darüber«, sagte Ossobuco. »Schließlich ist der Verkauf ja obligatorisch, willst du dich etwa gegen die Rechtsanwälte der Autobahn stellen? Den Preis bestimmen die, so ist der Markt, genau wie bei den Rindern.«

Slim legte ein Solo für Krähe ein, das war seine Art, seine Ablehnung zu äußern.

»Aber den Boden enteignet uns ja nicht nur der Staat«, beharrte mein Vater, »es gibt nämlich auch Grundstücke, die nicht enteignet worden sind, und die kauft Fefelli. Was steckt dahinter?«

»Ich verkaufe«, erklärte Chicco, der Kupferschläger, »und eröffne ein Restaurant mit einer in Gold getriebenen Speisenkarte, ich arbeite schon dran.«

»Und die Handwerkerkooperative?«, sagte mein Vater düster. »Dann gründen wir sie also doch nicht mehr?«

»Komm, trink mal was, los«, sagte Chicco, und alle schienen weniger Freunde zu sein als gewöhnlich. Maria Casinò kam hinzu, sie schlug ein Spiel Tresette ohne Stecken vor, aber ihr wurde zu verstehen gegeben, sie solle es sich ruhig irgendwohin stecken, sie wisse schon, wo.

»Und was ist mit dem Fluß?« meldete sich jetzt Baruch zu Wort. »Wieso wollen die jetzt den gesamten Fluß ausbaggern?«

»Weil sie Kies für den Beton brauchen. Sie werden auch noch eine Fabrik bauen.«

»Dann angeln wir wohl Asphaltfische«, sagte Arturo Novantasei, der sich, wie alle jungen Männer, Sorgen um seine Zukunft machte.

»Ihr seid wirklich konservativ«, seufzte Onkel Nevio, »ich schau mir jetzt das neue Fernsehgerät in der Bar an, es ist doppelt so groß wie das alte, man kann das Fußballspiel mit Sivori in natürlicher Größe sehen, wenn ein Ball aus dem Bildschirm fliegt, dann haut der dich um. Ja, Jungs, was Neues, in diesem Ort brauchen wir was Neues.«

Da nun sprach Karamasow.

»Es gibt Neues und Neues.«

Onkel Nevio wußte schon, wohin das führen sollte.

»Tja, wie würden die's eigentlich in Rußland machen?«

»In Rußland, wenn da Stalin Arbeiten durchführen muß, schickt der seine Männer dahin. Der sagt: ihr da, die Million, allesamt den Fluß trockenlegen. Und binnen einer Woche gibt es den Fluß nicht mehr. Und ihr da, ihr andere Million, ab mit euch, ihr arbeitet wenig, ab nach Sibirien, Weinfelder anlegen. Und sie schaffen das. Da braucht ihr gar nicht den Kopf zu schütteln. Ich selber habe sibirische Weintrauben gesehen, rot, mit prallen glänzenden Beeren, und einem leichten Flaum, gegen die Kälte. Und jeder Russe hat eine Dolde pro Kopf und eine Flasche sibirischen Weins, nicht zwei, sonst brummen sie dir nämlich eine Strafe auf. Denn da ist alles kollektiv, einschließlich des Bodens, der Fahrräder und der Tiere.«

»Und was ist mit den Kühen?« fragte ich.

»Die Kühe liefern auch hundert, zweihundert Liter Milch, wenn die Partei das beschließt, und am Schwanz haben sie eine Schaufel angebunden, mit der sammeln sie ihre eigene Scheiße in die Mistgrube, sie machen ganz genau ausgerichtete Misthaufen, quadratische, mit der roten Fahne oben drauf.«

»Und was ist mit den Hühnern?« fragte der Troll, der aus dem Nichts auftauchte.

»Die Hühner sind so groß wie Falken und sie legen zweimal Eier, morgens und abends. Und sie kommen nicht unter die Autos, denn in Rußland haben sie Bremsen, von denen wir ja nicht mal zu träumen wagen, noch nie habe ich ein plattgewalztes sowjetisches Huhn gesehen und noch nie einen Autounfall, und noch nie hat man von einem Russen gehört, der vom Rad gefallen ist.«

»Karamasow«, sagte mein Vater, »kandidiere doch für den Bürgermeisterposten, denn Lügen erzählen, das kannst du ganz fabelhaft.«

Das sagte er laut, vielleicht weil er Fefelli mit Labrador hatte kommen sehen, dazu zwei große kräftige Gestalten mit Gesichtern wie Katzenhenker. Das waren die Brüder Pastori, Licio und Nerio, seine Chauffeure und seine Mädchen für alles.

»Also, kommt ihr dann morgen zum Fest?« lächelte Fefelli.

»In die Villa Meringa?« sagte Balduino, der mit einem Glas Amaro Zampogna in der Hand auftauchte. Balduino war ein Spezialist für schräge Sätze, auf französisch Gaffes.

Fefès Villa hieß tatsächlich Villa Meringa, und zwar wegen der weißen Farbe und der Fülle von Stuck- und Flitterkram, von Säulchen, von überzuckerten Brüstungen, Blumenmustern und Reliefs. Über den Namen des Architekten gab es nur Vermutungen. Für uns war es die Hexe von Hänsel und Gretel, für einige der Architekt der römischen Faschistenpaläste, für andere Caio der Bäcker.

»Wir sehen uns dann im Garten meiner Villa, ihr wißt ja alle, wo sie ist«, sagte Fefelli leicht nervös.

»Und was wird gefeiert?« setzte Balduino noch eins drauf.

»Natürlich meine Kandidatur auf das Bürgermeisteramt. Wein, Bratwürste und Tanz. Und ich werde über meine Programme sprechen.«

»Immer arbeitet er«, sagte Labrador entschuldigend mit niedergeschlagenem Blick.

Slim ahmte das Schreien eines hitzigen Rebhuhns nach.

»Also, dann erwarte ich euch alle morgen abend«, sagte Fefelli, und machte sich daran, flache, hochgeschätzte Muratti Ambassador anzubieten. Mein Vater mochte sie wahnsinnig gerne, sagte aber, die würde er nicht rauchen und ging weg.

»Der da«, sagte Fefelli, »ist ein verrückter Kopf, aber hört nicht auf ihn.«

»Der ist mein Bruder«, sagte Onkel Nevio, »er ist zwar ein bißchen sonderbar, aber am Ende folgt er doch.«

»Der ist aber kein Hund«, sagte ich. Vor Wut fühlte ich mich zehn Zentimeter größer.

»Und wer ist dieser Kleine hier?« fragte Fefelli.

»Der, der dich umbringen wird«, sagte ich leise.

»Was hast du da gesagt?«

»Ich habe nichts gesagt. Aufs Fest komme ich nicht. Wir gehen Frösche fangen.«

»Gut so«, sagte Fefelli, »dann verkauft ihr sie an die Restaurants und verdient ein bißchen Geld.«

»Heh, Jungs«, sagte Osso, während wir fortgingen, »der künftige Bürgermeister ist ein ganz Gewitzter. Der macht noch aus einem Furz Geld.«

»Dann wärst du ja Rockefeller«, sagte Gancio.

»Gehen wir«, meinte Selene, »hier sind zu viele Leute.«

»Das sagst du nur«, sagte Osso, »weil hier ein paar Plumpswachteln rumlaufen, mit schottischen Unterröcken und weißen Kniestrümpfen, neben denen würdest du ganz schön bescheiden aussehen.«

»Auch wir Dorfmädchen verstehen es, fein zu sein«, sagte Selene.

Otorina die Haubitze kam gerade mit einer Orangenlimonade mit Strohhalm vorbei und stieß einen Rülpser aus, der ein Karussell in Gang gesetzt hätte, und dann kratzte sich Luciana am Hintern.

»Gehen wir nun zum Arschtreter oder nicht, ihr Blödmänner«, rief Gancio.

»Wer als letzter da ist, dem schießen die Guatayabas den Kopf in Stücke.«

Das Arschtreterding war herrlich. In der Mitte war der golden gestrichene Rotor mit Marsmännchen, die ein bißchen wie Engel und ein bißchen wie Hühner mit weit aufgerissenen Augen aussahen. Oben stand in Leuchtschrift Zauberflug, und an Ketten hingen in verschiedenen Farben die Sitze, mit dem Sicherheitseisen. Wer's einhakt, sagte Gancio, ist ein Hosenkacker, aber ich sagte, ich hak's ein, letztes Jahr nämlich ist ein kleiner Junge hundert Meter weit geschleudert worden und mitten in die Küche der Wohnung geflogen, wo er zuhause war, seine Mama hat ihn in der Minestrone wiedergefunden.

Die Geschichte hier hatten ich und Osso erfunden.

An der Kasse saß ein Zigeuner mit einem Ring im Ohr und einer Narbe über dem Kinn, und ich begriff auf der Stelle, daß dies der Pirat Van Maxel war, er war inkognito da, um die Comtesse Valda wiederzuholen, die von dem Typen vom Scheibenschießen entführt worden war und sie mit dem Laden der Karabiner beauftragt hatte.

»Wach auf, Junge«, sagte der Pirat zu mir, denn inzwischen hatte ich mich in der Schlange vom Zauber hinreißen lassen.

»Wie teuer ist einmal fahren?«

»Fünfzig Lire einmal fahren, hundert Lire dreimal fahren. Ist günstiger.«

»Jungs, fahren wir dreimal?«

»Ich hab kein Geld für dreimal«, sagte der Troll.

»Dann stehst du eben unten und schaust zu«, sagte Osso.

Als die Sirene ertönte, kam die in diesem Augenblick sich gerade drehende Runde herunter und wankte, weil es so auf den Kopf ging. Die neue Runde trat an die Stelle der alten. Zwölf Sitze standen unseren Hintern und denen einer Clique aus Castellito zur Verfügung, einem Dorf auf der anderen Seite des Flusses. Auf der Stelle schlug Osso einem gegen die Stirn, der ihm seinen silbernen Sitz wegnehmen wollte, Gancio balgte sich mit einem, der doppelt so groß war wie er, Selene und Fulisca stellten synchron ein Beinchen, die eine schubste und die andere stellte das Hindernis, und so sorgten sie dafür, daß eine dicke Kuh hinfiel, die arrogant war. Die anderen sollen einen wenigstens respektieren, wenn's schon zum Kampf kommt.

Der Rotor begann sich zu drehen, und die Zentrifugalkraft war mit uns, wir stiegen langsam höher, ich spürte eine Enge im Magen, und Fulisca schrie, als würde sie bereits in der Ionosphäre sein, dann hörte man einen Schmerzensschrei, Gancio hatte einen Castelliter mit einer Hornisse angegriffen. Ich griff nach Selenes Sitz und gab ihr einen Schubs, danach drehte ich mich um mich selbst, richtete mich auf und stampfte, ich sah, wie sich die Piazza unter mir, die Fahnen des Marktes und der Bergrücken drehte. Ich glaubte, meinen Vater unten zu sehen, der mir mit den Händen in der Hosentasche zusah, und der Sitz stieg immer höher und mir wurde ein bißchen schlecht, ich sah das aufgepeitschte Meer und ein Piratenschiff mit Van Maxel, der Zettel verteilte, auf denen stand *dreimal entern hundert Lire*, ich hatte eine fixe Idee im Kopf und sah alles schwarz, bis ich schließlich im Spritzstrahl kotzte, und ausgerechnet auf Ossos Kopf, der im weiten Raum fluchte, ich setzte mich und verlor das Bewußtsein. Das rhythmische Quietschen der Sitze setzte das Uhrbiwerk in Gang. Ein anderer Planet erschien mir.

Jetzt rotierte ich im Zeitlupentempo durch das All, wie auf dem Mond. Die Piazza mit lauter neuen Häusern, alle mit Strom versorgt, eine Bank mit dunklen Scheiben und ein großes Geschäft mit Fernsehgeräten und eingeschalteten Lampen. Das Ristorante Foglia d'Oro. In der Ferne spuckten Zwillings-Schornsteine rauchende Galle. Auf der zur Stadt hin gelegenen Hochebene war ein ganz flaches Gebäude entstanden, das fürchterlich stank.

Fulisca, die wie eine Hexe gekleidet war und auf einem Sitz in Form eines Besens vor mir herflog, sagte:

»Das ist eine Würmerzucht, Würmer, die im faulen Fleisch entstehen, und nebenan bauen sie eine Hühnerzucht.«

In der Ferne sah ich Troll, der Hühner mit einem Desinfektionsmittel abspritzte.

Und dann sah ich den ausgebaggerten, zerpflügten Fluß mit Bergen von Kies, und unser Graben war trüb und trocken, die Lastwagen fuhren hin und her. Ich sah die breite Autobahn, die wie eine Messerklinge im Tal näher rückte. Ich muß schon sagen, sie ist schön, dachte ich.

»Alles ist schön, wenn man nicht übertreibt«, sagte der Pirat Van Maxel und fing an, sich in der Luft mit Gancio zu duellieren. Sie kämpften mit Schwertern. Alle Castelliter auf ihren Sitzen waren tot, getroffen von den kleinen Pfeilen, Selene rotierte und zeigte der Welt ihre Unterhosen, und Osso war vollgekotzt eingeschlafen.

Wind kam auf und ich spürte, daß der Sitz noch weiter stieg, immer weiter nach oben, und es war kalt in den Sternenregionen und oben über dem Wald, ich schaute in Richtung Feldweg und es gab ihn noch immer, doch den Berg gab es nicht mehr und auch unser

Haus nicht, nur der Kastanienwald war noch da und unterhalb von ihm ein kahler, steiler Abhang, so, als wäre er von einem Messerschlag genau herausgeschnitten worden.

Ich sah meinen Vater auf einem Sitz hinter mir, er war blaß und trank aus einer Flasche.

»Papa«, sagte ich, »was machst du denn hier oben?«

»Wo soll ich denn sonst hin?« antwortete er, bäumte sich auf, machte einen Salto mortale und stürzte mitten auf die Piazza, glücklicherweise auf das Stroh für die Kühe, und da blieb er, mit weit geöffneten Armen, sternhagelblau.

Da merkte ich, daß sich der Sitz endlich zu senken begann, ich sah, wie sich Selenes Unterrock schloß und ihre Unterhosen nach Hause gingen. Der Pirat Van Maxel schwebte mit einem Sprung herab, sagte »Ende der Durchquerung«, und die Castelliter zogen sich die Pfeile heraus und meinten: s'ist nur ein Kratzer.

Der Rotor heulte, als er stehen blieb, und ich öffnete meine Augen. Ich lag auf der Erde im Duft von Krokant und Kastanienküchlein. Mein Vater sah mich besorgt an.

»Das ist nichts weiter«, sagte eine Frauenstimme, »vielleicht hat er irgend so eine Schweinerei gegessen, manchmal verursacht einem dieses Kettendings hier auch Übelkeit.«

»Das sollte verboten werden«, sagte Fefellis Stimme von weitem, »wenn ich Bürgermeister bin, will ich alle Genehmigungen dieser Zigeuner sehen.«

Darauf wurde ihm mit einem Fickdichdoch auf zigeunerisch geantwortet.

»Geht es besser?« fragte Selene, die mir die Stirn streicheln wollte, aber aus Verlegenheit meinem Vater gegenüber innehielt.

»Wir haben sie platt gemacht«, sagte Gancio und schwang das Blasrohr.

»Du bist echt ein schwuler Sack«, sagte Osso, und ich sah, daß ich ihn wirklich vollgekotzt hatte.

Um mich von dem Ekelgefühl und dem Schock zu erholen, mußte ich zwei Fladenbrote und eine Lakritzschlange essen. In jener Nacht schlief ich nicht. Wir hatten die Hunde einem gegeben, der im Tannenwald lebte. Mein Vater schnarchte und rief sie im Schlaf. Mir war, als würde das Haus rotierend davonfliegen.

5

Zwei Jahre sind nach der Uhr vergangen, zwei Grillenzirpen nach dem Uhrbiwerk. Ich hüpfe vom Wald herunter, wo einmal unser Haus gestanden hat. Unter dem Arm trage ich einen Korb voller Pilze. Fetter Bruder Steinpilz, Beschützer der Risotti. Orangegelber Röhrling, kleines Ei mit Schirm. Hütchen, die ihr in Herden lebt und im Schatten der Grashalme miteinander plaudert. Weißer Wiesenchampignon mit violettseidenem Untergewand. Ihr Trichterlinge, alles wie ein Bienenhaus. Hallimasch an Hallimasch, wie vom Hammer der Gnome aneinandergenagelt. Schmackhafter Pfifferling, laut furzender Staubpilz, ihr alle, schief, wie Krankheiten an Bäumen wachsenden Mistpilze, vielleicht seid ihr ja auch eßbar. Wulstling, du Schöner, Verräter, heimtückisch wie ein Vampir. Grünlicher Teufelspilz, schleimig, der du das Darmgeschlinge verknotest und Galle spucken läßt. Ich hüpfe mit dem Korb voll guter Pilze, die ich jedoch noch kontrollieren lasse, denn wie sagte mein Großvater: ein Bastard im Korb reicht, um alles kaputt zu machen, genau wie bei den Menschen. Ich halte an, um grüne Grashüpfer zu beobachten, die wie Drachen aussehen. Einmal war es mir gelungen, einem ein Halsband aus Bast anzulegen und ich verstümmelte ihn, das tat mir unendlich leid, in der Nacht träumte ich von einer langbeinigen Fee, die weinte, sie war die Königin der Grashüpfer. Ich gehe durch hohes Gras und sehe die Schwalbenschwanzfalter nicht mehr, lediglich hier und da einen Kohlweißling. Und es gibt weniger Spinnennetze. Papa sagt, wenn der Wald krank ist, entleert er sich, vom höchsten Zweig bis zum Leben unter der Erde. Mir kommt er eigentlich gleich vor, nur daß er nicht mehr still ist, man hört Autobahngeräusche in der Ferne. Ich entschließe mich, da vorbeizugehen, wo einmal mein Elternhaus gestanden hat. Ich muß einen Ast abbrechen und ihn als Machete benutzen. In einem Jahr sind Brombeerhecken und Farne und Geisterkräuter gewachsen, die Barmherzigkeit des Waldes hat die Wunden der Baggerarbeiten überdeckt. Ich erkenne die Steine wieder, die die Anhöhe eingefaßt hatten, angelegt wie ein Schiffsbug, aber ich finde die Bank nicht mehr, auf der mein Vater sich mit den Hunden unterhalten hat.

Ich verheddere mich in Stacheln und Brennesseln, bin rot und naßgeschwitzt, ich brenne vor Pflanzen-Leidenschaft und erkenne endlich eine große Kastanie und begreife, daß ich in etwa über dem Haus bin, doch sieht man nichts, nur einen dunklen Steilhang und weit unten die Pfeiler des Viadukts. Wenn ich aber bei den Quittenbäumen hochsteige, kann ich das Becken wiederfinden, an dem alle Tiere des Berges getränkt werden, ein richtiger Treffpunkt, der in Mode war. Ich schlage eine Brombeerheckenwand nieder und sehe es.

Es ist über und über bemoost, ein dünnes kristallines Rinnsal fällt aus einer hölzernen Rinne, singt und mischt sich im grünen Wasser, alles ist feucht, dunkel und frisch, es ist ein heiliger Ort, Tropfen fallen von den Blättern, die über den Rand ragen, und zeichnen Ringe, geheimnisvolle Tropfen regnen von oben herunter. Die Kelche der Leberblümchen und die Spitzen der Farne zittern bewegt von verborgenem Leben, Maikäferschritte, Schneckenspuren, Spinnenfallen. Ich kann die verschiedenen Instrumente des Wassers heraushören, sie schnalzen, rauschen, gurgeln. So viele Noten, dazu das Flüstern des Rinnsals zu meinen Füßen. Ich trinke, das Wasser schmeckt nach Borke. Langsam üben die Dunkelheit und die Laute der Tropfen ihre hypnotisierende Wirkung aus. Das Uhrbiwerk bewegt die Zeiger.

Auf der Stelle erscheint der Gnom.

Er ist halb so groß wie ich, er hat einen dichten weißen Oberlippenbart, eine grüne Schürze und hohe Stiefel, fast unsichtbar bewegt er sich durchs Laub. In seiner Hand hält er einen Eimer und einen Korb mit Pilzen, die wesentlich größer sind als meine. Er grüßt mich nicht einmal. Er füllt den Eimer, ich beobachte ein bißchen aufgeregt die Axt. Er merkt das.

»Hast du Angst, ich könnte dir den Kopf abtrennen, Junge?«

»Nein, nein«, antworte ich, »es ist nur, daß ich nicht damit gerechnet habe, jemanden hier anzutreffen.«

»Ja, der Wald hat sich nämlich entleert. Zuerst die Landvermesser mit ihren mörderischen Linealen. Dann die Bagger. Dann die Erdrutsche. Der Rauch, der bis hier hoch steigt, der Gestank dieser verdammten Zuchtfarmen. Weißt du, daß sie die Würmer in lebendigen Kadavern heranwachsen lassen? Wenn die Alten krank werden, dann werden sie, statt ins Krankenhaus, da hingebracht.«

»Wirklich?« sage ich. Die Geschichte hätte ich so gerne selber erfunden.

»Wenn ich noch einen von denen treffe, die herkommen, um Bäume abzusägen, dem hau' ich das halbe Gesicht runter, wie bei einem Holzscheit. Was machen sie nur mit diesen Bäumen? Mir reichen zwei fürs ganze Jahr.«

»Der Ort wird größer. Wenn Sie sehen könnten, wie viele Häuser es gibt, und jedes mit einer Eßecke aus Holz, mit Geländern und Pfahlzäunen, das weiß ich, weil mein Vater Tischler ist, auch wenn die Holzfirma Legnami Capponi, ein Unternehmen aus der Stadt, ihm die Arbeit wegnimmt: die machen alles, vom Sägen bis zum fertigen Stuhl, vom Holzstamm bis zum Eierbecher. Die haben zwei riesige Lastwagen.«

»Aus Holz?«

»Nein, das nicht. Aber kommen Sie denn niemals runter in den Ort?«

»Kann ich nicht, und weißt du, wieso?«

Sicher, möchte ich sagen, Sie sind ein Geschöpf des Waldes und wahrscheinlich auch irreal, wie der fröhliche Gott der Anhöhe, der Hexenfuchs, der Pinienzapfenmann, Sie sind vielleicht ein lärmender Gnom oder ein moosiger Zwerg oder auch ein Kastanienkobold.

Der Gnom blickt mich bösartig an und verwandelt sich. Der Oberlippenbart wird grün, seine Augen sind blutunterlaufen, und er beginnt einen klebrigen Körpersaft auszuschwitzen.

»Mach' dich nicht lustig über mich, Kleiner. Ich hab' nämlich zwei Versionen. Die gutmütige, dann bin ich sanft und freundlich. Aber ich kann auch grün und giftig werden wie ein Satanspilz, da geht's aber richtig rund. Bitte mich um Entschuldigung.«

»Entschuldigung«, sage ich. Mit einem Giftgnom ist nicht gut Kirschenessen.

Er wird zwar wieder schön weiß, seine Wut aber bleibt.

»Ich komme nicht mit in den Ort, weil man sich da lustig macht über die Art, wie ich angezogen bin, da nennt man mich den Wanderpilz. Aber im Restaurant, da essen alle meine Steinpilze, und wie! Also hab' ich mich zum Waldaufseher ernannt. Ich wohne da oben, auf der Spitze, wo die Hainbuchen und die Silbertannen beginnen. Und du hast da drüben gewohnt, wo jetzt dieses Loch mit den Brombeerhecken ist. Und dein Vater trank damals noch nicht.«

»Woher wissen Sie das?«

Ein Schatten von Traurigkeit bedeckte sein Gesicht, und gleichzeitig wurde auch der Wald dunkler, die Sonne hatte sich verborgen. Der Gnom wusch seinen Oberlippenbart im Wasser des Trogs, Spinnenweben blieben an ihm hängen.

»Ich weiß es. Und ich weiß auch, daß eines Tages die Bäume ins Tal abrutschen werden, sie werden Schlamm und Regen mit sich führen und sie werden sich rächen. Weißt du, daß vor einem Monat irgendwer versucht hat, den Kastanienwald anzuzünden?«

»Wer?«

»Zwei untersetzte häßliche Männer, die sich ähnlich sahen. Ich sah sie und ließ die Hunde los, Stramonio und Amanita. Die haben sie zernagt wie Knochen. Und sind zurückgekommen ...«, er wirbelte das Beil herum. Ich bemerkte, daß die Farbe seiner Augen unterschiedlich war, eins war dunkelgrün und das andere hellgrün, und seine behaarten Hände waren dreimal so groß wie meine.

»Meiner Ansicht nach, verzeihen Sie meine Kühnheit und verwandeln Sie sich nicht gleich wieder, sind Sie ein Gnom«, sagte ich in einem Atemzug.

»Du hast mich entdeckt«, seufzte er, »ja. Ich bin ein Poltergeist, einer, der sich bei euch zu Hause das eine oder andere erlaubt hat. Erinnerst du dich an den Schuh in der Polenta? Das war ich. Als dein Hund rückwärts ging, war das auch mein Werk, ich hatte ihm Grappa in die Suppe geschüttet. Und die Kuckucke, die wie Schweine grunzten? Und die geheimnisvollen Schritte auf dem Dach? Von wegen Murmeltiere, das war ich, ich habe den Kamin geputzt, ihr Faultiere, sonst hättet ihr ja den ganzen Wald verräuchert. Aber dann hab' ich doch auch hineingeschissen.«

»Etwa die grünen Scheißhaufen mit Johannisbeeren drinnen?«

»Genau die. Und dann machte ich die Patronen deines Vaters leer, und das Gewehr versagte. Und mit deiner Mutter ...«

»Was ist mit meiner Mutter?« rief ich beleidigt.

»Na ja, wenn ich sie im Holzschuppen getroffen habe ... unter dem Mond ...«

»Lügner.«

»Vielleicht verwechsle ich sie ja auch mit einer anderen. Weißt du noch damals, als es den ganzen Tag und die ganze Nacht geschneit hatte, stand eine weiße Mauer vor eurer Tür, und du hast gesagt: Wie schön, morgen geh' ich nicht zur Schule? Und erinnerst du dich auch, daß am nächsten Morgen alles weggeschaufelt war? Na ja, das war ich. Und ich habe deine rote Katze begraben, als sie in den Wald gekommen war, um zu sterben. Das war die, die immer vor dir bei den Erdbeeren war. Die, die immer die Pinienzapfen auf deinen Kopf fallen ließ. Die, die so tat, als wären ihre Spuren Bärenspuren. Und ich kannte auch deine Kuh sehr gut.«

»Haben Sie etwa auch mit meiner Kuh Schweinereien angestellt?«

»Aber nein. Doch erinnerst du dich, daß sie manchmal nachts weglief? Sie kam zu meinen Festen. Dieser Dickwanst tanzte wie ein Zicklein.«

»Sie sind kein Gnom, Sie sind ein großer Lügner, zehnmal größer als ich.«

»Stimmt genau. Das wird wohl die Wirkung des Honigs sein, den ich aus den Blüten lecke. Oder irgendeines Zauberelexiers, das das Moos freisetzt. Wer im Wald geboren wird, sieht die Zeit von zwei Seiten, von den Wurzeln und von den Spitzen der Äste. Das ist ein Wahnsinn, von dem man nie geheilt wird«, sagte der Gnom, schwang das Beil und traf einen Baum aus einem Abstand von zehn Metern. »Deshalb sag' denen im Ort, daß sie bloß nicht mehr versuchen sollen, hier raufzukommen.«

»Ich darf aber kommen?«

»Du wirst dies alles vergessen, deine Wurzeln genauso wie meine«, sagte der Gnom streng, schüttelte seine Schultern und verschwand mit schweren Schritten und mit dem Eimer, der Tropfen säte.

In diesem Augenblick brach ein Gewitter herein, und innerhalb kürzester Zeit war der prasselnde Regen auf die Bäume ohrenbetäubend. Das Dach des Waldes tropfte, die großen Blätter füllten sich mit Wasser wie Schüsseln. Ich hatte nichts bei mir zum Zudecken und brachte mich in der Nähe des Beckens in Schutz, unter einem Felsvorsprung.

Ich höre einen Blitzschlag, der einen Baum weiter unten zerspaltet. Das Licht wird bleiern. Ich sehe einen Schlammfleck, der sich im Trog ausbreitet, vielleicht ist das Stück Land oberhalb der Rinne abgerutscht, doch das Wasser wird sofort wieder sauber und ich spiegele mich darin. Doch sehe ich nichts, der Regen kräuselt die Oberfläche. Ich sehe noch einmal genauer hin, vielleicht bin ich ja noch ein Kind, am Tag, als ich auf der Anhöhe Gott gesehen habe. Oder vielleicht bin ich gewachsen und bin dabei, den Bus ins Tal zu nehmen, wo ich die Mittelstufen besuche. Vielleicht ist der Kamin in meinem Elternhaus angezündet, ich könnte hinlaufen und mich dort in Sicherheit bringen, aber vielleicht ist dort nur ein Abgrund von Dornenhecken und Brennesseln, und in einer Woche wird die Autobahn eröffnet. Ich sehe mein Gesicht nicht, der Regen fällt nieder, aber manchmal sieht es so aus, als würde der Wind ihn in Böen hinauftragen, die Spinnen flüchten unter die Blätter, und ich weiß nicht mehr, ob es Morgen ist oder Abend. Die Pilze durchtränken sich mit Regen und mir kommt es vor, als wollte der eine oder andere aus dem Korb springen und fortlaufen. In dem steinernen Becken ist jetzt ein Schatten auf dem Grund, etwas Riesiges, das schwimmt, und plötzlich springt es heraus, es ist der größte Hecht des Teichs, lang wie ein Schwert, das Maul mit Angelhaken verkrustet, Zähne so scharf wie die eines Wolfs. Mit seinem Schwanz gibt er einen kräftigen Schlag, dann fällt er wieder zurück und krümmt sich halb im Wasser. Ich begreife, daß der Teich trocken ist, er ist dort hingekommen, um zu sterben, er hat die unterirdisch aufsteigenden Flüsse durchschwommen, wie ein Lachs. Viel Glück, Hechtswolf. Es regnet auch in meine Hose, das Rauschen des Regens wird durch eine Lastwagenhupe unten an der Autobahn unterbrochen. Eine Krähe schreit. Da meine ich, ich würde begreifen.

Ich begreife, daß es zwei Zeiten gibt oder vielleicht auch tausend, in denen ich lebe, die eine fließt langsam und es gelingt mir, sie zu sehen und ihren Kopf und Schwanz auszumessen; die andere geht sprunghaft dahin, sturmartig, die Dinge verändern sich schnell, sie scheinen die Schicksale und Besiegelungen zu sein; ich will die Zukunft nicht kennen, doch die Zukunft ruft mich, sie ermahnt mich, sie sagt mir, daß ich sie vielleicht verändern könne, sie sagt mir, daß die im Wald geborenen Kinder viel zu viel Zeit alleine verbringen und Hirngespinste ersinnen, das ist ihr wunderbares Glück und ihr verdammtes Geheimnis. Wie sagt doch der Gnom, man wird nicht mehr gesund. So, ins Wasser blickend, sah ich mein Gesicht im Alter, hager und von Leid gezeichnet, und ein Kreuz auf einem Landfriedhof. Ich sah Selene, die in die Stadt aufbrach, und ich war nicht da, um von ihr Abschied zu nehmen. Ich sah einen trüben Fluß, der mitten durch den Ort floß, und drinnen zerbrochenes Eisen und tote Fische, und geizige Hände, die eine Handvoll Erde teilten. Ich sah einen Aschenmond. Doch ein Teil von mir horchte auf das Geräusch dieses Waldes und sagte: auch das gibt es, etwas, das nie berührt und nie gesehen wird von den Menschen. Nur von denen, die wirklich leben.

Es hörte auf zu regnen, und zwei Monate später wurde Fefelli mit dreiundfünfzig Prozent zum Bürgermeister gewählt, versprach den Boom, einen Sturmwind von Bautätigkeits- und Geschäfts-Boom-Booms. Ein neues, strahlendes, modernes Dorf würde an den Hängen des Berges entstehen, und ganz zufällig auf seinem Grund und Boden oder auf Labradors oder auf dem seinem Sohn Marcello überschriebenen, von dem es hieß, er würde in Oxford studieren, in Wirklichkeit glänzte er mit Schwachsinn am Privatgymnasium Parini Ricchi e Cretini, Parini für Reiche und Hirnweiche. Man fing an, die Bank zu bauen, ihr waren die privaten Wucherer vorausgegangen, unter denen auch Oscs Vater war, der gleich vom Beefsteakschneiden zum Filettieren von Schuldnern überging. Ein paar fielen sofort darauf herein. Baut euch eine hübsche Villa, kauft euch ein Auto, jetzt reicht's mit diesen tristen Häusern und den klapprigen Fahrrädern, sagte Fefè und bot Murattistinker und Geld auf Pump an, wir sind schon eine richtige Metropole.

Und tatsächlich erblühte die Straße um die Piazza vor Neuheiten. Die aufsehenerregendste war sicher die Boutique mit Miederwaren Luciana Lingerie, von der dann alle sagten: Aber hieß sie mit Nachnamen nicht Carboni? Vielleicht ist Lingerie ihr Mädchenname, wagte sich einer vor. Es war ein ziemlich gewagtes Geschäft, und als der Pfarrer an ihm vorüberging, bekam er eine doppelseitige Kolik, und die erotische Ladung des Schaufensters mußte ausgehandelt werden. In der ersten Reihe taktische Unterhöschen und wollene Unterhemden, in der zweiten Reihe klassische Schlüpfer und Büstenhalter, hinten dann Mörderspitzen und Bodies. Zuerst ging keiner hinein, aber dann geschah das Wunder der Heiligen Guêpière. Zoraide, ex Miss Region, energisch und kraftvoll über vierzig und noch Appetit auf Vergnügungen zeigend, litt, weil Oscar, ihr Mann, es nur mit ihr machte, wenn Bologna gewann und Fogli das Tor schoß. In drei Jahren hatte Fogli zwei Tore geschossen. Doch eines Abends kehrte Signora Zoraide mit einem listigen Päckchen zurück. Nach dem Abendessen saß ihr Mann im Sessel, las *Stadio* und rülpste den Schmorbraten hoch. Zoraide trat mit der Guêpière unter dem Morgenmantel auf. Oscar fiel auf die Knie vor lauter Aufregung und weil er sie aus der Nähe sehen wollte. Danach begann Fogli im wahrsten Sinn des Wortes jeden Sonntag und auch noch während der wöchentlichen Trainingsstunden Tore zu schießen. Die Heilige Guêpière wurde die Schutzpatronin des Geschäfts und half vielen, nicht allen Ehen, denn wie sagte Luciana so weise:

»Strumpfbänder sind wie Bilder. Man muß sie begreifen.«

Dann gab es da noch meinen Onkel, der das schönste Jagd- und Angelgeschäft der westlichen Hemisphäre eröffnet hatte. Über der Kasse befand sich ein Hirschkopf, der natürlich Fefelli genannt wurde, an den Wänden zwei einbalsamierte Hechte, die Bortolini geangelt hatte, und ein norwegischer Lachs, der wirklich was hermacht. Es gab Gewehre aller nur erdenklichen Marken und Angelruten so dünn wie Peitschenschnüre, die hinterhältigen Köder und der ganze Klimbim, von der Grille aus Papier bis zur Fliege aus Feder, und wenn ich ein Fliegerich gewesen wäre, hätte ich sie ganz sicher umworben, und es war immer ein großer Gestank von Futter und bedrohlichen Mischungen, und natürlich auch Seidenraupen aus der örtlichen Aufzucht Escapè: Escapè, die Seidenraupe, mit der man gleich drei Fänge macht. Das Restaurant Foglia d'Oro von Chicco war entstanden, und eine Pension mit sechzehn Zimmern, von denen zwölf seriös waren, vier hatten ihren Eingang auf der Rückseite. Eine Parfümerie, ein Obst- und Gemüsegeschäft mit Ananassen, und das neue Geschäft von Paolo, dem Frisör, mit vier elektrischen Trockenhauben, so daß, als die ersten Frauen, die zu ihm gekommen waren, um sich eine Dauerwelle legen zu lassen, mit doppelt so großen Köpfen wieder herauskamen, Karamasow sagte: Was heißt hier Dauerwelle, um so was hervorzubringen, pinkelt er einfach in die Haube, was von jeher guter Dünger war. Paolo leugnete das zwar, verlor aber einige Kundinnen.

Natürlich war die kontroverseste und sichtbarste Neuheit die graue, mit Türmen bewehrte Zementfabrik gleich außerhalb des Dorfes, am Fluß. Sie gehörte einer Gesellschaft, bei der Fefelli selbstverständlich Gesellschafter war, der Direktor war ein gewisser Paladini, der nie grüßte, mit einer wasserstoffblondierten Gattin und einem Sohn, der schon mit acht Jahren Glencheckanzüge tragen mußte. Bei Monte Mario waren die Aufzucht der fruchtbaren Leichen Escapè entstanden und das Pollobello, das Glückliche Huhn, der Gulag für Hennen, in dem der Troll arbeitete. Er erzählte uns, daß die Hennen zu sechst oder siebt in einem Käfig standen, immer mit eingeschaltetem Licht, ohne daß sie Tag oder Nacht kannten, ständig fraßen und die Scheiße nur so herausfeuerten. Sobald sie das richtige Gewicht erreicht hatten, allez hopp, abgemurkst, mit Dampfstrahl entfiedert, in Zellophan verpackt und ab in die Supermärkte. Doch viele erkrankten auch an Geflügeltraurigkeit, und so mischte man ihnen Sirup und Antibiotika und Antiparasitarien unters Futter, doch wurden sie noch kränker, da verbrannte man sie einfach auf einem großen Haufen, daß man den ätzenden Gestank bis in den Ort mitbekam oder (so behaupteten auch einige böse Zungen) sie wurden zu Hackfleisch verarbeitet und in Dosen für *Micutz* gestopft, das Fressen für Katzen aus der Fernsehwerbung. Ach ja, ich vergaß ganz, in den Häusern und Wohnungen gab es unendlich viele neue Fernsehgeräte, es schossen mehr Fernsehantennen empor als Margeriten auf dem Feld, und Fuliscas Papa wurde vom Schornsteinfeger zum Antennenbauer, immer noch im Bereich Dächer also, er verdiente gut und arbeitete wohl viel zu viel, denn irgendwann stürzte er vom dritten Stock herunter. Ende der Vorstellung für ihn, die arme Fulisca. In Schwarz sah sie besser aus als sonst, die Arme, bei der Beerdigung heulte und zitterte sie, es hieß, sie sei krank.

Aber Traurigkeit bei Seite, der Wirtschaftsboom explodierte unter unserem Hintern. Da war die Autobahn mit einer Ausfahrt, und bald sollte es sechs Kilometer weiter noch eine geben, und auch einen weiteren Viadukt mit dem Tunnel Castagnette von siebenhundertsechsundachtzig Metern Länge, der unterhalb von Monte Picone herführte, und als man mit den Aushubarbeiten begann, wurde eine Grotte mit kürzlich erst geölten Maschinenpistolen gefunden, außerdem zwei Skelette von Deutschen. Wir gingen oft hin und schauten uns von der Überführung aus die große Lebensader des Fortschritts an, wir sahen Lastwagen und Autos vorüberjagen und veranstalteten mit unseren Fahrrädern Wettrennen auf den Schotterwegen der Zementfabrik, die sich ständig in Rauch auflöste, weiß, aber non troppo. Doch Fefelli sagte, das sei guter Rauch, Rauch von Geld.

Lavamèl meinte: hier gibt es einen, der wird reich, und einen anderen, der wird schwindsüchtig. Wir werden alle enden wie die Städter, die Stücke ihrer Lungen auf die Straße spucken. Slim intonierte die Nachtigall und sagte: Schluß mit der Traurigkeit, trinken wir lieber. Ja, sagte Luis der Traktorfahrer, Roten für alle. Wir ließen ihn uns schmecken, und am Ende fragte Balduino: Wer zahlt? Ich nicht, ich habe nur gesagt *»trinken wir lieber«*, machte Slim noch einmal deutlich, und nicht *»ich zahle die Runde«*, Luis war's, der gesagt hat *»Roten für alle«*. Baruch Salomon sagte, Slim sei ein großer Hurensohn, doch vom semantischen und vom wein-juristischen Standpunkt aus habe er recht. Luis zahlte.

Mein Vater und ich waren in eine kleine Wohnung gleich außerhalb des Dorfes umgezogen, dort gab es Strom und einen Wasserboiler, es gab auch eine Wiese drumherum, und die Straße war verhältnismäßig weit entfernt, doch wenn der Wind blies, konnte man den Geruch von totem Fleisch und Hühnerdepression riechen, dann weinte mein Vater dem Wald nach. Er arbeitete weiterhin als Tischler, doch hatte er wenig Arbeit und trank roten traurigen Wein aus bauchigen Flaschen ohne Stroh, davon hatte er den ganzen Keller voll, unser Reichtum bestand aus Wein und aus Sägemehl. Das Geld für die Enteignung war nur die Hälfte von dem, was man uns ursprünglich genannt hatte.

Doch ging ich jeden Tag in die Mittelschule im Dorf unten im Tal. Ich ging in die dritte Mittelstufenklasse und ich war gewachsen, aufgrund einer Diphtherie, die mich fast umgebracht hätte, aber mich auch zehn Zentimeter länger gemacht hatte. Osso hatte errechnet, daß ich, wäre ich noch einen Monat krank gewesen, zwei Meter und siebenundvierzig Zentimeter lang geworden wäre. Er dagegen war in die Breite gegangen, voller Pickel und machte einen auf elegant, er trug dunkelblaue Jacketts mit flachen Knöpfen und Hemden mit hohem Kragen, die immer ein bißchen scheißfarben waren. Gancio war wie ein hagerer, finster dreinschauender Indio, er stieg allen Mädchen nach und seine Streiche wurden immer unverschämter. Seit Fulisca ihren Vater verloren hatte, wohnte sie außerhalb des Dorfes, und wir sahen sie gar nicht mehr, doch wenn sie auftauchte, war sie bleich und schön, mit zerwühlten Locken, wie eine Hexe. Selene dagegen war abgereist, sie besuchte die Mittelschule in der Stadt und ging in eine Tanzschule, und ich hatte all das schlecht aufgenommen. Am Tag ihrer Abreise fühlte ich mich traurig und voller Wut, ich bin nicht einmal zu ihr gegangen, um mich zu verabschieden, und jede Nacht träumte ich, daß sie auf drei unterschiedliche Weisen abgefahren sei.

Die erste: ich bin mit einem Strauß Blumen und einem Korb wilder Erdbeeren, die sie so mochte, zum Bus gegangen, ich hatte mir einen Scheitel gekämmt, ich war ungeheuer männlich und habe ihr gesagt: ich werde immer auf dich warten, und sie, wunderschön, in einem türkisfarbenen Kleid und mit blauer Schleife im Haar, mit behandschuhter Hand (in manchen Träumen auch ohne Handschuh), hat mir einen Kuß vom Busfenster aus zugeworfen und gesagt: ich werde dich nicht vergessen.

Die zweite: wir waren auf der Wiese mit den Alpenveilchen gewesen und hatten den ganzen Nachmittag über gevögelt, danach hatte ich sie zum Bus gebracht, und der Fahrer hatte gesagt: seh' sich das einer an, ihr seid ja voller Gras und Halme und Flecken, was habt ihr denn bis jetzt gemacht, Grashalme gezählt? Und alle hatten gefeixt und gelacht.

Die dritte bot Schutz: sie war mit den Gorettis abgefahren, die Gorettis waren drei riesige, säuische Brüder, die Nutten nachjagten. Sie fuhren drei Bagger und einen Lastwagen, der Eisenträger transportierte. Goretti Bruno, die Obersau, hatte zu Selene gesagt, setz' dich her zu mir, meine kleine Wilderdbeere, dann amüsieren wir uns bis in die Stadt.

Da habe ich, während Van Maxel den Fahrer mit der Machete bedrohte, gesagt: »Goretti Bruno, Sergio und Lanfranco, raus aus dem Bus, damit ich eure Scheißvisagen in zwei Teile spalten kann.« Das war ein Kampf, der bis in die kleinsten Einzelheiten choreographiert war, an dessen Ende ich sie mit Tritten und Faustschlägen flach gelegt hatte, und Selene schaute mich keuchend an und dachte: mein Held. Natürlich haben wir uns am Ende geküßt, und Gancio hatte unterdessen in einer Szene, die nicht jugendfrei war, den Gorettis die Köpfe abgeschnitten und sie auf eine Guatayaba-Pike gespießt.

Diese dritte Fassung kam, wenn ich verdammt verärgert war.

Jedenfalls war ich an dem Morgen zufrieden, weil Papa sich rasiert hatte und ein Auftrag über sieben Zwerge und ein Schneewittchen aus Holz eingegangen war, um die Wiese der Villa der Paladinis zu verschönern, des Direktors der Zementfabrik, und Papa hatte mit Karamasow diskutiert und sie waren zu dem Entschluß gekommen, daß man ideologisch diesen Auftrag ausführen könne, es wäre schönes Geld und eine künstlerisch wertvolle Arbeit, und vielleicht hätten die Zwerge Paladini ja auch mit liberaleren Ideen inspiriert.

Eines Sonntags schnitzte Papa das Gesicht von Mammolo und ich sagte: Papa, ich mache einen Schulausflug, um die Überreste und die Mosaiken von Santa Putilla zu sehen, schönes Zeug, sagte er, zog aus seiner Tasche tausend Lire und sagte: du kannst nicht ohne Geld gehen.

Ich war völlig baff, denn es war eine Zeit, in der Papa wenig Geld hatte und ich folglich noch viel weniger, mein Onkel gab mir was, und ich verkaufte ein paar Frösche und Körbchen voller Wildernbeeren an Chiccos Restaurant. Ich sah, daß der Geldschein völlig zerknüllt war, wie der Scheck von Fefelli damals in der Schule, aber das war etwas anderes. Geld verwandelt sich, je nach den Händen, in die es gelangt, dachte ich. In manchen Händen wird es zu Bausteinen, in anderen zu Schmetterlingen. Da lief ich, als frischgebackener Reicher, über die Wiese, der Hund bellte mir hinterher, ich ging zur Straße, wo der Bus vorbeikommen sollte, um uns abzuholen. Die Gruppe wartete schon, Gancio war da, Baco, Galileo der Intellektuelle, Osso und Rospa, die Kröte, ein Mädchen mit furchtbar dicken Brillengläsern und saublöd, über das wir nur sadistisch lachten, Tochter des Drogeriebesitzers, die immer nur nach Bleichmitteln roch, nie nach Schokolade oder Lakritz.

Wir hatten uns reisemäßig ausgerüstet. Ich trug eine Tausendtaschenweste von Papa, Gancio eine Anglerjacke, die nach Döbel stank, Galileo war mit einem Soldatenrucksack belastet. Osso hatte einen Imbißkorb bei sich, mit dem er ganz Peru hätte satt bekommen können, und riß bereits Brotstücke heraus, während Rospa prustete und sagte »Also kommt er nun oder nicht, also kommt er nun oder nicht?« und sich ununterbrochen die Schuhe mit einem Läppchen sauberwischte, so daß Osso, um ihr ein bißchen zur Hand zu gehen, einen großen Haufen Rotze auf die Schuhe spuckte und sagte:

»Tja, damit kriegst du sie blanker.«

Rospa war drauf und dran zu weinen, als wir das Horn der siebten Kavallerie hörten und der Bus auftauchte, der große blaue Schüttelbus, der nach Gummi und Benzin stank, und wir stiegen hastig und aufgeregt ein.

6

Schon unglaublich, wie man in einem Bus selig verblöden kann. Sechsundzwanzig Jugendliche beiderlei Geschlechts, und keiner, der still war oder wie ein anständig erzogener Mensch da saß, alle nach hinten gewandt oder gebeugt oder an die Fenster gelehnt oder unterwegs zwischen den Sitzreihen, mit dem Fahrer Angelo vorn, genannt Fangio, der bei jedem Gangwechsel über sämtliche Madonnen fluchte.

Unsere Reiseleiterin war Professoressa Zaini, mager wie ein Pflanzholz, knöcherig und mit vorgeschobenem Kinn, wie die Galionsfigur eines Schiffs, die, wenn sie redete, aussah, als würde jemand sie am Angelhaken hochziehen. Sie hatte ein zischendes S, spuckte und schützte eine gewisse Strenge vor, in Wirklichkeit war sie die Güte in Person. Sie duftete immer nach Maiglöckchen und trug falsche Ketten, drei bis vier Reihen, die sie sich um die Finger wickelte, wenn sie nervös oder in Gedanken war. Und das war sie oft, denn sie war, ach ja, eine Jungfer. Sie setzte sich zu Fangio, einem stattlichen Mann mit Tangolippenbärtchen, und begann zu flüstern und zu kichern, und er antwortete mit Kopfzeichen, denn immerhin mußte er ja fahren, und herrliche Kurven waren reichlich durch die Berge gelegt. Vor jeder Kurve drückte Fangio auf die Hupe zur Warnung, und das ganze Autogesindel fuhr zur Seite.

Unter unserer Reisegruppe hatten sich noch keine Pärchen gebildet, alles spielte sich mit einem Blick, mit Gefeixe, mit einer schrägen Bemerkung ab. Und auch die, die so taten, als wäre nichts weiter, schickten schnelle Blicke hin und her.

Augenblicklich war klar, daß drei Mädchen die Göttinnen dieses Ausflugs waren.

Die Sabbia-Zwillinge, die wenig Zwillingshaftes hatten, Olga war braunhaarig mit Ponyschnitt, Orsola rothaarig mit Pferdeschwanz. Sie waren kariert gekleidet und hatten Gesichter, deren durchtriebener Ausdruck nicht von schlechten Eltern war. Und die Venerelli, die mit vierzehn schon Büstenhaltergröße vier trug – und einen weißen durchlöcherten Pullover, den wir, auch wenn er nicht durchlöchert gewesen wäre, allein schon mit unseren Blicken durchlöchert hätten.

Die drei hatten sich natürlich zusammengesetzt und verursachten dadurch ein Gedränge in ihrem Teil des Busses, während die Mittelmäßigen und Häßlichen hier und da verstreut saßen und ihre Ruhe hatten, denn schließlich weiß jeder, daß man auf Ausflügen von Stunde zu Stunde schöner wird.

Die Jungs waren ganz aufgekratzt, jeder hatte seine Strategie und seine Verführungsmethode. Gancio umwarb bereits mit der Sicherheit eines Erwachsenen, er hatte sich strategisch hinter dem Trio in Position gebracht und redete Orsola ins Ohr, die auf jeden seiner Sätze antwortete:

»Du bist wohl blöd?«

Doch wenn er dann eine Weile nicht mit ihr sprach, fand sie einen Vorwand, sich nach ihm umzudrehen, ihm einen Wisch mit dem Pferdeschwanz zu verpassen und sich zu entschuldigen.

Gancios Rivale hieß Belletti, ein Typ mit gegeltem Haar, der einen Schwachsinn nach dem anderen erzählte, beispielsweise, daß er den Bus schon unwahrscheinlich oft im Park der väterlichen Villa gefahren habe und einmal Formel-1-Fahrer werden würde. Gancio blickte ihn kalt an und bereitete eine Guatayaba-Falle für ihn vor.

Olga wurde von Osso und Bruno dem Wissenschaftler umworben, der auch Baco hieß. Sie benutzten Witze, die in der Mitte abbrachen, dreiste Anspielungen, sie drängten sich, so dicht wie möglich bei der Schönen zu sein, und gelegentlich flog ein Lopez oder ein kräftiger männlicher Rülpser, sozusagen einem Liebesruf ähnlich, dem Röhren des Hirsches zur Hirschkuh hinüber und des Dugongs an die Dugonge.

Osso bot auch Minzbonbons an, die inzwischen eine Schnellklebewirkung hatten, und Baco, der genau so wie Osso das Terrain erkundete, stützte sich auf Olgas Rückenlehne, seine Hinterbacken hingen im Durchgang, er bekam jede Minute einen Tritt in den Hintern, aber er ließ nicht locker.

Ich, Galileo und Cavazzuti machten der Venerelli den Hof. Cavazzuti zählte nicht, er war einen Meter und eine Büchse groß, hatte Augenbrauen wie ein Höhlenbewohner und einen Atem wie eine Müllhalde. Aber er versuchte es immerhin, denn damals merkte, Gott sei Dank, keiner von uns, wie lächerlich wir waren. Galileo dagegen war ein Gegner, den man fürchten mußte, ein richtiger Intellektueller, mit himmelblauen, melancholischen Augen. Er redete mit der Venerelli als wäre er reiner Geist, ohne jemals auf ihre Brüste zu starren, aber ich wußte genau, daß, wenn er sie nicht in diesem Augenblick anstarrte, er sie vorher ausgiebig angestarrt hatte. Galileo sprach mit etwas fistelnder Stimme über zwei seiner drei Lieblingsargumente, das Schicksal des Menschen der Sinn des Lebens. Das dritte war, warum es unter den Fußballerbildern so viele doppelte gab, doch das war an diesem Tag nicht so angesagt. Er wußte immer einen tiefen Zweifel an allem zu finden: zum Beispiel wären wir auf dem Weg zu den Überresten des Klosters der Heiligen Putilla. Aber was ist ein Überrest anderes als das, was einmal ein Haus, eine Kirche, eine Molkerei war? Potentiell sei die ganze Welt ein Überrest und Trümmerfeld.

»Und was ist dann mit den Pyramiden?« sagte ich, denn ich hatte begriffen, daß, wenn ich mich nicht jetzt in die scheiß Unterhaltung drängen würde, ich mich überhaupt nicht mehr hineindrängen könnte.

»Die Pyramiden«, zitierte die Venerelli, »haben die Pharaonen gebaut, damit man sich an sie erinnert.«

»Weniger hätte es auch getan«, sagte ich, »ich meine ja nicht so was wie Bisacconis Büste in der Grundschule, aber Tausende von Sklaven arbeiten zu lassen, nur daß man in Erinnerung bleibt, ist ganz schön egoistisch. Eine Pyramide hätte es auch getan. Oder auch ein schönes Denkmal mit der Inschrift im Sockel: Gedenkt des Ramses.«

Die Venerelli lachte. Eins zu null für mich.

»Die Pharaonen wollten, daß man sich ihrer Größe und Herrlichkeit erinnerte«, entschied Galileo. »Die Mächtigen sind nicht wie wir. Und das Schicksal der Massen kümmert sie nicht. Ein bißchen so wie wir Künstler.«

»Du bist ein Künstler?« sagte die Venerelli und schaute ihn zärtlich und ekstatisch an. Zwei zu eins für ihn.

»Na ja, schon.« (Seufzer).

»Und was machst du?«

»Ich male, zeichne, spiele Flöte und vor allem schreibe ich Gedichte.«

»Nein, so was«, sagte die Venerelli und war ganz aufgeregt, »los, sag' mir eins auf.«

»Nein, nein«, sagte Galileo mit einer theatralischen Geste, »ich schäme mich, vielleicht später, wenn wir aussteigen.«

Und er ging weg, gefolgt von einer Neunziggraddrehung der Titten der Venerelli. Drei zu eins für ihn. Sinnlos, weiter da zu bleiben, sie wollte ja unbedingt das Gedicht, nicht etwa Scheißdreck. Ich stand auf und verzog mich schmollend in den hinteren Teil des Busses. Da war ein starker Furzgeruch, und die weißgrüne Rospa war im Begriff sich zu übergeben, und eine andere heulte, weil sie mit dem Kopf ans Fenster geschlagen war. Eine richtige Abteilung der Unglücklichen. Chöre fingen an, *Bruder Jakob*, *Quando calienta el sol* und *Tintarella di luna*. Osso deutete einen Twistschritt an, und der Bus schien ins Schleudern zu kommen.

»Schluß jetzt mit dem Affenstall«, sagte Fangio, »hier kommen wir zum ersten Halt, dem Brunnen von Santa Putilla. Steigt jeweils einer nach dem anderen aus, wenn ich bitten darf.«

Wir stiegen in Dreiergruppen aus. Galileo hatte sich backbord hinter die Venerelli gestellt, so schob ich mich zur Seite und die Rospa mit der Kotze in der Röhre schloß sich mir an. Sie verspritzte alles auf der grünen Wiese, ich würde sagen Hühnchen und grüne Bohnen, dann sagte sie:

»Entschuldigt bitte.«

Armes Ding, dachte ich, sie mußte mein Verständnis gespürt haben und klettete sich an mich. Und wir gelangten zum Brunnen von Santa Putilla. Die Zaini stellte sich vorne hin, wir stellten uns im Halbkreis auf und sie erklärte. Die Heilige war eine bescheidene Nonne vom Orden der Unglückseligen Schwestern Mariens, sie lebte einfach und kritisierte den Luxus der damaligen Kirche, vor allem den bösartig gesinnten Bischof Bernardo, der in einer großen Villa lebte, die heute ein vielbesuchtes Restaurant ist. Und so begann ihre Verfolgung als ungehorsame, hysterische Ketzerin, und aus Schmerz darüber lockerten sich die Schrauben ihres Gehirns, sie fing an, wie ein junges Wildschwein durch die Wälder zu laufen und erklärte, Gott würde sie jede Nacht in ihrer Zelle besuchen. Auch ich habe

Gott gesehen, wollte ich sagen, und dachte, daß Gott möglicherweise zu Santa Putilla ging, weil er ein intimes Plätzchen suchte, kurz gesagt, er war es leid, immer auf der Anhöhe zu kacken, ich sah das Bild vor mir, Gott kommt herein, geht auf die Toilette, man hört die Wasserspülung donnern, er knöpft sich die Hose wieder zu und sagt, also liebe Putilla, wie geht's? Nicht schlecht, Herr, man verfolgt mich. Nur Mut, Putilla, geh' deinen Weg, höre nicht auf die bösen Diener der Kirche, sagt Gott und geht weg. Kühne Gedanken waren das, aber durchaus nicht blasphemisch, meiner Ansicht nach. Kurz gesagt, Putilla wurde der Prozeß wegen erotischer Visionen, nächtlichen Herumtollens im Wald, abtrünnigen Wahns und Ketzerei gemacht. Daher wurde sie zur Haft auf der Burg von Morbello verurteilt, auf der Spitze eines hohen Berges. Doch sie sagte, nein, ich werde in diesem Gefängnis nicht sterben. Und während sie zu Pferde dahinzogen, sie inmitten zweier Kämpfer, sagte sie: ich möchte trinken, ich habe Durst. Aber hier gibt's kein Wasser, sagten die groben, aber realistischen Soldaten. Doch, es gibt welches, widersprach Putilla, stieg vom Pferd, berührte die Erde mit einem Stab, und Wasser sprudelte hervor. Dann faltete Putilla ihre Hände und starb. Um an das Wunder zu erinnern, wurde ein Brunnen aus Felsgestein errichtet, mit dem Bildnis der Heiligen darauf, genau an der Stelle, wo das gebenedeite Wasser hervorsprudelte, das die Frauen fruchtbar macht und von vielen Krankheiten heilt, einschließlich Halskratzen und Lippenbrand. Zweitens, Putilla wurde die Schutzpatronin der Wünschelrutengänger. Drittens, der Bischof bekam Pocken, er schickte um das Wasser von der Quelle, doch dies verdampfte noch im Glas, so als hätte der Teufel seinen glühenden Schwanz hineingehalten, und der Bischof starb mit schrecklichen Beulen. Das alles, um uns zu sagen, daß man mit heiligen Frauen keinen Schabernack treiben darf.

»Also dann, Mädchen, wer will trinken, eine nach der anderen?« fragte die Zaini.

Die Mädchen hielten sich zuerst an dem Wasserrohr fest, und es gab heftige Bemerkungen, denn das Wasserrohr war niedrig, und die einen nahmen es seitlich, andere richteten sich unterhalb von ihm ein, noch andere tranken wie aus einem Kuheuter, wieder andere aus den Händen, kurzum, es war eine komplette Darstellung erotischer Möglichkeiten, wenigstens aus unserer Sicht.

»Auch die Jungs können trinken«, sagte die Zaini demokratisch.

Als erster trank Fangio. Er hatte einen Aluminiumbecher dabei, er bot ihn der Zaini an, und diese dankte ihm mit einem für eine Lehrerin ziemlich gewagten Blick.

Dann versuchten wir Jungs zu trinken, doch unter Spritzern und Arschtritten kam nicht einmal die Hälfte dazu.

Ich sah, wie Galileo und die Venerelli die Gesellschaft verließen und sich auf die Wiese setzten. Ich folgte ihnen und bespitzelte sie hinter einer Rhabarberstaude. Er rezitierte:

Mein Aug' hat Tränen viel geweint
Und selten hat mein Mund gelacht
Doch seit ich deinen Liebreiz kenn'
Ist rings ein Paradies erwacht
Glück ist ein Augenblick, ach weh!
Dann kommt das Grab im kalten Schnee.

Die Venerelli stöhnte erobert, auch wenn ihr der erste Teil besser gefallen hatte. Die beiden anderen saßen still da und entblätterten Margeriten, eine Tätigkeit, die dem Ausbruch von Leidenschaften vorausgeht. Wahnsinnig vor Eifersucht, dachte ich daran, einen Meuchelmörder zu dingen, Gancio die tausend Lire zu geben, damit er Galileo, diesem niederträchtigen Dichter, eine Hornisse schickte. Doch Gancio hatte einer der Zwillingsschwestern die Schleife geklaut, und jetzt liefen sie einander nach, was gibst du mir, wenn ich sie dir zurückgebe? Ich wurde gelb vor Neid, ich spürte einen Stich in meiner Brust und ein Schweregefühl im Bauch. Ja, Selbstmord, da, dort, allem ein Ende bereiten, sich vom Geländer an der Straße hinunterstürzen. Aber das waren gerade mal drei Meter, ich wäre allenfalls verkrüppelt gewesen.

Doch genau da kam mir der Waldgnom zu Hilfe.

Ich sah, wie Galileo sich kratzte und juckte und wie die Knöchelpartie der Schönen langsam purpurn wurde. Sie hatten sich ausgerechnet in ein Brennesselfeld gelegt, und zwar in eines von den kleinen, gemeinen.

»Das brennt!«, sagte die Venerelli.

»Ich glaube, das sind Brennesseln«, sagte Galileo.

Ich tauchte unversehens an dieser Stelle auf wie ein Krankenwagen.

»Graunessel«, sagte ich, »die gemeinste Sorte.« Und ich fügte ernst hinzu: »Geht niemals auf Wiesen, wenn ihr die pflanzlichen Einzelheiten nicht genau kennt.«

»Tja«, sagte die Venerelli verärgert. Drei beide.

»Aber ich kenne das Gegenmittel. Ammoniak.«

»Oh ja, ich bitte dich«, sagte sie.

»Ich werd's schon finden. Ich weiß, wo ich es finden kann«, sagte ich. Lüge, aber es stand vier zu drei für mich und der Ball in der Mitte.

Wir stiegen wieder in den Bus, zehn Minuten Kurven bis zum Kloster, jetzt Hotel mit Sitzungssaal und Lasterhöhle für Nuttenjäger. Die Venerelli kratzte sich und redete mit den Zwillingen, zeigte zuerst auf Galileo, die Enttäuschung, und dann auf mich, die Hoffnung. Während der Bus immer weiter hinaufstöhnte, sahen wir unter uns das gesamte Tal, dort ging noch keine Autobahn vorbei, der Fluß war klar, und unter den Brücken waren tiefe Tümpel. Ich sah, wie ein Hecht ans Fenster hochsprang, ich sah Rauch aus einem Kamin zwischen den Bäumen aufsteigen und ich hatte Sehnsucht nach dem alten Haus. Ich war traurig, doch in diesem Augenblick bremste Fangio, und Osso prallte voll auf mich drauf. Er war verschwitzt und erregt wie ein Tier und hatte Krapfenkrümel sogar in der Nase.

»Das Picknick zuerst oder vorher noch der Besuch des Klosters mit Ruinen?« sagte Professoressa Zaini.

»Picknick, pick pick, nick nick«, riefen wir alle.

Wir verteilten uns auf einer Wiese ohne Brennesseln und ohne Scheiße, die Zaini hatte sie genau abgesucht und wir hatten sogar ein Tischtuch dabei. Galileo trat der Venerelli mit einem Glas Orangensaft entgegen, wurde aber zurückgewiesen. Das war meine Chance. Ich lief zu Fangio und fragte:

»Signore, haben Sie Ammoniak dabei?«

»Ja«, sagte er. »Für Notfälle wie etwa 'n Bienenstich. Aber geben kann ich dir keins.«

»Die Venerelli hat sich ganz schlimm an Brennesseln verbrannt. Ich bitte Sie, ich zahle Ihnen dafür auch tausend Lire, ich werde nur ein kleines bißchen davon verwenden.«

Er zwinkerte mir zu, wie man es unter uns Gigolos eben macht, und gab mir die kostbare Flasche gratis mit beigefügter Watte.

Ich kam zurück. Alle mampften. Es gab fritierte Eierkuchen und Brötchen mit Salami und Mortadella und, für die ganz Überkandidelten, hartgekochte Eier mit Salz in der Serviette. Am ausgelassensten waren Baco, der sich die Mayonnaise direkt in den Mund spritzte, und Osso, der mit zwei jungochsengroßen Koteletts ausgerüstet war, kantig und scharf, und er gab keinem was ab. Der schöne Belletti hatte eine Baguette mit Tomaten und Salat, die, sobald er sie in den Mund steckte, von einem von Gancios Lopez auf dem Boden verstreut wurde.

Doch der eigentliche Knüller war Rospa, ihrem Lebensmittelhändlervater sei Dank. Sie zog zwanzig Fruchtcremebonbons Zuegg hervor, ein paar Schokoladenriegel mit Mandeln und, hört hört, ein Gläschen Nutella.

»Wer will was davon?« fragte sie.

Ihr Beliebtheitsgrad stieg ins Unermeßliche, von einer Kröte zur Prinzessin, und sie war so zufrieden damit, daß für sie gar nichts mehr übrigblieb.

Ich ging zur Venerelli und hauchte:

»Ich habe das Ammoniak.«

»Und wie macht man das?«

»Man muß deine Beine damit einreiben, mit Watte.«

»Komm, dann lass' uns verschwinden, denn hier schäme ich mich.«

Mir stockte der Atem. Auf so viel war ich nicht gefaßt. Ich dachte, sie würde sich selber verammoniakieren. Statt dessen nahm sie ihr Brötchen und ich das meine und wir gingen hinter eine Hecke, da war ein Weg mit Weichselkirschen und die Sonne schien. Ich fing an, das Ammoniak auf ihre Knöchel zu reiben, unterdessen aß sie und sagte, was für eine Erquickung, es geht mir schon besser, und da war dieser Duft von Salami vermischt mit dem Geruch der Ammoniakpisse, was einen himmlischen Duft ergab, und ich war glücklich wie ein Specht und wäre weiter dageblieben und hätte ihr ein Leben lang die Knöchel mit Watte betupft und Ammoniaksalami gekaut.

Und plötzlich dachte ich: Und was, wenn sie ihre Titten in die Brennesseln gesenkt hätte? Alles ging schief, überall ließ ich Krümel fallen und hustete wie ein Diesel. Sie lachte. Gancio kam und schlug mir mit der Faust auf den Rücken. Galileo beobachtete hinterlistig die Szene, um herauszufinden, ob sich irgendwo eine Lücke zu seinen Gunsten öffnen würde. Am Ende holte ich tief Luft und kam wieder zu mir.

»Danke«, sagte sie.

»Nicht der Rede wert«, sagte ich.

»Du verstehst eine Menge von Wiesen«, sagte sie.

»Na ja, bin in den Bergen geboren. Man muß seine Umwelt kennen. Manche Pflanzen sind giftig, andere haben heilende Wirkung. Harz heilt den Husten, Zichorien erfrischen, Raute heilt Bauchschmerzen, Holunder rheumatische Schmerzen, wilder Spargel macht dich putzmunter, Rhabarber kannst du gekocht oder gebraten essen, Maibeeren sind äußerst giftig, ebenso Efeu und Pfirsichkerne. Und dann sind da noch die Pilze. Es gibt giftige und eßbare. Der da zum Beispiel ist der Tambourstock. Von dem heißt es, er sei ein Aphrodisiakum.«

»Was bedeutet das denn?« fragte sie.

Der Augenblick war episch. Der Blick der Venerelli auf mich gerichtet, ihre Balkonladung schaukelte ungefähr sechseinhalb Zentimeter von meiner Brust entfernt. Ich dachte, ich sollte ihr sagen, daß Aphrodisiakum bedeutet: aus Afrika stammend, oder daß es den Körper antreibt. Doch sie war es, die sagte:

»Dummkopf, ich weiß doch, was Aphrodisiakum bedeutet.«

Sie nahm mich bei der Hand und wir rannten zwischen den Weichselkirschbäumen hin und her. Sie lachte, ich war in einem ekstatischen Zustand. Keuchend blieben wir stehen. Das war der günstige Augenblick. Am Horizont war nur ein fernes Haus zu sehen und eine Kuh, ein von Natur aus unauffälliges Tier, das sich nur um seine eigenen Angelegenheiten kümmert.

»Küss' sie«, sagte Gott und knöpfte sich in der Höhe auf einer Wolke die Hose zu.

»Küss' sie«, sagte der Hecht und öffnete sein gieriges Maul.

»Küss' sie«, sagte der Gnom und packte sich an die Eier.

Ich bin kein Experte, herrje, dachte ich. Das eine oder andere Küßchen bei Selene, mit verschlossenem Mund. Doch hier brauchte es Atmung, Zungenrhythmus, Speichelbeherrschung, das war wie eine Abiturprüfung, wie ein Aufstieg in die erste Liga. Unterdessen schaute die Venerelli mich an, und ihr Busen hob und senkte sich unter dem schweren Atem und legte in seinem Wogen einen Schatten auf den darunterliegenden Hügel. Ich dachte: jetzt oder nie, umarmte sie und spürte die weichen Hüften und den durchlöcherten Pullover, Duft von Haut und Ammoniak zugleich, und gerade, als ich meine Zunge in ihren Mund schnellen lassen wollte, hörten wir ein eigentümliches Stöhnen, und danach gleich nochmal.

»Wem geht's denn da nicht gut?« fragte ich.

»Da ist jemand im Heuschober des Hauses«, sagte die Venerelli.

»Jemand? Wer?«

Und in diesem Augenblick hörte man, flüsternd, doch wie ein Glockenschlag in der Stille eines Nachmittags, die Stimme der Zaini, die sagte:

»Oh ja, Angelo, ganz, ganz.«

Ich wollte weggehen. Doch die Venerelli war schon auf das Verbotene zugegangen. Wir schlichen hinter das Haus und sahen im strohenen Gold des Schobers Fangios behaarten Hintern, der mit einer schnellen, gleichmäßigen Bewegung beschäftigt war, auch wenn die halb auf die Schenkel heruntergelassene Hose ihn ein bißchen bremste. Und zu beiden Seiten des Hinterns kamen die Beinchen der Zaini zum Vorschein, eines mit und eines ohne Schuh. Ein Irrtum war ausgeschlossen. Es handelte sich um einen klassenübergreifenden Geschlechtsverkehr zwischen einer Staatsexaminierten und einem Busfahrer.

»Gehen wir«, sagte ich.

»Wieso?« fragte die Venerelli, die dieses Kapitel ganz genau lernen wollte.

Die Zaini gab ein Röcheln von sich und Angelo ein Brüllen, dann biß sie ihm ins Ohr und er sagte Du Sau, und der Rhythmus wurde schneller, als plötzlich das Geräusch eines Traktors hörbar wurde. Wo ein Traktor ist, da sitzt auch ein Bauer am Steuer, daher sahen wir, wie Fangio auf die Beine schoß, seine Rute war immer noch hungrig, und die Zaini brachte sich in aller Eile in Ordnung, war aber voller Strohhalme, und als sie an uns vorüberschoß, prustete ich los.

»Kinder«, sagte Fangio krebsrot, »gnade euch Gott, wenn ihr auch nur ein Sterbenswörtchen sagt.«

Wir nickten.

Die Ruinen waren drei dämliche Steinbrocken, das Kloster ganz mit Linoleum und modernen Bildern verhunzt. Aber wie hätte ich die

Rückfahrt im Bus bei Mondschein vergessen können… Ich träume von jungen Leben in Fangios sicheren Händen, die ruhig lenkten, und die Zaini, die ihn voller Bewunderung anblickte. In einer Ecke schliefen ein paar Unverpaarte, andere sangen leise. Doch auf den anderen Sitzen feierte der Bus-Eros seinen Triumph. Wirklichkeit und Phantasie vermischten sich dann in der Erzählung über diese sechzig Kilometer. Es heißt, daß Gancio der roten Zwillingsschwester den Schlüpfer auszog und alles nur Denkbare passierte. Daß die andere Zwillingsschwester der Anmache Ossos widerstand, ihm aber schließlich doch erlaubte, eine Hand auf ihren Schenkel zu legen, und Osso schwoll an. Sogar der Rospa gelang es mit Hilfe des letzten Fruchtcremebonbons, an Bacos Hose herumzufummeln. Andere Pärchen knutschten. Und ich und die Venerelli waren in einem Meer von Sog und Speichel, unendlichen Küssen, pfeilschnell aufeinander losschießenden Zungen verloren. Für mich war es ein Intensivkurs, aus dem ich Erfahrung und Gewinn für mein ganzes Leben zog. Und wenn ich mich an ihre epischen Titten preßte und wieder zurückflog, mich wieder an sie preßte und wieder zurückschnellte, verspürte ich soviel Lust und Vergnügen, daß ich noch heute gerührt werde, wenn ich daran denke. Dann, bei den ersten Lichtern der Stadt, nach einem letzten Brustwarzenduell, sah ich sie von der Seite an, sie war wunderschön, verschwitzt, aufgeheizt, mit einem Haarbüschel über den Augen, und ihr leichter Wollpullover entblößte eine Schulter.

»Ich liebe dich«, sagte ich.

»Bist du jetzt verrückt geworden oder was?« antwortete sie.

7

Man glaubt, daß, wenn die Dinge erst einmal laufen und sich zum Guten gewendet haben, dann wird die Straße immer nur abwärts gehen, man braucht bloß genügend Anlauf zu nehmen und der Genuß wird immer größer, so groß, daß einem schwindelig wird, daß man immer glücklich ist, bis man zum Trampolin des blinden Glücks gelangt und ins Nirwana des perfekten Arschs fliegt.

So ist es nicht.

Sofort sind Rinnsteine, Querrinnen und Steine mitten auf der Straße, die von den Serpentinen aus ihren Befestigungen gelöst wurden. Und vor uns ein so steiler Anstieg, daß man die Spitze überhaupt nicht sieht.

Dies, um zu sagen, daß nach der ganzen sechzig Kilometer langen Knutscherei die Dinge mit der Venerelli schlecht liefen. Die Schöne wandte ihre Titten und ihr Herz von mir ab, sie war eine erbarmungslose Sammlerin junger, glühender Rennfahrer, sie tat, als wäre nie etwas geschehen, und die Woche drauf sah ich, wie sie auf Augustos Motorrad stieg, eines bulligen Sechzehnjährigen mit Hosen wie Elefantenfüße und einem Haarbüschel wie ein Wiedehopf, er rauchte und gab sich ganz als Gigolo.

So sah ich sie verschwinden, lieber als den Geruch von Ammoniak mochte sie jetzt den von Benzingemisch und den von der Linetti dieses coolen Typen, und ich stellte mir eine ungeheure Rache an ihnen vor, daß sie von der Straße abkommen würden und statt in Brennesseln zu landen, würden sie in den Fluß stürzen, und die Hechte würden sie in Stücke reißen, die Unterwasserpolizei würde nur noch zwei Skelette auf dem Motorrad finden, verbunden in einer letzten Umarmung.

Dann dachte ich nicht mehr daran.

Viel schlimmere Dinge waren passiert. Die Lastwagen fuhren weiterhin vollbeladen mit Baumstämmen vorüber, die Ausrottung des Waldes ging weiter. Mein Vater kam eines abends mit Onkel Nevios Vespa-Dreirad zurück. Er war vollgeladen mit Zwergen. Er hatte sie zum Zementfabriksdirektor Paladini gefahren, der gesagt hatte, daß sie nicht genügend disneymäßig wären, daß sie aussähen wie Bauern und er Bauern auf seinem Green nicht haben wolle, und mein Vater hatte gesagt, ich habe sie gesehen, die Disneyzwerge, aber die sind unecht, diese hier sind viel schöner, ich hab mich von den Alten im Ort inspirieren lassen, und Schneewittchen habe ich ein bißchen so gestaltet, wie eine gewisse Milchverkäuferin, die ich einmal kannte. Grauenhaft, niederes Gesindel und Geruch von Ricotta, sagte Paladini, machen Sie sie neu, denn so will ich sie nicht. Und mein Vater schluckte die Kröte, er hatte zwei Monate an diesen Zwergen gearbeitet und brauchte das Geld dringend. Aber er kam zurück, fluchte wie ein Berserker und schleuderte Hobel, Sägen und Stichel um sich herum, in den Arsch mit Woldisney und den beschissenen Reichen, die nichts von der Kunst des Schnitzens verstanden.

Papa, sagte ich, du bist großartig, versuch's nochmal. Da gab er mir eine Nuß auf die Nase, was das für ihn typische Streicheln war, und sagte: was für ein Glück, daß wenigstens du in der Schule gut bist. Ich sagte ihm nicht, daß ich ausgerechnet an diesem Tag eine Fünf in Italienisch bekommen hatte, weil das Aufsatzthema lautete: »Welche historische Persönlichkeit hat euch am meisten mit Bewunderung erfüllt und haltet ihr im Hinblick auf die Geschichte unseres Landes für bedeutend.« Und alle haben natürlich einen Haufen Mazzinis und Cavours und Garibaldis und auch Romolos und Remusse und Dantes reingepackt, ach je, alles unglaublich tüchtige Leute. Ich dagegen hatte über den Kommandanten Ghigna erzählt, der der berühmteste Partisanenanführer unserer Gegend war, seine Gruppe stieg von den Höhlen des Monte Mario herunter und attackierte die deutschen Konvois, Flinten gegen Maschinengewehre, er wurde nie geschnappt, und als alles zu Ende war, erschoß er, um die Rechnungssumme zu runden, auch einen oder zwei, die seinen Bruder umgebracht hatten. Insgesamt also war er keineswegs so heldenhaft wie in den Geschichtsbüchern, aber wenn die Faschisten in unseren Bergen nur dreißig massakriert haben und nicht zweihundert, wie in dem Tal in unserer Nähe, gebührt dieses Verdienst auch

Ghigna und dem Schrecken, den er verbreitete. Da hatte der Lehrer gesagt, daß das, was ich geschrieben hatte, weder richtig noch unrichtig sei, ich hätte nur einfach das Thema verfehlt. Ich wußte nicht, daß es in der Zukunft eine Zeitspanne geben würde, in der dieses Thema zwei plus, dann noch befriedigend und schließlich reichlich mangelhaft bekommen würde, ich dachte nur, daß Ghigna seine riskante Rolle gespielt hatte, und daß die Geschichte, wenn sie erst einmal ihre Note vergibt, diese auch beibehält. Dante eins minus, Garibaldi gut, Ghigna voll befriedigend, wegen des unglücklichen Ausrutschers am Ende. Aber so ist es nicht, die Bewertung verändert sich. Jedenfalls stand mein mangelhaft im Klassenbuch und würde auch da stehen bleiben, in der Geschichte des Trimesters und des Jahrhunderts.

Meinem Vater sagte ich nichts davon, er war ganz damit beschäftigt, die Nase von Äolus neu zu schaffen und kopierte sie aus einem meiner Comicheftchen. Ich ging raus und suchte etwas Aufbauendes, und gleich fand ich Gancio und Osso, die mit der Zwille die Scheinwerfer der Tankstelle zerschossen. Das war lustig und schelmisch, aber nicht wirklich aufbauend. Osso war außerdem ein ziemliches Arschloch geworden, er zeigte immer ein dick mit Geld gefülltes Portemonnaie, kaufte zwanzig Tütchen mit Bildern auf einen Schlag und tauschte sie eins zu eins, obwohl er sie, weil er so viele hatte, auch eins zu zehn hätte tauschen können. Da beging ich eine der niederträchtigsten, beschämendsten Taten meines Lebens. Als er das Album auf einer Bank liegen gelassen hatte, wärmte ich den Klebstoff an und löste Ghiggia vom Roma-Verein heraus, ein ganz seltenes Bildchen, das keiner hatte. Als er den Diebstahl bemerkte, hatte ich Ghiggia bereits gegen zwanzig Bildchen und einen Barbierkalender mit jungen Frauen in Strapsen eingetauscht. Den Kalender tauschte ich, außer Juni, den ich mir unters Kissen gelegt hatte, gegen eine Angelrute ein. Ich war dabei, ein Geschäftemacher zu werden, wie Fefelli, doch die Angelrute wurde mir gestohlen, während ich Fußball spielte. Fefè wäre das nicht passiert. Er ließ sich nichts wegnehmen und vor allem sagte er, daß alle reich werden könnten so wie er, aber in Wirklichkeit hätte er jeden zu Boden geschlagen, der auch nur den Versuch unternommen hätte. Doch der Ort füllte sich mit Fefelli-Imitaten und Fefè-Anwärtern. Wer weiß, wie weit er den Grund des Flusses vergiftet hat, dachte ich. Ich sah Osso und Gancio an und mir war klar, daß sich etwas Kaltes zwischen uns gestellt hatte, ein Luftzug wie in einer Grotte, wir waren zwar noch immer Freunde, lebten aber schon in unterschiedlichen Welten. Wir trafen uns in der intergalaktischen Triuniversalverbindung und kehrten dann zu unserem Planeten zurück: Gancio tauchte in seine Welt voller Haß und Wut ein, Osso in sein pralles Portemonnaie, ich in meinen Wald und meine Verwirrungen.

Eine Laterne explodierte nach dem Treffer in einem Funkenregen. Ich sah, wie sich Osso und Gancio hinter einem Auto versteckten. Über den Platz der Tankstelle kam Onkel Nevio sozusagen im Laufschritt an, zusammen mit Carburo dem Gewerkschafter. Doch das hatte mit der Laterne nichts zu tun, die Sache war weitaus ernster. Onkel Nevio nahm Gancio zur Seite und ich sah, wie seine Hände zitterten. Er sagte ihm, daß mit seinem Bruder Remo etwas Schlimmes passiert sei, dem sympathischeren der beiden, mehr noch: dem einzigen sympathischen, weil den anderen beiden von Gancios Brüdern das am Arsch vorbeiging. Remo arbeitete seit knapp zwei Monaten in der Zementfabrik. Ein Lastwagen sollte mit Eisenträgern beladen werden, und plötzlich hatte die Ladung nachgegeben und ihn unter sich begraben. Sie brachten Gancio weg, ich sah, wie er weinte, zum ersten und auch zum letzten Mal.

»Es gibt wirklich Scheißarbeiten«, sagte Osso voller Wut, »ich werde niemals Arbeiter.«

Ich sah ihn genau an. War er wirklich der, der das gesagt hatte? Ja, er war's, ich gab ihm einen Haken auf die Nase, wir schlugen uns, sein Vater kam, riß uns auseinander und sagte zu seinem Sohn, halt' dich von diesem kleinen Lumpenhund und dieser Säuferseele von seinem Vater fern, ja, das sagte er.

An diesem Tag war die Hölle los, die Arbeiter demonstrierten vor der Zementfabrik, aber dann kamen die Brüder Pastori mit einem Bagger raus, das Ganze hätte in einer Schlägerei geendet, wenn die Polizei nicht eingeschritten wäre. Acht olivgrüne bewaffnete Polizisten, so was hatte man noch nicht gesehen. Sie hatten meinen Vater am Wickel, weil er nicht dort arbeitete. Aber es ist so, als würde ich hier arbeiten, sagte er. Und Karamasow, der ebenfalls nicht zur Belegschaft gehörte, nahm, nachdem alles ruhig zu sein schien, einen großen Stein und warf ihn gegen den Bagger. Daraufhin wurde er drei Tage ins Gefängnis gesteckt, und er redete drei Jahre darüber.

Am selben Abend ließ der Direktor der Zementfabrik meinem Vater ausrichten, daß er die Zwerge nicht mehr wolle, er gebe kein Geld für einen, der vor seine Fabrik gekommen sei und ihn beleidigt habe. Mein Vater konnte sie dann an Luciana, die Besitzerin des Miederwarengeschäfts, verkaufen, die eine Schwäche in dieser Reihenfolge hatte: für Robert Mitchum, für ihn und für Onkel Nevio. Papa, sagte ich, hat sie dich mit Schlüpfern bezahlt? Er lachte und trank, einerseits zufrieden und andererseits stinksauer.

Auf der Beerdigung des Bruders sagte Gancio kein Wort. Wir gingen alle in einer Reihe hinter einem grauen Wagen her und stiegen zum Friedhof zwischen den Ginsterbüschen hinauf. Osso kam zu mir. Er steckte mir ein Päckchen mit Bildern zu. Ich gab es ihm mit den Worten zurück:

»Schon gut, Friede, vergessen.«

»Nimm sie schon«, sagte er.

»Darum geht es doch gar nicht«, sagte ich.

An dem Tag hatte ich etwas begriffen. Ich sah einen von Gancios Brüdern, er war besoffen, er lachte mit einem Mädchen. Ich sah auch den anderen, er rauchte und ihm ging das alles ziemlich am Arsch vorbei. Ich sah Fefelli, der kam, um sich blicken zu lassen, begleitet von den Pastori-Brüdern, doch ein Pfiff tönte, dann ein zweiter, und der Bürgermeister machte sich aus dem Staub, weil seine Gegenwart nicht wirklich angebracht zu sein schien. Ich sah Fulisca, die weinte, als wäre der Verstorbene ihr Bruder gewesen, und Regina, die sie tröstete. Ich sah meinen Onkel, meinen Vater und Cipolla, die sich eingehakt hielten. Ich sah Lavamèl, der seine Sonnenbrille abgenommen und Augen wie von Lemuren hatte. Ich sah Caprone ein bißchen abseits, mit verdreckten Schuhen. Ich sah Slim, dem irgendwann ein Vers herausrutschte, der so traurig war wie ein Wiedehopf. Entschuldigt, sagte er, er ist mir so herausgerutscht. Und die Arbeiter von Messina, mit staubverdreckten Augenbrauen, mit dem Hut in der Hand, die nicht wußten, wo sie sich hinstellen sollten.

Und ich begriff, daß ich im Leben nicht wie bestimmte Menschen werden wollte und mit allen Kräften versuchen würde, wie bestimmte andere zu werden.

Es war dann eine schlimme Woche. Wie Onkel Nevio sagte, der Teufel spielte jede Nacht Geige auf dem Campanile. Fulisca kam ins Krankenhaus mit einem nicht enden wollenden Zittern, ein Krankenwagen kam bei Nacht und brachte sie fort und ließ einen roten Schweif im Nebel zurück, und wir starrten ihm nach, als würde es sich um den Giro d'Italia handeln. Eines Morgens fand man im Oberlauf des Flusses lauter tote Fische. Auch ein paar von diesen Kriegerhechten, deren Bauch voller Gift war. Niemand verstand, woher das kam.

An einem Sonntag gingen wir zur Straßenüberführung, wir, das waren ich, Osso, Gancio und Baco. Da hörten wir, wie Bremsen quietschten, Krach und dann Schreie. Ein Unfall, der erste, der sich auf diesem Abschnitt der Autobahn ereignete. Wir sahen vier völlig zusammengequetschte Autos und Leute, die einen Körper aus einem Millecento zogen, er sah aus als hätte er keine Knochen mehr. Eine Frau weinte und ging im Kreis. Ein Lastwagen lag im Artischockenfeld, mit der Unterseite nach oben, wie eine Riesenschildkröte. Ein anderes Auto brannte noch. Das alles war weit weg.

Doch man mußte nur genau hinsehen, dann konnte man erkennen, daß zwei Bettücher auf dem Asphalt lagen und unter einem ein Fuß hervorschaute. Und auf der Fahrbahn waren dunkle Flecken. Eine Steige mit Äpfeln mitten auf der Straße, keiner würde sie mehr essen.

»Spitze«, sagte Gancio, »ich habe noch nie einen wirklichen Unfall gesehen.«

»Die fuhren ja wie die gesengten Säue«, sagte Osso ganz aufgewühlt.

In dieser Nacht schlief ich nicht. Ich träumte von einem großen Lastwagen, der in mein altes Haus hineinfuhr und mich durch alle Zimmer und durch den Hof verfolgte, der den Strohschober niederriß, auch den Brunnen, hupte und mich mit den Scheinwerfern blendete. Und oben saß Fangio in ihm.

»Fangio«, schrie ich, »du bist doch mein Freund. Das Ammoniak, Signora Zaini, erinnerst du dich?«

Er stieg herunter und ich sah, daß er nur ein Bein und einen abgerissenen Arm hatte, und im Gesicht völlig zerschrammt war.

»Wir sind doch alle irre«, sagte er weinend, »wir lenken gar nichts mehr, sie sind es, die uns lenken.«

Dann kam, was sich seit langem angekündigt hatte, die Schließung der Seidenraupenzucht Escapè. Orangefarben angezogene Feuerwehrleute kamen gemeinsam mit einem Staatsanwalt, wer weiß, welche Unregelmäßigkeit man festgestellt hatte. Die Wahrheit war, daß der Geruch verwesenden Fleisches zu der Ebene hinaufwehte, wo Fefelli das Residencehotel delle Roselle bauen wollte. Sie schleppten das faulende Fleisch in Stücken und Stückchen weg, drei oder auch vier Feuerwehrleute fielen in Ohnmacht, sie hatten ein riesiges Loch gegraben, warfen alles hinein und steckten es mit Benzin in Flammen, der Rauch und der Gestank hielten drei Tage an, als hätten sie einen Tyrannosaurier verbrannt. Dann rissen Bagger die Aufzuchtsgebäude nieder, einer überschlug sich, der Baggerführer zerquetschte sich die Rippen, er lag im Sterben. Doch während man ihn fortbrachte, trat aus dem Wald ein riesengroßer bärtiger Mann, der sich die Hose zuknöpfte. Und er rief: Nicht ihn, er hat damit nichts zu tun. Wer ist denn der Verrückte, fragte man. Ich wußte genau, wer er war. Und tatsächlich wurde der Baggerführer gerettet. Und die schlimme Zeit war vorüber.

Eines Nachts zogen Cipolla, Karamasow und der Barbesitzer Balduino über die Piazza, alle drei waren bis oben hin voll mit Eierlikör der Marke Vov. Und während sie synchron dahintorkelten, hörten sie einen Schrei und einen dumpfen Aufschlag. Vom Campanile war ein gehörntes Männlein mit Schwanz und einem Gewand aus rotem Samt heruntergefallen. Es rappelte sich auf, nieste und verschwand und ließ einen Geruch von Schwefelhölzern zurück.

Am nächsten Morgen ging ich in den Ort, um Medikamente für meinen Vater zu besorgen. Jetzt hatte der Ort auch eine Apotheke. Papa hatte sich eine schlimme Erkältung eingefangen, er war nachts bei Regen auf den Berg gegangen, um Holz zu holen. Er hustete wie ein Löwe und auf seiner Stirn konnte man eine Foccaccia aus Wasser und Mehl backen.

Die Sonne schien, Doktor Carabelli, der im Ort bald schon eine Praxis eröffnen wollte, hatte mir versichert, daß Papa sich binnen einer Woche erholen würde. Und als ich auf den Fluß blickte, sah ich, daß sich aus wer weiß welchen Überläufen oder Vertiefungen wieder ein Graben in der Gegend der Sandbänke gebildet hatte, zwar nicht genau wie vorher, doch verhältnismäßig tief, denn immerhin waren da zwei, die angelten. Und ich dachte, auch wenn mir gerade meine neue Angelrute gestohlen worden war, habe ich immer noch die alte. Und vielleicht angele ich ja auch was, Papa mag gebratene Fische. Als erstes hole ich Aspirin und Coricidin in der Apotheke. Ich trete ein, ich spüre einen Geruch, der sowohl der einer Wiese als auch der eines Friedhofs war. Es gibt ein Gerät zur Messung des Blutdrucks, als hätte man den alten Frauen des Ortes ein Gärtchen mit Sitzbank angelegt, jeden Morgen sind sie da und veranstalten Wettkämpfe um obere und untere Werte. Und ein äußerst freundlicher Apotheker ist da, sicher ein bißchen schwul, und ich bin reserviert. Denn in unserem Ort hat die sexuelle Revolution noch nicht stattgefunden, und wir sind voller Vorurteile, daher verwechsele ich seine Freundlichkeit mit wer weiß was für einem Balzgehabe und werde nervös und sage: Geben Sie mir nun die Medikamente oder nicht, was ich gleich bedauere. Daraufhin gibt er mir zwei Valda-Pastillen, und ich weiß nicht, ob ich, wenn ich die jetzt annehme, auch schwul werde, aber dann nehme ich sie und wir lächeln uns an. Voller Zweifel über meine Sexualität bleibe ich vor dem Miederwarengeschäft stehen. Ich betrachte das Foto des Boxers im Slip und das der Blonden mit dem Body. Nein, ich bin wohl in Ordnung. Dann gehe ich zu Onkel Nevio und lasse mir kleine Seidenraupen geben, die letzten aus der Serie Escapè, und zwei neue rote Schwimmer, die wie Radieschen aussehen. Ich stürze nach Hause, gebe die Medikamente ab, nehme die Angelrute und dann im Eiltempo mit dem Fahrrad zum Fluß, den Schotterweg runter, ich stürze zweimal, aber was macht das schon. Und ich komme an den Graben. Einer der beiden Angler hat Stiefel an, die in einer Art Latzhose enden, ich brauche nur einmal zu beobachten, wie er die Angel auswirft, und erkenne ihn sofort: es ist Bortolino mit seinem unvergleichlichen Swing. Der andere ist Baco, der nur aus Freßlust angelt, zum Angeln aber nicht in der Lage ist. Er wirft den Schwimmer entweder zu nah oder zu weit, er hat tänzelnde Bleikügelchen angehängt und bringt die Seidenraupen zu eilig an, so daß am Haken nur der Saft hängen bleibt. Und um das Maß voll zu machen, hat er mit dem Köder gerade ein so unglaubliches Wirrwarr veranstaltet, daß das Labyrinth des Minotaurus im Vergleich dazu eine Gerade ist. Er versucht es zu entwirren, gerät in Wut und schneidet mit dem Messer alles ab.

»Für heute reicht's, man fängt ja nichts«, sagt er.

In diesem Augenblick knackt und knarzt die Angelrute Bortolinis des Großen, die Spitze biegt sich, man hört, wie die Rolle surrt, und aus dem Wasser taucht eine mindestens sechshundert Gramm schwere Barbe auf. Er zieht sie ruhig heran und steckt sie in die Reuse, in der bereits Aale aneinander schlagen.

Ich stelle mich dahin, wo Baco geangelt hat. Ich bringe einen achtundzwanziger Haken an und angele neben dem Brückenpfeiler, wo es eine Stromschnelle gibt. Ich weiß, daß da nur Kleinzeug herumschwimmt, aber ich begnüge mich damit. Und schon hole ich einen, zwei und dann vier zappelnde Weißlinge heraus, andere verfehle ich. Am Ende habe ich die Hände mit Seidenraupen verschmiert und zwei zerbrochene Ruten, aber der Behälter ist voll und es brodelt in ihm. Bortolino geht hinter mir vorbei. Im Netz hat er sechs, sieben ausstellungsreife Exemplare. Er lächelt mir zu und sagt:

»Für Weißlinge bist du richtig begabt.«

Was ein halbes Kompliment ist und auch eine halbe Aufforderung, doch mehr zu wagen, aber von ihm lasse ich's mir sagen. Ich fühle mich müde, das Angeln auf Weißlinge ist anstrengend, zwar nicht so wie eine Corrida, aber fast so. Ich lege mich auf die Steine und halte die Füße ins Wasser. Ich spüre, daß etwas passiert, der Fluß hat wieder zu fließen begonnen, vielleicht nicht so wie früher, aber er versucht es, die Fische werden wieder zurückkommen. Vielleicht hören die Bagger ja auf zu schaufeln und Kies zu stehlen. Die Dinge sterben: das ist das erste, was du nicht auslöschen kannst, wenn du's erst einmal entdeckt hast. Die Dinge heilen, die Dinge beginnen von neuem, die Dinge kehren wieder. Das ist etwas Schönes, das man im Kopf behalten soll, aber du kannst es nicht immer haben, Hoffnung ist wie die Sonne im Wald, sie verschwindet, kehrt für einen Augenblick wieder, dann ist wieder Schatten und Dunkel. Ich höre unsichere Schritte auf dem Kies am Fluß und einen Kiesel, der hinabrollt. Und dann ein »Verdammt«. Ich drehe mich um, wer von meinen verwilderten fluchenden Freunden kann bloß »verdammt« sagen?

Mit einem Bein in der Luft, in einem sehr unsicheren Gleichgewicht, die Schuhe in den Händen haltend und durch einen Strudel watend: es ist Selene.

Ich erinnere mich nicht, wie lange ich sie schon nicht mehr gesehen habe, aber sie hat sich verändert. Ich kann nicht sagen, sie sei eine Frau geworden, das war sie vorher auch schon, schließlich war sie ja keine Betonmaschine. Doch sie ist größer und schlanker geworden, ihr Gesicht ist ausdrucksvoller, ihre Backenknochen stehen etwas vor, ihre Haare sind lang und luftig leicht und ihre Augen sind immer noch grünblau, kurz gesagt: sie sieht wunderschön aus.

Und sie fragt mich, wie läuft's?

Und ich überlege mir wie üblich, auf die folgenden unterschiedlichsten Arten zu antworten.

Es läuft ausgezeichnet, ich habe eine Menge sexueller Erfahrungen gesammelt, vor allem in Autobussen, mein Gehirn hat sich mit grundlegenden Vorstellungen und bildenden Erfahrungen vollgesogen, mein Penis hat sich maßlos vergrößert, ich angle, weil ich die Absicht habe, eine Fischbraterei Fish and Chips zu eröffnen. Mein Vater und ich wohnen in einem Chalet am Hügel, und er ist der größte Zwergenschnitzer in Europa geworden, sein Zwerg Brontolo der Murrer, der auf französisch Grognon heißt, befindet sich im Büro von Charles De Gaulle im Élysée-Palast, in der Schule bin ich richtig gut und verfehle nie das Thema, jetzt siehst du mich zwar nur in dieser sportlichen Kleidung mit einem Militär-T-Shirt, doch zu Hause habe ich sechzehn Ballantyne Pullover mit Rauten und jeder hat eine andere Farbe, ich habe Jacketts in unterschiedlichen Farben und einen Morgenmantel mit meinen Initialen. Das hier ist das Fahrrad-Maultier, um zum Fluß zu kommen, aber ich habe auch eine blutrote Legnano mit Gangschaltung, und schließlich und endlich besitze ich noch ein Barscheckbuch, ich rauche, ich trinke und duelliere mich jedesmal bei Vollmond.

Oder ich könnte sagen: jetzt, wo ich dich sehe, begreife ich, wie sehr du mir gefehlt hast, und allein bei der Vorstellung, daß du wieder verschwindest, könnte ich sterben, ich liebe dich, ich liebe dich, und wenn du mir antwortest »bist du jetzt verrückt geworden oder was«, schwöre ich, daß ich alle diese Fische hier roh esse und zwei Kilo Brot dazu und dann werfe ich mich in den eiskalten Graben, bekomme eine Verdauungsstörung, ertrinke, und du wirst ein Leben lang Gewissensbisse haben.

Am Ende sage ich einfach nur: geht so, und bei dir?

Sie sagt, daß ihr das Leben in der Stadt teilweise gefällt, teilweise auch nicht.

Sie läßt sich auf einem Stein nieder, und ich bemerke, daß sie schöne Beine hat.

Zum Beispiel, sagt sie, die Schulfreundinnen in der Stadt seien ein bißchen eitel und hochnäsig, es gebe viel Verkehr, in der Straßenbahn erdrücken sie einen und es gebe nie die Möglichkeit, zum Fluß oder in den Wald zu gehen, das Leitungswasser schmecke nach Eisen und die wilden Erdbeeren seien so teuer wie Diamanten.

Und sie quält ein bißchen ihre Haare.

Doch gehe sie, beispielsweise, in eine Ballettschule, und das möge sie sehr, dann gebe es auch viele Kinos und daher auch eine große Auswahl an Filmen, sie liebe es, ins Kino zu gehen, jetzt, in der neuen Wohnung, habe sie ein großes, bequemes Zimmer, mit Postern von Schauspielern an den Wänden, einem Plattenspieler und vielen Schallplatten, an die hundert, dort könne sie auch kleine Feten veranstalten.

Sie läßt einen Stein über die Wasseroberfläche schnellen, aber sie bekommt nicht einmal drei Aufklatscher hin, sie hat kein Händchen mehr dafür, die Kleine.

Denn jetzt, erklärt sie mir, hätten ihre Eltern eine Schneiderei aufgemacht, die den Geschmack der Zeit treffe, sie machten auch Smokings und Damenkostüme, kurz und gut, wir sind nicht reich, aber es geht uns gut, das schon. Da hat ihr Vater aus Heimweh ein Stück Land am Hügel delle Roselle gekauft und wird dort eine kleine Villa bauen, so würde sie also jeden Sommer herkommen.

Und, das war in den grünblauen Augen unterschwellig mitgemeint, dann würden wir uns sehen.

Ich möchte sagen, schau, nimm dich in acht, das ist nicht der Hügel delle Roselle, das ist der Hügel Fefelli, das gehört alles ihm, er hat alles roden, ausheben und mit Kies auffüllen lassen, er hat den Sturzbach umgeleitet, es ist nicht mehr so, wie du es in Erinnerung hast, da gibt es keinen Wildwuchs mehr, er wird dort einen kleinen Ortsteil bauen mit ein bißchen Grünzeug, die Straßen pflastern, kleine Laternen hinstellen und eine Menge Autos wird es dort geben, die rauf und runter fahren. Dort wird sich weder ein Fuchs in die Nähe trauen, noch ein Eichhörnchen, noch ein Stachelschwein, nur Diebe und Katzen, die im Abfall wühlen.

Statt dessen sage ich, na ja, viele bauen sich da ein Haus.

Sie wirkt pikiert und sagt, wenn du was gegen mich hast, dann sag's mir und ich gehe.

Ich sage nein, aber du bist weggegangen, da warst du eine wilde Piratin voller Strohhalme und Ähren in den Haaren, so wie wir, und jetzt kommst du zurück und erzählst mir von Smokings und Kinos und Villen, hab schon verstanden, daß du als Touristin hier bist und nicht etwa als eine aus dem Dorf, und ich … kurz gesagt, wenn du's wissen willst, während du weg warst, sind hier eine Menge unschöner Dinge passiert, die sind Gancio und Fulisca passiert und den Fischen im Fluß und in den Köpfen der Leute. Ich wohne mit meinem Vater in einem gelben häßlichen Haus, in meinem Zimmer kann ich an die Wand kleben, was ich will, es bleibt klein, wir haben keine Lira zum Leben, und hätte Onkel Nevio mir nicht den Schwimmer und die Köder geschenkt, hätte ich nicht einmal angeln können. Ich mag ja unsympathisch sein, aber du kannst mir nicht nur erzählen, was bei dir passiert ist, ohne zu fragen, was mir denn passiert sei.

Entschuldige, sagt sie mit hauchdünner Stimme, bitte entschuldige.

Schon gut, sage ich.

Sie schweigt eine Weile und dreht an einer Haarsträhne, aber so angespannt und nervös, daß ich fürchte, sie reißt sie sich aus. Da halte ich, um Frieden zu schließen, meine Hand unter ihre Nase.

Das ist das modische Parfüm in diesem Jahr im Dorf, sage ich, die Duftnote heißt Amour de Würmle.

Sie lacht und streckt mir die Zunge heraus. Auch die kommt mir größer vor, lieber Himmel. Sie untersucht den Inhalt des Behälters im Wasser.

Wie viele Fische du geangelt hast, sagt sie. Die Armen. Ein paar leben noch.

Wenn du willst, sage ich, lasse ich sie frei.

Dazu sagt sie nichts.

Da kippe ich den Inhalt des Korbs ins Wasser und lasse die Fische frei. Die Hälfte von ihnen sind bereits halbtot, die andere Hälfte wird sich wieder erholen. Die fritierten Fische schwimmen schwänzelnd dem Meer zu. Ich bin vielleicht ein Depp!

Also, sagt sie, ich bleibe nur fünf Tage.

Ach, sage ich, und ein eiskalter Stein aus dem Fluß bohrt sich mir in den Magen.

Sie steht auf, schleudert einen Kiesel über das Wasser, der nur dreimal aufklatscht.

Ich lache, sie hat wirklich vergessen, wie man's macht. Ich nehme ihre Hand und zeige ihr, wie man den Flachkiesel halten muß.

Sie blickt mich mit der Kühnheit der Städterin an und sagt, weißt du eigentlich, daß du ein gutaussehender Kerl geworden bist, du siehst ein bißchen wie James Dean aus.

Und ich spüre einen heißen Hauch, ein Lodern, mit dem verglichen die Venerelli bloß eine halbe Backmarone ist, ich weiß nicht, wer dieser Jemms Din ist, aber irgendwer hat mir das auch schon mal gesagt. Ist doch blöde, wenn man mich mit jemand vergleichen will, vergleicht man mich mit dem Wicht aus der Werbung von Presbitero, bei dem die Bleistifte senkrecht auf seinem Kopf nach oben stehen.

Ich meine, sagte sie, du würdest ähnlich aussehen wie er, wenn du dich ein bißchen kämmen würdest.

Tja, sage ich.

Und wem ähnle ich? fragt sie.

Als sie klein war, sagte ich immer: einer Keksefresserin, aber jetzt weiß die schlaue Kuh natürlich, daß sie der Blitzschlag ist, deshalb denke ich darüber nach und möchte ihr sagen, du siehst aus wie eine Schauspielerin, die in einem Film erschossen wird, aber mir fällt ihr Name nicht ein, und daher sage ich: du bist die Königin der Piraten, du brauchst keine Wettbewerbe, du bist schöner als eine Schauspielerin.

Ich glaube, diesmal hab' ich ins Schwarze getroffen, denn sie wirft einen Stein, der nicht einmal aufklatscht, ihre kleine Hand zittert. Da sage ich zu ihr: schließen wir eine Wette ab. Ich werfe einen Kiesel, und wenn er mehr als zehnmal aufklatscht, bring' ich dich morgen in den Wald und wir suchen Walderdbeeren.

Mann, sagt sie.

Ich fühle mich fast wie der Diskuswerfer Adolfo Consolini oder wie Robin Hood, wenn er den entscheidenden Pfeil vor Lady Marian abschießen muß, oder wie Pelé, wenn er den Elfmeter beim Null zu Null schießt, und ich könnte mit den Vergleichen noch eine Stunde lang weitermachen, denn, in aller Bescheidenheit, bei Vergleichen bin ich wie … aber den Vergleich mache ich nicht, weil ich sonst damit nicht mehr aufhöre. Der Augenblick ist historisch. Ich suche mir einen geeigneten Stein aus, einen glatten, aber nicht zu glatten, mit der richtigen Wölbung, mit der richtigen Schwere, ich küsse ihn und sage:

»Flieg, kleiner Vogel.«

Und der Stein klatscht einmal, zweimal und dreimal und viermal langgezogen auf und dann fünf- und sechs- und sieben- und achtmal mittellang und dann neun- und zehn- und elf- und zwölf- und dreizehnmal kurze Wichserklatscher und beim vierzehnten Mal geht er unter.

»Fabelhaft«, sagt sie und deutet einen Tanzschritt an. »Wo steht dein Rekord?«

Einmal, sage ich, hab' ich mit einem Wurf den ganzen See von einer Seite zur anderen überquert und hab' einem, der am anderen Ufer angelte, einen Zahn rausgeschlagen.

Du bist immer noch derselbe, sagt sie.

Du auch, sage ich.

Stimmt zwar nicht, aber wir tun, als wäre es so.

8

In dieser Nacht schlafe ich nicht. Ich höre, wie mein Vater stampft und hobelt, er macht eine neue Holzskulptur, ich weiß nicht was, aber er trifft sich mit Carburo und Karamasow, sie halten große Versammlungen ab, und dann geht es wieder ans Hämmern. Aber das ist nicht der Grund, weshalb ich nicht schlafe.

Um neun Uhr in der Früh treffe ich mich mit Selene, unter einer Kastanie, die wir beide kennen, in einer abgelegenen Gegend. Ich habe mir von Papa die Uhr ausgeliehen, er hat zwar nichts gesagt, aber irgendwas muß er mitbekommen haben, er hat gelächelt, mit geschlossenen Augen, wegen des Rauchs der Nazistinker.

Und um drei Minuten vor neun bin ich da, zu früh und gekämmt.

Punkt neun ist sie nicht da.

Frauen kommen nie pünktlich.

Um fünf nach neun ist sie nicht da.

Du Stadtmädchen, gewohnt, daß man auf dich wartet, du spielst die Phänomenale und wählst eine Taktik, um mich leiden zu lassen. Bei mir zieht das nicht. Es zieht aber doch, und ich fange wirklich an, ein bißchen zu leiden und im Kreis herumzugehen wie ein Hund an der Kette.

Um zehn nach neun ist sie nicht da.

Blöde Sau, wenn du mich jetzt sitzenläßt, rede ich nicht mehr mit dir, glaubst du denn, ich bin hier, um auf dich zu warten, ich kann alle Venerellis haben, die ich will, ich hab' mehr Herzen gebrochen als Cholesterin im Schmalz ist. Und ich leide weiter und raufe mir die Haare.

Um dreizehn Minuten nach neun ist sie nicht da.

Du dumme Kuh, der Teufel soll dich holen, den Stein hätte ich dir an den Kopf werfen sollen, aber tja, du bist ja die wohlhabende Stadttussi, du weißt, was dich interessiert, wenn du in den Wald gehst, entschuldigen Sie, Herr Verkäufer, wie teuer sind die Walderdbeeren? Zehntausend das Körbchen? Dann geben Sie mir doch gleich drei. Der Schmerz wird größer, ich fange an, laut zu reden

Viertel nach neun und immer noch nichts.

Aber ich weiß ja, daß du bei deiner Tante wohnst, heute nacht komme ich mit einer Zwille, ich schlage alle Scheiben ein und schreib' an die Mauer Selene treibt es mit Sponda, der Fefellis stellvertretender Bürgermeister ist und dessen Arschkriecher, der widerlichste Mensch und Hurenjäger im Dorf, und dann …

Und dann kommt sie angelaufen, völlig außer Atem.

Entschuldige, sagt sie, aber meine Eltern haben mir eine Unmenge Fragen gestellt: wo gehst du hin, mit wem gehst du in den Wald, du kennst die Wege nicht mehr, hier hat sich alles verändert, es ist längst nicht mehr so, wie es war, als wir weggingen, und außerdem bist du jetzt ein erwachsenes Mädchen und mußt vorsichtig sein. Wartest du schon lange?

Drei, vier Minuten, antworte ich, auch ich hab' mich verspätet, ich konnte den Korb für die Erdbeeren nicht finden, der hier ist nämlich was Besonderes, er bringt Glück, der Waldgnom hat in ihn reingepinkelt.

Erdbeeren, toll, gehen wir, sagt sie.

Wir gehen den Feldweg hoch, und auf der Stelle bemerke ich, daß sie hautenge Jeans an hat, und unter dem Etikett Levi's ist das, was ich sehe, ein Arsch, ja, ein großer schöner Arsch, und ich vermute, daß ich auf diesem Spaziergang oft hinter ihr gehen werde. Der Tag ist frisch, mit goldenem Dunst, die Blätter sind von Tau bedeckt, aber vom Duft her würde ich sagen, daß die Sonne bald hervorkommt. Wir kommen zum Waldrand, und fast ohne daß es mir bewußt wird, ändere ich die Richtung, ich gehe nicht dahin, wo mein Haus gestanden hat, sie merkt es, sagt aber nichts. Wir laufen den gesamten Hang entlang bis zur Pappelreihe, dann steigen wir ein bißchen und kommen auf eine Lichtung, auf der ein großer Nußbaum steht.

»Magst du immer noch weiße, leicht bittere Nüsse?« frage ich.

»Ja«, sagt sie.

Daraufhin klettere ich den Stamm hinauf wie eine Katze, was gar nicht nötig ist, Nüsse liegen zu Hauf auf der Erde, aber ich will sie noch ein ganz kleines bißchen frisch, mit fester grüner Schale, die sich leicht entfernen läßt.

Wir schälen die Nüsse aus der Schale und ich überlege mir so einiges, und dann knackt sie die Nüsse mit einem Stein, und die Gedanken stehen still, und dann sind wir, als wir die Haut von den Nüssen ziehen, mitten im Strip, in der Pornobotanik, und ich schiele zu ihren Jeans hinüber und spüre, wie sich in meiner Hose was regt. Wir essen ziemlich viele weiße Nüsse, nackt und furchig, dann sage ich, jetzt ist Schluß, die machen den Mund und Magen ja ganz pelzig.

Noch eine, sagt sie.

Dann klauen wir eine Dolde blauer Weintrauben, und während wir auf allen Vieren durch die Reihen kriechen und ich auf sie falle, mit dem Kopf genau in ihre Haare, atme ich ihren ganzen weiblich blonden Shampooduft ein, hoffentlich ist mein Geruch ebenbürtig.

Während wir den Wald hinaufsteigen, kommt die Sonne, und wir gelangen ständig aus dem Schatten ins Licht, ihre Augen wechseln jedesmal die Farbe, sie ist sehr wendig, sie geht in ihrer Jeans hinauf, die sich hin und her bewegt, und mit Ballerinabeinen, schneller als ich und ohne sich an Ästen und Zweigen festzuhalten, nur einmal strecke ich ihr meine Hand hin, um sie hochzuziehen, sie läßt sich helfen und kommt mir ganz leicht vor. Und da sind wir auch schon auf der Anhöhe.

Scheißgnom, denke ich, bitte, laß mich ganz viele finden.

Doch jemand ist schon vor uns hier gewesen, denn es gibt keine wilden Erdbeeren.

Doch der Gnom erkennt die Situation, schießt los wie eine Rakete und bringt jede einzelne Erdbeere wieder an ihre Stelle zurück, indem er sie mit ein bißchen Gnomspucke wieder anklebt, die bekanntlich harzig ist. Selene weiß das ja nicht.

Und da ist auch schon die erste Kolonie, die roten Tropfen glänzen, drei Quadratmeter wilde Erdbeeren. Sie widersteht nicht, sie stopft sie an Ort und Stelle in sich hinein, und gleich wird ihr Mund ganz rot. Das tat sie auch schon, als sie noch klein war, aber jetzt wirkt es doch anders auf mich, damals hatte sie sich mit der Mansche nur verschmutzt, jetzt ist es aufreizend. Während ich sammle, ißt sie, und sie ißt sie mir sogar aus dem Körbchen, und ich sage Uff! und tue so, als würde ich mich entfernen. Und ich sehe, wie sie plötzlich anfängt zu tanzen. Sie dreht sich auf einem Bein, und obwohl das

Gelände leicht abschüssig ist, hüpft sie, beugt sich, bewegt die Arme, als wäre sie unter Wasser, auf und ab, genau wie Ballerinen im Tutu.

Gott, ist sie schön, Gott, ist sie schön, Gott, ist sie schön, wenn sie nein sagt, muß ich sofort drei Todesarten parat haben: ich stürze mich von der Straßenüberführung oder ich schneide mir die Kehle mit Papas Säge durch oder ich ersäufe mich.

Und sie tanzt und sagt: das hier, ja das ist Leben, von wegen Stadt.

Und ich denke, daß ich von der Überführung möglicherweise auf die Plane eines Lastwagens falle, dann humple ich nur und basta, was die Säge angeht: nein, weil Papa sich sonst verantwortlich fühlt, und beim Ersäufen wird der Überlebenswille wach, der würde mich wieder nach oben treiben, auch mit einem Mühlstein am Hals, und das würde den Hechten überhaupt nicht gefallen.

Ich werde leben, ich werde leben für dich, amore. Und da fange auch ich an zu tanzen, ich kann's zwar nicht, ich gebe eher so etwas wie einen Satyr ab, der im Kreis springt, und sie lacht.

Dann sinkt sie auf die Wiese, zwischen Waldzyklamen, mit regelmäßig schwer atmender Brust.

Ich glaube, das ist der richtige Augenblick, zumindest in Filmen, wenn sie schwer atmend im Gras liegt, sofern sie keinen Pfeil im Rücken hat, ist das der erotische Augenblick, in dem alles passieren kann.

Sie steckt sich einen Grashalm in den Mund.

Ich weiß nicht, ob das gut ist oder schlecht.

Dann sagt sie: weißt du, in der Stadt gibt es viele Jungs, die mir den Hof machen.

Das ist schlecht, und ich denke wieder an die Überführung, an die Säge und so weiter.

Aber sie sind so langweilig, seufzt sie, sie können eine Linde nicht von einem Birnbaum unterscheiden, sie sind noch nie am Fluß gewesen, nur im Schwimmbecken oder in Riccione, und sie essen diese großen Erdbeeren, die nach Wasser schmecken und die sie auch Erdbeeren nennen, und ich sage nein, denn Erdbeeren sind die, die im Wald wachsen, die kleinen.

Richtig, sage ich. Und wahrscheinlich erkennen sie auch keine Brennesseln und setzen sich auf sie drauf.

Und wenn ich ihnen erzähle, daß ich hier geboren bin, nennen sie mich Landei. Aber dann tanze ich vor ihnen, und sie verlieben sich.

Wieso? sage ich, tanzt du denn, damit sie sich verlieben?

Ja, sagt sie. Damit sie sich verlieben, aber dann sage ich nein.

Ach so, sage ich. Das hast du also auch mit mir gemacht, will ich hinzufügen, aber ich schweige.

Sie kaut auf dem Grashalm. Sie blitzt mich grünblau an und fragt: und du, was machst du, damit sich die Mädchen in dich verlieben?

Was sage ich bloß? Daß ich Ammoniak einsetze?

Na ja, hauche ich, ich weiß nicht. Wahrscheinlich sind sie es wohl, die auf mich zukommen.

Bumm, sagt sie, jetzt spiel nicht den Gigolo, Eroberer. Und wenn sie auf dich zukommen, was machst du dann?

Nichts, sage ich, weil …

Weil?

Weil ich nur eine einzige im Kopf habe, sage ich.

Sie verfinstert sich. Gutes Zeichen, würde ich sagen.

Und wer ist das? Eine von diesen Neuen aus der Toskana? Etwa Camillina Figarina?

Die Camillina, würde ich gerne sagen, hat einen Oberlippenbart bekommen und Backen, sie sieht aus wie ein Hamster.

Stille folgt, eine lang anhaltende Stille, mit summenden Bienen, die in Blüten schlüpfen, mit knackenden Zweigen und fernen Hunden, und ich denke, ich muß etwas sagen, meinetwegen auch auf kyrillisch, denn Frauen wollen reden, und wenn einer mit ihnen redet, kommt die Stille hinterher, dann, wenn du sie heiratest. Gnom, gib mir eine Idee.

»Jedesmal, wenn ich hier hinkam und die Erdbeeren sah«, sage ich in einem Atemzug, »hab' ich an dich gedacht.«

Wäre ich Jemms Din gewesen, hätte ich gesagt: evrytime I camhier for strawberries, I think of ju.

Wirklich? sagt sie und kommt zu mir, mit dem Grashalm im Mund, und kitzelt mir die Lippen.

Und da hält mich, ach, da hält uns keiner mehr zurück.

Und es folgten drei Tage auf den Wiesen mit Küssen, aber anders als mit der Venerelli, die Venerelli turnte mit den Kiefernknochen, aber das hier war wahnsinnig, nach jedem Kuß hatte ich mehr Lust als vorher, ich war unersättlich, und sie auch. Ich küßte sie von der Seite, im Stehen und an Baumstämme gelehnt und heimlich in Hauseingängen und mit dem Mund voller Trauben und wir küßten uns auch nach einem Preßsackbrötchen.

Und dann berührte ich sie.

Ganz selbstverständlich kam ich bis zu den Titten und an das Bäuchlein, ich nutzte die Knöpfe ihrer Jeans ab, vom vielen Auf- und Zuknöpfen, und sie sagte nein, nein, aber jedesmal fing es von neuem an.

Und ich sagte ihr nicht ich liebe dich, aus Angst vor einem neuen Bist du jetzt verrückt geworden oder was, aber wir redeten viel, wir machten Pläne für nächstes Jahr, wenn ich in die Oberstufe des Gymnasiums komme, sie würde mich dann in der Stadt herumführen, damit ich die wilden Erdbeeren der Stadt entdecken könnte, womit sie die städtischen Vergnügungen meinte, sie würde eine Fete machen, um mich ihren Freunden vorzustellen, und sie würde mir den Twist und den Cha Cha Cha beibringen, was ganz leicht wäre.

Aber ich schäme mich, sagte ich.

Und dann dachten wir daran, eine Reise nach Amerika zu machen, das heißt in Kanada anfangen, um die Eisbären und die Irokesen zu sehen, dann New York und die Wüste von Nevada in einem Auto nach der Art von Jemms Din zu durchqueren und dann weiter nach Mexiko hinein, um dort ein paar Pilze zu essen, die stärkere Halluzinationen hervorrufen als Grappa, und dann auf die Suche nach Gancios Onkel in den guatayabischen Dschungel gehen. Danach würde sie auf einem Wagen beim Karneval von Rio tanzen, allerdings nicht zu sehr bekleidet, dann würden wir Blumen auf das Grab von Salgaris Grünem Korsaren in Maracaibo legen, und am Ende würden wir nach Patagonien fahren, wo wir das Schiff nach Livorno nehmen würden, um dort das Aquarium zu besuchen, danach würden wir zu Fuß über den Futapaß gehen und in unser Dorf hinabsteigen, Souvenirs verteilen und dann …

Und dann mußte man sich trennen.

Am Morgen ging ich heimlich hin, um sie abfahren zu sehen. Sie hatten einen cremefarbenen Millecinquecento, sie waren vollbepackt mit Koffern, und sie war blau angezogen, ein richtiges Fräulein. Ich kehrte nach Hause zurück und betrachtete mein kahles Zimmer, in dem die Bildchen auf dem Boden lagen, den Fußball und die alten Bücher, die, auch wenn ich sie mochte, krank aussahen. Und meinen Vater, der an seiner geheimnisvollen Statue herumhämmerte und nach Wein stank. Schon seit einem Monat kochten und aßen wir abwechselnd Pasta und Tomaten, Pasta und Butter und gelegentlich einen Hasen, den uns Onkel Nevio schenkte. Und ich hatte kein Geld für das Pausenbrot, ich ging mit zwei, drei Aprikosen zur Schule, die in meiner Tasche Kleckse machten und zu einer weichen Süßspeise wurden.

Dann ging ich eines Tages in die Bar. Die meisten Gäste sahen sich das Quiz an, und Lavamèl sagte, sie sagen sowieso das Falsche, und alle fragten Baruch, ob die Frage seiner Meinung nach leicht oder schwer sei. Irgendwann wurde eine Frage über Dinosaurier gestellt, und Slim fragte Arturo Novantanove, du hast sie doch noch gesehen, sag' schon die Antwort, und der Alte wurde fürchterlich wütend.

Am Tisch der politischen Verschwörung saß der schlafende Karamasow und träumte von der Steppe, Carburo las das *Organo* und Onkel Nevio trank Anicione, seinen Anisschnaps. Die Messiner hörten meinem Vater zu, der die Stimme erhob, während alle anderen protestierten: Ruhe, laßt uns doch das Quiz hören.

Und ich blickte auf die Quizuhr, die die Sekunden anzeigte, die bis zur Antwort fehlten. Ich bekam einen vorübergehenden Schluckauf, ich sah einen großen Farbfernseher und einen, der von einem Sessel aus mit einer kleinen schwarzen Pistole auf ihn schoß und traf, weil der Bildschirm die Bilder wechselte und offenbar versuchte, seinem Gegenüber zu gefallen oder sich zu tarnen. Dann hatte ich die Vision von der Explosion eines riesigen Atompilzes von Schwachsinnigkeiten, und die Überbleibsel regneten auf jede einzelne Stelle unseres Landes herab, auf menschenüberfüllte Metropolen und weit abgelegenes wüstes Land, und die Auswirkung war eine totale, kosmische Ausmaße annehmende und unbeschreibliche Verblödung. Noch niemand hatte begriffen, daß dieses elektrische Haushaltsgerät der Balkon künftiger Segnungen war.

An diesem Tag zog sich ein Konkurrent bei der unglaublichen Summe von einer Million zweihundertachtzigtausend Lire zurück, mit den Worten: das ist sehr viel Geld, ich kann nicht das Risiko eingehen und es verlieren. Und ich hörte meinen Vater sagen:

»Aber ja doch, reißen wir ihn mit Dynamit nieder, den Berg, er zerbröckelt ja sowieso schon. Schmeißen wir noch mehr Beton hinein. Auch die Luninis, die Schneider, bauen sich eine Villa auf dem Gelände von Fefelli. Auch sie sind jetzt feine Herrschaften geworden. Schade für ihre Tochter, sie war mit meinem Sohn befreundet, ein tüchtiges Mädchen, jetzt denkt sie, sie wäre wer weiß was.«

Stimmt ja gar nicht, Papa, wollte ich sagen, du hast unrecht.

Aber dann dachte ich, sie hat mir ja gar keine Telefonnummer dagelassen, ich habe ja kein Telefon, sie aber schon, sie hat nicht gesagt, ruf' mich an, sie hat nicht gesagt, wir sehen uns wieder. Sie hatte nur einmal gesagt, ich fühle mich wohl in deiner Nähe. Aber vielleicht hat sie ja in der Stadt einen festen Freund, von wegen Jemms Din, mehr so ein Typ Altafini. Und ich war so blöd, nicht zu verstehen, daß sie bei unserer letzten Begegnung keine Worte dafür hatte, wie leid es ihr täte, daß wir uns trennen müssen, so wie es mir leid tat. Ich fühlte mich hundeelend, zwar nicht nach Straßenüberführung, aber fast. Ich nahm eine Flasche Wein aus dem Keller und betrank mich. Ich kotzte die ganze Nacht. Morgens stand ich auf, blaß, und sagte: Papa, zeig' mir die Statue.

Er sah, daß ich niedergeschlagen und sonderbar war, so daß er es nicht ablehnte.

Er nahm das Tuch weg. Sie war unglaublich schön. Sie zeigte zwei Männer, die in ihren Armen den Leib eines dritten hielten. Um den Hals trugen sie Tücher. Unten stand geschrieben:

Für die bei der Arbeit Gefallenen.

9

Auch wenn ich windschief zwischen Sonnenbahn und Uhrbiwerk lebte, sah ich doch auch etwas Gerades. Zum Beispiel, daß in unserem Dorf und seiner kleinen Geschichte ein Kampf zwischen guten, bösen und verrückten Gottheiten stattfand. Auf der einen Seite halfen und schützten uns der fröhliche Gott, der freßgierige Gnom, Santa Putilla und die Heilige Guêpière. Auf der anderen Seite bescherten uns der Teufel als Geiger und der Boleto-Röhrlings-Gnom Augenblicke von absonderlichem Pech. Der Seelenschnittschatten und die Heilige Pilla, die Göttin des großen Geldes, die den Kopf der Habgierigen und der armen Schlucker verwirrt, brachten große, unwiederbringliche Reichtümer. Daher hatte ich keine Zeit, über die gefundene und vielleicht verlorene Liebe nachzudenken, weil die Theomachie voll entbrannt war, und ich mich Tagen großer Ereignisse gegenüber sah.

Eines Abends waren wir alle in der Bar, um uns das Länderspiel mit der Schweiz anzuschauen. Lavamèl saß auf einem Stuhl und Carbonchio, die Katze, auf seinem Schoß, und Lavamèl sagte, daß es sowieso schlecht ausgehen würde, die Schweiz sei zwar klein, aber reich, sie habe doch höchstwahrscheinlich dieses Spiel mit Franken und kiloweise Schokolade erkauft. Statt dessen gingen wir mit eins zu null durch ein Tor von Mazzola in Führung. Die Schweiz glich aus und Lavamèl feixte. Dann trafen Corso und Rivera. Das Spiel ging mit drei zu eins zu Ende, und keiner merkte, daß Lavamèl immer noch da saß, mit seiner schwarzen Brille, reglos, vielleicht furchtbar wütend, weil die helvetische Verwünschung nicht ins Schwarze getroffen hatte.

Nachts um zwei sagte Balduino, nachdem er sich den allerletzten Tropfen Millefiori Cucchi in die Kehle gekippt hatte: »Lavamèl, es wird Zeit zu schließen.«

Er bekam keine Antwort.

Er nahm Lavamèl die schwarze Brille ab, darunter waren seine Augen geschlossen.

Er schüttelte ihn, aber nichts, ihm fiel dann sogar der Zigarettenstummel aus der Hand. Und Carbonchio rührte sich auch nicht.

Lavamèl hatte die ewigen Jagdgründe erreicht, und ebenso der alte Carbonchio, in vollkommener Übereinstimmung und Gleichzeitigkeit mit seinem Herrn.

Das ist aber noch nicht das Seltsame. Lavamèl war alt, und das tat uns ein bißchen leid, denn er war ein Unglücksbote, aber in jedem Dorf soll es einen Unglücksboten geben, und es war ja möglich, daß jetzt ein richtiger kam. Das Problem war die ungewöhnliche Art, auf die Lavamèl gestorben war. Aus technischer Sicht war er aufgrund einer Beschwörung dahingeschieden. Doch wie der Totengräber namens Felice richtig sagte, das Problem war die Haltung.

Lavamèl saß nämlich immer noch auf demselben Stuhl, einem eisernen Stuhl mit Armstützen. Weil er an Varikozele litt, das heißt eines seiner Eier war käselaibgroß, mußte er die Beine gespreizt halten. Daher steckte er sie seitlich durch die Armlehnen und saß somit rittlings auf dem Stuhl. Weil er in dieser Haltung gestorben und eine überraschend starke Totenstarre eingetreten war, so daß er aussah wie ein Reiterstandbild, waren die Lösungen für seine Beerdigung jetzt drei.

Die erste: man könnte ihm die Beine zwischen den Armlehnen herauslösen. Aber gleich wurde deutlich, daß man sie ihm brechen müßte, denn sie waren starr und machten bei bloßer Berührung ein entsetzliches Geräusch, und schon hatte man ein Knacken gehört.

Die zweite: man könnte die Armlehnen mit einem Sauerstoffgebläse abtrennen. Doch beim ersten Versuch Favillas, des Schmieds, begann Lavamèl zu schmelzen und nach Versengtem zu stinken, kurz gesagt: es bestand nicht nur die Gefahr, den Stuhl zu verbrennen, sondern auch Lavamèl, und ihn einer hinduistischen Verbrennung auszusetzen.

Die dritte Lösung bestand darin, ihn so, wie er war, zu beerdigen, auf dem Stuhl sitzend, mit Katze und allem.

Denn, und das ist die letzte Besonderheit, auch Carbonchio war zwischen den Armen seines Herrchens eingeklemmt, hart wie ein Stockfisch.

Der Bahrist, das ist der, der die Totenbahre zimmert, erklärte, er sei in ernsthaften Schwierigkeiten und bat meinen Vater um Hilfe, einen ehemaligen Tischler. Gemeinsam entwickelten sie einen Plan für einen tetrakubischen Sarg. Drinnen wurden Lavamèl mit dem Stuhl und mit Carbonchio eingelassen. Don Brusco haben wir nichts von der Katze gesagt, und so wurde eine übliche Bestattung vorbereitet. Im Augenblick der Beerdigung sagte allerdings jemand, es wäre schön gewesen, wenn man ihn waagerecht begraben könnte, aber niemand hatte auf den Sarg oben oder unten geschrieben, daher war es nicht einfach. Glücklicherweise erinnerte mein Vater sich, daß die untere Achse eine dunkler gefärbte Maserung hatte. So wurde der Sarg also hinabgelassen, und soweit ich weiß, ist es der einzige kubische Sarg für zwei Leichen auf der Welt.

Tags darauf wurde die Filiale der Banca delle Valli eröffnet. Ein gutes Zeichen, das Geld war also im Umlauf. Ein schlimmes Zeichen, das Geld baute Häuser, wurde groß und unabhängig. Der Leiter war ein gewisser Boccoli, elegant wie Mitchum zwar, aber ein Arschloch. Er begrüßte uns alle und erklärte uns, daß ein Scheckbuch etwas Bequemes sei, weil man einfach unterschreiben und dann damit zahlen könne. Er hatte uns für bekloppt gehalten, der einzige, der das nicht wußte, war Caprone, und er war weiterhin davon fasziniert.

Am folgenden Tag parkte er Hisssss vor der Bank und ging hinein. Nach wenigen Minuten kam er angenervt wieder heraus.

»Glatter Betrug ist das, sie geben dir zwar dein Scheckheft, aber um es zu bekommen, zahlst du mit deinem Geld. Also, das kann ich auch.«

Gleich darauf ereignete sich die Sache mit der Statue. Mein Vater rief alle zu uns nach Hause, damit sie diese Arbeit sehen könnten. Es hieß, es wäre schön, wenn man sie auf der Piazza unseres Ortes aufstellen würde. Aber das verursachte natürlich einen extremen Wutanfall im Rathaus. Carburo sagte, die Statue sei schön, sie erinnere nicht nur an Remo, sondern auch an die Arbeiter, die auf den Baustellen der Autobahn gestorben seien. Der widerliche Hurenbock Sponda sagte, es sei nicht angebracht, weil ein derartiges Denkmal die Kinder der Arbeit gegenüber voreingenommen mache. Der Bürgermeister war ganz kurz angebunden: ein so eindeutig politisches

Denkmal, niemals. Lieber stellen wir auf der Piazza einen Brunnen auf.

Und weil Fefellis Votum ausschlaggebend war, die Opposition aber nicht nachgab, begannen geheime Beratungen.

Einige Tage lang redete man von nichts anderem. Dann entspannte sich die Situation. Die Statue wurde auf einen offenen Lastwagen gehievt, durch den Ort und von dort aus vor die Zementfabrik gefahren, wo ein Ziehharmonikakonzert stattfand, Regina sang *Sciur padrùn*, Signor padrone, danach gab es Sprüche und Salzfritiertes, direkt vor dem Direktor Paladini und seinen Handlangern, die Fefelli angewiesen hatte, Ruhe zu bewahren und uns abreagieren zu lassen. Danach wurde die Statue in die Vorhalle des Hauses des Volkes gebracht, wo sie gleich zum Mahnmal wurde und zum Kleiderständer bei den Versammlungen. Sie müßte immer noch dort sein.

Fefelli mußte den Aufstand schlucken und einen Brunnen bauen lassen. Doch meinem Vater hatte man's schon angekündigt, und eines Abends fuhren die Pastori-Brüder ihm im Auto hinterher, als er auf dem Fahrrad nach Hause zurückkam, und zum Glück war Fangio mit seinem Bus an der Haltestelle. Er sah es und begriff das ganze Ausmaß, stellte seinen Bus quer, stieg aus und sagte zu den Pastoris:

»Mir ist leider das Benzin ausgegangen, jetzt müßt ihr einen weiten Bogen fahren.«

Die Pastoris waren zwar groß und stark, aber Fangio hatte einen Wagenheber in seiner Hand und mein Vater einen Stichel.

»Wir sehen uns noch«, sagten sie, legten den Rückwärtsgang ein und brachten die Reifen zum Quietschen.

Die Zementfabrik stellte zwei vereidigte Wachmänner ein, und die schlossen sich mit den Pastori-Brüdern zusammen, eine traurige Sippschaft.

»Die mag ich«, sagte Osso gleich, »sie sind knallhart. Die sind wie die aus Ok Corral.«

»Wenn einer Banditen nicht mehr vom Sheriff unterscheiden kann«, sagte Gancio, »dann heißt das, er sitzt tief in der Scheiße.«

Das war einer der berühmten Sätze in Gancios jungem Leben. Einem schwierigen Leben, seine Brüder waren in die Stadt gezogen und hatten ihn alleine gelassen, Onkel Nevio hatte ihn zu sich ins Geschäft geholt, doch Gancio rauchte nur und klaute Geld aus der Kasse, wenig, aber oft. Nachts zog er mit den Blödmännern aus dem Tal herum, kleinen Dieben. Eines Tages sah ich ihn mit einer brandneuen Lederjacke.

»Woher hast du die?«

»Beim Poker gewonnen«, sagte er lachend. Er hatte weder sein Guatayabablasröhrchen mehr noch seine Zwille, dafür aber ein kleines Klappmesser. Er war erst vierzehn, sah aber aus wie zwanzig. Er hatte auch eine Tussi, eine Dreißigjährige, halb verrückt, die sich um die Tomaten im Garten und um die Einsamkeit der Rentner kümmerte. Eine ungewisse Zukunft, armer Indio Gancio. Zum Glück hatte Onkel Nevio ihn liebgewonnen, er schwor, er würde ihn zum Lernen bringen und aufs Gymnasium schicken.

»Ist mir gleich«, sagte Gancio und rauchte einen Nazistinker. Wenn er lachte oder einen Witz machte, trat eine Erwachsenenfalte auf sein jugendliches Gesicht.

Eines Tages fing es an zu regnen. Es regnete drei Tage und drei Nächte. Die Gullis verstopften, eine Brühe aus Scheiße ergoß sich in die Straßen, Fefelli hatte auch die Gelder für die Kanalisation eingesackt. Der Fluß wurde gelb und brodelte von toten Fischen, eine Gerberei weit oberhalb war überschwemmt, und damit waren Gifte und Säuren ausgetreten, das Wasser füllte sich mit Schaum, wir zogen vier Lastwagen voller Fische heraus, die bereits stanken. Und auch einige von Caprones Schafen starben, ebenso zwei Hunde, die aus dem Fluß getrunken hatten.

Baruch sagte, auf dem Berg gebe es etwas Merkwürdiges, dort hörte man Geräusche. Und eines Nachts schlief ich und mein Vater hustete mehr als sonst, als am Fenster der Gnom in der gütigen Version erschien.

»Schlaf' nur, schlaf', während die Welt unterdessen verschwindet«, sagte er zu mir.

»Was sagst du da?«

»Komm' morgen früh zum Becken der Fanara. Ich muß dir was zeigen.«

Der folgende Tag war neblig, ich hatte Mühe, den Weg im Wald zu finden. Überall war Schlamm, ich rutschte und versank darin. Ich kehrte auf die Wiese mit den Alpenveilchen zurück, auf der ich zum ersten Mal Selene geküßt hatte, und sie war abgerutscht, das halbe Gelände war hinuntergestürzt, als wäre es von der Sense eines Riesen abgeschnitten worden, und zwei entwurzelte Bäume zeigten ihre Innereien: feuchte, von Insekten wimmelnde Wurzeln.

Ich ging zu dem steinernen Becken. Wie immer, hypnotisierte mich das Rauschen des Wassers, und ich schloß die Augen. Als ich sie unversehens öffnete, fing das Wasser an zu strudeln, zuerst in die eine Richtung, dann in die andere. Ich sah, wie ein gespiegeltes Gesicht aus dem Wasser auftauchte, dann kam eine triefende Frau heraus: es war meine Mutter. Genau wie auf dem Foto. Hager, blaß, mit einem angestrengten Lächeln und einem grauen Kleid. Sie hatte einen Korb Wäsche bei sich und in die Mitte hatte sie gelbe Äpfel gelegt.

»Wie groß du geworden bist, Junge«, sagte sie zu mir.

»Mama, für mich bist du immer noch dieselbe, die auf dem Foto auf Papas Nachttisch. Ich kann mich einfach nicht an dich erinnern. Tut mir leid.«

»Ist ja nicht deine Schuld. Du warst ja noch viel zu klein.«

Sie fing an, die Wäsche zu waschen und dazu leise zu singen. Sie wirkte durchsichtig.

»Mama«, sagte ich, »warum wäschst du? Das Haus steht doch gar nicht mehr.«

»Das Haus steht immer noch. Wäre es nicht so, warum sollte ich dann die Wäsche waschen und die Äpfel pflücken?«

»Aber, Mama...«

»Der Wald hört nicht auf zu leben, was immer du ihm auch antust. Bleib' in der Nähe deines Vaters«, flüsterte sie.

Sie stieg ins Wasser und ging langsam hinab, als wäre in dem Becken eine Treppe gewesen. Und verschwand.

Plötzlich füllte sich die Fanara mit einem schlammigen Guß, der überfloß. Ich sah auch, daß in dem jahrhundertealten Boden aus Stein ein Riss war, und Wasser floß auch da ab. Ich lief, durch den Schlamm rutschend und Kröten überspringend, in den Ort hinunter. Ich wußte nicht, ob ich es meinem Vater sagen sollte oder Baruch oder wem sonst. Schließlich betrat ich Onkel Nevios Geschäft. Er war damit beschäftigt, Patronen von Hand herzurichten und füllte sie mit Kügelchen. Er begrüßte mich mit einem Lächeln.

»Was willst du, Saltatempo, etwa Köder? Bei diesem trüben Wasser kannst du doch nicht angeln.«

Ich erzählte ihm, was ich oben im Wald gesehen hatte. Er sagte, erzähl' deinem Vater nichts, es geht ihm nicht gut und er würde sich nur aufregen. Morgen gehen wir hoch.

Doch dann entfuhr ihm das, was ich ihm gesagt hatte, gegenüber Baruch, Baruch gegenüber Carburo und Carburo erzählte es meinem Vater und sie beschlossen, morgen früh gehen wir.

In dieser Nacht stand ich auf und hörte Geräusche in der Werkstatt, es war, als würde der Boden gespalten. Ich ging hinein und sah den Gnom, der mit der Axt einen Baum aushöhlte. Überall flogen Holzsplitter herum.

»Was machst du denn da!« schrie ich.

»Ich baue ein Kanu«, antwortete der Gnom, »im Wald gibt es einen Schlammfluß, und es wird immer schlimmer.«

»Du bist wirklich verrückt. Ein Kanu inmitten der Bäume?«

»Ja, genau«, sagte er und betrachtete sein Werk. »Was bringe ich am Bug nur als Galionsfigur an? Eine nackte Gnomin? Eine Hirschkuh? Selene in Jeans?«

»Kümmere dich um deinen eigenen Kram.«

»Ich habe euch nämlich gesehen, im Wald«, sagte der Gnom und hüpfte herum. »Wenn ich nicht gewesen wäre, dann hättest du doch gar nichts gemacht. Wer hat denn die wilden Erdbeeren wieder angebracht? Wer hat denn die Vöglein tirilieren lassen, die eingeschlafen waren und die ich aufgeweckt habe? Wer strich denn über die Alpenveilchen, damit sie dufteten?«

»Klar, ausschließlich dein Verdienst«, scherzte ich.

Der Oberlippenbart des Gnoms wurde grün, und in seine Augen schoß Blut.

»Du kleiner Angeber. Entschuldige dich bei mir.«

»Entschuldigt, Eure Grünheit«, sagte ich mit einer tiefen Verbeugung. Das war nicht die Zeit für Späße, wenn er sich in einen Satansröhrling verwandelte.

Er entspannte sich, und sein Oberlippenbart wurde wieder weiß. Ich sah, daß er die Arbeitsschürze meines Vaters umgebunden hatte.

»Gnom«, sagte ich, »wo ist eigentlich mein Vater?«

»Wach auf, dann weißt du's.«

Ich sprang aus meinem Bett und lief in sein Zimmer: Papa war nicht da und auch seine großen Stiefel nicht.

Er war nachts auf den Berg geklettert, alleine, mit einer Taschenlampe, er konnte nicht warten.

Morgens lief er gleich auf die Piazza, um eine Kundgebung zu veranstalten, er hustete, er hatte Fieber, doch seine Stimme tönte wie die des Propheten Nabumelech. Er sagte, der Berg würde abrutschen. Wenn man nach allen Wunden, die ihm durch die Arbeiten an der Autobahn zugefügt worden seien, nicht die Grabungsarbeiten am Poggio delle Rose einstelle und mit den Rodungen aufhöre, dann würde der Berg auf das Dorf stürzen. Das Becken der Fanara sei gesprungen, einige Kastanien seien bereits umgestürzt, Wasser komme von überall herunter.

Vielleicht war es seine Art eines wahnsinnig gewordenen Propheten, aber er überzeugte alle. Eine Abordnung von Männern des Ortes ging zum Bürgermeister. Fefelli sagte gut, in Ordnung, ich rufe Ingenieure, Landvermesser und Geologen herbei, ganz ruhig, möglich, daß wir die Arbeiten langsamer fortsetzen, doch aufhören können wir nicht. Die Unternehmen brauchen noch für eine Weile Holz, danach werden die Bäume heilig sein und unantastbar.

Er wirkte ernsthaft besorgt, er fuhr auf dem Fahrrad durch den gesamten Ort, er hielt, um mit Baruch zu sprechen, mit Carburo, mit Luciana, die gleich die Gelegenheit wahrnahm, um ihm vier Damenslips zu verkaufen. Er sagte, er sorge sich um das Wohl aller, nicht um die Interessen eines einzelnen. Er hatte Wut auf den widerlichen Sponda, der seiner Ansicht nach nicht die beauftragten Firmen kontrollierte. Er kam sogar zu mir, er hielt mich am Ausgang der Bar auf. Er sagte zu mir, ich weiß, daß du ein tüchtiger und für dein Alter sehr reifer Junge bist. Versuche also, auf deinen Vater zu achten, er ist ein wirklich tüchtiger Mann, aber er kümmert sich zu sehr um Politik. Sag ihm, er soll ruhig sein, und du wirst sehen, daß er bald schon Arbeit bekommt.

Ich werde Sie sowieso umbringen, Herr Bürgermeister, dachte ich. Und fragte ihn:

»Und den Brunnen, wie wollen Sie den gestalten?«

»Wie willst du ihn denn?«

»Hechte. Setzen Sie Silberhechte darauf, die hochspringen und denen klares frisches Wasser aus dem Maul schießt.«

»Ich dachte an eine schöne Frau mit einem Füllhorn in der Hand«, sagte er, »aber schauen wir mal.«

»Wenn ein Füllhorn zur Debatte steht, dann sollte die dazugehörige Frau ein Abbild Ihrer Gattin sein«, sagte Balduino, der schon am Vormittag ziemlich dicht war und alles mitgehört hatte.

Fefelli zuckte mit den Schultern. Außerdem war Signora Labrador gealtert, hatte zugenommen und war traurig. Briefträger und Installateure kamen unversehrt heraus. Und in die Villa Meringa kam an diesem Abend ein grauer Lancia, ein paar distinguierte Männer stiegen aus, es waren die des Bauunternehmens. Sie blieben lange für ihre Gespräche.

Ich war Fußballspielen gegangen und kam mit Osso und Baco zu Fuß ins Dorf zurück. Wir waren voller Schlamm, wie beim Motocross. Osso wollte per Anhalter fahren, doch weil er Marilyn Monroe nicht sonderlich ähnlich sah, hielt niemand an. Müde hielten wir an der Tankstelle. Osso zog den *Playboy* heraus, mit einer riesigen Mittelseite, die einen Quadratmeter Superweib beherbergte, und Baco setzte sich neben ihn. Es war, als würden sie *Die Gräber* lesen, so ernst war ihr Gesichtsausdruck. Es war nicht so, als hätte mich die Sache nicht interessiert, aber ich war nervös. Ich begriff Fefellis plötzliche Freundlichkeit nicht, die Viper häutet sich, verliert aber nicht ihre Zähne. Ich dribbelte ein bißchen mit dem Ball herum, der schlammige Ball war so schwer wie die Welt, ich kickte ihn drei oder vier Male, ließ es dann aber bleiben.

»Scheißabend«, sagte ich zu den beiden Pornohypnotisierten.

Ich sah, daß eine weiße Giulia an der Tankstelle hielt. Aus einem anderen Auto, das weiter hinten auf dem Tankstellenplatz geparkt war, stiegen zwei Männer aus. Es waren die vereidigten Wachmänner der Zementfabrik. Die Giulia schaltete ihre Scheinwerfer ein und fuhr los. Am Steuer saß Licio Pastori. Da schrie ich laut und rannte nach Hause. Osso und Gancio begriffen nichts und kamen nicht mit.

Ich kam an, als es dunkel war. Auf der Wiese waren Reifenspuren zu sehen. Das Licht seiner Werkstatt war an. Ich ging hinein, mein Vater war nicht da. Er war auch nicht im Haus. Ich suchte im Schilf hinter dem Haus nach ihm, doch nichts. Dann hörte ich Klagen und Flüche.

Er lag ausgestreckt am Straßenrand. Sein Gesicht war angeschwollen, die Nase gebrochen. Ein kleiner Finger baumelte träge von seiner Hand herunter.

»Zwei hab' ich für das Fest schön hergerichtet«, sagte er, »Bastarde, sie waren vermummt, aber ich weiß, wer sie sind.«

Dann sagte er nichts mehr.

Nach einem Monat war er wieder hergestellt, auch wenn sie ihn übel zugerichtet hatten. Wir erstatteten zwar Anzeige gegen Unbekannt, aber die Pastoris und die vereidigten Wachmänner hatten ein Alibi, zehn Freunde hatten sie in der Stadt gesehen. Und was die Blutergüsse im Gesicht anging, na ja, eine Schlägerei wegen Frauen, ihr wißt ja, wie das ist. Ich bat Osso und Gancio, als Zeugen auszusagen, Osso antwortete nichts, Gancio sagte, ja schon, aber was sage ich, daß ich ein Auto gesehen habe, das vielleicht das von den Pastoris sein könnte? Hör auf mich, die Guatayabas lassen zehn Monde vorübergehen, dann nehmen sie Rache. Onkel Nevio sprach mit einem Rechtsanwalt, der ihm sagte, leider sind sie durchtrieben, wir können überhaupt nichts beweisen. Es war, als wollte jeder die Sache sausen lassen, vor zehn Jahren wäre das nicht passiert. Ich war wütend, doch eines Abends rief mein Vater mich zu sich. Mit dicker Nase, er sah aus wie Bartali.

Er sagte mir drei Dinge.

Die Sache sei gelaufen wie sie gelaufen ist, aber er lasse nicht locker. Ich allerdings müsse Ruhe bewahren und keinen Unsinn veranstalten, das mußte ich ihm schwören.

Dann sagte er, siehst du dieses schwarze Heft? Darein schreibe ich alles, was die machen. Wenn mir was passiert, bring' es in die Stadt zu dem Signore, der hier geschrieben steht, der ist ein Rechtsanwalt der Gewerkschaft, aber das wird wohl nicht nötig sein.

»Hör' auf mit diesen Reden, Papa«, sagte ich weinend, »hör' auf.«

»Das sind Dinge, über die man nur einmal im Leben spricht, und von heute an nie wieder«, sagte er und drückte fest meinen Arm, »jetzt sprechen wir über deine Schule. Dein Onkel hilft mir mit dem Geld, du sollst auf das Gymnasium in der Stadt, du wirst ein Dottore wie Dottor Carabelli, wie dieses Schwein von Fefelli. Gib alles, ich erwarte mir ein schönes Zeugnis, das ich herumzeigen will wie die Gesetzestafeln des Moses.«

Ich lernte vier Monate wie ein Verrückter. Nachts machte ich mir Espresso, um wach zu bleiben, und wenn ich zu Bett ging, pochte mein Herz, als hätte ich Selene neben mir ohne Jeans. Statt dessen war ich alleine, traurig und hatte Herzrasen. Aber ich wurde versetzt. An den letzten Schultag in der Mittelschule, den soundsovielten letzten Tag, erinnere ich mich nicht wirklich. Nur das Abschiednehmen von meinen Freunden, und daß ich traurig war, mein künftiger Weg schien anzusteigen, ja in die Senkrechte zu gehen, wie die Felsen des schrecklichen Monte Mario.

Dann kam der Sommer, und mit der Sonne heilten die Wunden. Mein Vater hatte eine gute Arbeit, die gesamten Schreinerarbeiten für einen Speise-, Tombola- und Versammlungssaal im Haus des Volkes. Im Ort mochte man meinen Vater, und er trank ein bißchen weniger. Die Pastoris bauten sich ein neues Haus hinter der Villa Menga. In einer Nacht dann brannte alles auf geheimnisvolle Weise ab. Ein vereidigter Wachmann fand das Motorrad in einzelne Stücke zerlegt, ohne Anleitungsblatt, wie es wieder zusammenzubauen wäre. Die Guatayaba-Justiz hatte zugeschlagen.

Die Arbeiten am Poggio delle Roselle wurden wieder aufgenommen, doch der Bau der Häuser war im Verzug. Das Haus der Lunini hatte gerade erst einmal die Fundamente. Ich dachte, ich würde Selene nicht mehr wiedersehen, ich dachte, meine kurze Liebe sei zu Ende und für den ganzen Rest meines Lebens bliebe mir nur der *Playboy*, das Wichsen und die eine oder andere Venerelli, die vorbeikommt. Statt dessen erhielt ich eine Postkarte von ihr.

Darauf stand:

Ich komme nicht, wie Du wohl weißt, ist das Haus nicht fertig, ich bin im Urlaub in Cesenatico. Aber ich habe erfahren, daß Du in die Stadt kommst und dort weiter zur Schule gehst. Ich warte auf Dich, ich habe Dich nicht vergessen. Selene.

(PS: Bring wilde Erdbeeren mit.)

Die Postkarte zeigte Segel und einen Hafen. Ich steckte sie in die Speichen meines Fahrrads, weil mich das Geräusch daran erinnerte, daß ich sie, richtig und kostbar, als meine Fastverlobte hatte, die Selene hieß.

Der Sommer war lang, schwül und sehr heiß.

Und auch sehr langweilig. Wer konnte, war ans Meer gefahren, zum Beispiel Osso, der nach Versilia gefahren war, mit einem Kilo Kondomen, wer weiß, ob sie ausreichen würden. Irgend jemand ist auf die Jagd nach Jugoslawien gefahren, so als wären die Hasen da anders, sagte Baruch mit einem Seufzer. Von denen, die dageblieben waren, fuhren einige zum Erfrischen zum Fiumerunco Beach, doch das Wasser war ein trübes Rinnsal. Die Frauen gingen vor Lucianas Geschäft hin und her, um die letzten Bikini-Modelle zu bewundern und färbten sich die Haare bei Piero und Renata, Frisöre für beiderlei Geschlecht, was die Kundschaft betrifft, präzisierte er. Die Männer, die nicht arbeiteten, schlichen um die Arbeiten am Brunnen herum oder bei dem Residence delle Roselle. Slim der Herrliche gab Vorstellungen als Vogelmensch in einem Nachtlokal, verdiente ein bißchen Geld und sagte eines Abends zu Carburo, ich spendiere dir eine Flasche. Da sagte Carburo Nein! Jetzt stürzt der Berg aber wirklich runter. Balduino ließ eine neue Schrift in Neon anbringen. Da kamen Mücken und Falter sogar noch aus der Mongolei, flatterten ins Licht und stürzten gegart in die Gläser, an den Tischen herrschte ein einziges Essen-und-Trinken. Cipolla, der so blind war wie nur was, trank Campari mit Nachtfalter und Crodino mit Schnaken, und indessen vergiftete sich die Bande der Alten mit Tressette und Nazistinkern. Maria Casinò gewann sechstausend Lire beim Sbarazzino und kaufte sich eine Guêpière. Eigentlich brauche ich sie überhaupt nicht, sagte sie, aber wenigstens habe ich im Leben eine gehabt. Balduino brachte die Mode des Brivido Antartico auf, des Antarktischen Zitterns, eine ungeheuerliche Granita aus Zitruszitronen und Strega-Likör, die Durchfälle auslöste, deren Wirkung noch gravierender war als der Biß einer Kobra.

Wir Jungen spielten endlos Fußball und diskutierten lange über Sex. Gancio erzählte uns, was er im Bett mit seiner Zabariona trieb und manchmal stellte er es mit Zeichnungen dar. Baco dagegen war eine Enzyklopädie des autonomen Sexes, er warf uns vor, wir würden viel zu hastig wichsen und erklärte uns ausführlich die Feinheiten der Kunst des Onanierens. Vor allem die Leichenwichserei, was bedeutete, wie man die Hand einschlafen ließ, damit es sich anfühlte, als gehöre sie jemand anderem. Oder den Gebrauch von Wassermelonen, von Äpfeln, von Schwämmen, von Heizkörpern oder über den Unterschied zwischen gezogener und geriebener Wichsbewegung, zwischen Wichserei unter Druck und Wichserei unter hauchzarter Berührung und Streicheln, mit Chinoiserien wie das Wichsen mit Karnickelfell.

Meine Lieblingswichserei war, in die Wiese zu ficken und dann erschöpft liegenzubleiben, das Gesicht ins Gras gedrückt, und zu stöhnen Selene, Selene, wo bist du.

Doch nach dem Gerede blieb die Langeweile, wir nahmen die Fahrräder, stiegen zu zweit oder dritt darauf wie das Karussell der Carabinieri, und dann fuhren wir zur Überführung, um uns die Ferienstaus und die Zusammenstöße anzuschauen, aber so einen Unfall wie den mit dem umgestürzten Lastwagen, den gab es nicht mehr. Wir dachten uns einen Skandal aus: Labrador, die Schlampe, hatte in einem letzten Anfall den Brotbäcker Caio auf einem Brautbett aus Mehl verführt, und der Trauring mit Namen und Datum war schließlich in einem Brotlaib gelandet und von dort mitten zwischen die Backenzähne des Hahnreis von Ehemann. Das war alles nicht wahr: Labrador, die fett war und traurig und vollgestopft mit Beruhigungsmitteln, streifte nachts splitternackt durch den Garten der Villa, und da kamen die Krankenpfleger und holten sie ab. Fefelli tat so, als würde er vierundzwanzig Stunden leiden, danach war sie vergessen.

Auch wir vergaßen sie. Die Langeweile fraß uns auf wie die schwüle Luft.

Dann kamen die Spuren.

Am 1. August, bei dreißig Grad schon am Morgen, ging Luciana zum Fluß, um sich abzukühlen, bevor sie die Boutique aufschloß. Ihr Schrei wurde noch auf den Gipfeln der Berge wahrgenommen. In großer Zahl lief man herbei. Auf dem Sand des Flußbetts befanden sich die Fußspuren eines monströsen Tiers, mit großer Wahrscheinlichkeit ein Zweifüßler.

Sie maßen vierzig Zentimeter in der Länge, achtundzwanzig in der Breite und etwa drei in der Tiefe. Der Fuß war mit vier Zehen ausgestattet, von denen einer seitlich abstand, groß und mit riesigen Zehennägeln, und die anderen drei vorne. Es gab keine Spur von einer Schwimmhaut oder irgendwelche Schwanzspuren, auch keine Haare und auch kein schleimiges oder schuppiges Material. Nur diese beunruhigende, riesenhafte Fußspur.

Bis zum Abend hatte jeder seine Theorie über das rätselhafte Tier.

Für den Rationalisten Baruch und den Capitano der Carabinieri aus dem Tal, Tavarelli, handelte es sich um einen tetradaktylischen Bären, das letzte Exemplar einer in frühen Zeiten in unseren Bergen weit verbreiteten Rasse. Er war etwa ein Meter neunzig groß, wog einhundertzwanzig Kilo, hatte ein dichtes dunkles Fell und war zum Fluß heruntergekommen, um dort zu trinken, weil sein Lebensraum durcheinandergebracht worden war, vielleicht lebte er in einer Höhle in den Bergen, die eingestürzt oder vom Wasser überspült worden war.

Für Balduino und die Gruppe der homonymen Alkoholiker handelte es sich um einen *aufrechten Panther*, ein Tier, das auf seinen Hinterläufen geht, um über seine Vierfüßigkeit hinwegzutäuschen. Balduino war der Ansicht, ihn schon einmal in der Umgebung des Dorfes gesehen zu haben, und daß er ihm schon einmal eine Korbflasche mit Wein gestohlen habe. Er war ein Meter fünfzig groß und drei Meter lang, er wog siebenundachtzig Kilo, hatte einen langen Schwanz, fraß Menschen, vor allem Abstinenzler, und war zum Fluß gekommen, um sich zu waschen, weil er, wie alle Raubkatzen, einen ausgeprägten Reinlichkeitssinn hatte.

Für Karamasow und die Steinalten gehörten die Spuren zu einem russischen Gulibiak, einem alten Tier der sibirischen Steppe. Dabei handelte es sich um einen großen kräftigen Hominiden mit Schnurrbart, Stoßzähnen und Krallen, dessen Ruf an das Brüllen der Stierkröte erinnert. Er war drei Meter groß, schwer wie ein (russischer) Traktor und ernährte sich von Kartoffeln, Salat und Kohl. Warum er dorthin gekommen ist, das müsse man die sowjetischen Genossen fragen.

Für die Frauen handelte es sich um einen Gorilla aus dem Kongo. Größe zwei Meter, Gewicht einhundertdreißig Kilo, Vorderladung etwa zweimal soviel wie die von Belloni, dem Installateur (dieses Detail wurde nicht in Anwesenheit von Kindern diskutiert). Er war aus dem Zoo ausgebrochen und streifte durchs Tal, weil der Sommer die Jahreszeit der Vereinigung ist, und er einen Zweifüßer suchte, mit dem er sich paaren konnte.

Für mich und die anderen war es ein Hechtsaurier, eine Art Reptilienfisch, nahezu ausgestorben, in der Kreidezeit aus Mutationen entstanden, die durch einen Meteoriten verursacht worden waren oder durch eine prähistorische Gerberei. Kopf eines Hechts, Körper eines Veloziraptors, außerordentlich schneller Läufer, Lieblingsgericht Ossobuco. Gelegentlich ging er zum Fluß, um zu schwimmen und zu fischen.

Für andere war es ein Tampicozerus, für wieder andere ein Quel, und für noch andere ein riesiges Stachelschwein.

Und um die Vermutungen noch zu verkomplizieren, tauchten neue Spuren auf dem Fußballfeld auf. Vier diesmal und ein bißchen schief, mit einem Strich in der Mitte.

Die These war folgende: ein großer humpelnder Bär mit hängendem Gemächt oder ein enormer Panther mit kurzem Schwanz. Tatsache ist, daß das Tier Pantherbär getauft wurde, und in diesem Sinne wurden auch die Gegenmaßnahmen getroffen.

Folgende Schritte wurden eingeleitet:

Erstens, die Zusammenstellung einer Mannschaft von Freiwilligen, bewaffnet mit einer Flinte, bestehend aus Männern mit regulärer Jagderlaubnis, dazu Treiber, Fackelträger und einem Marketender, mit Slim, der zwölf Verse machte, unter denen sich auch einer über den liebeshungrigen Pantherbär befinden konnte. Das alles angeführt von Capitano Tavarelli und Onkel Nevio.

Zweitens, ein Spähtrupp auf Terrassen, Dächern und hochgelegenen Punkten, bestehend aus Frauen und Kindern mit Ferngläsern, dazu eine städtische Wache aus drei sich abwechselnden Männern, das alles unter der Leitung von Baruch und Signora Luciana.

Außerdem: eine wissenschaftliche Mannschaft, mit der Auflage nach weiteren Funden zu suchen, wie etwa weiteren Fußspuren, großen Scheißhaufen, Nagespuren. Die Gruppe wurde von Dottor Carabelli und vom Apotheker gebildet.

Eine Einheit aus alten Nichtstuern mit der Aufgabe, zoologische Bücher und Veröffentlichungen zu lesen, die Regina und Karamasow auswählten.

Eine erste Mannschaft aus jungen Forschern, ausgerüstet mit Steinschleudern, Holzhacken und Steinen, befehligt unter wechselndem Kommando von mir, Osso und Gancio für jeweils zwei Stunden.

Eine Mannschaft aus Kindern bis zu zehn Jahren mit der Aufgabe, Lärm im Ort zu machen, um das Tier fernzuhalten.

Eine pantherbärische Notkommission im Gemeinderat mit der Aufgabe, die Presse zu verständigen und größtmögliche Aufmerksamkeit für diesen Fall zu schaffen.

Die systematische Suche begann, auch irrtümliche Meldungen trafen ein. Für die großen, kräftigen Hunde waren es harte Tage. Zwei Tage später trafen die ersten Neugierigen ein. Am Ortseingang war ein Schild mit der Aufschrift »Hier beginnt das Gebiet des Pantherbären, Vorsicht!« aufgestellt worden. In der Bar hatte Balduino eine Zeichnung von dem wilden Tier an der Wand angebracht, das aus dem Tierlexikon genommen worden war, und man konnte ein Pantherbärbrötchen essen und ebenso starke alkoholische Getränke zu sich nehmen, die einem die Angst vor dem Pantherbären nahmen.

Doch trotz der Wachgänge, fanden sich jeden Morgen neue Fußspuren an unterschiedlichen Stellen. Auch ein Haar oder ein kleiner Scheißhaufen wie etwa von einem Foxterrier, was einiges an Sprach- und Ratlosigkeit verursachte. Auch das Fernsehen kam für einen Bericht, und Baco gelang es, vor die Kamera zu kommen und der Nation ein Ciao! zuzuwinken.

Ein Universitätsprofessor kam und sagte, wenn es nicht ein großer Scherz ist, dann ist es ein großer Bär.

Dem Wichser sei Dank, sagten alle.

Von wegen Streich, eines Morgens fand man ein zerfleischtes Schaf in Stücken im Hof von Carburos Haus und neue Fußspuren und Zeichen von Kampf.

Eine riesige Mannschaft zog auf die Berge, fünfzig motivierte Männer, zwei schossen sich an, ein anderer brach sich ein Bein, zwanzig Hasen wurden erlegt, ein Wildschwein und ein Hund namens Tom, doch weit und breit nichts von dem Pantherbären.

Fefelli war schon drauf und dran, die Armee zu Hilfe zu rufen, man redete von nichts anderem, und das ganze Spektakel ließ das Ungeheuer überall auftauchen, vor den Autoscheinwerfern, vor der Haustür, es lief über die Autobahn und kam sogar aus der Toilette der Tankstelle. Jeder Schatten war inzwischen zu einem im Hinterhalt lauernden Pantherbären geworden.

Eines Abends wollte ich meinen Vater fragen, wie er über diese absonderliche Geschichte dachte, ich ging in die Werkstatt, und da war er mit Carburo, Baruch und den Messinern, und ich sah …

Was sah ich?

Am nächsten Morgen entdeckte der Straßenfeger, daß sich zahlreiche Fußspuren blutverschmiert von der Straße über die Piazza zum Rathaus zogen.

Hier wurden die Füße des Ungeheuers gefunden, nämlich vier Holzschablonen, die geschickt hergestellt worden waren, ein Haufen Mist mit der Aufschrift »Achtung, frische Scheiße vom Pantherbären« und das folgende Schild: »Statt Angst vor Tieren zu haben, die es nicht gibt, solltet ihr Angst vor den wirklichen Tieren haben, die ihr im Haus haltet. PS: Das Schaf war bereits an Lungenentzündung gestorben.«

Papa, sagte ich erleichtert zu ihm, jetzt weiß ich, von wem ich die anomalen Chromosome habe.

Ja, es war ein schönes Ende des Sommers.

Es gab auch eine große kulturelle Entdeckung. Als Baruch in einer alten Bücherkiste stöberte, fand er nichts weniger als das Kriegstagebuch von Ghigna, hundert handbeschriebene Seiten. Ein Verleger kam herbeigeeilt und sagte, er würde daraus ein Buch machen, denn diese Dinge seien Geschichte und würden niemals vergessen werden.

»Ja, ein bißchen erinnern wir uns an sie«, sagte Baruch zu mir, »aber ich weiß nicht wieviel. Dein Vater kam einmal mit dem Fuß in eine Fuchsfalle. Während er da steckte und litt, sagte er: ich schwöre, wenn ich hier herauskomme, werde ich auf kein Tier mehr schießen. Es gelang ihm, sich zu befreien, seine Wade war zerfetzt, er behandelte sich, die Narbe verheilte, und ein paar Jahre später sah ich ihn mit zwei Hasen in der Tasche von der Jagd zurückkommen. Vorbei der Schmerz, vorbei der Schwur, und dein Vater ist kein unaufrichtiger Mann. Doch die Erinnerung besteht nicht nur aus Schwüren, Worten und Gedenksteinen, sie besteht auch aus Handlungen, die sich an jedem neuen Morgen der Welt wiederholen. Und die Welt, die wir wollen, muß jeden Tag gerettet, genährt und lebendig gehalten werden. Man braucht nur einmal locker zu lassen und schon fällt alles in Trümmer.«

Baruch blickte zu den Bergen hinüber, so, als würde er die Spuren seiner Schritte und die seiner Gefährten suchen.

»Sie werden wiederkommen«, sagte er traurig, »in zwanzig Jahren oder dreißig, aber sie werden wiederkommen. Wir werden keine Panzer ins Dorf einfahren sehen, sie werden nicht deutsch sprechen. Sie werden lächeln und schöne Autos haben, die von allen bewundert werden. Sie werden auch maßgeschneiderte Anzüge tragen, statt einer Polizeiuniform. Es werden keine Einheiten herumziehen, sondern man verschwindet still, ausgelöscht auf eine neue, elegante Weise. So wird es kommen. Oder aber ich täusche mich, vielleicht ist es die Narbe vom Fangeisen, die hin und wieder weh tut und mich Unsinn reden läßt.«

Die Pendeluhr in der Bar tickte, doch ich setzte das Uhrbiwerk nicht in Gang. Ich hatte Angst, daß Baruch durchaus klar sah.

Zweiter Teil

1

Im Halbschlaf hüpfte ich den Feldweg hinunter. Jetzt waren es nicht mehr die Steine, die mich zum beschwingten Tänzeln brachten, sondern Schienen. Am Ende des Feldwegs war Gleis Nummer acht. Stare flogen unter das Bahnhofsvordach. Der Wald war zu einer Hecke von Kübelpflanzen geworden, die Fußspuren im Schnee zum Fahrplan der Abfahrtszeiten. Meine Schlabberzibeben eine Pausenmahlzeit in einem Kondom aus Zellophan.

Seit zwei Jahren schon brachte mich der Zug in die Stadt und holperte dröhnend, fuhr durch Tunnels am Fluß entlang. Es war ein alter Zug, verräuchert und quietschend, der mich jeden Morgen um sechs Uhr zwanzig in zweiundvierzig Minuten zum Bahnhof brachte, und dann nahm ich den Bus Sieben/Querstrich, ich schlief noch einmal im Stehen und gelangte zum massigen Bau des Gymnasiums Giosuè Pascoli.

Im Zug, wenn das Geräusch der Kolben das Uhrbiwerk in Gang setzte, ging ich zum Fluß angeln. Manchmal nahm ich auch Carducci Giosuè mit, der keine Geduld hatte und sich immer mit seiner vom Köder verschmierten Hand durch den Bart strich, er war ganz gierig nach rohen Fischlein, die Literaturgeschichte sagt davon aber nichts. Pascoli Giovanni dagegen angelte nicht, eine Niete, allenfalls befriedigend. Dichtung besteht im Grunde darin, sagte er, das Schwere der Welt auf dem Leichten der Verse dahinfliegen zu lassen, wie einen Stein über das Wasser. Mag schon sein, Giovanni, antwortete ich. Alighieri Dante fischte unter den großen Steinen mit den Händen und ergoß sich in Beschimpfungen, wenn ihm ein Döbel entwischte. Foscolo Ugo warf sich voll bekleidet ins Wasser und schrie: wie Shelley, ich will sterben wie Shelley. Und zum Schluß, Manzoni Sandro wollte ich nicht, er brachte Unglück, die Fische zogen sich ganz tief auf den Grund zurück. Oder ich sprang in die Zukunft, auf einen superschnellen Zug, mit Sitzen, die wie Wohnzimmersessel aussahen, und eine Hostesse reichte mir Kartoffelchips und Zeitungen, und alle hatten ein Telefon in der Tasche, ich schwöre es, das nicht größer war als ein Keks, und sie sprachen da hinein, sie hatten weder Kabel noch Sprechmuscheln, auch keine Wählscheiben, jeder hatte seinen kleinen Keks, der eine andere Erkennungsmelodie hatte, und jeder erkannte sie wie das Wimmern seines Kindes. Das war wirklich eine Science-fiction-Attacke, da stellte ich das Uhrbiwerk ab, ich wachte auf und sah, wie die Außenbezirke auf mich zukamen, mit ihren Industrieanlagen in großer Schachtelform und Schrotthaufen, mit Bettüchern an den Fenstern und asthmatischen Geranien auf den Terrassen. Die Bahnhöfe von Leona, Caverzo, Caverzo basso, Modanella flogen vorüber, die Leute stiegen schläfrig ein und aus. Manchmal wiederholte ich den Unterrichtsstoff, manchmal las ich, doch vor allem schnupperte ich. Der Zug war voller Arbeiter, die zur Arbeit fuhren, und viele hatten einen Henkelmann mit ihrer Mahlzeit bei sich. Und so nahm man in der Luft eine duftende Symphonie aus Maccaroni, gekochtem Fleisch, Brühe, saurem Kohl, Bohnen und Mandarinen wahr. Und Fürze, die stoffwechselmäßig auf die Diät eines jeden abgestimmt waren, und diese Fürze gliederten sich in drei Arten: a) in erträgliche, b) in solche, bei denen man das Fenster öffnen mußte, c) in solche, bei denen man sich aus dem Fenster stürzen wollte. Ossos Fürze gehörten zur dritten Gruppe. Meine schienen mir eher zur ersten zu gehören, aber dieser Meinung waren nicht alle. Da gab es einen Maurer, der schnarchte und furzte, manchmal getrennt, manchmal im Duett, er wurde der Orchestermann genannt, jedesmal, wenn er wach wurde, sagte er 'tschuldigung, das ist meine Frau. Womit er nicht sagen wollte, daß er mit einem Furz verheiratet war, sondern, daß seine Frau schwere Kost für ihn kochte. Dann gab es noch den Geruch von Socken, Schuhen, Schweiß, Wolle von Mänteln und Müdigkeit, die den undefinierbarsten Geruch hatte, den Geruch von etwas Klammem, das man zwar trocknete, das aber niemals trocken wurde und jeden Tag wieder angezogen werden mußte.

Und dann die Unterhaltungen. Fußball, Frauen und Schule bei uns Schülern. Fußball, Frauen und Fabrik bei den Arbeitern. Schauspieler-Sänger-Schule und pssst pssst die Schülerinnen. Mit den Arbeitern war es ein ständiges Verarschen, manchmal mühsam, manchmal lustig. Ihr feinen Pinkel geht zur Schule, ihr wißt nicht, was das ist, Fabrik, Schicht, scheiß Vorarbeiter, Stechkarten. Und wir stinklangweilige Fächer, sadistische Lehrer, Klingeln. Und wir Arbeitsunfälle und Giftstoffe einatmen. Aber ihr werdet bezahlt. Ich hörte Worte wie Kampfkomitee, Kapitalismus und Rebellion, ich hatte sie zwar schon von meinem Vater gehört, aber hier vervielfachten sie sich, schienen jeden Waggon des Zuges zu füllen, wenn der Zug am Bahnhof ankommen würde, würden dreihundert Menschen mit Schulterriemen und Gewehren aussteigen, um die Stadt einzunehmen. Stattdessen alle in einer Reihe am Gleis entlang, mit Tasche und Henkelmann, hinein in den Nebel.

Die Stadt war nicht groß, sie hatte nichts von dem Dünkel der benachbarten Regionshauptstadt, doch konnte man sehen, daß ihr das Geld gefiel. Wenn ich im Bus fuhr, sah ich nur Geschäfte und wieder Geschäfte, Banken und Schuhverkaufshallen, Haushaltsgeräte, Herren- und Damenbekleidung, Parfümerien. Zu Fuß durchquerte ich einen kleinen Park, in dem alle Bäume die Räude hatten und wo ich ein Manipel heldenhafter, in eine Platane eingewurzelter Pilze entdeckte. Seid wacker, feuerte ich sie jeden Morgen an, eines Tages wird die Stadt euch gehören. Dann kam ich zum Giosuè-Pascoli-Gymnasium, einem altersschwachen Gebäude, umstellt von hunderten von Fahrrädern, Vespas und Mopeds. Das war die erste Gesellschaftsteilung: die einen kamen von außerhalb, die anderen wohnten in der Stadt, die einen hatten ein Morini, die anderen eine Lambretta, die einen ein Fahrrad und die anderen nichts, die einen die richtigen Schuhe und die anderen nicht, die einen rauchten Yankeestinker wie etwa Pall Mall und die anderen Nationalstinker.

Der Wald war weit weg, hier zählte nicht, daß man Brennesseln, Spuren des Stachelschweins oder eine Fuchshöhle erkennen konnte. Hier zählte ein sonderbares Durcheinander von Erwachsenenwünschen und Kindereitelkeiten, eine Lust, jung, gleichzeitig aber auch älter und durchtriebener zu wirken. Und auch ich fühlte die glühende Auflehnung vermischt mit juckender Konformität. Auch ich hätte manchmal gerne die roten Mopeds, eine Vigognehose, ein Oxford-Hemd mit hohem Kragen gehabt. Ich schämte mich für meine ausgeleierten Pullover, meine alte Aktentasche, die alten Bücher. Es war ein ständiger Kampf zwischen meinen Uhren. Und über lange

Zeit wünschte ich mir beides: anders als die anderen und dann wieder wie die anderen zu sein. Eine Stimme im Herzen führte mich und sprach: du bist etwas Besonderes, Saltatempo, auf die eine oder andere Weise bist du einzigartig. Doch das Dröhnen einer azurblauen Lambretta entfachte meine Phantasien: ich inmitten einer Gruppe von hundert Jungs auf azurblauen Lambrettas in einer Reihe an der Uferstraße, jeder mit einer kleinen gefügigen blonden Selene auf dem Rücksitz und einem weißen Sweatshirt. Und jeden Tag peinigte die Sacra Pilla den Großen Frosch, das heißt meinen ständigen Mangel an Bargeld.

Von den alten Freunden ist keiner in meine Klasse in die Sektion B gekommen. Osso und Gancio waren zusammen in der Sektion D. Osso immer dicker und kaschmir-schicker, Gancio immer dämlicher und streitsüchtiger. Baco und die Rospa waren in der E. Baco hatte sich auf die Mathematik gestürzt, aus Liebe zu einer jungen Lehrerin, einer gewissen Tania. Die Rospa hatte sich Kontaktlinsen eingesetzt und sich die Haare rot gefärbt. Das änderte aber an ihrer ziemlichen Häßlichkeit nichts. Von Selene keinerlei Nachricht, sie ging aufs Naturwissenschaftliche.

Die anderen Schulkameraden unterteilte ich in echte Scheißkerle, fast Scheißkerle mit Ausstrahlung, Sympathische und verzweifelt Sympathische. Die echten Scheißkerle waren Gentilini, ein anmaßendes, reiches Faschistenhirn, Sohn des Präsidenten der städtischen Basketballmannschaft, groß und mit einem Falkengesicht, er fuhr immer mit einem großen schwarzen Motorrad und einer Puppe auf dem Sozius herum. Dann war da Monachesi, ein Jüngelchen, Anmacher und Spion, Gentilinis Schleppenträger, er wechselte jeden Tag seine Krawatte und verbrannte Tausendlirescheine in der Klasse. Liuba, eine fünfzigjährige Gräfin im Körper eines dürren, mißgünstigen, rassistischen Mädchens. Unter den fast Scheißkerlen war Brian Pontiroli, der Playboy. Er war in London geboren, und das machte ungeheueren Eindruck auf uns, er hieß Brian und ähnelte Brian Ferry, dem Sänger der Gruppe Roxy Music, doch die Band sollte erst einige Jahre später berühmt werden, und daher ähnelte er zu dem Zeitpunkt keinem. Ich mochte sein glattes Haar über den Augen, das er mit einer gekonnt verführerischen Bewegung zur Seite schob, seinen etwas gewollten englischen Akzent und seine Fröhlichkeit. Er war zwar ein ausgemachter Hurensohn, hatte aber wenigstens Humor. Die Mädchen lagen ihm nur so zu Füßen. Dann war da Lollo, genannt Aristoteles, eine Materienzerkleinerungsmaschine, ein unglaublicher Fettsack, einer, der, noch bevor er gefragt wurde, das Kreuzzeichen machte und mit achtundreißig Fieber und mit Beulen in die Schule kam. Die Sympathischen waren Verdolin Valerio, ein völliger Irrer, der nichts anderes tat als Comics zeichnen und schreiben und sich als anarchischer Vangoghianer bezeichnete und gleich mein bester Freund wurde. Dann war da Lassu der Sarde, ernst und bestimmt, ein weises Männlein. Um auf die Schule gehen zu können, arbeitete er nachts in einer Pizzeria. Er redete wenig und war der einzige, vor dem Gentilini Angst hatte. Da war Schiassi Serena, eine blonde Träumerin, mit der alle vögeln wollten, und sie merkte es überhaupt nicht, ganz ehrlich. Sie liebte Rimbaud, Pontiroli und drei oder vier andere, also fast alle außer mir. Unter den fast Sympathischen war Domineddio, der in Belgien Hilfsarbeiter gewesen war, er sprach halb italienisch und halb französisch und hatte keine Lust, auch nur das Geringste zu tun, seine Durchschnittsnote betrug mangelhaft bis ungenügend, er wollte nur tanzen und sich wie ein Teddyboy anziehen. Dann Genosse Carpaccio, ein asthmatischer Oberlippenbartträger, der ständig ein Spray inhalierte und Mao auswendig zitierte. Er roch nach Knoblauch und wollte immer nur mit mir reden und mich kritisieren, weil ich, sagte er, ein arrivierter Bauer war und die Neigung zur bürgerlichen Verstädterung hatte. Und dann die Bottoni. Groß, mit richtigen Titten, naiv, drei hatten sie bereits gevögelt, dann ließen sie sie sitzen und sie bekam Depressionen, nahm Valium in der Klasse und heulte, wobei sie sich an einem Heizkörper festhielt. Als der Heizkörper eines Tages kaputt und abgestellt war, fühlte sie sich auch von ihm sitzengelassen.

An die anderen erinnere ich mich nicht wirklich. Von den Studienräten erwähne ich zwei. Der für Italienisch hieß Vainich, er wirkte böse, er war aus Istrien, mit einem Bulldoggengesicht, doch wenn er Dante vorlas, geriet er in Fahrt, er war besser als jeder Schauspieler. Auf diese Weise hatte er mich erobert, und Italienisch war mein Lieblingsfach. In Mathematik hatten wir Piloni, einen jungen Mann mit kurzen Haaren und Spucke in den Mundwinkeln. Die Zahlen, sagte er, erklären und ordnen die Welt. Die reichen Schüler ließ er links liegen, mit den anderen ging er hart um. Ich haßte ihn von Herzen und vielleicht würde ich ihn umbringen, gewissermaßen als Vorspeise zu Fefelli.

Wir waren im letzten Trimester des zweiten Jahres im Gymnasium. Ich hatte es satt, mit dem Zug hin und her zu fahren, ich hätte gerne ein Zimmer in der Stadt gefunden. Doch die Vorstellung, meinen Vater alleine zu lassen, gefiel mir nicht. Ich kehrte spät am Nachmittag zurück, schlief, lernte und streifte durchs Dorf. Abends waren wir beide todmüde, wir wechselten nur ein paar Sätze. Mein Vater ging wieder an seine Arbeit in der Werkstatt, ich schlief mit Edgar Allan Poe in den Händen ein. Ich träumte, ich würde Gentilini und Monachesi bei lebendigem Leib einmauern, indem ich sie mit einer Flasche Amontillado als Köder in den Keller lockte, obwohl auch ein Chinotto hätte gereicht. Ich steckte Fefelli mit dem Pendel in den Brunnenschacht. Ich träumte von Ligeia, Berenice und einer Selene mit rabenschwarzem Haar. Das Uhrbiwerk hatte sich beruhigt. Nur einmal, an einem Morgen im Zug, sang ein Marokkaner neben mir ein trauriges Totenlied, und auf der Stelle sah ich ihn ausgestreckt am Boden liegen, blutig getreten, und dann sah ich einen Haufen Schutt und eine zerbrochene Uhr. Ich verstand nicht, in welcher Stadt sich diese Vision abspielte, doch mir schauderte. Es war einer dieser unglückseligen Tage. Vainich war krank und an seiner Stelle war eine Ersatzlehrerin da, die Dante wie eine Nachrichtensprecherin las. Ich duellierte mich lange mit einer sadistischen Schachtel unter den Augen Pilonis. Und am Ende des Unterrichts machte Monachesi sich über mich lustig, weil ich zwei verschiedene Socken anhatte. Ist doch Mode, du Arschloch, sagte ich. Am Ausgang sah ich, wie Monachesi und Gentilini intensiv miteinander redeten, dann stiegen beide auf das schwarze Motorrad. Als ich auf der Straße war, kam das Motorrad langsam näher, und ich sah, wie Monachesi ein Bein seitlich hervorstreckte, um mir einen Tritt in den Hintern zu verpassen. Aber einen Zeitenspringer legt man nicht so leicht aufs Kreuz. Ich sprang zur Seite und gab ihm einen Stoß mit dem Ellbogen, Gentilini verlor die Beherrschung über das Motorrad, und sie stürzten quasi im Stillstand. Das metallische Geräusch war bemerkenswert, das Motorrad landete an einem Zeitungskiosk und zerfledderte Zeitungen. Gentilini stand wütend auf und zog etwas aus seiner Tasche, das ich noch nie gesehen hatte, einen Schlagring. An meiner Seite waren im Handumdrehen Domineddio, Lussu und Verdolin.

»Leg' das weg, du tust dir nur weh«, sagte Lussu bestimmt.

»Euch Kommunistenbande«, sagte Gentilini und zeigte auf uns mit einer Geste wie aus einem amerikanischen Streifen, »putzen wir früher oder später aus dieser Schule weg.«

»Ich bin ein Teddyboy, kein Kommunist«, stellte Domineddio klar.

Von der Liuba informiert, kamen drei oder vier von Gentilinis Faschistenfreunden an, die Sache sah schlecht aus, als sich plötzlich Pontiroli mit Dandyschritt dazwischenschob.

»Jungs, in dieser Klasse gibt es zuviel Spannung. Make love not war. Ihr seid so nervös. Ich mache euch ein Friedensangebot. Kommt am Sonntag alle zu mir nach Hause, da ist mein Geburtstag.«

»Ich? Mit den Bauern da? Niemals«, sagte Gentilini.

»Nun sei schon ein bißchen feiner, Nino«, sagte Pontiroli, »ein echter Gentleman akzeptiert jede Herausforderung. Und außerdem ist auch Jeanne auf dem Fest.«

Jeanne war ein traumhaftes französisches Mädchen von ganzen einundzwanzig Jahren. Von ihr hieß es, sie würde einen Strumpfhalter tragen, der in der Lage war, jede virale, bakterielle und depressive Form von Infektion zu heilen.

»Na ja, wenn die da das Motorrad aufheben«, sagte Gentilini, »reden wir darüber.«

Ich blickte Lussu an: er nickte. Zu viert brachten wir es wieder auf die Beine.

»Sieh dir das an, der Hebel der Kupplung ist abgebrochen. Ihr Bastarde. Dieses Motorrad ist mehr wert als alle eure Häuser zusammen«, knurrte Gentilini.

»Brian hat dir einen Vorschlag gemacht«, sagte Verdolin, »nimmst du ihn nun an oder streiten wir weiter?«

»Aber klar, wenn Jeanne da ist, komme ich«, sagte Gentilini, »und außerdem wird es ein Vergnügen sein, euch in Gesellschaft zu sehen. Wer weiß, was für eine Figur der Holzfäller da abgibt.«

»Ich werde die Figur abgeben, die mir zukommt. Ich verkleide mich nicht als Gentleman, und wenn ich mich prügle, brauche ich keinen Schlagring«, antwortete ich.

Dieser Satz traf Gentilini hart. Er warf das Motorrad wieder an, wobei Monachesi ihm half. Sie sagten sich etwas ins Ohr. Danach rollte Monachesi seine Schleimspur bis zu Pontiroli aus und sagte:

»Also gut, wir kommen, aber nur unter einer Bedingung. Jeder bringt zwei Mädchen mit, sonst kommt er nicht rein.«

Dann machte er sich davon und ließ eine Menge Staub zurück.

Wir versammelten uns in der Bar, um vor uns hinzugrübeln. Inzwischen waren wir zur Kommunistengruppe avanciert, auch wenn wir ideologisch unterschiedlich waren. Lenin Carpaccio, Van Gogh Verdolin, Elvis Domineddio, Ghigna Saltatempo und der Bandit Sparasaminca Lussu.

Lussu sagte gleich, daß er jeden Sonntag mit Margherita und Capricciosa verabredet war, seinen Herzensmädchen, was hieß, daß er in der Pizzeria arbeiten mußte. Und außerdem sei der einzige Tanz, den er könne, Su Ballu Tundu.

»Wie geht der?« fragte Domineddio.

»So wie ein Hully Gully, nur mit Kraftausdrücken«, antwortete Lussu.

»Was für Scheißkerle, die beiden Geldwichser«, sagte Domineddio. »Pontiroli ist allerdings ein toller Bursche.«

»Ihr laßt euch vom schlechtesten Dandytum faszinieren«, sagte Carpaccio beim Inhalieren, »und vom falschen Entgegenkommen der Herrenklasse.«

»Monachesi«, sagte Verdolin, »will ich in einen Comic als Snakeboy einarbeiten. Er ist nicht böse. Während eines Experiments im Labor, ist er von einem Gammastrahl getroffen worden, der zuerst den Kobrakäfig durchquert hat. Seitdem ...«

»Hör auf damit«, sagte ich, »wir müssen entscheiden, sollen wir da hingehen oder nicht?«

»Ich staune«, sagte Carpaccio, »wollt ihr in eine mondän-bourgeoise Falle tappen? Wollt ihr zwei Mädchen dahinschleppen als Zeichen männlicher Macht, um nicht hinter den anderen zurückzustehen? Wollt ihr eine konformistische Herausforderung auf dem Territorium des Gegners annehmen?«

»Carpaccio«, sagte Domineddio und blies einen Rauchring in die Luft, »ich glaube, du hast keine zwei Mädchen.«

»Darum geht es gar nicht«, sagte Carpaccio, »du, Saltatempo, bist doch gewissermaßen proletarischer Herkunft...«

»Laß mich bloß in Ruhe«, platzte ich heraus, »ich möchte den beiden Arschlöchern nur gerne zeigen, daß auch wir Lust, Recht und Talent haben, uns zu amüsieren, und daß die Frauen nicht alle so blöde sind und nur dem nachlaufen, der einen Cardigan und ein Motorrad hat.«

»Bravo«, sagte Verdolin, »ich könnte eine anrufen. Sie wohnt unter mir, sie hat schöne Titten, ist aber erst dreizehn Jahre alt. Vielleicht, mit ein bißchen Schminke...«

»Jungs«, sagte Domineddio, »ich kann drei mitbringen. Meine Freundin Cindy und ihre Schwester. Das sind zwei halbstarke Weiber, bei denen einem das Lachen vergeht, eine von ihnen fährt besser Motorrad als Gentilini, die andere trinkt Bier, daß man es mit der Angst zu tun bekommen kann.«

»Und die dritte?«

»Ihre Mutter. Vierzig Jahre, aber heftig.«

»Heh, ich habe eine Idee«, sagte Verdolin. »Ich frage die Schiassi Serena. Ich frage sie mit einer Zeichnung, ich zeichne für sie die Fee Graal aus dem Wald von Glenfiddish, dieses Mädchen ist voller Poesie, sie wird nicht nein sagen. Und wenn die Schiassi kommt, kommt auch ihre Banknachbarin, die mit der krummen Nase.«

»Scheiße«, sagte ich, »an die Schiassi hatte auch ich schon gedacht.«

»Kleine Mädchen, Mamas, Banknachbarinnen. Ihr seid ja richtige Aufreißer«, sagte Carpaccio und stand auf, »ihr enttäuscht mich.«

»Wenn wir zwei Mädchen für dich finden«, hakte ich nach, »kommst du dann?«

»Ja«, sagte Carpaccio nach einem Augenblick ideologischen Zögerns, »um euch das Desaster zu zeigen, das sich ereignen wird, und den politischen Irrtum, den ihr begeht.«

Und er ging, um, wie wir sagen, Unrechtes wieder gerade zu biegen, das heißt, um Gerechtigkeit zu üben.

»Dieser Carpaccio scheint mir der Schlauste von allen zu sein«, sagte Domineddio, »ich werde zwei auch für ihn mitbringen. Also dann, versuchen wir's. Los, Saltatempo, das kannst du auch.«

Verdolin und ich blieben an der Bushaltestelle zurück.

»Wenn du willst«, sagte Verdolin, »gehen wir heute abend zum Irish Pub. Ich mache Karikaturen gegen Bezahlung. Du siehst dich für mich um, und wenn du eine findest, die bereit ist …«

»Danke«, sagte ich, »aber du weißt ja …, wenn du eine suchst, findest du sie nie.«

Ich fühlte mich einsam, und zwar in einem Maß, daß ich mir selber leid tat allein beim Gedanken daran. Und während Verdolin mir von seiner Idee für einen Comic über einen bestimmten Typen erzählte, der am Morgen aufwacht und sieht, daß er sich in Zwillingsschwestern verwandelt hat, dachte ich daran, welchen Gott ich anrufen könnte. Ob den fröhlichen Gott oder den Waldgnom oder die Sacra Guêpière oder den großen Cherokee-Arsch.

Heute abend, dachte ich plötzlich, wenn ich nach Hause komme, gehe ich zu Selenes Tante, ich lasse mir die Telefonnummer oder die Adresse geben, und dann lade ich sie zu dieser Fete ein, und selbst, wenn sie nein sagt oder mir das Herz bricht, im Leben muß man Mut zeigen.

Ich hörte eine Stimme hinter mir.

»Saltatempo!«

Ich drehte mich um. Auf einer roten Vespa war, mit einem ulkigen Hut nach Lappländer Art auf dem Kopf, Selene. Offensichtlich hatte ich einige Gottheiten tief gerührt und kosmische Sphären bewegt.

Wir gingen in die Bar, sie nahm den Hut ab. Sie hatte ganz lange Haare, sie war noch schöner als beim letzten Mal, und ja, beim letzten Mal war sie schon wirklich schön. Alles fing ganz langsam an, sehr vorsichtig. Wir waren nicht im Wald, wir waren in der Stadt, schüchtern und verlegen, wir beschnupperten uns wie Hunde. Doch ich fühlte mich nicht mehr alleine.

»Kommst du mit mir am Sonntag zu einer Fete?« fragte ich sie.

»Im Dorf?«

»In der Stadt. Luxushaus, eine Party.«

»Gerne«, antwortete sie lachend.

»Bringst du auch eine nette Freundin mit?«

»Genüge ich dir denn nicht?«

»Das erkläre ich dir später.«

»In Ordnung. Ich bringe Lisa mit, die wie Liz Taylor in dem Film mit Lassie aussieht. Jetzt muß ich los, zu Hause warten sie auf mich.«

»Ich auch. Auf mich warten sie in der Steppe.«

»Ich bin froh, daß ich dich gesehen habe«, sagte sie ein bißchen durcheinander und ließ die Hälfte ihrer Haare im Hut verschwinden.

»Ich bin noch viel froher als du«, sagte ich. Ich küßte sie mit geschlossenen Lippen und lief fort. Ich hätte es nicht ausgehalten, wenn diese Begegnung banal geworden wäre, auch nicht eine Sekunde lang. Ich sah, wie sie meinen Bus auf der kleinen Vespa überholte und mir zuwinkte.

2

Brian Pontirolis Haus lag in einem Viertel, dessen Alleen von roten Bäumen flammten, die Häuser waren wie aus Zuckerwerk, jedes mit einer Veranda und einem Garten mit zusammengerolltem Hund und geparktem Wagen.

Die Verabredung für die Fete war für drei Uhr nachmittags, doch Selene war wie üblich verspätet, Lisa noch mehr, und wir kamen erst um halb vier dort an, nicht aus Snobismus, aber sollten sie das ruhig denken. Ich sage euch nicht, wie meine Girls ausgesehen haben, das ist eine Überraschung für später. Ich war emotionell geladen, hatte einen trockenen Mund, und mein Herz hämmerte mir im Kopf, ich hatte gut reden, wenn ich mir sagte, daß ein mutiger Waldjunge wie ich sich keine Sorge um das Urteil von Berufspartylöwen zu machen brauche. Auch der Pirat Morgan wusch sich die Haare, bevor er nach Maracaibo ging, und brachte Schwert und Stiefel zum Glänzen, das ist verbürgt. Ich hatte meine beste Hose angezogen, sie war aus Samt, und ein blaues Hemd mit abgerundetem Kragen. Ich hatte es am Samstag bei Luciana gekauft, in ihrem neuen Geschäft Modabella. Luciana hatte mir eine halbe Stunde lang mit ihrem Rat geholfen, sie ließ mich Dinge anprobieren und sagte dann: damit kannst du nichts falsch machen, es ist das Gegenstück zu deinen grünen Augen, sie werden dir zu Füßen liegen, so daß du über sie hinwegschreiten mußt. Ich hatte auch einen dunkelblauen Pullover mit V-Ausschnitt über der Schulter, für den Fall, daß einer an dem Hemd herumzumäkeln gehabt hätte. Darunter trug ich ein geripptes T-Shirt, ich dachte nicht, daß ich das zur Schau stellen müßte, jedenfalls war es sauber.

Ich holte tief Luft und drückte die Klingel Pontiroli-Williamson, das Tor ging auf und es drangen Klänge von *Mr. Tambourine Man* der Byrds heraus, Donnerwetter, was für ein Auftakt. Auf der Schwelle erschien Brian mit an sich gekrallter Puppe.

Er war hoch elegant, in grüner Rebekka-Jacke und einem Hemd mit hohem Kragen. Das Mädchen war ein junges Füchslein in Jeans, leicht geschminkt. Doch nicht wir waren es, die sie anstarrten, sondern sie waren es, die uns anstarrten.

Diesen Eintritt werde ich nie vergessen. Ein großer Salon, ich hatte noch nie einen so großen Salon gesehen, mit Marmorfußboden, daß man sich vorkam wie in der Kirche von Pragallo, und an den Wänden riesige Bilder mit englischen Pferden, englischen Jagdhunden und auch zwei abstrakte Bilder, vielleicht Picassos. Auf der einen Seite des Salons stand eine ganze Flucht von Sofas, bezogen mit weichem Samt, und darauf saßen die Partylöwen, die sich in unterschiedlichen Haltungen darauf herumflezten. Auf der anderen Seite war ein unendlich langer Tisch voll mit göttlichsten Dingen aufgebaut, Süßspeisen, Salzspeisen und Torten und nicht-alkoholische Getränke und auch eine Schüssel mit Sangria und kleine Lachshäppchen.

Hinten stand der Plattenspieler, die Schallplatten lagen auf dem Boden, mindestens hundert und durcheinandergewirbelt und zwei Mädchen, die sie auswählten und auflegten.

Und keiner, weder die Partylöwen auf den Sofas, noch die am Buffet und die für den Plattenspieler zuständigen, konnte so tun, als wäre nichts, als wir uns vorstellten. Ich war ja vielleicht nichts Besonderes, doch Selene und Lisa brachten alle zum Schweigen und die Szenerie zum Leuchten, sie dominierten den Wettkampf, kurz gesagt: sie waren dreimal schöner als jedes gutaussehende Mädchen hier und das begriffen die hübschen Mädchen wie die starken Jungs sofort.

Selene trug hautenganliegende Jeans und ein auf Zigeunerart verknotetes Hemd, das ihren süßen Bauch ein kleines bißchen frei ließ. Sie hatte ihre Haare gewaschen, und eine gold- und weizenfarbene stufige Mähne rahmte ihr Gesicht ein.

Lisa trug Schwarz, ganz existentialistisch, sie war klein und gelockt, hatte dafür aber zwei violette Augen wie eine Gepardin, ein bißchen orientalisch, und spitze, hochhackige Schühchen.

Inmitten einer Gang von Teddygirls hob Domineddio seinen Sangriakelch zum Zeichen des Grußes und seiner Zustimmung. Gentilini blieb mit einem Happen im Mund sprachlos stehen. Monachesi biß sich auf seine gespaltene Zunge und wandte den Blick ab. Liuba verließ sogar beleidigt den Raum. Carpaccio war nicht in der Lage, auch nur irgendeine Bemerkung darüber zu machen, wie beruhigend doch die Täuschung sei, sich mit zwei Mädchen zur Schau zu stellen, die offensichtlich Exemplare der bürgerlichen Verführung seien. Im Gegenteil, er ging auf Selene zu, als hätte er Che Guevara leibhaftig gesehen, und sagte:

»Angenehm, ich bin ein Freund unseres Saltatempo.«

Das gleiche sagte er zu Lisa.

Wir gelangten zur Mitte des Salons und grüßten steif. Überraschenderweise war auch Osso da, mit einem grauenvollen amarantroten Anzug mit Weste und gelb-roter Krawatte. Und auch Gancio war da, halb betrunken, seinen Arm hatte er schon am Hals einer Bohnenstange, und grüßte mich mit einem Rülpser. Die Rospa war da, geschminkt wie eine Nutte, mit Absätzen, daß sie, wenn sie ging, wie eine Ziege meckerte. Verdolin war da, der mit der Schiassi tanzte. Auch die Bottoni war da, sie küßte einen großen Gelben, der aussah wie Nosferatus Sohn. Dann trat eine hochgewachsene junge Frau ein, kastanienfarbig, kurvig, älter als wir, mit einem T-Shirt, das irgendwen darstellte, der sich dann als Jacques Brel herausstellte.

»Saltatempo«, sagte Pontiroli mit einem bezaubernden Lächeln, »ich mache dich mit Jeanne bekannt.«

»Brian«, sagte ich, »ich mache dich mit Selene und Lisa bekannt.«

Und aus der Art, wie ich Jeanne und er Selene ansah, verstand ich, daß das Ergebnis Italien drei und Frankreich eins war.

Eine Stunde später war die Fete auf ihrem Höhepunkt. Domineddio zeigte gemeinsam mit seiner vernieteten, wie ein Ball hopsenden Freundin allen, wie Rock getanzt wird und hatte schon zwei Stühle zertrümmert. Carpaccio hatte bereits der Hälfte der Anwesenden auf den Eiern rumgetrampelt. Liuba und Monachesi waren in die Küche geflohen und aßen Gallehäppchen. Kater Teo war erschienen, hatte gemaunzsagt, was zum Teufel ist das für ein Maunzchaos hier und war gegangen. Osso war schon beim siebzigsten Pizzahappen. Verdolin tanzte weiter Slow mit der Schiassi, auch wenn Rock aufgelegt wurde. Die Bottoni saugte Nosferatu auf. Gentilini hatte sich an Lisa geklammert, er füllte ihr Glas mit Orangensaft, und das mit dem

Eifer und der Beflissenheit eines Kellners, und lachte, egal was sie sagte. Ich machte die Bekanntschaft mit einer Menge Leute, trank mäßig und hielt gelegentlich Selenes Hand. Ich begriff, daß ich ziemlich Eindruck machte, ja, eigentlich noch mehr. Wenn er zwei solche Puppen mitgebracht hat, dachten die Männer. Wenn er zwei solche Puppen mitgebracht hat, dachten die Frauen. In diesen ganzen Erwägungen galten Selene und Lisa nicht wesentlich mehr als zwei Koffer, es fehlten sechs Monate und neun Tage bis zum Feminismus.

Kurz und gut, ich war da und fühlte mich wohl. Ich hätte denken können, was ist das denn für eine Geschichte, zuerst war ich niemand, und dann, nur weil ich zwei schöne Mädels mitgebracht habe, zack, bin ich ein toller Mann, was ist da denn schon so Berauschendes bei, heh, das ist es, was man konformistisch nennt. Doch damals dachte ich das nicht, es gibt Augenblicke im Leben, in denen einem nicht klar wird, daß man lächerlich oder albern ist, die kannst du nicht aus deinem Lebenslauf streichen. Dann wachst du auf, erinnerst dich an sie leicht beschämt, doch Scham ist etwas, das du dem hinterher erst anheftest. Ich fühlte mich richtig gut, mein Weg zur Einzigartigkeit holte Luft in einem gutsituierten Haus, mit Gemälden von Settern an den Wänden, mit einem Fußboden, der einer Basilika würdig war, und samtgepolsterten Sofas, vor einem Buffet mit Lachshäppchen und frisch gepreßtem Orangensaft, mindestens hundert dem Gott Party geopferten Orangen, zwischen Sangria und Wolowong, in einem eleganten, weit vom Wald entfernten Viertel.

Und wenn Selene das Verdienst gebührt, na, ist das denn schlimm? Sie war nicht nur schön, sie leuchtete. Und ich wußte, daß sie auch ironisch, intelligent und verwöhnt war. Sollen sie sie doch anschauen, nur ich wußte, wer sie wirklich war, ich war nicht eifersüchtig.

In diesem Augenblick sah ich Brian Pontiroli auf mich zukommen, lächelnd, als wären wir immer schon intime Freunde gewesen, er fragte mich: schön, dieses Hemd, ist es von Benson? Von Luciana Modabella hätte ich antworten sollen, sagte aber: weiß nicht, ist ein Geschenk, und ich sah, daß er Selene anblickte und Selene eine Haarsträhne drehte, doch ich beunruhigte mich nicht. Kurz darauf sah ich allerdings Jeanne panthergleich auf mich zukommen, sie setzte sich neben mich aufs Sofa. Mir fiel wieder ein, daß ich kurz vorher Brian und die kleine Französin miteinander sprechen gesehen hatte, so, als hätten sie einen Plan ausgeheckt.

Nun beruhige dich schon, du Paranoiker, sagte eine leise Stimme.

Augen auf, Saltatempo, sagte eine leise Stimme.

»Alsò (ich benutze den Accent und andere Ungewöhnlischkeiten, um den französischen Akzent anzudeuten)«, sagte Jeanne und schlug ihre meterlangen Beine übereinander, »Brihan sagt mir, du bist ein Dischtär, du kennst alle Pflanzèn des Waldès. Auch isch bin auf dem Land geborèn, in der Provence, in der Nähe von Ahrles.«

Ihr Charme war exotisch und unleugbar, zu jedem anderen Zeitpunkt hätte ich mich geschmeichelt gefühlt. Doch ich bemerkte, daß Brian sich neben Selene setzte, und sie fummelte immer mehr an ihren Haaren herum, wie sie's macht, wenn sie emotional geladen ist, und er fragte:

»Und du, Miss Party, woher kommst du?«

Ich habe nicht gehört, was sie geantwortet hat, Jeanne ertränkte mich in Sätzen mit französischen Rs, und die Pizzahappen und die stillen Orangen verrammelten meinen Magen, meine Hände schwitzten und ich begriff plötzlich, was die Bestie der Eifersucht ist, der grausame Pantherbär, der beißt und kratzt, es war wie die Entdeckung eines neuen Sinns, Geschmacks, Geruchs und Eifersucht, etwas derart Klares und Unerwartetes, daß es mir den Atem verschlug.

Für ein paar Minuten spürte ich nichts anderes als das Nagen der Bestie in meinen Eingeweiden, den Eingeweiden eines verliebten jungen Mannes. Die Rolling Stones flippten völlig aus, alle wirkten zufrieden und tanzten, ich aber war zu Eis erstarrt.

»Heh, ihr da am Plattenspieler, jetzt reicht's mit Rock 'n Roll«, sagte Brian. Er sprach das Wort Rocknroull mit englischem Akzent aus, blickte dann Selene an und sagte: »Legt jetzt bitte einen Slow auf.«

Verdolin und die Schiassi schienen jetzt aus einem Traum zu erwachen. Was hatten sie denn bis dahin getanzt?

»Ein Slow, ach du Scheiße«, sagte Domineddio und sank neben mich aufs Sofa, verschwitzt wie ein Pferd, die Stiefel auf die Armlehne stützend. Das Teddygirl kam und setzte sich auf seine Knie und steckte ihre Zunge dreißig Sekunden in ihn hinein.

»Das ist Cindy beziehungsweise Cinzia«, sagte Domineddio, »auf dem Motorrad kannst du's nicht mit ihr aufnehmen.«

»Ich kann aber nicht nur Motorrad fahren«, wandte Cinzia ein.

»Sag Saltatempo schon, was du kannst«, sagte Domineddio mit schlüpfriger Miene.

»Ich mache Kleider, aus Leder, ich bin diesen Sommer in London gewesen und will Stilistin werden. Kennst du Mary Quant?«

»Ich schon«, sagte Jeanne, »sie ist sähr witzisch.«

»Witzig inwieweit?« fragte Cinzia.

Und sie fingen an, über Untergewänder zu reden, genauer gesagt Röcke, doch für mich war es ein Gesumme auf assyrisch, ich hörte nicht zu. Meine gemarterte Aufmerksamkeit war auf die Mitte des Raumes gerichtet, wo Brian und Selene angefangen hatten, *Crying in the Chapel* (E. Presley) zu tanzen und mit *Se piangi se ridi* (B. Solo) verdoppelt hatten, und er hielt sie eng um eine Hüfte, mit einer Hand, und wer weiß, was er mit der anderen vorbereitete. Auch Gentilini und Lisa tanzten, und Gentilini zwinkerte Pontiroli zu. Bande von Bastarden, alle unter einer Decke.

Und zum Beweis der Verschwörung hatten sich Monachesi und Liuba wieder gezeigt und er stellte ein Alligatorenlächeln aus. Zuletzt kreuzte ich Carpaccios Blick, der mir wahrscheinlich sagen wollte: siehst du, der Hausherr bekommt alles, und der Arbeiter weint. Oder: jedem das Seine. Oder nicht, und er machte Anzeichen, daß er näherkommen wollte, doch ich warf ihm einen Blick zu wie ein Messer mitten an die Stirn, er kapierte und zog sich bis zum Buffet zurück, mit einem Ellbogen in der Torte.

Unterdessen umfaßte Brian Selene auch mit der anderen Hand, jetzt waren es zwei. Diese anatomisch exakte Gegebenheit schien mir symbolisch abnorm.

Da fragte ich Jeanne:

»Schön, dieses Haus, wie viele Etagen hat es?«

»Drhei, glaube isch, warum?« sagte die kleine Französin mit arlesianischer Verwunderung.

Ich antwortete ihr nicht einmal. Ich kalkulierte: Drei Etagen mindestens zehn Meter. Und arbeitete die möglichen künftigen Szenarien aus.

Erstes: Pontiroli und Selene verließen gemeinsam den Raum. Ich folgte ihnen in die Küche, und nachdem ich mit eigenen Augen gesehen hatte, daß sie sich küßten, stürzte ich mich aus dem Fenster der dritten Etage.

Zweites: Pontiroli und Selene küßten sich beim Tanzen: ich schnitt mir zuerst mit dem Orangensaftglas die Pulsadern auf, ging dann hinauf zur dritten Etage und so weiter.

Drittes: Selene kam zu mir und sagte: ich muß mit dir reden, ich hoffe, du verstehst, ich bin so verwirrt, gewisse Dinge ereignen sich ganz plötzlich, ich antwortete ihr, ok, ich verstehe, und dann dritte Etage und Krankenwagensirenen.

Viertes: ich trat den beiden entgegen und sagte Selene entweder er oder ich, und sie sagte er, und ich ging in die Nacht hinaus, verfolgt von den Fledermäusen des Gekichers.

Fünftes: ich trat den beiden entgegen und sagte Selene entweder er oder ich und sie sagte ich weiß nicht und wir duellierten uns, doch Pontiroli siegte mit lächerlicher Leichtigkeit zuerst beim Armdrücken, dann beim Beinestellen und dann beim Säbelfechten, ich wurde verletzt, aber nicht tödlich, und während ich im Krankenhaus lag, kam mich Carpaccio jeden Tag besuchen und schließlich erhielt ich die Hochzeitsanzeige von Brian und Selene, die Monachesi persönlich überbrachte.

Die Möglichkeit, daß Selene sich auch für mich entscheiden könnte, war nicht berücksichtigt, die Eifersucht machte mich blind, vergiftete mich, zerstörte mich.

Ich litt wie Othello oder wie ein Arschloch.

Noch ein Slow wurde aufgelegt, *Giorgia* (R. Charles), und die diabolischen Geliebten trennten sich nicht, im Gegenteil, sie hatte ihm sogar zwei Arme um den Hals gelegt, diese Sau, ich stand torkelnd auf und goß mir Orangensoda ein, aber es ging nicht runter, die Stimmritze war blockiert, ich fragte mich, wie ich es schaffte zu atmen. Ich setzte mich alleine auf einen Stuhl und dachte: Selene nicht, bitte, tu's nicht, doch sie hörte mich nicht und lächelte ihn an, und R. Charles arbeitete mit ihnen zusammen.

Da kam Gancio zu mir, blaß und aufgedunsen vom Alkohol, er berührte meine Hand und sagte:

»Laß das nicht zu, Saltatempo. Das Leben ist Scheiße, aber wenn dir etwas wichtig ist, darfst du nicht locker lassen.«

An diese Worte von ihm sollte ich mich ein Jahr später, in einer Sommernacht vor einer Diskothek, erinnern.

Ich arbeitete einige, vom Selbstmord abweichende Lösungen aus.

Die erste: ich schrie »Brian, in der Küche brennt's« und würde mich auf Selene stürzen und mit ihr tanzen, und wenn sie das nicht wollte, würde ich ihr einen Schlag auf den Kopf geben und sie rauben.

Die zweite: ich würde in die Küche gehen und die Katze erdrosseln, alle würden das Wimmern hören und nachschauen kommen und das Tanzen würde unterbrochen, doch dann erinnerte ich mich, daß Selene Katzen liebte.

Die dritte: ich würde einen Tango auflegen und zu Selene sagen willst du diesen Tango tanzen, aber dann dachte ich daran, daß ich schlecht tanze und Pontiroli vielleicht ein Könner sein würde.

Und noch welche: mit einem Tritt hätte ich den Plattenspieler in die Luft gejagt.

Ich würde mich Pontiroli entgegenstellen und sagen: ich schlage dir die Fresse ein.

Ich würde ohnmächtig werden.

Ein Raumschiff würde genau vor dem Fenster landen, und ein grüner Strahl würde Pontiroli und Monachesi töten und Carpaccio für immer mundtot machen.

Pontiroli würde, siebzehnjährig, von einem Herzinfarkt niedergestreckt.

Es war unglaublich, wie die Bilder weiter und weiter und weiter entstanden, ich spürte, daß ich innerhalb weniger Augenblicke schreien oder von dieser Fete weglaufen würde und unter ewigem Regen mein ganzes Leben lang immer weitergelaufen wäre.

Carpaccio kam dicht bei mir vorbei auf dem Weg zum Buffet, er blickte mich an. Er verschlang ein Wolowong, sagte nichts, das sicherte ihm das Leben.

Monachesi und Liuba kamen an. Sie gossen sich zwei kleine Gläser Coca-Cola ein.

Sie starrte mich sardonisch an und sagte:

»Was machst du denn so ganz alleine, amüsierst du dich nicht mehr?«

Da schoß das Blut wieder wie kochende Lava durch meine Adern, die Wut zitterte in mir wie ein Fieber. R. Charles bemühte sich nicht weiter. Und gleich hört man die Klänge der neuen Schallplatte, es war *And I Love Her* (Lennon-McCartney).

Ich legte die wenigen Meter, die mich von der Hauptstraße von Abilene trennten, zurück. Ich legte den Gürtel mit den Colts ab und pflanzte mich mit auseinandergestellten Beinen vor dem Paar auf

»Selene«, sagte ich, »tanzt du auch mit mir ein bißchen?«

Der Wind pfiff über die verbrannte Ebene, im Canyon der Seminoles und über den struppigen Rücken der Coyotes, und alle im Saloon schwiegen.

»Sicher«, sagte sie.

Die Bestie löste sich mit einem Schrei der Niederlage in eine Aschenwolke auf. Lennon klopfte mir auf die Schulter und sagte, hast du gesehen, du Arschloch? Im Grunde dachte ich nur einen Augenblick daran, wie absolut blöde ich gewesen war, in einem Moment vergaß ich, wie sehr ich gelitten hatte, die Stimmritze wurde wieder frei und ich bekam einen Riesenhunger, aber jetzt war nicht der Zeitpunkt. Ich und Selene tanzten lange, und wir küßten uns vor allen und alles lief ganz wunderbar. Brian Pontiroli begann, sportlich wie er war, mit Jeanne Zitronen zu schlürfen. Gentilini handelte sich eine Ohrfeige von Lisa ein. Gancio kotzte auf Monachesis Schuhe, und meines Erachtens nicht aus Zufall. Liuba war von Carpaccio an die Mauer genagelt worden, ohne Möglichkeit zur Flucht. Die Bottoni steckte eine Hand in die Hosentasche von Nosferatu und vampirisierte ihn. Domineddio stellte sich Dantes Höllengraben vor, indem er unter einem Speisewagen herkroch. Die anglo-italienischen Eltern Pontirolis genau in dem Augenblick in der Tür, als sich der von Sangria besoffene Osso die Hose herunterzog und mit der Rospa Sodomie mimte. Teo der Kater war zutraulicher geworden und putzte die letzten Lachshäppchen weg. Das Hully Gully war allgemein und begleitet von belluinischem Geschrei. Dann gingen wir nach und nach. Brian und Jeanne waren verschwunden. Eine Hausangestellte erschien und begann, alles in Ordnung zu bringen, sie half selbst Osso, wieder unter dem Tisch hervorzukommen. Selene und ich gingen bei Einbruch der Dunkelheit weg, zwischen feuerroten Bäumen und Myrtensträuchern. Lisa fuhr vorüber, auf dem Motorrad mit Gentilini. Es war ein bißchen frisch, Selene bat mich um den Pullover, um ihren faszinierenden Bauchnabel bedecken zu können. Ich küßte sie und sagte ihr:

»Ich liebe dich.«

Es folgte eine kurze Stille.

»Ich dich auch, glaube ich«, sagte sie. Da war ein Verb mittendrin, aber das war immer noch besser als bist du jetzt verrückt geworden oder was.

Es war einer der schönsten Tage meines Lebens. Ich hatte wegen Dingen gelitten und Freude empfunden, die mir Jahre später leicht albern vorkamen. Doch das Uhrbiwerk dachte nicht so. Ich hatte abgrundtief gelitten und echte Freude empfunden. Viele andere Tage haben mich als Rebell gesehen, einsam und isoliert, doch jenes Mal verlief alles anders, im Salon eines angesehenen Hauses, in dem alle miteinander in Übereinstimmung mit ihrer niederträchtigen und großzügigen Jugend leben konnten. Niemand von uns war bis dahin verloren, wir verloren uns später. Eine starke Stimme sagte mir wieder und wieder: Saltatempo, du wirst einzigartig sein. Doch auch dieser Abend war einzigartig. Ich werde mich immer an ihn erinnern.

3

Die Schule fing wieder an und die Nachwirkung der magischen Fete währte nicht lange. Gentilini, von Lisa unter Verlusten abgewiesen, wurde wieder so düster und arrogant wie vorher. Vor allem war er in der Schule eine Katastrophe und fehlte immer häufiger. Monachesi und Liuba lebten in ihrem Schneckenhaus und tauschten Boshaftigkeiten aus, hätten sie sich doch wenigstens gepaart und einen schönen Wurf von Vipern zur Welt gebracht! Aber nichts dergleichen. Verdolin und die Schiassi waren bis zur Bewußtlosigkeit ineinander verliebt und lebten sogar zusammen, sie hatte eine kleine Wohnung ganz für sich alleine, mit Terrasse und Schäferhund. Verdolin hatte einen Comic mit dem Titel Mickey Marx angefangen, in dem Mikkey Mouse zum Guerillakämpfer wurde und Hollywood mit einer Million ferngesteuerter Kanalratten zu zerstören versuchte. Nicht schlecht, aber der Zeit damals zu weit voraus. Außerdem hatte er nie genügend Buntstifte und behalf sich dann, mit allem zu färben, mit Kaffee, mit zerriebenen Backsteinen, mit Nutella, mit Gras und mit dem Lippenstift der Schiassi, die für das Talent ihres Geliebten auf ihre gemäßigte Dosis Eitelkeit verzichtete.

Domineddio war niedergeschlagen. Es war klar, daß er niemals versetzt werden würde. Wir ließen ihn abschreiben und halfen ihm auf jede nur mögliche Weise, doch er stürzte, durchschrotet und durchsiebt, auf ein Mangelhaft bis Ungenügend hinab. Er fing an, in der Klasse zu rauchen und provozierend Sportzeitungen zu lesen. Im letzten Trimester fand er einen Job in einer Automechanikerwerkstatt und kam, um sich von uns zu verabschieden. Er war gerührt, eine Haarsträhne schaukelte traurig in seinem Gesicht. Laßt uns in Verbindung bleiben, sagte er. Er kehrte nach Belgien zurück, wir sollten ihn nie mehr wiedersehen.

Der einzige, der so geblieben war wie auf der Fete, war Brian. Es sah so aus, als wäre er wirklich mein Freund geworden. Du, sagte er, deine Freundin ist echt eine Wahnsinnsfrau, aber ich habe sie wirklich nicht anbaggern wollen. Ich balze instinktiv, so wie Verdolin zeichnen muß oder du abstruse Geschichten erzählen mußt oder Monachesi rumschnüffeln muß.

Hin und wieder brachte er mich auf seinem Motorrad zum Bahnhof. Er sagte, ich werde dich in deinem Dorf besuchen, aber ich wußte nicht, ob ich mich darüber freuen sollte. Brian faszinierte und erschreckte mich. Da war etwas vorzeitig Gealtertes in ihm, ein Bild, in dem alle Farben erblaßt waren. Ich sagte zu ihm, wenn du wirklich ein solcher Dandy bist, dann lies wenigstens Oscar Wilde oder auch den alten Poe.

Ich lese nur Zeitungen über Pferderennen, antwortete er grinsend, und er setzte und verlor, schließlich hatte er immer Geld bei sich und neue Pullover. Und die Mädchen himmelten ihn an. Einmal sah ich Jeanne nach dem Unterricht vor der Schule weinen, sie lehnte an der Mauer. Er kam heraus und tat so, als würde er sie nicht sehen.

»Alles nur Show, Saltatempo«, sagte er, »Frauen sind Schauspielerinnen, das merkst du auch noch.«

Ich lernte viel, im Zug und auch nachts, aber dann genügte es mir, Selene zu sehen, und sofort war ich wieder voller Energie. Es war wirkliche Leidenschaft, im wörtlichen und im sinnlichen Sinn. Wir wußten nicht wohin für unseren hochheiligen, verdienten, ersehnten ersten Fick. Wir zogen uns auf die erste Etage einer kleinen Bar zurück, der Bar Tomoka, das war ein kleiner dunkler rötlicher Raum mit vier kleinen Sofas und dazugehörigen kleinen Tischen. Wir bestellten zwei Tassen Kakao und fingen an, uns zu befummeln. Ich zog ihr die Unterhose halb aus, sie holte mein Ding halb heraus, ich legte mich auf sie, sie setzte sich rittlings auf mich, es war ein süßes und entnervendes Kamasutra der Unmöglichkeit, der Unbequemlichkeit, der Unterbrechung. Einmal hatten wir endlich eine Position gefunden, wo es nur noch einen Augenblick bis zum Höhepunkt gedauert hätte, da kam ein Pärchen herein. Macht nur weiter, sagten sie, und sie blies ihm einen zwischen gesalzenen Nüssen und Aperitif. Nicht nur wir hatten also ein logistisches Problem. Aber wir waren nicht wagemutig genug, es genauso zu machen wie dieses Pärchen. Bis einmal eine lange Küsserei mit Aneinanderreiben damit endete, daß der Kakao in der Tasse über unsere Hosen verschüttet wurde und Selene sagte: jetzt reicht's amore, du mußt irgendwas finden, wir können nicht so weitermachen, ich verlange ja nicht das Hilton, aber ich will meine Jungfräulichkeit auch nicht in der Bar Tomoka verlieren.

Sie hatte recht. Ich dachte daran, nach Hause zu fahren und mit meinem Vater zu sprechen. Ich würde ein Zimmer zur Miete suchen, ich würde nachts arbeiten oder bei Onkel Nevio am Sonntag. Inzwischen hatten Verdolin und ich angefangen, Toto zu spielen, jede Woche den gleichen Tip. Ja, Schluß mit dem Zug vor Tagesanbruch, mit leeren Taschen, mit trostlosen Mahlzeiten, Schluß mit Streifen von einer Plastikpizza und gepreßtem Orangensaft, ich wollte Pokale, Stiefel, Regenrinnen voller Bier und echte Pizzen mit Lachs, mit Sangria, mit Mozzarella aus der Milch jungfräulicher Büffel aus der Savanne. Ich mußte mich der Situation stellen und Millionär werden, auch ein Hunderttausendär hätte es schon getan.

Zuvor aber, an einem Freitag, hätte ich mich meiner ersten wichtigen politischen Versammlung stellen müssen. Unter den Jugendlichen begann es damals zu gären und das führte später zu einer Explosion, und diese Explosion sollte in der Folge mit den letzten beiden Ziffern des Sonnenjahres sechs und acht versehen werden. Carpaccio hatte beschlossen, daß ich und Verdolin, auch wenn wir im tiefsten Herzen bourgeois waren, ideologisch wankend und von Sehnsucht nach einer tollen Puppe zerstört, eigentlich doch potentielle Genossen waren und er uns daher seinem Kollektiv, dem Guantanamera, vorstellen würde, das seinen Sitz in einer Garage hatte.

Wir traten ein. An die dreißig Leute waren da und saßen auf der Erde, und nur drei waren mit Stühlen ausgerüstet. Die Sitzenden waren die Trimurti der Chefs: Riccardo der Ideologe, Paolo Lingua der Macher und Tamara die Passionata. Gleich darunter die Stellvertreter Lionello der Gebildete, Cinzia die Konkrete und Carpaccio der Eierzertrümmerer.

Wir wurden weder Prüfungen noch blutigen Initiationsriten unterzogen, auch keinen widernatürlichen erotischen Praktiken, doch wir fühlten uns beobachtet. Ein Lyrikband, den ich unterm Arm bei mir trug, wurde argwöhnisch durchgeblättert. Ein Mädchen fragte Verdolin, nachdem sie sich kurz vorgestellt hatte, ob ein Comic seiner Meinung nach potentiell revolutionär sei. Als einzige Antwort zeichnete Verdolin Mickey Marx auf ein Heft, mit einem großen herunterhängenden Schwanz. Carpaccio schilderte indessen unsere dürftigen Begabungen und unsere verdammt bourgeoisen Fehler. Plötzlich redete die Trimurti.

Zuerst durch den Mund Riccardos des Ideologen. Er war selbstbewußt, mähnig und zwei Jahre älter als wir. Er sagte, er hätte sie in Südamerika verbracht, andere redeten dagegen von zweimaliger aufsehenerregender Nichtversetzung, von der er sich erholt habe, indem er Gipfel ideologischer und kultureller Festigkeit erklomm, die wir nie erklimmen können. Riccardo sagte, unsere Gruppe habe vieles erarbeitet, aber nur wenig gehandelt, er sagte, wir müßten unsere bürgerliche Trägheit beispielsweise mit den Initiativen der Franzosen, mit den Kämpfen in Südamerika und mit dem, was in Berkeley vor sich ging, vergleichen. Auf diese Weise erfuhr ich, daß wir in dieser Garage Verantwortungen im Weltmaßstab trugen und auf so viel war ich nicht vorbereitet. Dann fuhr Riccardo fort, daß wir auch in persönlicher Hinsicht verknöchert wären und befreite, gemeinsame Situationen er- und durchleben müßten, und indem er das sagte, wandte er sich an zwei Mädchen in der ersten Reihe, also so bald wie möglich sollten wir entweder eine Erfahrung kollektiven Lebens in einem Haus erleben oder uns an die Besetzung einer Schule machen. Dann zitierte er Marcuse, den ich noch nicht kannte, und Sartre, den ich nur von einem Foto her kannte. Er sagte, wenn jemand glaube, nur zum Spaß da zu sein, dann täusche er sich, wir stünden am Beginn einer Phase von Kämpfen, die die Welt verändern würden, und jeder müsse alles beiseite lassen, was er bis dahin gedacht habe. Er hörte mit einem Satz auf französisch auf, ich glaube »cours ton patron t'attend«. Daß der patron wartete, hatte zwar überhaupt nichts mit dem Gesagten zu tun, war aber ein schöner Schluß, so wie die Trommelfeuer am Ende von Rock-Stücken. Ein kurzer Applaus folgte, und er warf uns vor: wir sind nicht hier, um uns zur Schau zu stellen, aber man konnte sehen, er hatte es saumäßig genossen.

Paolo Lingua war klein und gedrungen, auch er war alt und Student, Politikwissenschaftler in der Regionalhauptstadt, er hatte aber beschlossen, daß sein politisches Betätigungsfeld bei uns und mit uns sein sollte. Er rauchte einen bestialisch stinkenden Zigarillo und sagte, man müsse weniger theoretisieren und wir würden noch in diesem Monat eine Tat ausführen. Ich begriff, daß es nicht um die Art von Taten ging, die Pfadfinder ausführen. Diese Tat, sagte Paolo Lingua, sollte ein ganz genaues Ziel treffen und ein wichtiges Ganglion des kapitalistischen Apparates sabotieren, um es außer Gefecht zu setzen. Die Tat müsse folglich als Teil einer globalen Bewegung verstanden werden, welche die unterschiedlichen Erfahrungen der Guerilla, die Initiativen der Vergangenheit und Kampfszenarien der Zukunft in ihre Überlegungen einbeziehen müsse, bei denen jeder von uns Teil der Sache sei, weil nur so die Tat ihr Wirkungspotential entfalten würde.

»Kannst du uns ein konkretes Beispiel für diese Tat geben?« fragte eine strenge Stimme. Es war Lussu, den ich überhaupt nicht bemerkt hatte.

Paolo Lingua sagte, daß in diesem besonderen Fall die Frage unreif sei, weil man nie ohne genaue Vorarbeit Entscheidungen fälle, doch wäre eine erste Tat beispielsweise Slogans an die Wände der Schule zu sprühen, dann das Niederbrennen des Schultores und vor allem das Anzünden von Klassenzimmern mit Streikbrechern drinnen, wenn es einen Streik gibt, ja, das könne eine gute Tat sein.

»Scheiße«, sagte Lussu.

Dann redete Tamara. Sie sagte ganz Einfaches und das mit einer gewissen Wärme, sie erzählte, wie ihr Leben in einem Dorf in Süditalien war und sagte, ich möchte nicht, daß andere ein Leben leben müssen, wie meine Eltern es leben mußten, wir sind in dieser Stadt ein bißchen orientierungslos, und ich glaube, daß wir, wenn wir zusammenstehen, eine gute politische Aktivität ausüben können, das erste, was wir tun müssen, ist beispielsweise Geldsammeln für ein Mädchen, das eine Abtreibung vornehmen lassen muß.

Die Sache irritierte mich, es war das erste Mal, daß ich wirklich an so etwas dachte. Doch Tamara glaubte ich auf der Stelle. Ich gab ihr alles Geld, das ich in der Tasche hatte. Verdolin schenkte ihr eine Karikatur, die er auf die Schnelle angefertigt hatte. Die beiden anderen Trimurti sahen ihn schief an.

Dann folgten die Standpunkte der Einzelnen.

Carpaccios Erklärung dauerte fünfzehn Minuten und betraf die Frage, welche Haltung man gegenüber der gegnerischen Gruppe der Roten Macht einnehmen solle und wie das Problem Sowjetunion diskutiert werden solle, ohne in die gleichen Vereinfachungen der anderen zu verfallen, und wie ein kritisches Bewußtsein innerhalb unserer Gruppe entwickelt werden könne, das auch draußen gelte, wohingegen die von der Roten Macht genau das Gegenteil täten.

Dann stand ein Mädchen auf und fragte, ob jemand wisse, ob es ein Buch über das Durchhalten von Folter gebe.

Ein Junge mit Brille las ein Gedicht mit dem Titel Meine Einsamkeit.

Ein Mädchen mit Indianerzöpfen lieferte einen schönen Beitrag, indem sie sagte, keines der Bücher, die sie liebte, habe sie in der Schule lesen können, weil sie gezwungen war, Bücher zu lesen, die sie nicht mochte. Und sie fragte sich, wieso sie all diese Zeit verplempern solle, wo es ihr doch nicht an der Lust zu lesen fehle.

Ich faßte mir ein Herz und sagte, ich sei ganz der Meinung der Genossin mit den Zöpfen, auch mir würde es so gehen, die Bücher, die ich liebte, seien nie unter denen der Schullektüre.

»Und was für Bücher sind das?« fragte Riccardo mit einer gewissen Kälte.

Ich sagte einfach so Edgar Allan Poe, Chandler, Kafka, Hemingway, Science fiction, Flaubert, Eliot und Bücher über Bäume, wieso nicht.

Hemingway ist ein Virilist der Rechten, sagte Riccardo, Science fiction ist amerikanisch dominiert und Bücher über Bäume sind überflüssig, hier sind wir in der Stadt, was sollen Arbeiter schon mit Bäumen anfangen?

»Also, mein Vater ist Tischler«, sagte ich, und alle lachten, außer Riccardo.

»Also, auch Eliot ist viel zu katholisch«, sagte Tamara mit einer gewissen Komplizenhaftigkeit.

»Und außerdem«, sagte Riccardo ziemlich wütend, »offenbar liest du nicht ausreichend politische Theorie.«

»Aber kennt ihr denn Chandlers Leben?« fragte ich.

Da brach ein fürchterlichen Debattenhickhack los. Carpaccio atmete tief ein, er hatte uns ja hierher gebracht. Glücklicherweise sagte Cinzia die Konkrete, wir sollten den Quatsch mit den Büchern endlich vergessen, auf der Tagesordnung stehe die Liste mit den Dingen, die für den Tagungssitz, das heißt die Garage nötig waren.

Ich sonderte mich ab und lehnte mich an die Wand, ich dachte nicht, daß Politik so komplex wäre, in meinem Dorf war sie viel einfacher. In der Wand floß das Wasser in den Rohren in gleichmäßigem Rhythmus. Das Uhrbiwerk ging los und ich sah sie dreißig Jahre später.

Riccardo war Universitätsprofessor geworden, er ließ Studenten reihenweise durchfallen, er veröffentlichte sündhaft teure Bücher, doch wenn einmal eine Position zu beziehen war, stürmte er davon, so hatte er sich den Ruf erworben, ein nachdenklicher, gemäßigter Intellektueller zu sein.

Paolo Lingua war der rechteste Journalist eines rechtsgerichteten Fernsehsenders geworden und jeden Mittwoch bewarf er seine Ex-Genossen in einem viel beachteten Videovortrag mit Schmach und Dreck.

Tamara war Gewerkschafterin geworden und das blieb sie auch. Sie hatte geheiratet, drei Kinder bekommen, von denen eines politisch sehr engagiert war, die anderen beiden kümmerte das nicht im Geringsten, und sie lebten am Meer.

Dann sah ich etwas, was ich lieber nicht gesehen hätte. Lussu, im Käfig eines Gerichtssaales, mit dem üblichen strengen Gesichtsausdruck. Nur ein wenig dicker, mit langem Bart. Bei ihm waren noch zwei andere. Und der Vorsitzende des Gerichts, der das Urteil verlas, zwanzig Jahre für bewaffneten Raub. Und ich sah auch den Tag, an dem er entlassen wurde, er nahm die Fähre, um auf die wunderschönste Insel der Welt zurückzukehren.

Die, die ihn zum Quai begleiteten, waren drei, ich, sein Bruder und eine junge Frau mit grauem Haar.

»Genossen«, sagte eine donnernde Stimme, »wir sehen uns alle hier am nächsten Freitag wieder, und wenn ihr das Buch lesen könntet, das Riccardo empfohlen hat.«

Ich machte meine Augen wieder auf. Neben mir war das Mädchen mit den Zöpfen.

»Was hast du heute abend vor?« fragte sie mich.

Die sexuelle Befreiung hatte offiziell begonnen.

Ich ging nicht weg mit der Verführerin. Erstens war ich treu, zweitens war sie nicht besonders, ach, seien wir ruhig aufrichtig und kehren wir beides um. Nach der Versammlung nahm ich den Zug zurück ins Dorf. Meine erste politische Versammlung hatte länger gedauert als erwartet, und ich kam an, als es fast schon Mitternacht war. Im Haus war noch eine Lampe an, und während ich die Tür aufschloß, hörte ich ein Stöhnen. Ich erschauderte bei der Vorstellung eines weiteren Anschlags auf meinen Vater. Es war ein Stöhnen, das ich schon einmal bei Selene, bei der Zaini und bei der Vorführung des Films Susys heiße Haut gehört hatte, wenn sie im Bett liegt und sich vorstellt, sie würde mit dem Gärtner Liebe machen, sie berührt sich und wälzt sich hin und her, dann ein plötzlicher Schnitt, Scheiße, und man sieht sie im Auto am nächsten Tag.

Ich schlich vorsichtig zur Tür meines Vaters. Wieder hörte ich das Stöhnen, das Quietschen von Sprungfedern und schweres Keuchen. Ich spähte durch die Türe. Mein Vater war da. Das war mit Sicherheit er, auch wenn sein Gesicht vor meinem Blick von einem schneeweißen Hintern von riesigen Ausmaßen völlig verdeckt war. Der Hintern ging auf und ab und massierte Papa, und dann kam eine Stimme, die sagte, oh, das ist gut, das ist gut so, und ich erkannte Regina, die Karten-, Zeitungs- und Tabakverkäuferin und mir fielen wieder ein paar Einzelheiten ein.

Etwa, daß das Haus in der letzten Zeit immer voller Zeitungen war, obwohl Papa nur das *Organo* las, und daß er seit einiger Zeit auf eine andere Zigarettenmarke umgestiegen war, er rauchte jetzt Astor, die viel teurer waren als die Nazistinker. Außerdem hatte ich einmal in der Werkstatt auf dem Boden ein Tütchen mit Kondomen gefunden, aber ich hatte mir nichts weiter dabei gedacht, bei all den Leuten, die immer da waren.

Ich ging hinaus, ich war wütend. Wieso hatte Papa mir nichts davon gesagt? Sicher, dachte ich, ich bin ein ganz schöner Egoist. Wie konnte ich nur glauben, daß mein Vater so viele Jahre ohne eine Frau bleiben könnte? Was sollte er denn werden, ein Jahrgangswichser? Hat er denn nicht auch die hormonalen Feuersbrünste, wie ich sie bei Selene habe? Doch die Vorstellung von einer Frau im Haus, anstelle meiner Mutter, der Gedanke an etwas, bei dem ich beiseite geschoben wurde, das alles brachte mich auf. Ich ging bis zur Piazza und sah, daß in Onkel Nevios Geschäft noch Licht brannte. Ich klopfte an und rief ihn.

Ist offen, sagte Onkel Nevio.

Er saß hinter dem Tresen und wie immer füllte er die Patronen. Es roch nach Schießpulver und der Boden war voller Kügelchen.

»Saltatempo, was tust du noch hier um diese Zeit?« fragte er ein bißchen besorgt.

»Ich konnte nicht schlafen.«

»Probleme?« fragte Onkel Nevio.

»Schon, aber erzähl' mir zuerst von deinen«, sagte ich. Ich tat mich schwer, zuerst anzufangen.

»Mein Problem kennst du, es ist dein Freund Gancio. Er ist ein guter Junge, aber in ihm ist etwas Dunkles, das ihn zerstört. Wie Kartoffelfäule. Siehst du ihn in der Stadt?«

»Kaum«, antwortete ich. Und ich sagte nicht, daß ich ihn oft betrunken und streitsüchtig sah.

»Du müßtest dich ein bißchen um ihn kümmern. Er ist orientierungslos, in der Schule ist er nicht gut, die Lehrer sagen, er sei arrogant. Ich weiß nicht mehr, was ich tun soll.«

Ich betrachtete meinen Onkel, gebeugt in dem schwachen Licht einer Tischlampe. Die Schläfen waren angegraut, er hatte ein kleines Doppelkinn bekommen, kurz gesagt, er war alt geworden. Doch ihm war diese schlichte, stille Großzügigkeit eigen. Seine Bestimmung war es, allen zu helfen, ohne etwas dafür zurückzubekommen. Wie lange hätte er das noch durchgehalten?

»Onkel«, sagte ich unvermittelt, »Papa hat eine Geliebte.«

Onkel Nevio brach in schallendes Gelächter aus.

»Das weiß ich«, sagte er.

»Und wieso habt ihr mir nichts gesagt?«

»Weil dein Vater nicht will, daß man es erfährt. Du weißt doch, wie er ist. Das hier ist ein Dorf, in dem die Zungen mit Schrotkugeln beladen sind. Hast du etwa keine Geheimnisse? Hast du denn keine feste Freundin?«

»Na ja, schon«, räumte ich ein.

»Na ja, ich auch«, sagte Onkel Nevio und reckte seine Arme.

Ich taumelte auf dem Stuhl.

»Seit zwei Jahren«, erklärte er und legte seine Hand aufs Herz, was komisch wirkte, »teile ich drei Nächte pro Woche Tortellini und Schlafgemach mit Luciana. Wie du siehst, ist dieses Dorf ein Nest der Verderbnis. Dein Vater und die Zeitungsverkäuferin. Ich und die Königin der Guêpières. Carabelli und der Apotheker. Maghino und die Frau von was weiß ich wem. Karamasow und eine Kuh.«

»Mach' dich nicht lustig über mich«, sagte ich.

»Saltatempo«, sagte der Onkel und fuhr sich mit seiner Hand übers Haar, »es ist hart, im Alter alleine zu leben. Auch als Jugendlicher, aber später ist es ausgesprochen hart. Geh' zu deinem Vater, sag' ihm, daß du ihn verstehst, was ist denn im Grunde so schlecht daran?«

»Nichts«, sagte ich, und das dachte ich wirklich, mehr noch, ich war zufrieden. »Danke, Onkel, du bist wirklich weise.«

»Meine Weisheit ist legendär, und ich glaube, daß jetzt der Zeitpunkt gekommen ist, wo ich sie auch anwenden sollte«, sagte mein Onkel. »Und daher will ich dir offiziell zwei großartige Neuigkeiten mitteilen.«

Und sie waren wirklich großartig.

Die erste war, daß unser Ort endlich eine Fußballmannschaft bekommen sollte, eingetragen in die Regionalliga. Name: Polisportiva Dinamo. Rotes Trikot, schwarze Hose, rote Socken. Feste Spieler für den Augenblick neun. Drei Messiner, der Sportlehrer, die beiden Brüder Arduini, Grillomartino, Ciccio Mia und ich. Wegen der anderen durchforstete er noch ein bißchen den Markt im Tal. Vielleicht würde noch ein Mittelstürmer aus der Toskana dazukommen. Ich vergaß: Präsident und Mannschaftstrainer Onkel Nevio.

Zweite Neuigkeit. Die Mannschaft war der erste Akt von Onkel Nevios Wahlkampf, der gegen den widerlichen Aktentaschenträger Sponda für das Bürgermeisteramt kandidieren wollte. Fefelli wollte sich um einen Sitz im Parlament bewerben und er würde auch mit Sicherheit gewählt werden, aber diesmal ›no pasaran‹??.

»Onkel, das ist gigantisch«, sagte ich und war völlig aus dem Häuschen, »ich werde dich unterstützen. Ich werde einen Haufen Tore schießen. Von morgen an trainiere ich, auch in der Stadt werde ich mich nur noch mit meinen Füßen bewegen, im Laufschritt.«

»Und keinen Sex«, lachte Onkel Nevio.

»Na ja, was das angeht«, sagte ich, »da fehlt wirklich nicht viel. Meine Freundin und ich können nirgendwo hingehen und in aller

Ruhe beisammensein. Ich würde so gerne ein Zimmer haben, ich wollte mit Papa darüber reden, ich weiß, das wäre ein großes Opfer, aber inzwischen bin ich doch erwachsen…«

Der Onkel füllte fast träumerisch eine Patrone auf.

»Weißt du, auch ich hatte eine Freundin, als ich mehr oder weniger dein Alter hatte. Wir gingen auf die Wiesen, wir arrangierten uns, aber sie sagte: Und nie ein richtiges Bett? Als wir endlich das erste Mal in der Wohnung ihrer Eltern allein sein konnten, schlüpften wir ins Bett … und schliefen ein. So eine große Lust hatten wir auf eine Matratze.«

»Mir würde das nicht passieren«, sagte ich hochmütig.

»Sicher nicht, du großer Ficker«, sagte Onkel Nevio, »über das Zimmer reden wir noch. Für den Augenblick nimm das hier. Du kannst sie zum Essen ausführen, ins Kino einladen. Aber bring' sie in kein Hotel, dafür seid ihr noch zu jung. Übe dich in Geduld.«

Er gab mir einen Geldschein.

»Danke, Onkel Nevio. Ich werde niemandem etwas über Luciana sagen. Aber jetzt versteh' ich, wieso du seit einiger Zeit all diese Popelinehemden hast.«

»Ich habe auch eine Schenkung von Unterhosen, mit denen ich ein ganzes Regiment versorgen könnte«, vertraute Onkel Nevio mir an, »aber jetzt komm', ich schließe das Geschäft und wir gehen nach Hause.«

Wir trennten uns an der Ecke der Piazza. Ich sah, wie er sich entfernte mit seinem wiegenden Schritt. Er ging genau wie Papa, er war nur ein bißchen kleiner und hatte breitere Schultern. Im Mondlicht betrachtete ich den Geldschein und mir stockte der Atem. Es waren zehntausend Lire. Noch nie in meinem Leben hatte ich so viel Geld gehabt. Ich rannte nach Hause, jeder Schatten hätte Robin Hood sein können, jetzt, wo ich reich geworden war, mußte ich ihn fürchten.

Genau vor dem Haus traf ich auf meinen Vater im Pyjama, der sich bei Regina eingehakt hatte.

»Da hast du uns«, sagte Papa, »da hast du uns also entdeckt.«

»Ich hab' dich gehört, verstehst du«, sagte Regina, »als du an der Tür heimlich gelauert hast. Das tut man nicht.«

»Ihr habt einen Lärm gemacht wie ein Mähdrescher«, sagte ich.

»Wenn du den Schnabel hältst«, sagte Regina in einem Ton des Einverständnisses, »bekommst du Heftchen und Bücher ein Leben lang gratis. Auch Zigaretten, in ein paar Jahren. Oder besser nicht, denn sonst ruinierst du dir die Lungen wie dein Vater.«

Ich sah sie genau an. Sie hatte graue Haare und eine Apachenfalte auf der Stirn, doch ihre Augen waren wunderschön und jung. Ich dachte an meine Mutter. Die Grillen zirpten auf der Wiese und wir blieben alle drei still stehen, so, als würde jemand uns anschauen.

»Ich gehe, buonanotte«, sagte Regina, schwang sich behende aufs Fahrrad und verschwand hinter der Biegung.

»Komm'«, sagte mein Vater und hakte sich bei mir ein, »erzähl mir von Selene.«

Ich begann, mir eine Wohnung und Arbeit zu suchen. Aber das war schwer, die Leute in der Stadt argwöhnten, ein hochgewachsener hagerer Junge mit dem Gesicht eines Wahnsinnigen konnte kein Freiberufler sein. Ich fand nur eine Stelle als Tellerwäscher in Lussus Pizzeria, für zwei Abende in der Woche. Ich sagte Selene nichts davon. Aber ich war dabei, einen großen Abend vorzubereiten, mit meinem Geld in der Tasche, genauer gesagt: manchmal in der Tasche und manchmal im rechten Schuh.

Ich sprach mit Verdolin ohne Umschweife. Ich sagte zu ihm, Verdolin, du hast das Glück, mit der Schiassi Serena ganz intim herumzuvögeln, wann immer du willst. Wann immer sie will, präzisierte er. Na gut, mein Vorschlag ist der: du mußt es irgendwie anstellen, bis nachts um drei mit ihr draußen zu bleiben und die Wohnung mir überlassen. Das geht nicht, sagte Verdolin, um Mitternacht ist Serena schon da und schnarcht. Ich habe in einem Geschäft eine Schachtel mit vierundzwanzig Farbstiften von Stabilo gesehen, sagte ich da. Dann geht's, sagte Verdolin. Vierundzwanzig Farbstifte, drei Nächte, machte ich klar. Nein, für drei Nächte will ich die Schachtel mit sechsunddreißig. Geschäft gemacht, sagte ich, aber daß das klar ist, von zehn bis drei in der Nacht. Selbst wenn ich sie an eine Laterne fesseln müßte, versicherte er mir. Es gibt nur ein Problem, das muß ich dir sagen, den Hund Leopoldo. Beißt er? fragte ich. Nein, sagte Verdolin, er schaut zu. Das machte nichts weiter.

Und so holte ich eines Mittwochs Selene ab und zu ihrer Überraschung lud ich sie zum Chinesen ein. Es war ein richtiges chinesisches Restaurant mit chinesischen Eigentümern, chinesischer Bedienung, chinesischen Lampions und einem Bassin mit Fischen, die zumindest chinesoid aussahen. Sie war glücklich und erregt. Sie sagte, hast du im Toto gewonnen? Wir aßen den Reis mit Stäbchen und verstreuten ihn in alle vier Himmelsrichtungen. Ich tat so, als wäre ich Experte und bestellte ein Gericht mit einem sonderbaren Namen und uns wurden zweifach in Öl Fritiertes gebracht, und wir erwarteten eigentlich ein Huhn. Dann gab es noch Kalb mit Ananas, man sollte meinen, daß sie eigentlich überhaupt nichts miteinander zu tun haben, in Wirklichkeit aber war es köstlich. Dann zwei Früchte die aussahen wie Augen vom Pantherbär, und zum Schluß Sake. Wir gingen fort, wir küßten uns, und es war wie ein Kuß zwischen zwei Frühlingsrollen, wir rochen auf hundert Meter nach Fritiertem.

»Und jetzt«, sagte ich, »habe ich noch eine Überraschung.«

Ich öffnete die Türe der Wohnung Schiassi-Verdolin mit zitternder Hand. Ich fand das Licht, Verdolin hatte mir die genaue Bewegung gezeigt, dreißig Zentimeter oben links. Leopoldo kam wedelnd zu uns. Er war ein dickleibiger Schäferhund und schielte, er winselte vor Freude und beschnupperte Selene mit Interesse. In der Suite gab es eine Kitchenette, ein Badezimmer, ein Schlafzimmer, das mit den Puppen der Schiassi und den Zeichnungen Verdolins vollgestopft war. Auf dem Boden Gläser mit buntem Wasser, Stifte und Hefte, ein großes Durcheinander. Aber das Bett war frisch bezogen, und eine himmelblaue Steppdecke lag drauf.

Ich setzte mich aufs Bett, auch Leopoldo sprang darauf.

»Nein, das nicht«, sagte Selene, »nicht zu dritt.«

Wir schlossen ihn ins Badezimmer ein. Er fing an zu jaulen wie ein Kojote. Ich gab ihm ein Stück Brot. Aber nichts. Er wollte dabei sein.

Selene fühlte sich ein bißchen unwohl. Ich küßte sie mit aufreibender Vorsicht und Sanftheit. Leopoldo sah uns ruhig zu. Er schien zu sagen, in Ordnung, das hier ist der erste Teil, aber danach erwarten wir ein bißchen mehr Action.

Wir hatten uns diesen Augenblick so sehr erträumt und jetzt waren wir da, ein bißchen schüchtern und gehemmt, zwischen den Puppen der Schiassi, dem Gesamtwerk von Verdolin und einem voyeuristischen Hund. Aber sie war so unglaublich schön und nahe.

Ich küßte sie und spürte, daß ihre Lippen nachgaben, sich endlich hingaben. Ich zog ihr den Pullover über die Schultern und küßte sie auf den Hals.

Sie stöhnte. Ich zog ihren Rock hoch.

Und wir flogen beide in die Luft.

Es war mir, als hätte ich mein Leben lang nie etwas anderes getan als Selene nackt in meinen Armen gehalten. Vielleicht war es die Übung auf den Wiesen oder in der Bar Tomoka, aber wir hatten keine Angst voreinander. An dieser Stelle blieb uns nur, die Terminologie zu bestimmen. Das Wort ficken mögen Puritaner nicht, aber Puritaner hätten nichts von dem gemocht, was wir gleich von Anfang an gemacht hatten. Liebe machen ist süßer, sanfter, klingt aber ein bißchen umständlich. So fickte ich sie und machte zum ersten Mal Liebe mit ihr, wobei ich sie so eng hielt, daß ich hörte, wie die Knochen knackten. Sie sagte nur, mach' langsam. Dann ging sie ins Badezimmer, kam zurück, stieg auf mich und machte Liebe, indem sie mich fickte. Ich ging ins Badezimmer, trank einen Liter Wasser aus dem Wasserhahn, Leopoldo nutzte diese Gelegenheit, um mir seine kalte Nase in den Hintern zu stecken. Erregt, nicht von der Nase, sondern von Selene nackt unter dem Laken, kehrte ich zurück und suchte eine Stellung, die ich in einem Buch gesehen hatte, es mißlang mir und wir fickten wieder auf die klassische Art. Sie ergriff von sich aus wieder die Initiative und mit einer Reihe von leisen Schreien fickte sie mich erneut ganz liebevoll. Ich entdeckte voller Staunen, daß die Frauen es genauso mögen wie die Männer und sie sind noch viel widerstandsfähiger. Um zehn vor drei wälzten wir uns noch immer da herum. Ich sagte: wir müssen gehen. Doch am folgenden Mittwoch ein neues Spektakel, Leopoldo wartete auf uns mit Popcorn. Ich konnte alles, alles machen, wovon ich während der Woche geträumt hatte, und ich war fast enttäuscht.

Am darauffolgenden Mittwoch stellte sich eine Verdauungsstörung ein, und es war die erste Blamage in meiner jungen Karriere als Pornostar. Gegen zwei ging es mir wieder gut, und wir holten alles nach, indem wir schneller machten.

Ich sage nicht, daß ich nach diesen Mittwochtreffs mit festgesetztem Ende als Porno-Aschenputtel nichts Besseres mehr ausprobiert hätte, doch ich erinnere mich an sie noch Augenblick für Augenblick, Geste für Geste, jede Zärtlichkeit und jede Schweinerei. Mit Verdolin unterzeichneten wir eine Übereinkunft für jeden zweiten Mittwoch, und obwohl die Schiassi über die Sache informiert wurde, begriff sie nicht, warum sie an einem gottverdammten Tag in der Woche zweimal denselben Film hintereinander sehen, in eine Osteria gehen und dann durch die Stadt ziehen mußte. Ich muß sagen, sie hatte Verständnis. Sie sagte nur: Tut dem Hund nicht weh. Der Hund, sagte ich, ist ein altes Schwein und hat seinen Spaß.

Püppchen, Zeichnungen, die blonden Haare Selenes, die auf dem Kissen und an meinem Pullover haften blieben, ihr unvergleichlicher Hintern, der von einer Kerze beleuchtet wurde, die Küsse, die niemals ausreichten, die Düfte und auch die blaue Schachtel mit den Kondomen, die uns zuversichtlich vom Nachttisch her zuschaute. Das alles und mehr. Und vor allem der alte Leopoldo. Eine Zeitlang geschah es, daß ich, wenn mich ein Schäferhund ansah, einen Ständer bekam. War nur Spaß.

4

Und dann kamen die Ferien, ich war versetzt worden, ich war verliebt, ich kehrte ins Dorf zurück und ich war auch ein bißchen eingebildet. Meine Haare waren ziemlich lang, ich trug ein geblümtes Hemd und blaue secondhand Jeans mit einem echten Flicken aus Massachusetts.

»Na, haben wir uns ein bißchen zurechtgeschwult?« sagte Balduino, als er mich sah und gab damit alle seine Vorurteile gegenüber der Mode und dem Sex zu erkennen.

»Schick' mir deine Schwester rüber«, sagte ich wie man in Berkeley sagte.

»Wenn du willst, schick' ich sie dir, aber dann behältst du sie auch«, seufzte Balduino. Er spendierte mir einen Espresso corretto mit Grappa und erzählte mir die Neuigkeiten des Dorfes. Das Buch über Ghigna war veröffentlicht worden und hatte einen nicht unbedeutendenden Erfolg, doch viele Dinge waren verändert worden. Ghigna sprach im richtigen Leben ein hybrides Italo-Montanisch, das mit Flüchen und Kraftausdrücken als semantischem Verbindungselement zusammengehalten wurde. Im Buch wirkte er dagegen wie ein Universitätsprofessor und sagte Sätze wie: »Und so wurde uns klar, daß unsere Strategie durch die geringe Motivation einiger Mitglieder unserer Gruppe ausgehöhlt war«, was, übersetzt, bedeuten sollte: »Jungs, wenn's jemand gibt, der sich in die Hosen scheißt, dann soll er uns nicht auf die Eier gehen«. Dazu waren auch noch einige Seiten ausgelassen worden, und zwar die kontroversesten.

Eine andere alte Neuigkeit war: der Brunnen auf der Piazza kam nicht voran. Es gab zwar zwölf Entwürfe, jeder hatte seine Vitamin-B-Empfehlung, Sirenen, Einhörner, Venusse und Poseidons, aber Fefelli hatte Angst, jeden einzelnen zu enttäuschen und verschob die Entscheidung. Außerdem war wohl ein Verfahren wegen Betrugs in Sachen Grundstücke am Hang delle Roselle, wegen Amtsmißbrauchs und anderer Nettigkeiten gegen ihn eingeleitet worden. Ein Verfahren wegen Mißachtung der Sicherheitsnormen war auch gegen die Zementfabrik eingeleitet worden, es gab einen zweitägigen Streik, mit Schlägereien zwischen Streikenden und Streikbrechern.

Mir kamen die Neuigkeiten nicht großartig vor, die Stadt hatte mich an Schlimmeres gewöhnt. Ich suchte einige meiner Freunde auf. Der erste, den ich traf, war Baco. Er hatte eine Mappe voller Notizen bei sich und hielt mich auf einer Bank fest. Er sagte, daß er dank Tania der Studienrätin (Seufzer) die Zukunft entdeckt habe, und die Zukunft liege in der Kybernetik. Um dir das verständlich zu machen, erklärte er mir: unser Kopf ist wie eine große Schachtel, du öffnest eine und findest weitere Schachteln und darin sind die wichtigen Gedanken. Doch der Kopf funktioniert langsam, er hat Ausfälle, er öffnet die falschen Schachteln, ich kann ein Lied davon singen. Also, nehmen wir an, ich würde in der Lage sein, die Gedanken in kleine mechanische Schachteln zu stecken, so kleine, daß man sie gar nicht sehen kann, die heißen Chip. Dann stecke ich diese unzähligen kleinen Schachteln in eine große Schachtel, die sie koordiniert. Es reicht, daß ich eine Taste drücke, dann finde ich die kleine Schachtel, die ich brauche, etwa *Ragazzo triste.* Und dann eine weitere Taste auf einer kleinen Schachtel, die ich noch viel mehr brauche, etwa *come me, ah ah* … Und so weiter, bis ich die Biographie von Patty Pravo habe und alle ihre Lieder und ein Nacktfoto von ihr.

»Was für eine verwichste Vorstellung«, sagte ich, »wozu soll das gut sein?«

»Die ist viel schneller, Saltatempo. Du hast einen Pilz, du willst wissen, ob er giftig ist, du setzt die kleinen Schachteln in Gang, heraus kommt das Foto mit der Aufschrift hochgiftig, und das in dreißig Sekunden.«

»Karamasow kann das in drei.«

»Aber Karamasow kannst du nicht auf deinem Nachttisch haben.«

»Auf einem großen schon.«

Baco prustete. Offensichtlich war er bereits auf Unverständnis dieser Art gestoßen.

»Saltatempo, du bist einer der wenigen denkenden Köpfe in diesem Dorf von Deppen. Laß uns zusammenarbeiten, ich, du und vielleicht auch die Studienrätin (Seufzer). Ich bringe dir amerikanische Zeitschriften, ich erkläre dir, was ein Chip ist. Gründen wir ein Unternehmen, das Logo habe ich schon. Schau mal.«

Er zeigte mir ein Blatt mit einem gezeichneten Apfel und dem Schriftzug Baco Kybernetik GmbH.

»Wozu der Apfel?«

»Weil er wie die Welt ist, die Welt muß nur gepflückt und dann mit den neuen Techniken gegessen werden.«

»Trauben sind besser«, sagte ich.

»Richtig. Die einzelnen unterschiedlichen Trauben, die das Ganze bilden. Ich verändere es.«

Als die Feinde von Bill Gates viele Jahre später ins Amt für Slogans gingen und den Apple-Apfel patentieren ließen, haben sie sich nicht einmal bei mir bedankt.

Ich sah die üblichen Helden wieder. Slim der Herrliche begrüßte mich mit einer Neuigkeit, dem Gesang des bekrallten Tukans. Maria Casinò und Cipolla stritten sich über Punkte beim Kartenspielen. Arturo Cento-Hundert hatte also hundert Jahre voll gemacht und war sogar in die Zeitung gekommen, spottete aber, daß man auf die zweiten Hundert nicht zählen sollte. Caprone hatte unter der Anleitung von Luis erlernt, Traktor zu fahren, und jetzt fuhr er die ganze Nacht singend herum. Don Brusco hatte eine neue Glocke aufhängen lassen, die man bis in die Schweiz hörte. Karamasow und Carburi organisierten mit dem Geld der Lotterie im Haus des Volkes eine viertägige Busreise nach Moskau, praktisch konnte man auf dem Roten Platz nur eine Kehrtwende machen. Es hatte auch eine erste Jagdhunde-Ausstellung gegeben, mit einem Skandal, weil Hissssss die Erstplazierte, eine irische Setterin mit erhabenem Stammbaum, durchgeorgelt hatte. Doch der städtische Lebensrhythmus hatte mich längst verdorben, das Leben im Dorf kam mir langsam und monoton vor, ich langweilte mich. Darüber sprach ich mit meinem Vater, er sagte, du bist inzwischen fast schon ein Mann, Saltatempo, aber du gewöhnst dich schon wieder daran. Und außerdem fährst du ja schon bald wieder in die Stadt zurück. Papa, sagte ich, komm doch auch mal ab und zu. Wenn ich komme, sagte er, komme ich mit Caronte. Caronte, das war Casatelli Remo, der war der Fahrer des Krankenwagens unten im Tal.

Zum Glück gab es gegen die Langeweile am nächsten Tag die offizielle Präsentation der Dinamo-Mannschaft. Treffpunkt am Fußballplatz um fünfzehn Uhr.

Das halbe Dorf war da, auch die Unterstützer von Sponda und die Fefellianische Rechte. Onkel Nevio hatte sich als Fußballpräsident angezogen, mit einem riesigen Tuch von Modabella über der Schulter, das vage an einen Unterrock erinnerte. Die Leute fragten ihn, wie viele Jahre noch, um in die Nationalliga zu kommen? Wenige, wenige, antwortete er. Und bei Auswärtsspielen, paßt ihr da zu elft auf ein Vespa-Dreirad? Wir haben bereits einen gemieteten Kleinbus, machte er klar und genoß es wie ein Trüffelschwein.

Der Platz war neu hergerichtet worden, Gras gab es keines, weil Caprones Schafe es gefressen hätten. Aber die Löcher und Krater und tückischsten Vertiefungen waren eingeebnet oder aufgefüllt worden. Die Linien waren eingezeichnet worden, und, eine Besonderheit, die die Bewunderung aller hervorrief, an den Toren gab es neue Netze ohne Löcher und Fetzen. Die Tribüne aus Beton, von den Messinern in Rekordzeit hochgezogen, wies bereits die erste Werbekorruption auf, drei Plakate: Luciana Modabella Bekleidung, Ristorante da Chicco la Foglia d'Oro, Tierfutter Lebboroni. Man wartete auf Fiat und Motta.

Die Umkleideräume waren ein alter Geräteschuppen, wir zogen uns zwischen Eggen und Mistgabeln um. Im Winter fror man sich einen ab. Es gab nur zwei Duschen, war die eine voll aufgedreht, strullte die andere schwach vor sich hin. Keine Spinde, nur Pappkartons. Die Nationalliga war noch weit entfernt.

Wir waren alle aufgeregt und in kurzen Hosen, als Karamasow uns die Trikots aushändigte, und schon tauchte das erste Problem auf. Sie waren zwar schön und ganz rot, aber auf der linken Seite war Stalins Gesicht aufgedruckt, klein zwar, aber deutlich sichtbar.

»Ich dachte mir, ganz und gar nur rot wäre banal«, log Karamasow.

Mein Onkel wurde fuchsteufelswild. Er sagte, Sport und Politik hätten nichts miteinander zu tun, und außerdem sei er auch nicht mit Stalin einverstanden, selbst wenn er Stimmen verlieren würde, ziehe er Gramsci vor. Er wies uns an, wir sollten die Trikots umdrehen, das würde sowieso keiner merken. Die Trikots hatten allesamt dieselbe Größe. Es paßte mir zwar, aber den Messinern reichten sie halb bis zum Knie, und sie sahen aus wie der Zwerg Cucciolo. Der Bauch der Arduini-Zwillinge, die zwei Hünen waren, blieb unbedeckt à la Saint-Tropez. Auch ein neuer Spieler war dabei. Er war ein Riese von einsneunzig und fluchte auf toskanisch. Er hieß Roda, und vom Umfang seiner Waden wußten wir, daß er ein Ausnahmespieler war. Er hatte ein Gewehr, hundert Patronen und eine Stelle als Verkäufer bei Luciana Modabella gekostet. Wir liefen ein und wurden dem feiernden Publikum vorgestellt.

»Hier ist für euch eure Dinamo«, sagte Onkel Nevio mit einem Megaphon mitten auf dem Spielfeld. »Sie besteht aus jungen begeisterten Menschen, die so begeistert sind wie der Geist, der mich bei meiner möglichen Tätigkeit als Bürgermeister führen wird. Die Siege der Dinamo-Mannschaft werden meinen Sieg vorbereiten. Morgen werden wir zum ersten Mal spielen, in einem Freundschaftsspiel gegen Troppiano, einer Mannschaft von großer Tradition, die ebenfalls, so wie wir, in der Regionalliga spielt. Und hier nun unsere Aufstellung, applaudiert jedem einzelnen unserer Spieler.

Als erste also die starken Verteidiger, unsere sexy Brotbäcker Arduini Giglio und Arduini Loris (Applaus vor allem von den weiblichen Zuschauern). Mittelläufer oder Libero, wie man jetzt sagt, unser Sportlehrer Pieroni (orkanartiger Applaus von den Schülern). Stopper und Deckungsspieler Ciccio Mia, jung und talentiert, Sohn von Bortolini, wenn er spielt wie der Vater angelt... (Geraune mit zweifelhaftem Applaus, Ciccio war ein Meter und schwanzig groß). Mittelläufer und Verbindungsstürmer Sciarillo, Schillaci und Riggio (Applaus aus dem Süden, ein paar Pfiffe von den Ultranordisten). Rechter Stürmer mein Neffe Saltatempo (Applaus, der mich innerlich rührte). Linker Stürmer Grillomartino, Sohn von Maghino (schwacher Applaus, aber Martino machte dreißig Ballkunststücke hintereinander, und der Applaus wurde stärker). Und das Beste zum Schluß, Signore und Signori, sechsundzwanzig Tore im vergangenen Jahr in der toskanischen Kreisliga, der Mittelstürmer der Zukunft Attilio Roda (orkanartiger Applaus, Schwingen von Taschentüchern). Und schließlich als Ersatzmänner Baco und Carburos Sohn Taddeo, dreizehn Jahre alt, aber mit herausragendem Talent. Einen herzlichen Schlußapplaus für unsere Dinamo!«

»Moment mal«, unterbrach ihn eine donnernde Stimme (es war Ossobuco, ein Fußballbegeisterter, aber von der anderen politischen Fraktion), »da stimmt doch was nicht.«

»Und was?«

»Der Tormann fehlt«, sagte Osso und rief das Publikum und Gott als Zeugen an.

Onkel Nevio wirkte einigermaßen verlegen.

»Der ist zwar da, aber er ist verspätet, er hatte seine Schicht in der Zementfabrik, morgen wird er dabei sein.«

»Nein, nein, wir wollen ihn heute sehen«, sagte Ossobuco, »was bist du denn für ein künftiger Bürgermeister, da versprichst du uns eine Mannschaft und hast keinen Tormann, das ist, als würde ich sagen, ich mache die Häuser ohne Türen und die Straßen ohne Leitplanken.«

Zustimmung kam auch von links.

Da blickte Onkel Nevio zu den Umkleideräumen und mit leicht zögerlicher Stimme sagte er:

»Komm, Philippe.«

Und Philippe erschien.

Für einen Augenblick herrschte prähistorische Stille.

Auf der Mitte des Spielfelds war ein hagerer, riesenlanger Schwarzer erschienen, eingepackt in einen Trainingsanzug, der noch schwarzer war als er, mit Tormannshandschuhen und einem strahlenden Lächeln.

»Hier ist für euch Philippe M'Bukunda, ehemals der Tormann der Jugendnationalmannschaft des Senegals und jetzt Arbeiter in der Zementfabrik.«

Der Applaus war gering, ein paar Pfiffe, Gejohle. Fast zwei Meter Schwärze waren zuviel für unsere ländliche Vorstellungskraft.

»Sind wir die Dinamo oder die Nationalmannschaft der Kolonien?« rief Rondelli.

»Wir wollen keinen Neger«, schrie einer vom Rand des Spielfelds.

»Seid still, der Arme«, rief Luciana, »ihr seid doch wirklich unmöglich!«

»Seid still, und nichts da der Arme«, korrigierte Regina sie.

»Wenn wir ein Nachtspiel machen, wie sollen wir ihn denn da erkennen?« sagte Boccoli, der von der Bank.

Gelächter, Pfiffe, Rempeleien.

Der arme Philippe auf dem Spielfeld verstand und er mußte etwas tun. Da hob er die Hände. Das waren zwei Schaufeln, riesige Schaufeln. Dann hob er mit nur einer Hand, wie ein Plüschtierkran auf dem Jahrmarkt, den Ball von der Erde auf.

»Na, schau an«, hörte man im Publikum sagen.

Luciana und Regina flüsterten sich sofort etwas ins Ohr und brachen in Gelächter aus. Bestimmt spekulierten sie über mögliche Größenverhältnisse von Philippes Geschlechtsorgan.

»Bitte«, sagte Philippe mit etwas unsicherer Stimme, »ich möchte unheimlich gerne spielen, aber ich verstehe, daß für euch ein Tormann aus Afrika etwas Merkwürdiges ist. Gebt mir eine Chance. Wenn ich morgen gut spiele, bleibe ich, wenn nicht, dann nehmt ihr einen anderen.«

Diesmal war der Applaus ziemlich überzeugend. Anständig und sprachlich korrekt. Sicher, er war wirklich schwarz, nicht Milchkaffee oder grau, sondern schwarz.

Natürlich war das das Gesprächsthema des Abends. Und ich entdeckte, daß in unserem kleinen Dorf ein instinktiver Rassismus lange brauchen würde, bis er entschärft wäre. Ein auf schlaue Weise vielfältig verarbeiteter Rassismus.

Mein Vater schob ihn in die technische Ecke: Lassen wir ihn ruhig spielen, aber der Senegal ist im Fußball soviel wert wie die Mannschaft von Scafatese.

Chicco sagte gleich: Und was, wenn er sich hier wohl fühlt und weitere herkommen?

Balduino urteilte: Wenn er so tüchtig war, würde er doch in seinem Land spielen.

Viel zu hager, sagte Favilla der Schmied, sein Körperbau macht das nicht.

Doch die Messiner versicherten, daß er bei der Arbeit stark wie ein Stier wäre. Und Baruch fand schließlich die Lösung mit gekonnt rhetorischem Feuerwerk semantischer Abschweifung.

»Ich glaube«, sagte er, »daß das eigentliche Problem sein Name ist. Man kann nicht mit einer Aufstellung beginnen, die sich anhört wie: M'Bukunda, Pieroni, Arduini. Da würden ja alle lachen. Deshalb müssen wir einen geeigneten Spitznamen für ihn finden.«

»Ich schlage einen brasilianischen Namen vor«, sagte Onkel Nevio, »die sind schwarz und spielen, oh, und wie die spielen.«

Am Ende beschloß man, zwischen Didí, Vavá und Pelé auszuwählen, dem kariokischen Stürmertrio, das waren zwar keine Tormänner, aber schöne Spitznamen. Pelé war zu viel, zu übertrieben, Mythen sind einmalig, Vavá war gefährlich, weil er gleich im Chor in Vavaffanculo verändert werden konnte. Didí war perfekt.

Und alle waren zufrieden.

Es war ein Triumph. Wir gewannen drei zu eins. Eins zu null von Roda mit einem stratosphärischen Kopfball, er schwebte in der Luft wie ein toskanischer Turmfalke und dann päng, Ball in die untere Ecke. Ganz allein brachte er die gegnerische Verteidigung in die Bredouille. Dann gab es zwei unglaubliche Abwehrparaden von Didí, der sich von einem Pfosten zum anderen reckte, und gleich wurde er umgetauft in Didí Tiramolla, Didí Sprungfeder. Dann, muß ich sagen, machte ich ein fabelhaftes Dribbling, mit einem Querpaß zu Roda, der einen Überzieher gegen die Pfostenverbindung schoß, die Tribüne wurde halb wahnsinnig und dann sahen wir Rondelli springen und den Erstbesten umarmen, egal ob er einen Kommunisten erwischte oder nicht. Ende der ersten Halbzeit. In der Mitte der zweiten Halbzeit ging dem einen und anderen der Sauerstoff aus, und wir bekamen das zu spüren. Ciccio Mia hatte nicht mehr genügend Luft, um zu sagen, daß der Ball ihm gehörte. Zehn Minuten lang gaben sie uns Saures, und Tiramolla wehrte alles ab. Doch in der dreißigsten Minute brach der gegnerische Mittelstürmer aus, und Giglio Arduini hielt ihn keuchend am Trikot gleich außerhalb des Spielfeldes fest.

Aber der Schiedsrichter sagte, daß das Foul innerhalb des Feldes geschehen war und gab einen Elfmeter, so daß er auf der Stelle so gehörnt war wie eine ganze Rentierherde.

Tiramolla Didí sprang hoch und berührte den Ball, doch der Ball ging hinein.

»Jungs«, schrie uns Onkel Nevio zu, »noch drei Minuten, haltet durch.«

Es fehlten zwar noch neun, aber er mimte den Schlaumeier. Jetzt spielten wir auf Zeit, indem wir vortäuschten, wir würden die Schuhe verlieren und die Socken würden herunterrutschen. Grillomartino stolperte über ein harmloses Bein, führte aber ein Theater auf wie Ermete Zacconi, er wälzte sich am Boden, als hätte man ihn mit einer Granate getroffen, der Schiedsrichter biß an und eine weitere Minute verging. Der gegnerische Flügel stürmte überraschend los, wurde aber durch einen Pfiff zurückgehalten. Slim hatte seiner Auswahl von Tönen den Schiedsrichtervogel hinzugesellt und rettete uns damit. Wir keuchten zwar, hielten aber durch. Im Angriff bekam Roda Fußtritte ab und kämpfte wie ein Löwe, in der Verteidigung wehrten Pieroni und Ciccio Mia auch noch mit den Kiefernknochen ab. Zwei Minuten vor dem ersehnten Schlußpfiff nahm ich den Ball in der Spielfeldmitte auf und schoß davon. Meine Füße brannten, mein Herz steckte in der Speiseröhre, doch die Nationalliga war nahe, ich umspielte den Mittelläufer, schoß … und traf den Pfosten. Nein, schrie ich. Doch der Ball sprang zwischen Schillacis Füße, und der traf. Drei zu eins. Schillaci fing an zu weinen, ebenso seine Mutter auf der Tribüne. Beim Schlußpfiff warf ich mich auf die Erde, sah in den Himmel und sagte, du bist ein zufriedener und vom Glück begünstigter Kerl, Saltatempo.

»Wir haben heute mindestens hundert Stimmen gewonnen«, sagte Onkel Nevio zu uns in den Umkleideräumen, »danke Jungs.«

»Danke und das war's?«

»Und fünftausend Lire pro Mann«, stöhnte er und zog seine Geldbörse hervor.

Was hätte ich noch wollen können? Im Oktober würde ich in einer richtigen Meisterschaft spielen, am Tag darauf kam Selene mit ihren Eltern an. Ich sah sie alle aus dem Auto steigen, einem neuen Lancia Fulvia, mit einer Unmenge von Koffern. Sie betraten das nach frischem Beton riechende Haus. Es war ein grausliches Chalet, eine Hälfte aus Holz, die andere aus Stein, mit gepanzerter Tür, vorne eine Wiese aus Bubikopf und einem Weg mit festgeklopftem Kies für den Wagen. Und nicht einmal ein Gartenzwerg.

Ich wußte, daß ich ihren Eltern nicht gelegen kam. Daher wartete ich, daß sie sich melden würde. Das tat sie erst am folgenden Tag. Sie hatte sich die Haare schneiden lassen, das war überall Mode. Wir küßten uns, es war der übliche Kuß, aber irgend etwas fehlte. Vielleicht war für sie die Rückkehr ins Dorf ein kleiner Schock, vielleicht war ich noch groggy vom Fußballspiel, jedenfalls trennten wir uns um Mitternacht.

Eine Stunde später brach ein schweres Gewitter los, der Regen tanzte seinen Reigen auf dem Dach. Das Uhrbiwerk setzte sich in Gang. Ich sah das verlassene Residence delle Roselle, das überall voller Wildkräuter war und einen Schriftzug »Geschlossen, nicht genehmigte Bauten«. Ich sah den Prozeß wegen dieser ungenehmigten Bauten, alle Angeklagten freigesprochen, nur Sponda im Gefängnis, für ein paar Monate. Ich sah eine Tabelle der Nationalliga zehn Jahre später, darauf stand zwar Cagliari, aber Dinamo nicht. Ich sah, wie Jim Morrison starb. Ich sah eine große Diskothek unter einem schwülen stickigen Himmel, jemand, der auf dem Rasen ausgestreckt war, und einen Krankenwagen. Ich sah das Becken der Fanara mit einem weiteren Riß, rotes Wasser strömte heraus. Ich sah Fangio, der einen Lastwagen in der Nacht fuhr, gähnte und Duke Ellington im Radio hörte. Ich konnte nicht schlafen, die Zeit mahnte mich, sie redete zu mir mit der Stimme des Gewitters, sie sagte: hast du starke Wurzeln, Saltatempo? Wieviel Wind kann der Baum deines Mutes ertragen? Gegen vier hörte der Regen auf und ich schlief ein. Doch kurz darauf weckte mich mein Vater und schickte mich im Pyjama aus dem Haus. Das allererste Morgenrot war über den Umrissen der schlafenden Berge erahnbar. Papa war kreidebleich. Er sagte:

»Hörst du's?«

Ich hörte es auch. Ein Rumoren wie etwas Gewaltiges, das sich bewegt, zittert, dann ein Knallen, dann nichts mehr.

»Der Berg über den Roselle«, sagte Papa, »ich hatte es ja gesagt.«

Eine Stunde später waren wir alle dort. Ein Teilstück der Erde, ein Kilometer oberhalb des neuen Dorfes, war abgerutscht. Es war ein Fluß von Erde und entwurzelten Bäumen. Zum Glück war der Erdrutsch durch eine Vielzahl robuster Kastanien zum Stillstand gekommen.

»Mit all dem Bohren und Fällen und Graben haben sie's schließlich geschafft«, sagte Baruch traurig.

Mein Vater sagte nichts. Er betrachtete die Wurzeln, er berührte sie, als würde er sie kennen. Seine offen vor uns liegenden Eingeweide.

Die Carabinieri sagten, das war der Regen in der Nacht, ist doch nur natürlich. Onkel Nevio sagte, wenn ich Bürgermeister werde, weißt du, was für ein Schauer von Anzeigen dann herunterkommt? Dieser Satz machte die Runde. Er verlor zehn Stimmen, gewann aber mehr als diese zehn hinzu. Fefelli schickte einen Geologen seines Vertrauens aus der Stadt. Der schaute sich den Erdrutsch an und konnte nichts Kluges sagen.

»Das ist etwas Ernstes«, sagte er und schüttelte den Kopf.

Am Nachmittag gingen Selene und ich zum Fluß, um zu schwimmen. Sie trug einen olympiablauen Badeanzug, ich tauchte mit dem Kopf ein, diesmal küßten wir uns richtig, und ich sagte zu ihr, komm, verstecken wir uns im Röhricht. Nachher, sagte sie, wenn es kühler wird.

Sie legte ihren Kopf auf meine Knie.

»Hast du eigentlich keine Angst in dem Chalet?« fragte ich.

»Warum sollte ich?«

»Na ja, du hast immerhin den gefährlichen Berg über dir.«

»Mein Vater sagt, das sind alles Lügen, alles Wahlpropaganda, dann dürfte man ja keine Häuser mehr bauen und wir müßten wieder in die Höhlen zurückkehren.«

»Dein Vater ist ein Arsch«, sagte ich umgehend.

Sie ärgerte sich wirklich. Sie warf mir das Handtuch ins Gesicht und ging schwimmen. Ich sah, wie sich ihr Kopf in dem Graben vor und zurück bewegte. Ich gesellte mich zu ihr.

»Entschuldige, das wollte ich nicht.«

»Du bist wie immer, du und dein Vater, ihr seht immer nur Katastrophen voraus, es ist fast, als würdet ihr das genießen. Ich habe meine Ansichten, ich denke ganz sicher nicht so wie Fefelli, aber Politik bringt mich nicht dazu, schräg zu denken. Im Leben gibt es auch noch anderes. Wie soll ich mich denn wohl fühlen bei dir, wenn du alles beurteilst, was ich tue?«

»Alle beurteilen wir«, sagte ich, »du beurteilst mich doch auch. Aber du hast auch recht, ich werde vorsichtiger sein mit dem, was ich sage.«

»Mein Vater ist ein einfacher Mann«, sagte sie, und ihre Wut wollte nicht vergehen. »Er hat sein Leben lang geschuftet, um diese kleine Villa zu bekommen. Sicher ist er nicht als Dörfler zurückgekehrt, er hat zeigen wollen, daß er es zu etwas gebracht hat, er wollte diese Genugtuung. Er hat auch für mich gearbeitet. Ich mag das Chalet. Gut, da ist die Auffahrt für ein Auto, aber ein Auto ist bequem. Und nicht wir sind es, die den Kastanienwald zerstört haben. Zur einen Hälfte bin ich eine verwöhnte Städterin, und zur anderen Hälfte immer noch eine aus dem Wald. Oder etwa nicht?«

»Du bist immer noch die Königin der Piraten«, sagte ich und küßte sie, »es ist nur gerecht, daß du ein schönes Zuhause hast. Und schließlich war der Schwarze Korsar ja ein Graf.«

»Erzähl' mir vom Fußballspiel gestern. Aber keine Lügen, bitte.«

»Einverstanden. Und du erzähl' mir, was du in Cesenatico gemacht hast. Wie viele hast du verführt?«

Sie wurde rot, sie tat so, als würde sie wütend werden und lief wieder zum Schwimmen. Dann legte sie sich in die Sonne. Was für eine schöne Eidechse, dachte ich. Ich liebte sie und würde sie immer lieben, jede ihrer Hälften würde ich lieben, ihr korngelbes Haar, ihren unvergleichlichen Hintern und ihre Aufrichtigkeit. Ich liebte auch die Tatsache, daß sie fast noch empfindlicher war als ich.

Sie hatte ihren Beutel auf dem Handtuch liegen gelassen, und er war offen. Ich weiß nicht wieso, doch ich sah eine Postkarte und zog sie heraus.

Es war eine Postkarte aus London. Darauf stand:

To my impossible love. Brian.

Ich fühlte mich, als hätte man mir den Kopf unter Wasser gesteckt und würde mich nicht Luft holen lassen. Die Sonne ging wirklich unter, hinter einer Wolke. Ich konnte weder aufstehen noch etwas sagen. Sie kam zu mir und sah mich besorgt an.

»Was ist mit dir?« fragte sie, »geht's dir nicht gut?«

Dann sah sie gleich die Postkarte.

»Warum durchwühlst du meine Tasche?« fragte sie zitternd.

»Tut mir leid. Ich habe sie nicht durchwühlt, mein Blick fiel drauf. Das wollte ich nicht. Es wäre besser gewesen, ich hätte es nicht getan.«

Sie umarmte mich, ich war eine eisige Statue.

»Saltatempo, bitte, denke nicht an etwas Schlimmes. Wir haben uns nur dreimal gesehen. Nur ein paar Küsse einmal, dann habe ich gesagt, Schluß damit. Ich weiß nicht, warum ich es getan habe, vielleicht meine sonderbare Hälfte. Nichts ist passiert, ich liebe dich, Saltatempo.«

Ich fing an zu weinen wie ein Kind. Ich erinnerte mich an jede freundliche Geste Brians mir gegenüber und an seinen Satz: Frauen sind Schauspielerinnen, das wirst du noch merken. Ich fühlte mich hintergangen, tausendfach hintergangen. Ich dachte, wenn ich sie jetzt verlasse, bin ich im Unrecht, erbarmungslos, was für eine Liebe wäre das dann, wenn sie nicht auch diese Prüfung auf sich nähme, sie liebt dich, wirf nicht alles weg aus lauter Stolz, tu dir nicht selbst weh, und tu ihr nicht weh.

»Ich will dich nicht mehr sehen«, sagte ich, »hau ab.«

Ich hielt mein Gesicht in meinen Händen. Sie versuchte, sie zu öffnen, sie küßte mich auf die Schläfe, dann gab sie auf. Ich hörte, wie sich ihre Schritte auf dem Schotter entfernten. Das Uhrbiwerk setzte sich in Gang. Ich sah Brian dick und häßlich, mit einem auffälligen Foulard, er stand vor seinem Autosalon. Er gab sich noch immer wie ein Playboy, doch jetzt war er lächerlich. Er kam zu mir und sagte: Saltatempo, vergiß die alte Geschichte, du denkst doch nicht etwa immer noch daran. Willst du das letzte Modell von Maserati sehen? Heute abend mache ich dich mit zwei Ukrainerinnen bekannt, gegen die Selene Süßwasser war.

Aber ich wollte Süßwasser. Und jetzt war alles schmutzig geworden. Ich hatte so lange und so viel geweint, daß mir der Hals ganz weh tat. Ich dachte, daß ich als letzte Erinnerung an Selene gerne ein Foto von ihr in dem blauen Badeanzug hätte. Ich blieb am Fluß, bis es Nacht geworden war. Der Sommer war zu Ende, bevor er angefangen hatte.

5

Der Sommer war vielleicht für mich zu Ende, nicht aber für unser Dorf. Im Gegenteil, er kündigte sich mit dem Auftauchen der Triveneto Girls heiß an. In der allgemeinen Modernisierung und Gefräßigkeit des italienischen Kapitalismus, war die Zementfabrik auch ein chemisches Unternehmen geworden und verbreitete viel farbigeren und wohlduftenderen Qualm. Die Geschäfte gingen gut, denn es gab um die zwanzig Neueinstellungen. Davon waren die Hälfte, das heißt zehn, Frauen. Davon waren sieben nichts Besonderes und drei waren aus Venetien und eine schöner als die andere, angefangen bei der ersten, die schön war, weil die eine auch in dieser Reihenfolge schöner als die andere sein konnte: eine ganz Häßliche, eine Häßliche und eine etwas Häßliche. Aber nein, sie waren alle drei verführerisch und von unterschiedlichem Alter, so daß jede lustvolle, begehrende Generation im Dorf betört werden konnte. Ihre Spitznamen waren Dondolo, Cincia und Mediga.

Dondolo war eine Blonde über vierzig, die beim Gehen sichtbar wogte und alles zum Schaukeln, zum Dondolío, brachte, was sie hatte, daher der Name. Sie fand viel Gefallen bei den Jungs zwischen fünfzig und sechsundneunzig, und Baruch erklärte in einem Überschuß an Pheromonen, daß er für eine solche Frau sogar in Rovigo wohnen würde, einer Stadt, die bekannt war für ihre Bigotterie.

Cincia war eine Dreißigjährige mit Beinen wie von einem Flamingo, braunem Haar und einem Überschallachen, das Gläser zum Bersten brachte. Sie war immer gut gelaunt, und wenn sie der Gegenstand von Komplimenten war, brach sie in ein Gelächter höchster Töne aus, ganz so wie eine Kohlmeise, eine Cincia, oder wie Slim der Herrliche. Sie gefiel der Zwischengeneration und vor allem Onkel Nevio, der einmal, als sie vorüberging, seinen Blick an ihre Beine klebte wie eine Briefmarke. Luciana beobachtete die Szene von ihrem Geschäft aus, sie kam ganz ruhig zu meinem Onkel herüber und kippte ihm einen Campari in die Hose. Er sagte, was machst du denn da, und obwohl er naß war, schaute er Cincias Beinen nach, bis sie am Horizont verschwanden.

Mediga hieß so, weil sie, als Balduino zum ersten Mal zu ihr gekommen war, höflich geantwortet hatte »Me diga«, »Sagen Sie mal«, und weil der Barbesitzer kein venezisch verstand, sagte er uns, sie würde so heißen, sie möge Espresso mit Grappa und er würde sie lieben und keiner solle sich dazwischendrängen. Mediga gefiel allen, vor allem aber den Jugendlichen, weil sie erst dreiundzwanzig war. Sie war mittelgroß, hatte fuchsrotes Haar, grüne Augen und einen verwirrenden Mund. Ihretwegen lagen Roda, der Mittelstürmer, der Sportlehrer und die beiden Arduini-Brüder im Streit, praktisch die halbe Dinamo-Mannschaft. Mit einem Abstand von einer halben Minute folgte Balduino. Neun Minuten später Karamasow, der beschlossen hatte, daß Mediga eine typisch russische Schönheit war, genauer gesagt eine sibirische, und fragte sie gleich, ob ihre Mama in Wladiwostok wohne.

Der Erfolg der Triveneto Girls brachte natürlich die lokalen Schönheiten zum Schäumen, die von Heißbegehrten zu Begehrten degradiert worden waren. Sie alle trafen Gegenmaßnahmen, und so sah man unerwarteterweise rote Lippen und Augenwimpern wie bei Bajaderen. Eine Kampagne wurde gestartet, die den Verzehr heimischer Produkte befürwortete, was bedeutete die Damen Luciana und Regina, die Schwester der Rospa-Kröte, die Raganella hieß, die Messiner Mädchen Nuccia und Dolores, sehr lebhafte Brünette, und Otorina die Haubitze, die ihrem Superrülpser noch andere Waffen der Verführung hinzugefügt hatte. In diesem Wettstreit gärte das erotische Klima des Dorfes, und es gab sogar eine ganze Reihe von Wetten, die Maria Casinò annahm. Caprone war dreihunderttausend zu eins gesetzt, ich setzte tausend Lire.

Auch mein Vater wurde von diesem Klima erfaßt und sagte zu mir: Los, versuch's doch mal mit Mediga. Er hatte mitbekommen, daß irgend etwas mit Selene schiefgelaufen sein mußte. Die Familie Lunini hatte sich im Dorf nicht mehr recht eingewöhnen können. Sie sind zu hochnäsig, sagten viele. Selenes Mutter Clara hatte damit geprahlt, daß sie zum Abendessen in die Villa Meringa eingeladen worden war, und es zu jedem Gericht acht Bestecke gegeben habe. Balduino sagte, na, wenn's das ist, dann soll sie mal zu mir nach Hause kommen, ich lege ihr sogar zwanzig Gabeln vor, wenn es ihr Vergnügen bereitet. Karamasow sagte, in Rußland seien acht Bestecke der Durchschnitt.

Selene ließ sich nicht blicken. Es hieß, daß eine Gruppe von Jugendlichen sie abends mit dem Auto abgeholt habe, um zum Tanzen zur neuen Diskothek Marilyn zu fahren, einem riesigen Flachbau wie für eine Hühnerzucht, mit grünen und roten Lampen außen. Eines Abends vertraute Lunini Onkel Nevio an, daß er sich dort nicht mehr wohl fühle, es sei ein Dorf von Hinterwäldlern geblieben und er bedauere es, das Chalet gekauft zu haben, die Mauern seien dünn und man höre die Wasserspülung der Nachbarn, und dann sei er auch nicht mehr an die nächtlichen Schreie der Fasane und Eulen und an das Bellen der Hunde gewöhnt. Kurz, er wolle verkaufen.

Eines Morgens packten sie die Koffer und fuhren ab. Ich hoffte, Selene hätte mir wenigstens einen Zettel dagelassen, aber nein, nichts. Was erwartete ich denn? Ich hatte sie aus meinem Leben verjagt, ob zu Recht oder zu Unrecht, wußte ich nicht, ich bewegte mich zwischen Liebe und Stolz. Ich hatte nicht zu verzeihen gewußt.

Ich war verletzt, verstümmelt, auch wenn ich verstand, daß dies alles im Geheimnis der Uhrwerke lag, innerhalb der Zeit des Lernens. Indessen aber fügte ich mir Schmerzen zu, auch mit sechzehn kann man das ernsthaft tun. Ich hatte angefangen, Rotwein zu trinken, wie mein Vater, Gancio hatte mir Marihuana zu probieren gegeben und das war kein bißchen schlecht. Ich war immer leicht benommen. Abends war ich oft zu Hause und las oder ging im Wald spazieren, bei Dunkelheit, mit Rufus, dem Hund von Onkel Nevio, und Rufus war das einzige Wesen, das die Schwankungen meiner Launen ertrug.

Eines Nachts war ich auf dem Weg nach Hause und sah, daß noch Licht war. Ich hörte Musik. Regina, die es liebte zu tanzen und zu singen, hatte meinem Vater einen Plattenspieler geschenkt. Es war ein Jazzstück für Klavier. Damals kannte ich den Titel zwar noch nicht, aber es war *Mysterious* von Thelonius Monk. Plötzlich kam mir die Welt größer vor, mein Schmerz blieb unverändert der gleiche, aber er war ein Staubkorn, ein geschliffener Kiesel und glitt über das unendliche Meer der Gefühle anderer. Noch zweimal setzte mich eine Musik so in Erstaunen und vergrößerte meine Welt. Das war mit *Revolver* von den Beatles und als ich die Zauberflöte im Theater sah. Doch *Mysterious* war der stärkste Schlag. Ich ging nicht ins Haus, ich drehte mich auf dem Absatz um und ging ins Dorf. Es gab eine neue Bar, Mefisto, in der ein paar mehr oder weniger dämliche Jugendliche herumhingen. Gancio war da, mit den sexy aussehenden Messinerinnen, Nuccia und Dolores, und einem blassen Mädchen mit traurigem Aussehen. Ich setzte mich zu ihnen, flirtete ein bißchen und sagte dann: Gancio, Sonntag will ich in die Disko.

»Nein«, sagte die Bleichgesichtige, die Gancios Freundin war, »bring' ihn nicht dahin, denn dann...«

»Denn dann was«, unterbrach Gancio sie aufgebracht, »kümmere dich um deinen eigenen Scheiß, Nora.«

Das Mädchen sagte nichts mehr. Wir tranken noch was, ich gab die Hälfte des Geldes aus, das ich in der Tasche hatte. Dann sagte Gancio: klauen wir doch ein Auto. Seit wir zwölf waren, hatte er mir beigebracht, wie man sie knacken und den Motor anlassen kann, aber dabei blieb's dann auch, wir fuhren nicht herum. Diesmal aber stiegen wir ein und er fuhr wie ein Irrer, auf gerader Straße erhöhte er die Geschwindigkeit, und ich sagte: hör' auf, Gancio, nicht übertreiben.

»Es ist genau wie beim Schwimmen im Fluß, vor der Stromschnelle hört ihr immer auf«, sagte Gancio.

»Hier hab' ich mehr Schiß als am Fluß«, sagte ich, »halt' an, wenn du dich umbringen willst, mach' das alleine.«

Dieser Satz tat mir leid. Vielleicht war es genau das, was er in den Winkeln seiner Nacht tat. Um seine Vergebung zu erlangen, hakte ich mich bei ihm ein. Er wirkte überrascht, so, als hätte ich etwas getan, das er nicht erwartet hatte, weder von mir noch von irgend jemandem sonst.

Wir ließen das Auto mitten auf dem Vorplatz der Tankstelle stehen. Wir waren halb besoffen. Als wir zu Fuß zurückkehrten, versuchte ich, Dolores zu küssen, sie ließ mich aus lauter Freundlichkeit gewähren. Sie hatte einen trockenen Mund und roch nach Likör, sie war kein bißchen wie Selene.

»Entschuldige«, sagte ich, »aber heute abend ist mir nicht danach.«

»Ist dir nicht wonach?« fragte sie.

Ich begriff, daß ich völlig hinüber war. Als ich nach Hause kam, fand ich meinen Vater vor, der auf einem Stuhl auf der Wiese in der frischen Nachtluft saß. Er schaute mich an und sagte, ein Säufer im Haus ist genug. Entweder hörst du mit dem Saufen auf oder an einem dieser Abende tu ich, was ich noch nie getan habe, ich verpasse dir eine Tracht Prügel. Er hatte zwei oder drei Backpfeifen in meiner Kindheit verdrängt, doch ich begriff, daß er wütend und sehr besorgt war. Einen Augenblick lang haßte ich ihn.

Sonntagabend machte sich die Expedition zum Marilyn auf den Weg, wir waren zu sechst in einem Milletrecento, ungefähr zweihundert Kubikzentimeter Hubraum pro Kopf. Teseo fuhr, genannt Tex, ein Achtzehnjähriger mit den Falten eines Dreißigjährigen und mit Gel in seinen Haaren. Dann waren da ich, Gancio und Osso mit einem Hemd im Elvis-Stil und weißen Schuhen, ein Mittelding zwischen Zuhälter und schmalzigem Sänger. Dann waren da Nora, immer noch traurig und still, und Dolores, die ich Medusa getauft hatte, wegen ihrer ungekämmten Locken und ihres verrückten Gesichts. Ich setzte mich nach vorn, hinter mir bearbeitete Osso Medusa, und Gancio streichelte und befummelte gedankenverloren Nora.

Es war eine heiße Nacht, um die Lampen des Marilyn flogen Schwärme von Schnaken und sie belagerten einen sogar. Ich bemerkte, daß die anderen Jugendlichen mehr oder weniger wie in der Stadt angezogen waren. Darunter waren ein paar ländlich kräftige Nacken, die Mädchen hatten Waden wie Radrennfahrer, aber man sah auch Miniröcke und geblümte Hemden, auf dem Parkplatz fand ein Autotreffen der Cinquecentos statt. Am Eingang des Marilyn stand ein dicklicher Türsteher mit einem Schildchen, auf dem stand *staff*. In unserem Dialekt klingt dieses Wort fast so wie *stufo*, das heißt einer Sache müde sein, einer Sache überdrüssig sein. Ich konnte mich nicht zurückhalten und sagte »St'i staff, va ban a cà«, was heißt: wenn du müde bist, geh doch nach Hause. Er, der so humorvoll war wie ein Teelöffel Natron, sagte, wenn ihr schon draußen anfangt, euch wie Arschlöcher aufzuführen, laß ich euch nicht rein. Dann sah er Gancio, der dort Stammgast war, und beruhigte sich. In der Luft lag knisternde Spannung, aber keine schöne, etwa wie vor einem Gewitter.

Wir gingen hinein, es war grauenvoll und stickig. Eingetaucht in rötliches Siruplicht, standen da unförmige Sofas, kleine Sessel, denen die Luft ausgegangen war, und wackelige Tischchen, die Musik stampfte in voller Lautstärke, die Leute drängten sich auf der Tanzfläche, man konnte nichts reden. Ein Kellner kam herbeigeeilt, fragte mich nach meinem Verzehrgutschein und was ich trinken wollte. Kann ich nicht nachher was trinken? fragte ich, nein, sagte er, ich muß das sofort erledigen, ihr seid ganz schön viele. Also nahm ich einen Cuba libre, leerte ihn in einem Zug und dachte, von jetzt an habe ich besser keinen Durst mehr. Alle gingen tanzen, ich blieb alleine zurück, versunken in die weichen Polster des Sofas. Neben mir klebte, seit wir hereingekommen waren, ein Paar knutschend aneinander. Ich fragte mich, wieso sie hierher gekommen waren, wäre es nicht besser im Auto gewesen oder unter einem schönen Nußbaum im Mondschein? Vielleicht fing er meine Gedanken auf, denn er löste den Saugnapf und sagte:

»Was guckst du so, du Arsch?«

»Nichts, gar nichts«, sagte ich. Und begriff, daß es in dieser Disko zwar Musik und kollektiven Schweiß gab, aber kein besonderes Klima der Solidarität. Tatsächlich kam es dann kurz darauf zu einer Schlägerei an der Bar, ein Mädchen kreischte, als würden sie sich gegenseitig umbringen, daß ich ihr schon sagen wollte, nun übertreiben Sie mal nicht, Signorina, das ist ein ganz normales Dampfablassen von brünftigen Männchen. Da war auch schon Mister Staff und klärte die Situation mit Schlägen in den Bauch und mit Ohrfeigen. Alles kehrte wieder zur Normalität zurück. *Satisfaction* erklang, und die Bässe dröhnten mir zwischen den Rippen. Osso kam wieder zurück, er torkelte zwischen den Tischen herum und rempelte einen in Lederjacke an.

»Was soll das, du Wichser?« sagte der zu ihm.

Osso hörte ihn nicht einmal und stürzte auf mich auf dem Sofa. Er steckte mir einen Zehntausendlireschein in die Hand und sagte: geh' und hol' zwei Cuba libre.

Diese Geste beleidigte mich zwar ein bißchen, aber ich hatte einen verdammten Durst. Ich ging zur Bar, sah Gancio, der mit jemand Sonderbarem sprach, jemand ganz Adrettem mit einem veilchenfarbenen Anzug, der aussah, als wäre er aus einem Trickfilm gesprungen.

Sie gingen beide aufs Klo.

An der Bar stand eine Superblonde in Minirock, die nicht schlecht aussah, sie wirkte, als wäre sie alleine und verzweifelt.

»Salve«, sagte ich, während ich auf die beiden Cubas wartete.

»Was willst du, du Wichser?« sagte sie. Ich begriff, daß man, auch wenn man ganz allein und verzweifelt in einer Diskothek ist, nicht unbedingt die Absicht haben muß, diese Situation zu ändern. Ich lernte eine Menge Dinge. Vor allem, daß ein Cuba libre in einer Disko so aussieht: ein Fingerbreit Rum, zwei Fingerbreit Cola und ein Kilo Eiswürfel.

»Ihr solltet das Alaska libre nennen«, sagte ich zum Barkeeper

Er begriff nicht, was ich meinte, besser so. Die Superblonde änderte ihre Ansicht und sagte:

»Spendierst du mir auch einen?«

Ich wollte gerade sagen, das Geld gehört dem Elvisabbild da hinten, aber dann dachte ich, um so dümmer für ihn.

»Gemacht«, sagte ich. »Einen auch für die Signorina hier.«

»Deborah«, präzisierte sie mit einem irgendwie an Vampire erinnernden Lächeln.

Ich kam zum Tisch zurück. Gancio lag ausgestreckt auf dem Sofa und wirkte euphorisch, er umarmte Nora und sagte mit unglaublich lauter Stimme:

»Jungs, es ist schön, mit Freunden in der Disko zu sein und sich um keinen verwichsten Scheißdreck der Welt kümmern zu müssen.«

»Ja, du schon, du verstehst es zu leben«, sagte Tex wie ein Speichellecker, »dagegen ist Osso eine glatte Null.«

»Was redest du denn da, du Wichser?« knurrte Osso.

»Heh, Osso«, sagte Gancio, »wann hast du eigentlich zum letzten Mal gebumst?«

»Gestern«, sagte Osso.

Gancio fing an, ganz unnatürlich und schrill zu lachen und wälzte sich auf dem Teppichboden voller Zigarettenstummel. Nora versuchte, ihn hochzuziehen.

»Wann hört ihr endlich auf mit diesen dämlichen Eseleien?« seufzte Medusa. »Wer sorgt dafür, daß ich tanze?«

In diesem Augenblick kam Deborah zu uns, sie wankte und hielt den Cuba in der Hand.

»Kann ich mich zu euch setzen?« fragte sie mich.

»Heh!« sagte Tex, »Blondinenbraut! Hast du gesehen, wie's dieser Saltatempo macht, er sieht aus, als stünde er auf nichts, aber dann schleppt er gnadenlos ab.«

»Ich habe die Signorina gerade eben an der Bar kennengelernt«, fiel mir ein zu sagen.

Osso kam zu Deborah, mit einem Blick, in dem der Satan saß. Doch die Umrisse des Jungen mit der Lederjacke tauchten ihn ins Dunkel.

»Was zum Henker suchst du da?« sagte er zu Deborah.

»Ich unterhalte mich mit Freunden«, antwortete die Blonde. Ich sah, daß sie vor Angst zitterte.

»Geh sofort zum Tisch zurück oder du fängst dir eine.«

»Eigentlich haben wir...« sagte Tex.

»Halt die Klappe oder du kriegst auch deine Portion ab.«

Deborah stand wankend auf, er packte sie grob an einem Arm. Mir tat sie sehr leid.

»Heh«, sagte Gancio, der sah, wie sie weggingen, »was ist denn mit euch los? Laßt ihr euch so beleidigen?«

»Die Guatayaba-Rache braucht ihre Zeit«, sagte ich.

»Ach, hör doch auf, was seid ihr denn für Feiglinge?« Das war nicht Gancio, es war, als wäre er ein anderer, seine Haare klebten an der Stirn und sein Mund war verzogen und zusammengepreßt. Er stand auf.

»Heh, Deborah«, rief er, »komm' zurück, vergeude deine Zeit doch nicht mit dem Arschloch da.«

Alles geschah in einem Augenblick. Ich fand mich inmitten von Tritten und Rempeleien ohne Schiedsrichter wieder, Tische rollten, Gläser zerbarsten. Ich begriff nicht einmal, wer mit mir und wer gegen mich war, ziehen wir unsere Trikots an, wollte ich beinahe sagen, ich sah, wie Osso einen vollen Schlag ins Gesicht bekam, von einem, der nur halb so groß war wie er, und wie Medusa ein Mädchen zerkratzte. Und ich sah ein Messer aufblitzen in Gancios Hand.

»Nicht«, brüllte ich, »Gancio, nicht!«

Der Rausschmeißer packte mich von hinten und drehte mir den Arm um.

»Ich tu doch gar nichts«, sagte ich.

»Ich brech' dir den Arm, du Hundesohn«, sagte der bullige Riese, »wenn ihr euch prügeln wollt, tut das draußen.«

Ich weiß zwar nicht wie, aber unter Stolpern und Rempeln befanden wir uns im Freien, mitten in der Schnakenwolke. Gancio zog wieder das Messer hervor, der Junge in der Lederjacke und seine Freunde gingen weg.

»Wir sehen uns noch, du Drogenschwein«, sagte der Gelederte.

Gancio wollte ihm gleich wieder nachsetzen.

»Schluß jetzt, Gancio, Schluß«, sagte ich und hielt ihn fest. Er spuckte aus, fluchte und versetzte einem Auto einen Tritt. Er konnte sich nicht beruhigen. Wir machten eine Schadensaufstellung. Medusa hatte sich einen Nagel gebrochen. Tex hatte einen Tritt in die Wade bekommen. Osso war am schlimmsten von allen zugerichtet, er blutete aus der Nase, und das Elvishemd hatte sich verfärbt wie in einem Horrorfilm.

»Denen haben wir's gezeigt«, sagte Osso und spuckte ein Stück Zahn aus.

Gancio stieß einen Guatayaba-Kriegsschrei aus und fing an, wie ein Besessener herumzuspringen. Dann beugte er sich vor und kotzte.

Ich versuchte, ihm den Kopf zu halten. Er stürzte zur Erde. Seine Augen waren verdreht und seine Halsmuskeln derart hart, daß sein Mund weit aufgerissen war, die Beine zuckten zusammen. Er war wie ein nach Luft schnappender Fisch in vergiftetem Wasser.

»Es geht ihm schlecht«, sagte Tex und trat zwei Schritt zurück, um deutlich zu machen, daß er jedenfalls seine Hände in Unschuld wusch.

»Ruf' einen Krankenwagen«, sagte Nora.

»Vielleicht wird's ja auch besser.«

»Es wird nicht besser, überhaupt nicht besser, seid ihr denn alle schwachsinnig? Er hat sich wieder gespritzt.«

In Nu war mir alles klar. Gancios Hochstimmungen und Zusammenbrüche, die Gewichtsverluste in diesem vergangenen Jahr, der Mann mit dem veilchenfarbenen Anzug. Wie hatte ich nicht daran denken können, es nicht merken können, daß dies nicht eine Zeitungs- oder Filmgeschichte war, sondern die Geschichte meines Freundes?

»Ruft einen Krankenwagen«, sagte ich zu denen vom Lokal.

»Ja, was denn! Zuerst besauft ihr euch und dann wollt ihr einen Krankenwagen«, sagte der Türsteher.

Ich pflanzte mich zwanzig Zentimeter vor seinem Bauch und vor seinem Staffgesicht auf.

»Hör zu, du Scheißkübel. Ich bin der Sohn von Bürgermeister Fefelli, und wenn du nicht auf der Stelle einen Krankenwagen rufst, wird mein Vater euch so viele Inspektionen auf den Hals schicken und wird so viele Genehmigungen fordern, daß du dir eine andere Arbeit suchen kannst. Und wie kommt es, daß ihr den Verkauf von Drogen hier drinnen zulaßt?«

Der Türsteher schoß wie eine Feder zum Telefon.

Wir warteten, die Zeit schien unendlich lange, aufgehoben zwischen zwei Uhren. Ich hielt Gancios Hand. Diese vier Knochen in einem verdreckten Trikot, dieser gekreuzigte Junge auf dem Rasen war der Gancio vom Fluß, der Gancio der Radrennen. Da war nichts Sonderbares, er war zerbrochen, ein Teil war davongeflogen, wie wenn man einen Hut im Wind verliert, und vielleicht würden wir ihn nie wiederfinden. Ich dachte an Onkel Nevio, ich stellte ihn mir vor, wie er im Licht der kleinen Lampe Patronen auffüllte.

»Du mußt leben, Gancio«, sagte ich ihm ins Ohr. »Ein Guatayaba stirbt nicht wie ein Arschloch, vor einem schäbigen Lokal. Stirb wenigstens am Orinoko, mit einer Bestattung, die eines Häuptlings würdig ist.«

Einen Augenblick lang öffnete er die Augen.

»Es geht mir schlecht«, sagte er.

Gancio kam durch, doch der Arzt sagte, daß sein Körper ruiniert sei und eine Katastrophe geschehen werde, wenn er rückfällig würde. Nur Onkel Nevio und Luciana wurden über diese Geschichte informiert, wir sagten nicht einmal meinem Vater etwas. Luciana nahm Gancio für eine Weile zu sich. Gancio war stumm und blickte aus dem Fenster, sie machte Frittate und Tortellini für ihn, die er aber kaum anrührte.

Eines Abends ließ er einen Zettel auf dem Tisch »Danke für alles, ehrlich« und ging. Er kam bei mir vorbei und rief mich mit einem Pfiff heraus.

»Saltatempo«, sagte er, »ich fahre mit Nora ans Meer. Mach dir keine Sorgen, ich bin entschlossen, es dranzugeben.«

»Das hoffe ich«, sagte ich.

»Mein Guatayaba-Ehrenwort. Sag', hast du ein bißchen Geld? Ich schwöre dir, nicht für Stoff, sondern für die Fahrkarte mit dem Zug.«

Es war das letzte Geld, ich kreditierte es ihm.

Am Abend darauf ging ich mit Baco und Osso spazieren und sah Fulisca wieder. Ich hatte das Bedürfnis, sie zu umarmen. Sie war hochgewachsen und ziemlich schön, auch wenn sie immer noch eine Leidensmiene hatte. Sie erzählte mir, sie würde in einem Dorf in der Nachbarschaft arbeiten, bei einem Uhrmacher, der sie in das Metier einführe. Sie wäre von der Krankheit geheilt, sagte aber nicht von welcher. Sie wollte alles über alle erfahren.

»Na ja«, sagte ich, »ich gehe noch aufs Gymnasium und steige mit der Dinamo-Mannschaft bald in die Nationalliga auf.«

»Ich«, sagte Baco, »beschäftige mich mit Kybernetik. Wenn du willst, erzähl ich dir was darüber.«

»Ich«, sagte Osso, »lerne, wie man Geld macht.«

»Und Gancio?« fragte Fulisca.

»Gancio ist gegangen«, sagte Osso, »er ist randvoll mit Drogen.«

»Osso«, sagte ich, »du bist ein Scheißkerl. Hau' ab oder du beziehst Prügel.«

»Versuch's mal«, sagte Osso.

Wieder rauften wir uns, vielleicht wollten wir uns nicht weh tun, doch er stürzte auf mich und knackste mir eine Rippe an.

»Du bist ein Faschist«, schrie ich ihn an, »du bist nicht mehr mein Freund. Du bist von keinem mehr ein Freund.«

»Und du bist ein Kommunist und hast einen Vater, der ein Säufer ist«, antwortete er.

Ich begriff, daß diesmal viele Bildchen nötig sein würden, um das zu vergessen. Baco brachte Fulisca weg. Ich blieb alleine zurück, mit einer schmerzenden Rippe. Ich hörte die Sirene eines Krankenwagens. Aber so schlimm geht es mir doch gar nicht, dachte ich. Der Krankenwagen fuhr mit Höchstgeschwindigkeit vorüber, dann noch einer, dann ein Feuerwehrwagen. Sie fuhren in Richtung Autobahn. In der Bar stand jemand auf und fragte, was denn los sei. Ein Polizist der Straßenpolizei auf dem Motorrad hielt an und sagte etwas. Ich stieg mit meinem Onkel ins Auto.

Die Autobahn sah aus wie ein Schlachthaus. Ein Lastwagen war auf die gegenüberliegende Fahrbahn gerast und hatte zwanzig Autos niedergemäht. Ein anderer Lastwagen war abseits der Straße gelandet. Autos waren zerquetscht, einige ineinander verkeilt, es war, als wäre das ein Berg von Schrott. Andere Autos brannten noch und es gab einen kilometerlangen Stau in beiden Richtungen, alles war blockiert.

Das Blaulicht der Polizei pulsierte, wir hörten jemanden schreien, er rief aus dem Inneren eines umgestürzten Autos um Hilfe.

»Da hast du's«, sagte Onkel Nevio, »das ist die Hölle.«

Auf der Überführung waren wir in großer Zahl, zwischen Angst und morbider Neugier. Favilla der Schmied sagte, ich habe den Schweißbrenner und alles Werkzeug im Auto, gehen wir helfen. Wir stiegen den Damm hinunter, wir kletterten über die Leitplanken. Ein Polizist kam auf uns zu.

»Hier können Sie nicht bleiben«, sagte er.

»Ich bin Schmied«, sagte Favilla, »ich habe einen Schweißbrenner und verschiedene Hebel. Wir wollen euch helfen.«

»Dann geht aber von der Straße, helft denen, die versuchen, den umgestürzten Lastwagen frei zu bekommen.«

Auf dem Schlachtfeld zeigte der rote Gigant seinen metallischen Bauch, ein Rad drehte sich immer noch. Die Fahrerkabine war nur noch halb so groß, drinnen sah man einen Arm und ein weißes Hemd, den Wimpel eines Fußballvereins, ein rotes Horn, das gegen Unheil schützen soll.

Favilla setzte die Brille auf, er zündete die Schweißflamme auf der einen Seite an, ein Feuerwehrmann von der anderen. Hin und wieder sahen sie einander an. Dann versuchten Onkel Nevio, Chicco und Roda die Tür mit einer Brechstange zu öffnen. Am Ende gab sie nach.

»Überlaßt das jetzt den Sanitätern«, sagte der Feuerwehrmann erschöpft. Er war kaum älter als ich.

Sie kamen herbei. Sie zogen einen Körper wie eine Molluske aus ihrer Schale. Gerade als sie ihn auf eine Bahre legten, sah ich in sein Gesicht. Es war Fangio.

Er hatte nichts gemerkt. Als er sah, wie der andere Lastwagen auf ihn zufuhr, hatte er instinktiv das Steuer herumgezogen und war über die Leitplanke geflogen. Er war auf der Stelle tot. Beim Begräbnis waren alle seine Lastwagenfahrerfreunde da und die früheren Kollegen der Buslinie. Die Zaini war da, sehr gealtert, sie erkannte mich nicht. Fangio wurde auf einem neuen Teil des Friedhofs begraben, der häßlicher war und keinen Ginster hatte. Der Friedhof hatte sich innerhalb weniger Jahre fast verdoppelt.

»Auch die Toten brauchen Platz«, sagte Karamasow und legte rote Nelken auf das Grab.

Am Abend waren die Pastori-Brüder auf der Piazza und feierten im Vollrausch. Fefelli war von den Vorwürfen freigesprochen worden, ihr Gehalt war gesichert.

Licio, der ältere, las die Todesanzeige von Fangio, die an einer Mauer klebte. Er dachte einen Augenblick über sie nach und erinnerte sich dann, daß das doch der war, der sie mit dem Bus blockiert hatte, als sie meinen Vater verfolgten.

Mit lauter Stimme sagte er:

»Ein Kommunist weniger…«

Mein Vater hörte das. Er stürzte sich auf ihn. Balduino kam mit einer Schaufel herbei, und ich hörte einen trockenen Schlag, Licio fiel wie vom Blitz getroffen. Auch Carburo kam herbei. Ich klammerte mich an Nerios Beinen fest, der mir auf den Kopf schlug und mich mit einem Rempler davonsegeln ließ. Carburo verpaßte ihm einen Schlag ans Kinn und streckte ihn zu Boden, mein Vater füllte ihn mit Fußtritten ab. Baruch kam herbei, er rannte so schnell er konnte.

»Schluß jetzt«, sagte er, »ihr seid dreieinhalb gegen zwei.«

»Aber die sind groß und kräftig«, sagte Balduino und stellte die Schaufel an die Mauer, als würde er den Colt in die Tasche zurückstecken.

»Das werdet ihr uns noch bezahlen«, sagte Licio, der einen großen Schnitt an der Stirn hatte, »das ist hiermit noch nicht zu Ende.«

Ich spürte eine Wut, wie ich sie noch nie gespürt hatte, eine beißende Wut.

»Hiermit ist es doch zu Ende! Schluß damit!« schrie ich, »Schluß, ihr müßt weg aus diesem Dorf, spielt euch anderswo als die Herren auf, Schluß damit.«

Mein Vater hielt mich fest im Nacken, doch ich schrie weiter.

»Werde nicht wie die da«, sagte er.

Ich brach in Schluchzen aus.

»Baruch«, sagte ich, »sag' mir, daß es hiermit zu Ende ist.«

Baruch klopft mir freundschaftlich auf die Schulter. Er antwortete nicht.

Der letzte Ferientag brach an, die Rückkehr in die Stadt stand bevor, Oberstufe, neue Lehrer, vielleicht der eine oder andere neue Freund. Ich lag auf der Wiese vor dem Haus. Rufus war gekommen, um sich von mir zu verabschieden. Ich sah Roda und Mediga vorbeifahren, als sie von der Camporella zurückkamen. Die Triveneto Girls hatten sich alle gut an den Mann gebracht, Mediga bei dem Mittelstürmer, Cincia bei Loris Arduini und Dondolo war Teilhaberin in Balduinos Bar geworden, hatte sich aber mit einem Orchestermusiker verlobt. Konnte sie denn nicht mit ihm musizieren und mit mir herumzwitschern? beklagte sich Balduino.

Die beiden waren wunderschön und hatten durchwühlte Haare, die Liebe ist ein großartiges Kosmetikum.

»Also, denk dran, in zwei Wochen spielen wir«, sagte der Toskaner, »halt dich in Form.«

»Und du, immer sachte«, sagte ich, »denn die Verteidigerinnen aus Venetien schlagen zu.«

Ich sah, wie sie lachten und umschlungen weitergingen, er war doppelt so groß wie sie. Ich krepierte vor Neid. Selene kam mir wieder in den Sinn, der Schmerz biß sich in meinen Magen, so, als hätten wir uns gestern erst verlassen. Ich ging bis zum Nußbaum. Das Uhrwerk setzte sich in Gang. Ich sah sie auf einem Motorrad auf der Küstenstraße, sie hielt einen Jungen mit langen Haaren umschlungen, der war nicht Brian. Ich sah Fangio, der in einem Restaurant für Lastwagenfahrer lachte und sein Glas erhob. Ich sah mein häßliches Gymnasium und die Hausmeisterinnen, die die Böden fegten und die Bänke herrichteten. Rufus bellte zwei Eichhörnchen an, die von einem Baum zum anderen sprangen, und er verfolgte sie mit nach oben gerichtetem Kopf, bis sie im Wald verschwunden waren. Ich wartete, ob jemand kommen würde, der Gnom oder der fröhliche Gott oder auch der Geigerteufel oder eine drittklassige Hexe wie unser Verein Dinamo, doch nichts geschah. Mein Vater und Regina hörten das Fußballspiel im Radio. Auch die Sterne schienen auf etwas zu warten.

Ich seufzte und dachte mir, jetzt ist es an der Zeit, den Koffer zu packen.

Ich sah einen Schatten, der näherkam. Es war Osso.

»Tut mir leid«, sagte er mit gesenktem Kopf und ich sah, daß er schon ein kleines Doppelkinn hatte.

»Schon gut, nicht so schlimm«, antwortete ich, doch ich spürte, daß es nicht stimmte. Etwas Kaltes, etwas ohne Vergebung hatte sich in jenem Sommer bei mir eingenistet. Ich konnte nur hoffen, daß es schnell vorüberging.

»Hast du keine Bildchen mitgebracht?« fragte ich.

Er erinnerte sich nicht einmal mehr an diesen Umstand und hörte auf das Radio in der Ferne.

»Wie steht's?«

»Wir gewinnen eins zu null, glaube ich. Ich habe Regina »Tor!« schreien hören.«

»Das«, sagte Osso, »ist eine gute Nachricht. Ich habe zwanzigtausend Lire verwettet.«

»Tüchtig«, sagte ich.

»Na gut, ich geh dann, wir sehen uns am Zug. Buonanotte. Weißt du, ich werde dieses Jahr eine Wohnung ganz für mich haben. Im Stadtzentrum.«

»Ich möglicherweise auch«, sagte ich.

Wieder war ich alleine. Wieder Reginas Schrei. Doch verstand ich nicht, ob das vor Freude war oder vor Enttäuschung.

»Was ist los?« rief ich.

»Zwei zu null für uns«, antwortete Papa, »im Arsch der Mailänder.«

»Zwei zu null«, flüsterte ich im Dunkeln, »verstehst du, Selene, bist du zufrieden? Gehen wir schlafen?«

6

An einem der ersten Schultage nahm ich den Zug und schlief ein. Ich träumte von einem Soldaten, der ein Gewehr lud, und von Hauptmann Guzano Rodriguez, der sagte, nicht in den Kopf schießen, es muß aussehen, als wäre er im Kampf gefallen. Als ich im Bahnhof ankam, sah ich eine Schlagzeile in der Zeitung: Che Guevara tot.

In der Tasche hatte ich ein Buch, das von ihm handelte. Ich weiß nicht, warum, jedenfalls warf ich es verärgert in einen Abfalleimer. Ich wollte einen lebendigen Menschen, den ich bewundern konnte, keinen Papierhelden zum Beweinen. Ich konnte nicht wissen, wie sehr er gefeiert würde, auch von denen, die ihn verraten hatten. Am folgenden Tag kehrte ich zurück, steckte die Hand in den Abfalleimer, das Buch war noch immer da. Ich nahm es wieder an mich und ging zur Schule.

Das Giosuè-Pascoli-Gymnasium war immer noch dasselbe, lediglich die Auswahl der Mopeds und Vespas hatte sich verändert, und das Fenster des neuen Klassenzimmers führte auf Dächer hinaus, wir lernten unter der Aufsicht kränkelnder Tauben. Die Klassenkameraden waren fast ausnahmslos neu. Von meinen Freunden waren das perfekte Paar Schiassi-Verdolin, Lussu und Carpaccio in der Version Taras Bulba, lange Haare und Riesenschnäuzer, übriggeblieben. Überraschenderweise war auch Baco dazugekommen, betrübt wegen der Trennung von seiner Lehrerin Tania, doch völlig aus dem Häuschen wegen der letzten Entwicklungen der Kybernetik in Kalifornien. Von meinen Feinden waren Monachesi und Liuba leider immer noch da. Gentilini war nicht versetzt und zum Lohn dafür vom Unternehmen seines Vaters angestellt worden. Auch Brian war nicht mehr da, es hieß, er sei nach London zurückgekehrt und lebe dort. Das löste für mich eine Menge Probleme. Unter den Neuen machten wir sofort Gentilinis Erben aus. Das waren drei edel gekleidete, picklige Jungs, jeder mit einem Corsarino 50 ausgestattet, dem Moped, das in diesem Augenblick *in* war. Sie hießen Checco, Fede und Bobo, richtige Korsarennamen. Dann war da die Desoli, genannt Duse. Als sie sich vorstellte, sagte sie, sie würde da zwar zur Schule gehen, aber gleichzeitig würde sie auch auf eine Schauspielschule gehen. Sie kleidete sich schwarz und bewegte sich völlig unnatürlich, fuchtelte mit den Händen herum und riß die Augen auf, als würde sie auf der Bühne stehen, ein Niesen war für sie Macbeth, oh Gott, hab' ich wohl noch meine Nase? Jeden Tag ließ sie Lügen raus, von der Art wie: Gestern war Vittorio bei uns. Vittorio war der Schauspieler Gassman. Einmal fragte sie mich, wie ich jeden Morgen aus dem Dorf herkäme, und ich antwortete: Auf dem Fahrrad mit Fausto. Sie verstand nicht gleich, aber dann erklärte man es ihr, und von da an haßte sie mich. Unter den Sympathischen erkannten wir gleich Fred und Tremolina. Fred der Wahnsinnige hatte kurze Haare und einen Tartarenschnurrbart, er war von Motorrädern besessen. Da er das Privileg zweimaliger Nichtversetzung in Anspruch nehmen konnte und achtzehn Jahre alt war, besaß er eine Settebello Morini, frisiert, spritzpistoliert, gedopt, schallentdämpft, die eine Geschwindigkeit von einhundertsiebenundvierzig Stundenkilometern erreichte. Wenn er ankam, hörte man ihn schon eine Minute vorher. Er definierte sich als anarchistischer Motorradfahrer, legte sich todesmutig in die Kurven und war der größte Witzeerzähler der Freibeuterei. Tremolina war klein, graziös und hypernervös, sie sprach immer ganz eilig wie ichmußdirwaswichtigessagenlaufnichtgleichweg, und wenn sie sich aufregte, fingen, weil sie niemals einen Büstenhalter trug, ihre Titten an zu zittern, die ganz schön füllig waren. Ich muß sagen, daß die, als ich zum ersten Mal mit ihr sprach, mich mehr gefangennahmen als das, was sie sagte. Dann entdeckte ich, daß sie eine Wahnsinnsleserin war und alles gelesen hatte, von de Sade bis zu den Symbolisten, später wollte sie schreiben, ja, sie hatte sogar schon ein Buch geschrieben, das Tagebuch eines Geheimnisses hieß und das sie, eben weil es ein Tagebuch und ein Geheimnis war, noch niemandem zu lesen gegeben hatte, ausgenommen fünfzig vertrauenswürdigen Freunden, wenn du willst geb ichs auch dir zu lesen.

Von den Lehrern werde ich mich an den Sadisten erinnern, den glatzköpfigen Zwerg für Italienisch, der sagte: ich fange nicht eher an, wenn ich Husten höre, und im Winter dauerte sein Unterricht zehn Minuten, einmal weil wir wirklich etwas erkältet waren, zum anderen, weil wir uns beim Abhusten des Schleims abwechselten. Dann an Neuros, für Griechisch, der von völliger Apathie zu plötzlichen Sprüngen auf dem Pult überging und das Duell zwischen Achill und Hektor mimte. Zuletzt an die Leiche, die alte Dame für Philosophie, die alle zehn Sekunden ein Wort aussprach und gelegentlich sagte, entschuldigt bitte, und hinausging, weil ihre Prostata schwächelte. Ihr fehlten noch zwei Jahre bis zur Pensionierung, und sie wollte durchhalten. Sie habe ich am meisten gemocht.

In der Parallelklasse waren Tamara und Riccardo der Ideologe gelandet, mithin hatte die Schule bereits ihre politischen Führer. Was mich angeht, so war mein Lieblingsschriftsteller nicht mehr Allan Poe, sondern die Verfasser von Vermietungsannoncen, ich las stundenlang Inserate, dann lief ich durch die ganze Stadt auf der Suche nach einem Zimmer. Um ehrlich zu sein, ich hatte mich einmal von Fred auf dem Motorrad mitnehmen lassen, doch beim ersten Überholen hatte ich den Eindruck, als würde ich einen Streifen meines Schenkels an einer Autotür zurücklassen. Danach hatte ich mich dann wieder verfußgängert.

Ich stellte mich mitunter sogar fünf Inseraten pro Tag, aber die Zimmer waren alle zu teuer. Die Stadt fing an zu begreifen, daß Schüler von außerhalb eine ausgezeichnete Investition darstellten. Ich arrangierte mich mit der Arbeit, an manchen Abenden wusch ich Teller in Lussus Pizzeria, in manchen Nächten schleppte ich Kisten am Großmarkt und schlief auf einer Pritsche, im Duft von Kohl und Zitronen, gemeinsam mit Senegalesen, Griechen und unterschiedlichen Kreolen. Für mich war es ein Gegenmittel gegen den Rassismus, zumindest solange, bis man mir die Schuhe und einen Pullover klaute und ich alle und auch ihre Länder zur Hölle wünschte. Am Abend darauf kamen die Schuhe zurück, in ihnen steckte ein Zettel »Den Pullover behalte ich, es ist zu kalt«.

Das alles erklärte, auch wenn es mich vor dem Weltproletariat nicht rechtfertigte, warum ich nicht in der Lage war, zu den politischen Versammlungen in der Garage zu gehen. Doch eines Tages fand die erste Versammlung in der Schule statt, während des Unterrichts, und da konnte ich nicht fehlen.

In der Aula waren wir an die hundert, während in den Klassenzimmern der Unterricht weiterging. Auf dem Pult saßen bereits Riccardo, Tamara und Carpaccio.

Auf der Tagesordnung: als erstes, wie und wann die erste Besetzung des Gymnasiums durchgeführt werden sollte, dann, wie man hinsichtlich der Kritik des Lehrplans verfahren und eine gemeinsame Verwaltung oder eine Selbstverantwortung des Unterrichts ins Leben rufen sollte, abgesehen von einem Protest gegen die autoritäre Haltung des Lehrkörpers und vor allem gegen das diktatorische Verhalten dreier Lehrer, nämlich des Sadisten und zwei der Sektion F, und schließlich: wärmere Heizkörper.

Der erste Redebeitrag kam von Riccardo, der sagte, wie gewohnt, daß sie die beiden Gymnasien der Stadt bereits besetzt hätten und viele weitere in Italien, ganz zu schweigen von Frankreich, von Berkeley und von Südamerika. Es fehlten nur noch Berichte über die Kindergärten in Australien.

Tamara sagte, im Augenblick sind wir noch wenige, wir müssen die anderen überzeugen, daß das, was wir machen, nicht gegen sie gerichtet ist, sondern nützlich für alle. Wir haben, hier drinnen und draußen, eine große Freiheitsdiskussion entfacht, die eines Tages auch denen nützen wird, die nicht mit uns einverstanden sind.

Carpaccio redete acht Minuten, das Höchstmaß an zugestandener Zeit, er redete über die Beziehungen zwischen Lenin und Marx und sagte abschließend, wir dürfen denselben Fehler nicht wieder begehen, doch niemand verstand, welchen.

Ein hochgewachsener Junge stand auf, mit stereoskopischer Brille und dichtem Kraushaar, dreimal so dicht wie von Jimi Hendrix, ein richtiges Bussardnest. Sein Name war Giandomenico Maria, doch wehe, wenn man ihn so nannte, sein Kampfname war Djap wie der vietnamesische General.

Djap sagte, daß Riccardos Redebeitrag rechtslastig war, weil man Dinge nicht tut, um andere zu imitieren, sondern immer, um Avantgarde zu sein, daß Tamaras Redebeitrag rechtslastig war, weil sie sich nicht entschieden genug gegen die Streikbrecher stellte, die mit dem didaktisch-kapitalistischen Modell solidarisch sind, und daß Carpaccios Redebeitrag rechtslastig war, weil die Anrufung der historischen Führer ein Trick ist, um der Basis die Fähigkeit zur Diskussion zu entziehen.

Riccardo antwortete kurz, indem er einen Autor zitierte, dessen Namen keiner verstanden hatte.

Tremolina sagte, daß sie nicht nur wegen politischer Kontakte dort war, sondern auch persönlicher und nicht nur über die Besetzung diskutieren wollte, sondern auch darüber was draußen passiert, dann beruhigte sie sich, redete langsamer und schlug eine Diskussionsgruppe über interpersonelle Beziehungen und ein selbst verantwortetes Seminar über de Sade vor.

Ein Junge mit Poncho sagte, daß auch er da war, um menschliche Wärme zu finden, alle ihm aber von einer schrecklichen politischen und parteigebundenen Steifheit zu sein schienen und schlug vor, daß sie alle zusammen Pizza essen gehen sollten, möglichst gestaffelt.

Ein Blonder mit Ohrring sagte, daß wir doch von Frank Zappa ausgehen müßten.

Ein Mädchen, das leicht schielte, sagte, daß sie sagen müsse, was sie empfindet, und das bedeutete, daß es Vorurteile gegenüber den Frauen in dieser Versammlung gebe, weil alle, wenn eine Frau redete, untereinander redeten, wohingegen wenn ein Mann redete, alle still wären, und das Ergebnis war, daß alle miteinander redeten, um ihren Redebeitrag zu kommentieren und sie wurde wütend.

Djap sagte, daß Tremolinas Redebeitrag rechtslastig war, weil man zuerst Mao studieren müsse, bevor man sich de Sade zuwende, daß, wenn der Junge persönliche Wärme haben wolle, er doch ein Heizungslüfter kaufen solle, weil man Revolutionen im Kalten mache, daß Frank Zappa mit seinen Texten zwar links stünde, mit seiner Musik aber rechts, und daß das schielende Mädchen ganz weit rechts stehe, weil sie ein sexistisches Vorurteil als Sperre für die eigentlichen politischen Argumente aufgestellt habe.

Lussu sagte, beschließen wir, wer für die Seminare zuständig ist und schreiben wir unsere Forderungen an die Lehrer auf, und laßt uns auch über die Bücher sprechen, die viel zu teuer sind.

Ein Junge sagte, ich bin ganz der Meinung des sizilianischen Genossen, und Lussu sagte: des sardischen, Himmeljungfraumaria.

Eine ziemlich auffällige Brünette sagte, daß sie als Frau versuche, die Klagen über die Vorurteile zu überwinden, allerdings sei es für eine Frau wirklich schwerer, in der Öffentlichkeit zu sprechen, und sie sprach acht Minuten und dann noch mal acht.

Baco sagte, was ich befürchtet hatte, nämlich daß in den Lehrpläne die Kybernetik fehle und es keine Revolution ohne Kybernetik geben werde.

Verdolin schlug vor, die Mauer der Schule mit einem Murales zu bemalen.

Die Schiassi sagte, daß die Farben allerdings eine Menge Geld kosten würden.

Djap fragte, ob wir eine politische Gruppe seien oder eine Kleberkolonne.

Tamara sagte, daß Djap ihr destruktiv und keineswegs konstruktiv vorkomme.

Djap sagte, daß das eine typische Argumentation der Rechten sei.

Fred sagte, daß er von dem bisher Gehörten fast nur Scheißdreck verstanden habe, aber daß die Motorräder liefen, solange es Sprit gebe, und der Sprit bestehe seiner Meinung nach darin, Politik zu machen, das ja, aber auch in der Freude, sie zu machen.

Ich sagte, daß ich mit Fred einer Meinung sei, daß ich in einem Dorf geboren sei und man dort über Politik nicht nur diskutiere, sie falle jeden Tag einfach auf einen drauf und daß alles, was uns umgibt, Politik sei. Wir würden zwar völlig richtig die Zukunft planen, müßten aber auch Überraschungen wahrnehmen, wir dürften keine Sicherheiten suchen, keine Richtlinien oder Parteien, wir müßten lediglich begreifen, wie wichtig es sei zu diskutieren. Wenn sich dagegen die Notwendigkeit ergebe, etwas zu tun, würde ich selbstverantwortete Seminare vorschlagen, um über Bücher zu sprechen, die man in der Schule nie liest, ein internes Vervielfältigungspapier über Politik, aber auch andere Themen, und schließlich eine Kommission, die sich mit den exorbitanten Wohnpreisen für Schüler von außerhalb beschäftigen solle.

Djap sagte, ich hätte zwar gut geredet, aber er habe gesehen, daß ich Ezra Pound auf der Toilette gelesen hätte und daher sei alles, was ich gesagt hätte, rechts orientiert.

Lussu sagte, Djaps Beitrag sei rechts orientiert, ohne zu sagen, warum, doch die Wirkung war verheerend.

Der Blonde fragte, ob jemand ein Zigarettenpapier habe.

Ein Junge mit Schal fragte, was die Genossen von der Sportbegeisterung hielten und davon, ins Stadion zu ziehen, weil ihm das so gefalle.

Tamara sagte, die zwei Stunden sind um, treffen wir uns alle am Freitag in der Garage wieder, und außerdem stimme ich auf der Stelle einem Vervielfältigunsapparat zu, sammeln wir Geld und wählen wir eine aus dreien bestehende Redaktion, um ein solches Papier niederzuschreiben.

Djap sagte, drei sei eine für die Rechte typische Führung, es sollten wenigstens fünf sein.

Riccardo sagte, ich bin dabei, aber ich will nicht der Leiter sein, auf die Weise hatte er sich bereits gewählt.

Ein gewaltiges Durcheinander brach aus, eine Wahl wurde versucht, danach kamen auf geheimnisvolle Weise die folgenden Namen heraus.

Tamara als Leiterin, Riccardo, Giorgia, das schielende Mädchen, Baco, Djap.

Drei Männer und nur zwei Frauen, sagte die Brünette.

Baco ist doch sowieso schwul, rief eine anonyme Stimme aus dem Hintergrund.

Das ist doch Kindergartengeplärre, sagte Tamara, doch alle lachten unterdessen, und Baco wehrte sich mit einer Reihe von ziemlich vielsagenden Kolbenbewegungen.

Wir gingen hinaus, als Lussu plötzlich rief:

»Ja, wie, was? Haben wir denn nun beschlossen, die Schule zu besetzen oder nicht?«

Verdammt, das hatten wir völlig vergessen. Aber dafür war nun keine Zeit mehr. So wurde innerhalb von dreißig Sekunden beschlossen, daß wir an der Besetzung eines anderen Gymnasiums teilnehmen würden, des Naturwissenschaftlichen Gymnasiums Guglielmo Volta.

Beim Hinausgehen sagte die auffällige Brünette, die sich als gestiefelt herausstellte, daß mein Redebeitrag ihr sehr gefallen habe, daß sie Marella heiße, aus Umbrien stamme und wo ich herkäme. Aus einem Dorf in der Umgebung, antwortete ich, aber ich suche eine Wohnung in der Stadt. Ich auch, sagte sie. Wir verabredeten uns für Samstag, um gemeinsam eine Wohnung zu suchen, ein Zimmer, ein Bett. Dann, eventuell, wenn man's gefunden hätte...

Ich brauchte dringend eine Geschichte. Über Selene wußte ich nichts, einmal war es mir vorgekommen, als hätte ich sie auf der

Straße gesehen, ich lief ihr hinterher, sie drehte sich um, es war eine standardisierte Blonde mit einem Pferdelächeln, es war nicht Selene. Jedesmal, wenn sie mir in den Sinn kam, hatte ich den Eindruck, ich würde das Uhrbiwerk mit einem Hammerschlag zertrümmern, bleib' stehen, sagte ich, spule deine Cinemascope Visionen nicht ab, laß mich nicht leiden. Ich führte ein ziemlich trostloses Leben, ich lernte, ich wusch Teller in der Pizzeria, ich schleppte Kohlköpfe, ich bewegte mich immer im Laufschritt von einer Stelle zur anderen, um mich in Fußballform zu halten. Wenn Selene zu oft in meine Gedanken drang, hatte ich einen Zeitungsstand entdeckt, der alte *Playboy*-Nummern verkaufte, und dann massakrierte ich mich mit Wichsen. Ich kehrte immer seltener nach Hause zurück, ich schlief recht und schlecht auf einem Sofa bei Verdolin oder im Hotel Aubergine, das heißt auf einer Bank im Großmarkt oder in einer besetzten Schule. Wenn das politische Klima sich aufheizte, war das für mich ein doppeltes Vergnügen, harter Kampf und weicher Schlafsack.

Sonntags spielte ich mit Dinamo. Die Mannschaft erwies sich besser als vermutet. Wir gewannen das erste Spiel zwei zu null, dann gingen wir zum Spielen auf den Fußballplatz von Montovolo, einem Dorf auf dem Gipfel des Himalaya, sechsundachtzig aufeinanderfolgende Kurven, zu zwölft eingepfercht in einem Konditoreitransporter, wir kotzten uns die Seele aus dem Leib, doch Philippe Tiramolla-Sprungfeder wehrte sogar die Spatzen im Flug ab, und obwohl wir keine Kräfte mehr besaßen, glichen wir zwei zu zwei aus. Wir schlugen die Libertas Riovado fünf zu eins, die nur mit neun Spielern gespielt hatte, weil auch sie für Auswärtsspiele nicht besonders ausgerüstet war, sie fuhren auf einem offenen Kleinlaster, es regnete, und zwei waren vor Kälte wie festgenagelt. Dann, auf einem Platz voller Schlamm, wo jeder Sturz zur Rutschpartie wurde, schlugen wir die Teufel der Mannschaft von Castellana. Kurz, der Unterschied zwischen uns und der erstplazierten Mannschaft, Libertas San Rocco, betrug einen Punkt. Diese Mannschaft war ganz schön reich und auch religiös und sie war das Eigentum eines bekannten Kapitalisten aus der Zuckerrübenbranche.

Onkel Nevio hatte uns ein bißchen Geld versprochen, war aber in eine abstruse Investition verwickelt, nämlich den Kauf von dreihundert falschen Schnatterenten. Sobald die echten Enten sie sahen, flogen sie bis in die Ionosphäre hinauf und verschwanden. Die Farbe stimmt nicht, sagte Anselmo, der erfahrenste Entenjäger des Tals. Tatsache ist jedenfalls, daß mein Onkel sagte, für jetzt keine Bezahlung, aber ich verspreche euch, daß ich euch zur Halbzeit der Meisterschaft etwas gebe.

Deshalb war ich pleite und mußte mein Geld sehr genau abzählen. Samstag hatte ich meine Verabredung mit Marella, ich dachte schon, mit zweitausend Lire könnte ich die Ausgaben bestreiten, als Verdolin mir sagte, daß es für mich vielleicht eine kleine Arbeit gebe. In der Stadt wurde die Provinzausgabe der Zeitung der Regionalhauptstadt gemacht, die *Gazzetta delle Valli*. Das waren zwei Seiten, von denen die Hälfte Traueranzeigen waren. Sie wurden an Ort und Stelle hergestellt und mit einem Zug als ultraschnelle Extrapost zur Zentralredaktion transportiert, wo Linotypen und Redakteure sie in Massenmedien umwandelten. Sie war nun wirklich keine Zeitung der Linken, aber sie war die einzige. Verdolin war es gelungen, ein paar Zeichnungen und Karikaturen an sie zu verkaufen. Sie suchten jemanden, der eine gute Schreibe hatte und boten ihm eine anständige Lehrstelle an.

Ich ließ die Verabredung mit Marella platzen und stellte mich vor. Die Redaktion war in einem alten Palazzo, mit Garten und Springbrunnen mit eingesetzten Karauschen, aber trotzdem ziemlich ärmlich. Ein hoher, weiter, verqualmter Raum, fast vollständig ausgefüllt von Tischen, auf denen sich Schreibmaschinen, Stöße von Papier und Fotos stapelten. In einem kleinen Raum feuerte der Fernschreiber Mitteilungen der Nachrichtenagentur Ansa heraus. Hinten war das Büro des Chefredakteurs Bedisco, eines ehemaligen Stadtverordneten, der (sagte er) auf einen Sitz im Nationalparlament auf dem Montecitorio in Rom verzichtet hatte, um sich auf dem Feld der Wahrheit durchzuschlagen. Man hatte ihn nicht einmal fest angestellt, er hatte einen Knebelvertrag als freier Mitarbeiter, aber er schien mit Hemingway persönlich im Gespräch zu sein. Er sagte, daß in dieser Redaktion, die zwar in der Provinz liege, allerdings fundamental für die Wirtschaft der Gazette sei, zahlreiche Talente herangewachsen wären wie etwa Farigari, jetzt ein Vatikanist, Billi, der über Basketball in der Nationalliga berichte, und Baccarini, derzeit der Verantwortliche für Pflanzen und Blumen. Das Unternehmen könne mir nicht viel zahlen, doch das, was ich lernen könne, sei viel und mit der Zeit würde ich die unleugbare Faszination dieses Berufs schätzenlernen. Zu Anfang würde ich zwei Aufgaben bekommen, die meiner klassischen Gymnasialbildung entgegenkämen. Sonntags nachts sollte ich die Klassifizierungen sämtlicher Meisterschaftsspiele der Provinz im Fußball niederschreiben, wobei ich die Ergebnisse von Korrespondenten, von der Ansa oder durch direkte Telefonate sammeln sollte. Mittwochs könnte ich mich nützlich machen, indem ich die Extrapost mit den Seiten zum Bahnhof brächte und ich würde eine praktische Ausbildung in Sachen Nachrichten erhalten.

Er stellte mich den Redakteuren vor.

Scandoli, Sportredakteur, drei Päckchen Nazistinker pro Tag, unnachgiebiger Anfeuerer der Stadtmannschaft und oftmals Ziel von Drohungen sowohl des Fußballvereins als auch der Fußballfans.

»Ein schöner Beruf, aber auch gefährlich«, sagte er.

Tirinnanzi, Chronist für Verbrechen und Unfälle, Krankenhäuser und Präsidium, Experte für alle Arten von Unheil, vom Verbrechen bis zum Schleuderunfall eines Motorrads. Seinen Glanzpunkt des Ruhms hatte er ein paar Jahre zuvor erreicht, mit der Leiche ohne Kopf, von der er mir gleich ein Foto zeigte, zusammen mit dem eines Entmannten und zweier Gehängter.

»Ein schöner Beruf, aber du brauchst Nerven«, sagte er.

Giason, auch Gagà genannt. Gefärbte Haare mit Strähnen, von schwarzem Asphalt mit feurigen Abstufungen in Dobermannfarbe, und Fliegenbinder, die wie Schmalzgebackenes aussahen. Er war Lehrer gewesen, sogar Schulrektor, und jetzt war er politischer Redakteur, was bedeutete Stadträte, Polemiken, Wahlen, manchmal auch scharfzüngiger Leitartikler unter dem Pseudonym Yanez. Er hatte schon sieben Bürgermeister untergehen gesehen.

»Ein Scheißberuf, warum gehst du nicht vögeln, statt deine Zeit hier drinnen zu vergeuden?« sagte er höflich.

Zuletzt Nino der Aufgeweckte, der sich mit Bäuchen beschäftigte, Experte für Feste der Salsiccia und örtlicher Miss-Wahlen, außerdem Fotograf für Sport, Mondänes und Verkehrsunfälle.

»Ein schöner Beruf, aber ermüdend«, sagte er.

Und er sah mich an als wollte er sagen, du schaffst es sowieso nicht.

Dann gab es da noch eine Reihe von Mitarbeitern. Unter ihnen der verehrte Professor Lavareti Finzi, der jede Woche fünfzig Seiten über die Mosaiken in der Kirche Santa Marta al Colle anschleppte und dann jeden Tag anrief, um zu fragen, warum sie nicht veröffentlicht würden. Signora Virginia, die Geliebte eines hohen Tieres in der Politik, die das Anrecht auf eine Rubrik über Astrologie, Mode und die mondäne Stadtgesellschaft hatte. Und so weiter bis hin zu einer Schar angehender Schriftsteller, die fünf Zeilen über eine Partei brachten, oder zu kleinen Parteischranzen, die Durchschlagseiten ablieferten, mit der Bitte um Veröffentlichung.

Sonntags schlug ich mich im Trikot der glorreichen Dinamo, dann begleitete Onkel Nevio mich im Auto zu meinem Demiurgenort der Tabellenaufstellung. Es war eine gehobene und verantwortungsvolle Tätigkeit. Man mußte sich nur um einen Punkt vertun oder um ein Tor, und dann riefen sie gleich montags aus Roccacannella an und sagten, ihr Bastarde, stellt das sofort richtig. Weniger wurde protestiert, wenn ich ihnen einen Punkt mehr gab. Wenn das Ergebnis des Spiels tief in der Nacht nicht eingetroffen war, mußte ich telefonieren, ich hatte alle entsprechenden Nummern für jede Mannschaft, beispielsweise die Wohnung des Vorstandes oder des Trainers, doch vor allem die Bar des Ortes. Manchmal wurde freundlich geantwortet, manchmal, vor allem, wenn sie verloren hatten, sagten sie, du Arschloch, manchmal sagte die verlegene Stimme einer Frau auch, na ja, ich glaube, sie haben eins zu null gewonnen oder sechs zu eins verloren, rufen Sie wieder an, wenn mein Mann da ist. Wenn ich Zweifel hatte, mußte ich kontrollieren. Wenn nicht, mußte ich schreiben »Ergebnis liegt nicht vor«. Doch ein nicht vorliegendes Ergebnis, tadelte Scandoli streng, ist eine Bankrotterklärung der Information.

Sie gaben mir zwar nur ein paar Lire, aber diese verqualmte, neurotische Welt sagte mir zu, einige Träume von einem amerikanischen Journalisten, der alleine den Boss einer Stadt zur Strecke bringt, hatte ich aufgegeben und ich lernte eine Menge merkwürdiger und verborgener Dinge. Daß in der Oberliga Maturanese mit sechzehn Punkten in acht Spielen vorne lag und in der Mannschaft ein gewisser Brandoli spielte, der bereits zehn Treffer erzielt hatte, zwei mehr als Roda. Daß in Vigneto ein neunjähriges Mädchen lebte, das eine italienische Verheißung im Rollschuhkunstlauf war. Daß ein gefährliches Straßenloch an der Ecke der Via Oberdan schon drei Radfahrer und verschiedene Fußgänger zu Fall gebracht hatte, und was tut die Gemeinde? Daß mit größtem Erfolg zum sechzigsten Mal das Weißbohnenfest mit der Wahl der Miss Weißbohne stattgefunden hat, Foto folgt. Daß der Bürgermeister von Pontello zurückgetreten ist wegen eines Skandals um zehn Korbflaschen Wein, die er für das Patronatsfest bestellt, dann aber in seinem Keller hatte verschwinden lassen. Einmal sah ich auch ein Foto von Fefelli mit einem Interview: er sprach über seine Kandidatur zum Parlamentsabgeordneten und seine Amtszeit als Bürgermeister, während der sich sein Dorf modernisiert habe und von zweitausend auf dreitausend Einwohner angewachsen sei, über den inzwischen unter Kontrolle gebrachten Erdrutsch und den Brunnen, der in wenigen Monaten fertig sein würde. Der Artikel begann: »Der lang ersehnte Brunnen kommt vielleicht bald«. Gezeichnet wurde er von einem gewissen Nestori. Im Dorf gab es keinen Nestori, folglich hatten wir einen verdeckten Journalisten. Mit Erstaunen erfuhr ich, daß es sich um Testuggine-Schildkröte handelte. Ich war also von einem Spitzel herangebildet worden.

Mit einem donnerschallenden Glückstreffer fand ich eine Behausung. Ich las ein Inserat: Zimmer an Schüler zu vermieten, Via Tognoli 28. Sofort stellte ich mich in einem Viertel am Fluß vor, ein Dörfchen mit niedrigen Häusern und engen Gäßchen. Ich mochte es auf Anhieb. Nummer achtundzwanzig war ein weißes Haus mit einem Gärtchen und sieben herrlichen Zwergen aus Gips. In der Luft lag ein feiner Duft von Brot und Vanille. Ich klingelte bei Bacci, und eine hochgewachsene Frau mit einem schönen offenen Gesicht und Zebrahaaren öffnete mir. Es war Signora Elide.

Wir sprachen miteinander, der Betrag war bezahlbar. Sie sagte mir: Sie scheinen ein tüchtiger Junge zu sein, doch vor allem kommen Sie vom Land, auch wir kommen vom Land, wir wohnen hier seit zehn Jahren, und mein Mann war Tischler, wie Ihr Vater. Wir haben eine Bäckerei hinter dem Haus, ist das nicht ein Düftchen? Das Zimmer liegt zum Fluß hin, es gibt auch ein Bad, klein zwar, aber ganz für Sie allein, eine Dusche gibt es nicht, aber die können Sie in unserem Bad nehmen, nach Voranmeldung, natürlich (sie lachte). Das einzige, worum ich Sie bitte, keine Mädchen auf dem Zimmer. Wir sind drei Frauen, die Nachbarn tratschen, die Stadt ist schlimmer als das Land, wer weiß, was sie schon jetzt tratschen, wenn sie einen schönen Jungen wie Sie sehen, der ein und aus geht.

Schöner Junge? Drei Frauen? dachte ich. Und wo sind die?

Die Türe öffnete sich wie zur Antwort auf meine Frage, die Bacci-Töchter kamen herein. Eine war hochgewachsen, mit griechischem Profil und unendlich langen Beinen. Sie hieß Berta und grüßte höflich. Die andere war klein, rundlich und blond, sie sah aus wie eine Puppe und war überaus herzlich, es fehlte nur wenig und sie hätte mit dem Schwanz gewedelt. Sie hieß Vanina.

»Da sind meine beiden Augäpfel«, sagte Elide, »Sie werden feststellen, daß sie recht unterschiedlich sind. Berta ist die Tochter meines ersten Mannes, des Tischlers, Vanina ist aus einer anderen, vor kurzem gelösten Beziehung.«

»Ein richtiges Arschloch«, sagte Vanina.

»Sprich nicht so über deinen Vater. Signor Saltatempo hat das Zimmer gemietet. Er ist ein tüchtiger Junge, er geht zur Schule und er arbeitet. Tut alles, daß er sich hier wohl fühlt.«

Die drei sahen mich lächelnd an. Ich weiß nicht, wieso, aber ich hörte ein merkwürdiges Geräusch, ein Mittelding zwischen Schnurren und Zähneknirschen.

Ich verließ das Haus und stellte mir drei Schlagzeilen vor.

LA GAZZETTA DELLE VALLI

Jugendlicher brutal ermordet und verbacken

Das Geheimnis um den vor zehn Tagen verschwundenen Gymnasiasten ist gelöst. Die Carabinieri sind dem Hinweis einer Frau gefolgt, die den Jugendlichen auf einem Foto unserer Zeitung wiedererkannt hatte. Sie erinnerte sich gesehen zu haben, daß er das Haus Nr. 28 in der Via Tognoli betreten hatte. Hier machten die Carabinieri die grauenhafte Entdeckung. In der Kuchenbäckerei hinter dem Haus befanden sich mit Mehl bestäubte menschliche Gliedmaßen und durch den Fleischwolf gedrehte Fleischstücke im Teig der Halbmonde, welche als Halbmonde mit Mettwurstfüllung verkauft wurden. Persönliche Gegenstände, die drei Gymnasiasten gehörten, unter ihnen ein Grieche, wurden in einem Schrank gefunden. Die teuflischen Kuchenbäckerinnen …

LA GAZZETTA DELLE VALLI
Ufo landet in einem Garten und entführt drei Frauen
Das stimmt nicht, behauptet ein Gymnasiast, der zur Miete bei ihnen wohnte, es waren drei Nevorianerinnen und sie sind auf ihren Heimatplaneten zurückgekehrt. Mich haben sie immer gut behandelt, mir den Sabber vom Anzug gewischt …

LA GAZZETTA DELLE VALLI
Puff entdeckt – ein Siebzehnjähriger sein Direktor.

Dann legte sich die imaginäre Erektion. Es war spät geworden, und ich hatte den letzten Zug verpaßt. Wo konnte ich schlafen? Im Bahnhof war es kalt. Verdolin hatte kein Telefon, das Hotel Aubergine war zu weit weg. Da erinnerte ich mich, daß das Gymnasium Guglielmo Volta besetzt war. Ich ging also dorthin, an der Mauer war ein schöner Murales, ich erkannte Verdolins Hand. Ein Schriftzug sagte Berkeley ist hier. Und darunter Sassari auch. Ein politischer Gedankenaustausch zwischen Riccardo und Lussu.

Ich klopfte. Carpaccio Version Wachposten ließ mich ein.

»Saltatempo, toll, wir brauchen Verstärkung, für heute nacht befürchten wir einen faschistischen Überfall.«

»Echt?«

»Man weiß nie«, sagte er mit einer Verschwörermiene.

An die dreißig waren da, einige kannte ich. Da war Baco, der den marxistisch-frankzappistischen Jungen kyberlehrte. Djap, total besoffen, und Marella, die Brünette, die ich versetzt hatte. Sie lächelte mir zu. Siehst du, dachte ich, wenn man sich ziert, gewinnt man.

»Ich habe eine Wohnung gefunden«, verkündete ich, »ich bin wahnsinnig zufrieden, aber ich kann erst Montag einziehen.«

»Das muß gefeiert werden«, sagte Carpaccio, »ich spiele für euch ein Stück von Crosby Stills Nash and Young.«

»Hast du nicht gesagt, wir würden feiern?« sagte Baco.

Carpaccio massakrierte ganz alleine alle vier amerikanischen Musiker in einer richtigen Vietkong Racheattacke.

Eine Diskussion brach los, wer die Teller abwaschen müsse. Baco kam zu mir, er wirkte aufgewühlt.

»Saltatempo, ich muß sofort mit dir sprechen, was Persönliches.«

»Nicht jetzt, ich bitte dich, ich bin todmüde.«

»In Ordnung, nicht heute abend, aber denk' dran, ich muß unbedingt mit jemandem darüber reden.«

Ich wankte ein bißchen und dann erklärte ich:

»Entschuldigt, wenn ich hier den Ungemütlichen mache, aber ich muß jetzt schlafen gehen.«

»Hast du einen Schlafsack?« fragte die Brünette.

»Nein.«

»Ich hab einen.«

Ich folgte ihr die großen Treppen hinauf, dieses Gymnasium war noch älter und desolater als unseres, mit pensionierten, als Büsten in die Wand eingelassenen Lehrern und einem von Verdolin wasserstoffblondgebleichten Guglielmo Marconi. Marella brachte mich in ein Zimmer, das ein Sekretariat sein mußte, Fotokopiergeräte und Schreibtische befanden sich dort, und auf dem verdreckten Teppichboden Überreste von Brötchen und zwei deutlich sichtbare Slips.

»Es ist eines der wärmsten Zimmer«, sagte sie, »und hier ist der Schlafsack.«

»Danke«, sagte ich, schlüpfte hinein und zog den Reißverschluß zu.

»Entschuldige«, sagte Marella lachend, »und wo soll ich schlafen?«

»Ah«, sagte ich und begriff, daß ich nichts begriffen hatte.

Sie machte das Licht aus, zog sich aus, und im Halbdunkel erkannte ich einen athletischen und durchaus erstaunlichen Körper. Marella schlüpfte in den Schlafsack, allerdings mit dem Kopf voran.

»Also, im Dunkeln liegst du falsch«, sagte ich, »da gehört der Kopf nicht hin, sondern die Füße.«

»Also, du bist derjenige, der falsch liegt«, sagte sie langgezogen und schmachtend. Sie schlüpfte hinein und diesmal begriff ich, daß dies keine Stellung zum Schlafen war, jedenfalls nicht gleich.

Ich dachte nur in den ersten Sekunden an Selene. Du bist ein gewissenloses Schwein, dachte ich. Endlich.

8

Eine fabelhaft dionysische Zeit brach für mich an. Marella brachte mir bei, daß jeder Teil des Körpers, gut genutzt und gut bearbeitet, Wonnen und Schwingungen hervorrufen kann. Es ärgerte mich ein bißchen, daß in diesen Schlafsack gelegentlich auch jemand anderer schlüpfte, wie sie voller Ernst einräumte, und einmal sagte ich zu ihr: Wie wär's, wenn wir ihn mal waschen würden? Sie blickte mich zornig an.

Dann geschahen wirklich Dinge. Ich hatte mich gleich in meinem gemieteten Zimmer eingewöhnt, ich hatte endlich meinen eigenen Platz und die Baccis waren sehr gastfreundlich. Sie luden mich oft zum Abendessen ein, und sie waren vollgefressen mit Tortellini, Gemüsekuchen und Cannoli, ich nahm sofort zwei, drei Kilo zu, und wenn sie Kannibalenhexen waren, na ja, was soll's. Wir waren eine schöne kleine Familie, wir vier und der Kater Teofilo, ein rothaariger Gigant, der mit Sardellen und gekochtem Schinken großgezogen wurde. Aber wie in jeder Familie, die auf sich hält, lauerte das Böse bereits im Hinterhalt.

Die drei Kuchenbäckerinnen arbeiteten nachts im Turnus, zwei schufteten, die dritte ruhte aus. Eines Nachts, als ich beim Einschlafen war, ging die Tür auf und Berta trat ein.

»Still!«, sagte sie und zog sich aus.

Wer soll da schon was sagen, dachte ich.

Berta war, trotz ihrer strengen Erscheinung, ein wahrer Matratzenteufel. Sie spreizte ihre langen Beine, daß es war, als würde sie das ganze Zimmer ausfüllen, und dann fing sie an, ganz allein mit leiser Stimme zu sprechen. Nach und nach entdeckte ich, daß es keine Schimpfwörter waren, sondern so etwas wie kleine poetische Sauereien, wie etwa: Gib mir deinen Pirimpimpim, damit er meine Pirimpimpime zärtlich trüffelt, oder: Lauf nur, lauf nur, schönes Pferdchen, denn dein Stütlein ist mächtig heiß. Doch nach einer Weile mußte ich bei all dem Pirimpimpim lachen und dachte, wenn ihr der Geräuschhintergrund gefällt, rede ich auch und sagte, du bist eine richtig süße Sau und jetzt schieb ich dir meine Stange rein.

Ich weiß nicht, ob es die süße Sau oder die Stange war, jedenfalls ging sie ab wie eine Lokomotive, mit Schreien, daß ich ihr den Mund zuhalten mußte, und von dieser Nacht an wurde auch ihr Wortschatz schlimmer, sie sagte Sachen, im Vergleich zu denen de Sade ein Meßdiener war, kurz, wir vögelten und gingen den Wortschatz durch.

In der folgenden Woche, während Berta mit den Crostate zugange war, ging die Türe auf und Vanina kam herein, schon halb nackt. Sie schlüpft unter die Bettdecke, legt sich auf mich, schiebt das dafür vorgesehene Werkzeug in sich hinein und beginnt, sich zu bewegen. Das Merkwürdige ist, daß sie mich anschaut und still ist. Sie wiegt sich und wiegt sich und sagt kein Wort, sie lächelt ein bißchen, und ich frage sie, gefällt es dir denn oder nicht, und sie ist still und wiegt sich und wiegt sich, und ich liege da und mache die Schaufel. Und genau in dem Augenblick, als ich sie fragen will: bist du nun wirklich oder bist du eine Täuschung, Püppchen, stößt sie einen Koyotenschrei aus und kommt innerhalb von drei Sekunden und beißt mir ein Ohr blutig.

»Entschuldige«, sagt sie, »ich weiß, ich bin sonderbar: mein früherer Freund sagte, ich falle in Trance.«

Trance oder nicht, hat man den Mechanismus erst einmal begriffen, kann man beruhigt sein. Ich muß mich nur in die Lage versetzen, mehr oder weniger vorauszusehen, wann der Koyotenschrei und der ohrenmörderische Biß kommt, und ich lerne, daß man es kalkulieren kann, denn ungefähr eine Minute vor der Explosion fängt sie an zu schwitzen, wenn Perlen auf die Lippe treten, bedeutet das, daß der Koyote im Anmarsch ist, dann bedecke ich meine Ohren und kann ebenfalls genießen.

Bei drei Frauen, dachte ich, konnte ich mich für den zufriedensten aller Eroberer halten und im Grunde: fehlte mir Selene denn wirklich?

Sie fehlte mir wirklich, und zwar sehr.

Aber das war eine andere Geschichte, und im übrigen gab es noch weitere Überraschungen.

Ich und Fred waren Freunde geworden. Er war von Natur aus lustig und abgesehen von seiner Manie, sich mit hundert Sachen zwischen zwei Busse zu schieben, war er auch ein intelligenter Bursche.

»Ich weiß, auf dem Motorrad knalle ich durch«, sagte er, »aber im Leben muß man mindestens zwei oder drei Dinge mit Vollgas durchziehen, ohne groß darüber nachzudenken. In unserem Alter muß man den Geschwindigkeitsanzeiger bis ganz zum hinteren Anschlag treiben und die Nadel zum Himmel schießen lassen. Danach gibt es dann eine Zeit, wo man langsamer machen kann.«

Er erzählte mir, daß er eine gelähmte Mutter hatte, die er seit Jahren versorgte. Nach und nach erzählte er mir sein Leben, über die beiden Jahre, in denen er nicht lernen konnte, die mühsame Erlangung seiner Fröhlichkeit. Das einzige, was mir entging, war, wieso ich ihn nie mit einer Frau zusammen sah, und dabei hingen sie doch wie Trauben an ihm.

Eines Morgens schwänzten wir die Schule, die Sonne schien, und wir beschlossen, mit dem Motorrad auf die Hügel zu fahren. In drei Minuten und sechs Sekunden waren wir auf einer Wiese. Wir legten uns hin und aßen die Brioches der Firma Mama Bacci & Töchter, inzwischen war ich zum fressenden Ausbeuter geworden.

»Weißt du, Fred«, sagte ich, »ich werde dir etwas gestehen. Ich habe nie viele Mädchen gehabt. Ja, eigentlich nur eine, die ich vielleicht noch immer liebe. Na ja, in diesem Monat habe ich drei angesammelt. Wieviele Mädchen hast du gehabt?«

»Mädchen, zwei«, antwortete er.

»Ach, ich dachte mehr«, sagte ich.

»Aber Jungs, eine ganze Menge.«

Ich verschluckte eine Kilo-Kugel. Ich war völlig regungslos, mit dem Hintern auf die Wiese gepreßt, Vorurteile fielen wie Wespen über mich her. Natürlich war ich für die sexuelle Befreiung. Doch eines ist ein Redebeitrag auf einer Versammlung oder das Lesen von Wilde, etwas ganz anderes ein schwuler Freund, der einen Schritt entfernt ist, ein Freund, an dessen Rücken ich bis vor einem Augenblick noch angewurzelt war. Ich fühlte, daß ich irgend etwas sagen mußte.

»Jungs… du meinst richtige Jungs?«

Das war kein entscheidender Satz im Hinblick auf die sexuelle Weltbefreiung.

»Ja, klar«, sagte Fred lachend, »hast du das nicht schon begriffen?«

»Ehrlich gesagt, nein.«

»Na ja, eigentlich würde ich es gerne allen sagen, aber das ist nicht so einfach. Vielleicht ändert sich ja jetzt was, ich muß mich nicht mehr so verstecken. Aber von diesem Punkt bis zu einer wirklichen Leichtigkeit und Heiterkeit, ist der Weg noch lang. Also weiche ich vielleicht aus, mache eine witzige Bemerkung, spiele den Klugen. Mach' dir nichts draus, wenn du jetzt verlegen bist, das kommt vor.«

Er war es, der mich beruhigte.

»Entschuldige, Fred. Ich bin auf dem Land geboren, in einem Dorf. Auch mein Vater und mein Onkel haben gesagt: der schwule Apotheker. Aber dann sind sie allmählich Freunde geworden. Man muß die Dinge kennen. Jetzt nennt man sie beim Namen, da sagt man: der schwule Nicola.«

»Natürlich muß man die Dinge kennen«, sagte Fred, »ich kenne beispielsweise ein Lokal, das heißt Die Gang, wir sind alle Motorradfahrer und viele von uns sind gay oder, wenn du das lieber magst, schwul. Auch Lastwagenfahrer kommen dahin und auch der eine oder andere Hetero wie du. Soll ich dich mal mitnehmen?«

»Ich bin noch nicht soweit«, gab ich aufrichtig zu.

Wir sprachen lange miteinander. Er erzählte mir, wie er es entdeckt hatte, wie er eine Woche lang im Bett geblieben war, so, als würde er sich krank fühlen. Und wie glücklich er jetzt war.

»Und hast du eine große Liebe?« fragte ich.

»Ja, aber wir haben uns getrennt«, sagte er, »ich sehe ihn schon seit Monaten nicht mehr.«

Ich hatte eine Vision. Selene auf einem Motorrad, zusammen mit einem schwulen Macho mit nackter Brust.

»Und wie sieht er aus?«

»Schön, blond, halb Norweger, eitel, ein bißchen bösartig und sehr zärtlich, wenn er will.«

»Meine ist schön, blond, halb vom Land, ein bißchen verwöhnt und sehr zärtlich, wenn sie will.«

Einen Augenblick war Stille.

»Wir sind beide einsam«, sagte ich und seufzte.

»Schon, aber du bist nicht mein Typ«, sagte Fred, »ich mag große, kräftige Typen.«

Fast war ich enttäuscht.

In der Zeitungsredaktion lernte ich große Dinge. Zum Beispiel, daß ein Siebzigjähriger auf einem Motorrad in jedem Fall Kentaur genannt wird. Daß, wenn man sich in der Gemeinderatssitzung gegenseitig ins Gesicht schlägt, man schreiben muß »eine erregte Sitzung gestern im Gemeinderat«. Daß, wenn ein armes Schwein angeklagt wird, man von »schwerwiegenden Vorwürfen zu Lasten ...« schreiben muß und man ihn nicht interviewen darf; wenn es ein Mächtiger ist, schreibt man »... wurden Ermittlungen eingeleitet« und man interviewt den, gegen den ermittelt wird, damit er sich umgehend verteidigen kann. In dieser Zeit hatte Fefelli drei Prozesse, entkam aber vom einen zum anderen, vertagte, sagte, es handele sich um eine Verschwörung der Staatsanwälte, und wußte nicht, daß diese Haltung Schule machen würde. Ich erfuhr, daß er der eigentliche Eigentümer der Gesellschaft Residence Roselle war, gemeinsam mit einem gewissen Arcari, einem aufsteigenden Finanzmakler. Und sie waren auch Gesellschafter der Firma, die den Berg ausgehoben und gerodet hatte. Wer weiß, ob das auch in Papas Heft niedergeschrieben war. Doch wie Bedisco sagte, keine Verurteilung ohne Beweise, in zwanzig Jahren meiner journalistischen Tätigkeit habe ich nicht eine Klage an den Hals bekommen.

Geht ja auch nicht anders, zischte Giason, er scheißt sich doch von morgens bis abends die Hosen voll. Giason hatte Zuneigung zu mir gefaßt, vielleicht machte ich ihn ja neugierig. Er verstand nicht, was meine Leidenschaft für Poe mit meinem fußballerischen Kampfeinsatz bei Dinamo zu tun hatte. Eines Tages spielte er mir einen Streich, er reihte mich unter die Torschützen unserer Liga mit neunundsiebzig Toren ein, hätte ich es nicht bemerkt, wäre eine Katastrophe passiert. Dann brachte er mir bei, Stopfnachrichten zu fabrizieren, das heißt Lückenfüller. Oft kam es vor, daß sich in der Stadt überhaupt nichts tat, und die Seite blieb halb leer. Das glich man dann aus, indem man den Nudelhaufen von Professor Lavaretti Finzi über die Mosaiken von Santa Marta al Colle ausbreitete oder das Foto des neuen stellvertretenden Polizeipräsidenten von zwei Spalten über vier Spalten ausdehnte. Doch manchmal brauchte man kleine Nachrichten, um die Leerstellen am Ende der Spalte auszufüllen, und dann, nachdem alle Fahrradstürze und alle Hammerschläge auf Finger aufgebraucht waren, machte man sich an die Fabrikation von Füllnachrichten. Beispiel:

Als Signor Camola Remo in seiner Wohnung in der Via Erliobnz (Name unverständlich) einen Schrank verrückte, fiel von dem Möbelstück ein Bild herunter, das ihn am Kopf traf. Nachdem er im Krankenhaus ärztlich versorgt worden war, wurde er aus demselben wieder entlassen.

Diese schnelle Entlassung war notwendig, um zu verhindern, daß jemand kontrollierte, ob Camola wirklich in irgendeine Abteilung eingewiesen worden war.

Oder: Hornisse sticht Radfahrer, zum Glück ohne schwere Folgen und so weiter.

Ich erfand die folgende Nachricht:

Ein Abenteuer mit Schrecken nahm für den kleinen achtjährigen Arturo Bonciarini ein glückliches Ende. Während er rückwärts gelehnt in einer Seifenkiste die Kurven der Via Larga hinunterfuhr, sah er plötzlich die Reifen eines Großlastwagens vor sich, der aus entgegengesetzter Richtung kam. Glücklicherweise fuhr der Kleine unter dem Lastwagen durch und blieb völlig unversehrt. Die Eltern kamen vor Angst fast um und waren erleichtert, als die Gefahr überstanden war.

»Nicht schlecht«, sagte Giason.

In der darauffolgenden Woche bat er mich wieder um eine Nachricht und ich schrieb:

Ein Abenteuer mit Schrecken für den kleinen achtjährigen Arturo Bonciarini. Als er mit dem Fahrrad auf dem Deich am Runco fuhr, verlor er die Kontrolle über das Rad und rollte den Abhang hinunter. Glücklicherweise fiel er in einen ein Meter tiefen Wassergraben, der den Sturz abfederte und das Ertrinken des Kindes verhinderte. Für die Eltern war die Angst groß und sie wirkten erleichtert angesichts der überstandenen Gefahr.

Zwei Tage später erreichte folgender Brief die Redaktion:

Sagen Sie bitte den Eltern des kleinen Arturo Bonciarini, sie sollten ihn zu Hause behalten oder ihm doch wenigstens Seifenkisten, Fahrräder und andere Transportmittel wegnehmen. Ein besorgter Leser.

Glücklicherweise merkte Bedisco nichts davon.

An diesem Abend schrieb ich zu meiner eigenen Unterhaltung ein Stück, in dem Arturo Bonciarini das Haus auf dem Fahrrad verließ und mit zehn Gefahren zurechtkommen mußte, nämlich mit einem Bienenschwarm, einem Vanilleeisfleck auf dem Asphalt, dem Angriff einer Bulldogge, einem Ballschuß ins Gesicht, einem Durchfall während eines Spurts auf ansteigender Straße, einem Ast im Auge und zum Schluß dem Bruch des Fahrrads, das in zwei Teile brach, und es ihm gelang, sich, wie im Zirkus, auf einem einzigen Rad zu halten.

Ich weiß nicht wie, jedenfalls Giason las das Stück und sagte: Komm mal her, Saltatempo.

Ich erwartete mir eine Gardinenpredigt, wurde aber überrascht.

»Das, was ich aus deinem Stück herauslese«, seufzte er, »ist, zu meinem großen Leidwesen, Talent. Natürliches, reines, kristallklares Talent. Das, was ich niemals hatte, nicht habe und niemals haben werde. Als ich den Lehrerberuf aufgab, war ich sicher, ich würde besser schreiben als irgendwer sonst. Aber leider muß ich sagen, daß ich zwar ein Schriftsteller bin, aber eben ein mittelmäßiger. In dir ein Talent zu erkennen, zerreißt mir das Herz, aber es liegt so offen zu Tag, daß ich dir sagen muß: mach' weiter. Vergeude diese Gabe nicht.«

Ich brauchte viele Jahre, bevor ich wieder etwas Ähnliches schreiben konnte, doch Giasons Worte bewahrte ich in mir. Wir gingen zusammen weg, er spendierte mir einen Espresso in der Bar. Er erzählte mir von seinen Träumen, von seinen Büchern. Und ich verstand, daß dieser Mann, den ich so rasch verachtet und bemitleidet hatte, sich für die gleichen Dinge interessierte, die gleichen Träume träumte wie ich. Und ich schämte mich. Von da an war Giason stets mein Komplize, und ich entdeckte, daß sich hinter einer riesigen Fliege und albern gefärbten Haaren ein Dichter verbergen kann, und hinter einem Dichter, der wie ein Dichter gekleidet ist, kann sich Leere verbergen. Er gab mir einige seiner Erzählungen. Sie waren wirklich schön. Versuche doch, sie zu veröffentlichen, sagte ich. Zu spät, sagte er und strich sich mit der Hand über seine dobermannfarbenen Haare. Lieber Saltatempo, im Leben, das vor dir liegt, versuche, diese beiden verfluchten Worte niemals auszusprechen: »zu spät«.

Als wir in die Redaktion zurückkamen, wurde mir der Beweis dafür geliefert. Eine kurze Notiz lag vor: Fahrradfahrer auf der Valligiana erfaßt und getötet. Und darunter: Der Rentner Lollini Mercurio, 72, besser bekannt unter seinem Spitznamen Karamasow … und dann die letzten Zeilen … Der Autofahrer hielt nicht an, um zu helfen, er fuhr weiter.

An dem Samstag wollte ich nach Hause fahren und hatte es nicht getan. Das Begräbnis hatte bereits stattgefunden. Jetzt war es zu spät, Abschied zu nehmen vom Genossen Karamasow, der nun endlich sehen würde, ob Rußland besser war oder das Paradies.

Am nächsten Morgen rief ich meinen Vater an, er war sehr traurig, ich sagte ihm, ich komme sofort. Mein Zug fuhr auf Gleis acht ein, um gleich in mein Dorf zurückzufahren. Beim Einsteigen sah ich Schillaci, Riggio und andere Arbeiter der Zementfabrik aussteigen. Heh, sagte Riggio, was machst du denn, kommst du nicht mit zur Demonstration? Was für eine, fragte ich. Du bist wirklich ein Scheißgymnasiast, heute gibt es eine Einheitsdemonstration, die Arbeiter für den Akkordstreit und die Studenten und Gymnasiasten, weil zwölf von euch in Turin wegen einer Besetzung verhaftet wurden. Was ist also, willst du abhauen? Und ich sah, daß aus den Zügen eine riesige Menschenmenge mit roten Fahnen ausstieg. So machte ich mich auf den Weg zu meiner ersten Demonstration. Wir waren viele, ich sah die Scharen von Arbeitern mit Trommeln und Spruchbändern, bestens organisiert, ich sah die Leute, die uns vorbeigehen sahen, einige von ihnen solidarisch, andere feindselig, wieder andere wie die Kuh, wenn der Zug vorüberfährt. Ich sah, wie die hohen Herren unter Pfiffen gesenkten Hauptes weggingen. Wir waren in unterschiedliche Einheiten des Demontrationszuges unterteilt. Die Superharten, die organisierten Harten, die kreativen Harten, die chaotischen Harten. Unsere Gruppe befand sich ein bißchen abseits, wir wurden definiert als anarchistische Intimisten, und Scheißkerle dazu, fügte einer hinzu. Ich roch zum ersten Mal den Geruch von Tränengas. Eine Tränengasbombe explodierte nur wenige Meter von uns entfernt. Carpaccio gab Verdolin eine Zitrone, damit er sie auspressen und sich mit dem Saft die Augen behandeln konnte. Verdolin aß sie. Ich rief Sprechchöre mit den anderen, mit schon heiserer Stimme, und dachte, was Karamasow wohl gesagt haben würde und was mein Vater in diesem Augenblick wohl machte. Ob Selene von der Demonstration wußte, ob sie vielleicht sogar da war und diesen Aufmarsch von einem Fenster aus verfolgte, ob sie wohl verwirrt oder gleichgültig war. Ich sah, wie sich Leute im Demonstrationszug prügelten, und ein Arbeiter schrie: steht ihr hinter uns oder hinter denen? Ich hörte das Zerbersten eines Schaufensters. Verdolin sagte mir mit gierigem Blick, ein bißchen weiter da vorne gibt es ein Farbengeschäft. Vergiß es, sagte ich. Ich sah, wie Tamara den Schildpanzer der Polizei angriff. Sie hielt inne, Aug in Aug vor einem jungen Polizisten, sie sagte: laßt uns durch, wir haben das Recht, öffentlich zu demonstrieren. Wir stellten uns neben sie. Die Rüstung bewegte sich, und ich fing mir einen Schlag mit dem Schlagstock auf die Schulter ein, ich stürzte zu Boden, ich hatte Angst. Als ich wieder aufstand, luden sie Tamara in einen kleinen Transporter, sie wand sich los und konnte fliehen. Ich sah ein umgestürztes Auto und in einem Geschäft ein brennendes Hochzeitskleid, das war surreal, ich blieb stehen und schaute fasziniert dorthin und wurde vom Demonstrationszug getrennt. Lauf, lauf, rief Verdolin plötzlich, die Faschisten. Weit hinten aus einer Nebenstraße kamen sie an, an die fünfzig, mit Tüchern im Gesicht, bewaffnet mit Stangen und Ketten. Für die Polizei waren sie unsichtbar, ein Polizist drehte sich sogar weg und tat so, als würde er das Telefon benutzen. Eilig lief ich ins einzig offene Geschäft, eine ganz kleine Kurzwarenhandlung. Drinnen stand eine alte Frau, die in aller Ruhe die Ware ordnete.

»Bitte«, sagte ich, »werfen Sie mich nicht raus.«

»Was glaubst du«, sagte sie, »warum ich das Geschäft offenhalte? Im rückwärtigen Teil sind schon andere zehn.«

Und sie ordnete weiter ihre Knöpfe.

In der Mitte des Schuljahres kehrte ich für zwei Ereignisse von grundlegender Bedeutung ins Dorf zurück. Die Begegnung Dinamo-Libertas San Rocco für die Spitzenreiterposition in unserer Liga und für das Aufeinandertreffen Onkel Nevio-Sponda für das Amt des Bürgermeisters.

Die Libertas stand auf Platz eins mit siebzehn Punkten, wir auf Platz zwei mit sechzehn Punkten. Ein Sieg bedeutete, die Meisterschaft mit einer schweren Hypothek belasten, erklärte ich, der die journalistische Sprache inzwischen aus dem Effeff beherrschte.

Das big match versammelte mehr als tausend Zuschauer auf dem Sportplatz, von denen ungefähr hundert zu San Rocco gehörten und von ihrem Pfarrer angeführt wurden, mit Kuhglocken und Tröten. Die Libertas kam im Bus an. Die Spieler hatten gelbe Taschen mit der Aufschrift San Rocco und die waren wunderbar. Sie hatten Schuhe mit einem weißen Streifen. Die Trikots waren goldfarben wie die von Brasilien. Im Vergleich dazu hatten unsere schon durch Waschen die Farbe verloren und sahen aus wie Unterhemden von Maurern. Doch beim Anpfiff war deutlich, daß, wenngleich sie Taschen und Superschuhe hatten, wir viel zorniger und motivierter waren. Wir bekamen einen Pfostenschuß in der zehnten und einen in der zwanzigsten Minute. In der dreißigsten wehrte ein Verteidiger mit seinem Hintern einen Kopfball von mir ab, der, so schien es, schon drinnen gewesen war. Dann machten wir ein Eigentor, ein richtiger Rückschuß, mit drei unglaublichen Aufschlägen. Gleich darauf schoß Roda mit großer Sicherheit und traf zuerst den Querpfosten, dann den Seitenpfosten. Es war klar, daß Gott partisanisch und schamlos auf der Seite von San Rocco stand. Ihr Pfarrer verfolgte das Spiel mit gefalteten Händen. Es gab eine Direktverbindung. Die erste Halbzeit ging damit zu Ende, daß Pieroni humpelte.

»Jungs«, sagte Roda, »das hier ist, als würde man sich den Arsch mit Revolverschüssen abputzen, das schaffen wir nie, die haben einen Pakt mit ihrem Heiligen«, und es folgte eine Salve von Flüchen und Kraftausdrücken.

Wir erwarteten einen Ermutigungsbesuch von Onkel Nevio, aber er kam nicht.

Als wir wieder auf den Platz liefen, verstanden wir den Grund für seine Abwesenheit. Er saß am Rand des Spielfeldes und bei ihm auf der Bank saß unser Pfarrer mit den beiden größten Betschwestern des Dorfes. Onkel Nevio zeigte dem Obersten Schiedsrichter deutlich, daß auch wir unsere Beziehungen hatten.

Der Zauber löste sich. Grillomartino glich mit einem Fallrückzieher aus. Dann, nach einem Querpaß von Schillaci, flog Roda in den Himmel mit Engelschor und Kopf und führte uns zum zwei zu eins.

Das war der Triumph. Don Brusco kam in die Umkleidekabinen und segnete uns alle. Onkel Nevio gab uns Zeichen, daß wir brav sein sollten. Dann erklärte er:

»Ich habe eine Offerte für die Kirche gegeben und auch versprochen, daß keiner von euch bis zum Ende der Meisterschaft auf dem Spielfeld fluchen würde. Bitte, respektiert das Versprechen.«

Onkel Nevio wurde mit achtundfünfzig Prozent der Stimmen zum Bürgermeister gewählt. Die doppelten Gewehrläufe feuerten die ganze Nacht über und es gab ein allgemeines Besäufnis, Rauch von Mettwürsten wie wenn der Ätna wiedererwachen würde, Chöre und ein bewegendes Gedenken für Karamasow.

Die ersten Ereignisse nach der Amtsübernahme von Onkel Nevio waren unterschiedlich. Die ungute Überraschung war, daß Dinamo von der Meisterschaft ausgeschlossen wurde. Eine knappe Mitteilung von der Fußball-Föderation erläuterte unsere Unregelmäßigkeiten: Tiramolla-Sprungfeder Didí durfte nicht spielen, weil Ausländer, Ciccio Mia und Grillomartino hatten bereits einen Ausweis für eine Junioren-Mannschaft, Spielfeld und Umkleideräume entsprachen nicht den Regeln und die Frist für die Anmeldegebühr war abgelaufen. Wir verschwanden zwar aus den Ranglisten, nicht aber aus der Geschichte. Roda ging für eine Million und ein Vespa-Dreirad zu einer Mannschaft der Oberliga, Onkel Nevio teilte die Million unter uns auf und schenkte das Vespa-Dreirad Tiramolla, der ein Reinigungsunternehmen in der Stadt aufmachte, und er war einer der ersten Schwarzen, der skandalöserweise ein Bankkonto besaß.

Die zweite vorhersehbare, aber gleichwohl schlimme Nachricht war die Wahl Fefellis zum Abgeordneten, mit dem auf der Stelle folgenden Versprechen, daß er ein neues, riesiges Residenzdorf mit Golfplatz neben dem Residence delle Roselle bauen lassen würde, ebenso ein Wasserkraftwerk am Fluß, um das Tal mit mehr Strom zu versorgen, das hieß die Industrieunternehmen.

Dann kamen die guten Nachrichten. Onkel Nevio durchstöberte die Regionalgesetze und erließ eine Verfügung, die jede weitere Abholzung des Monte Mario untersagte, und schwor, daß er jedes Wasserkraftwerk blockieren, Wildschweine zum Wühlen auf den Golfplatz schicken und Villa Meringa wegen verzuckerter Verunstaltung der Landschaft niederreißen lassen würde. Die beiden zuletzt genannten Dinge sagte er zwar nicht im Gemeinderat, aber uns im Privaten. Außerdem kündigte er an, daß, nachdem die alten Pläne abgelehnt worden waren, ein dem Fluß gewidmeter Brunnen gebaut würde, und die Entwürfe sollten Chicco und mein Vater erarbeiten, unter der Leitung des berühmten Brunnenbauers De Pirris, der aus einer ortsansässigen Familie stammte.

Wir waren alle versetzt worden, und der Sommer kam und verging viel zu schnell, matt und voller Mond. Wir genossen die Bar, den Wald, den Fluß und träumten davon, wie das Nachtspiel Dinamo-Mailand wohl gewesen wäre. Gancio kehrte vom Meer zurück, er war braungebrannt und hatte sich einen Drachen auf den Arm tätowieren lassen. Für alle sah er relativ gut aus, doch nicht für mich, der ihn in- und auswendig kannte. Das perfekte Paar Schiassi-Verdolin kam uns besuchen und blieb ein paar Tage im Dorf. Verdolin zeichnete von einer Fotografie ein großes Portrait von Karamasow als berittenem Kosaken, das in der Bar aufgehängt wurde, und eine nackte Loren ausschließlich für Balduino. Tamara kam mich besuchen, und wir verbrachten einen Tag zusammen. Ich war beeindruckt und überrascht, sie in dem Graben am Fluß zu sehen und zu beobachten, wie sie spielte und sich mit Wasser bespritzte. Wer weiß, warum ich sie so ernst sah, aus tiefer Achtung hatte ich sie älter gemacht, aber sie war erst siebzehn.

»Saltatempo«, sagte sie, auf einem Handtuch liegend, »du verliebst dich nie in mich, weil ich nicht wirklich gut aussehe, stimmt's?«

»Tamara«, antwortete ich, »ich glaube schon, daß es so ist, aber ich bin sicher, daß sich viele in dich verlieben werden.«

»Ich schätze deine Ehrlichkeit und deinen Wunsch für meine Zukunft«, sagte Tamara.

»Hoffentlich verliebt sich Riccardo nicht in dich«, fügte ich hinzu.

Am selben Abend fand ein Tanzen im Freien statt, und ich sah zu meiner großen Überraschung, wie Tamara sich selbstvergessen mit Loris Arduini küßte.

Ich fühlte mich als Prophet. Doch als ich Roda und Mediga, Papa und Regina, Verdolin und die Schiassi, Tamara und den rechten Verteidiger, Dondolo und ihren Geigerfreund und Balduino mit seiner Mutter sah, bekam ich einen Stich im Bauch. Der Rhythmus der Ziehharmonika setzte das Uhrbiwerk in Gang, das mich zurückkehren ließ und mir jede mit Selene gegessene Nuß und jeden Kuß und jede Vögelei und jeden Streit in Erinnerung brachte. Ich dachte: Ich muß sofort mit jemandem darüber reden, weil ich sonst platze. Ich sah Baco und stürzte mich auf ihn.

»Saltatempo«, sagte er, »ein Glück, das du hier bist. Ich muß sofort mit jemandem sprechen, weil ich sonst platze.«

Er hatte es zuerst gesagt.

»Siehst du«, begann er tiefernst, »in diesem Jahr hat sich mein Leben völlig verändert, unglaubliche Dinge sind mir passiert. Du weißt doch, daß ich die Studienrätin Tania geliebt habe oder jedenfalls meinte, sie zu lieben. Na, und einmal hat sie mich zu sich nach Hause eingeladen. Alles war perfekt, der Weißwein, die Tischlampe mit schwachem Licht, und wir haben angefangen, über Chips zu reden und darüber, was die Amerikaner in Silicon Valley machen und über die Zukunft der Information. Sie trug einen Schottenrock, sie ist zwar nicht mehr ganz jung, hat aber immer schöne Beine gehabt, daher hatte sie sie auch an diesem Abend, und sie hatte getrunken und dann…«

»Und dann?«

»Dann… nichts. Es war alles perfekt, aber ich habe keinen Finger gerührt, um Mitternacht bin ich gegangen, da war etwas Merkwürdiges in meinem Gefühlschip. Bis ich es bei der Besetzung des Naturwissenschaftlichen Gymnasiums begriffen habe. Erinnerst du dich, daß ich mit einem blonden Jungen gesprochen habe, der einen Ohrring trug? Na ja, ich sah ihm in die Augen und schwitzte, ich redete mit ihm, und er hörte mir zu, und ich fühlte etwas Besonderes, etwas Eigentümliches, ich habe eine Weile gebraucht, um es mir einzugestehen. Am nächsten Tag hatte ich Lust, ihn wiederzusehen, und eines Abends…«

»Mach's kurz, Baco. Du stehst auf Jungs«, sagte ich mit der Sicherheit eines erfahrenen Mannes.

»Na ja, ich glaube es, nein, ich weiß es. Ja. Doch an jenem Abend sind wir weggegangen, ich hatte begriffen, daß er normal war, hetero sollte ich eigentlich sagen, kurz, da war nichts zu machen oder ich hatte nicht die Courage, etwas zu machen. Erstaunt dich das alles? Bist du jetzt noch mein Freund? Was soll ich tun?«

»Baco«, seufzte ich, »in der Kybernetik bist du weit voraus, aber weit zurück in dem, was die Physik der Gefühle angeht. Du mußt einen finden, der dir gefällt, mit dem du deine ersten Erfahrungen machen kannst, das ist alles.«

»Ich weiß gar nicht, wo ich anfangen soll«, sagte Baco, »ich bin blockiert, durcheinander. Findest du mich irgendwie passabel, ich meine durchschnittlich männlich?«

»Du ähnelst Clark Kent«, sagte ich überzeugt, »du bist groß, kräftig, mit Brille ...«

Das stimmte zwar nicht so ganz, doch wichtig war es, ihm den Mund wäßrig zu machen.

»Clark Kent, Nembokid?«, sagte er mit weit aufgerissenen Augen, »wirklich? Ach komm', du nimmst mich doch auf den Arm.«

»Baco«, fragte ich, »wer in unserer Klasse sind die, die am besten aussehen, deiner Meinung nach?«

»Bobo, aber der ist ein kleines langweiliges Faschistenschwein, du, weil du hier vor mir stehst, und Fred.«

»Du hast einen perversen Geschmack«, sagte ich, »sei morgen abend an der Mefisto-Bar. Frag' mich nicht, warum. Sei still. Und tanz' jetzt mit einer Frau, es könnte das letzte Mal sein.«

Am nächsten Morgen rief ich Fred an und sagte:

»Magst du immer noch Große und Kräftige?«

»Sicher.«

»Und mit Brille?«

»Brille finde ich ungeheuer sexy.«

»Und schüchtern?«

»Ist das Größte.«

»Na, dann schwing' dich aufs Motorrad und komm' in mein Dorf, frag', wo das Mefisto ist, da findet ein kleines Fest statt.«

»Um acht fahr ich los.«

Am Abend dann waren wir alle an der Mefisto-Bar, ich, Baco, Gancio, Nora und die quirligen Mädchen aus Messina. Ich sagte Baco gleich, Fred kommt auch, ich glaube, er kommt gegen zehn. Während wir miteinander redeten, hörten wir das Geräusch eines Motorrads, das die drei Kurven am Eingang des Dorfes auf sich nahm, dann die Gänge auf der geraden Straße bei den Roselle wechselte, vor der Piazza herunterschaltete, stehenblieb und nach Auskunft fragte, wieder mit Vollgas losschoß, die abschüssige Straße zum Fußballplatz nahm und nach rechts zur Mefisto-Bar abbog.

Die Tür zum Saloon flog auf und Fred erschien, in Lederjacke, Polizeischirmmütze und verspiegelter Brille.

»Vierzig Minuten, ein Durchschnitt von hundert, nicht schlecht, oder?«

Er hatte alles mit einem Blick erfaßt. Er setzte sich neben Baco und sagte zu ihm:

»Weißt du, daß du genau so aussiehst wie der aus den Comics?«

»Clark Kent?« fragte Baco.

»Nein, Superbone, der aus Monello.«

Sie tranken viele Gläser Bier und es gab einen Wettkampf, wer die besten Witze erzählen und wer am besten imitieren konnte. Ich füßelte erfolgreich mit Nuccia. Gancio kotzte diesmal nicht. Und am Ende fuhren Baco und Fred gemeinsam weg. Ich hatte meine gute, vor allem aber selbstlose Tat getan.

Ich ging nach Hause, auf der Wiese kniete ich mich hin und rief zum Himmel:

»Gott, mein Gott, siehst du denn nicht, wie gut ich bin, wie einsam ich bin und wie großzügig ich bin, gib mir doch Selene wieder.«

Und sogleich spürte ich eine Zunge im Nacken.

Es war Rufus.

Ich verstehe etwas von der Deutung göttlicher Zeichen. Also ging ich ins Bett.

Dritter Teil

1

Ein Jahr kündigte sich an, das im Gedächtnis der Geschichte des Jahrhunderts bleiben würde, aber auch der Geschichte Saltatempos. Im Verlauf dieses Jahres kamen mir die Dinge, die sich bald ereigneten, manchmal bedeutender vor als das, was sich um mich herum veränderte. Erst im nachhinein, beim Zurückblicken, verstand ich, daß ich im Zentrum einer großen Galaxie von Umwälzungen und Entdeckungen lebte, und auf meinem Winzlingsplaneten ereigneten sich ebenso viele. Von den Sternen erreichten mich Signale und ich sandte sie wieder zu den Sternen zurück. Nur eine einzige Sache war mir bewußt: die grundlegende Kraft dieses Universums war die Anziehung der Freiheit, die alle mit einer Wahnsinnsgeschwindigkeit aufsog. Die einen widerstanden, indem sie sich an den Ballast überholter Ideen oder an die Kette der Angst festklammerten, doch andere flogen zu Tausenden durch diesen neuen Raum, einige an Bord bequemer Raumschiffe, andere ritten auf Kometen und Halluzinationen und wieder andere in einer Kriegsmission gegen die Aliens des Systems. Meine beiden Uhren liefen fleißig in diesem Jahr, manchmal als Verbündete, andere Male stachen sie die spitzen Zeiger in das Zifferblatt der jeweils anderen, in einem Duell zwischen meinen Erdbeben und denen der Welt. Wenn dieses Jahr in der Geschichte viele Jahre gedauert hat, dauerte es ebenso lange in meinem Schmerz und in meinen Leidenschaften.

Nach dem Sommer in meinem Dorf kehrte ich in mein kleines Zimmer in der Stadt zurück, in der Hoffnung, dort wieder meine Bigamie-Verhältnisse anzutreffen. Ich fand eine schöne Überraschung vor, die Dusche im Bad. Doch merkte ich, daß irgend etwas anders geworden war. Berta und Vanina waren argwöhnisch, sie kontrollierten jeden meiner Schritte. Nur Mama Elide war ruhig wie immer und entschärfte die Spannungen mit einem Sesambrötchen oder einer Crostata mit Aprikosen.

Eines Nachts hatte ich gerade die Liebestrance mit Vanina hinter mir, und sie stand unter der Neudusche und sang *Quando dico che ti amo credi a me* (T. Renis). Glaub mir, wenn ich dir sage, daß ich dich liebe. Da ging die Türe auf und Berta kam herein.

»Amore«, sagte sie, »ich halte das nicht mehr aus, unten zu sein, Mama ist kandierte Früchte kaufen gegangen, ich hab' das Geschäft abgeschlossen, komm', machen wir's rasch, ich hab' solche Lust.«

Wie üblich, dachte ich an einen dreifachen Ausweg.

Erstens, ich habe mir eine sommerliche Geschlechtskrankheit eingefangen, die sich auch über den Atem überträgt, lauf' weg und rette dich;

Zweitens, ich höre Geräusche in der Bäckerei, ich weiß, daß eine gefährliche Bande von Krapfendieben unterwegs ist, laufen wir runter und sehen nach;

Drittens, ich bin kein Irdischer, ich bin ein Nevorianer, und heute ist der Tag der Woche, in der ich keine Geschlechtsteile besitze.

Aber dafür war keine Zeit: Vanina kam nackt aus der Dusche, und Berta stieß einen Schrei aus, Vanina lief ihr hinterher, und ich dachte: von morgen an geh ich zum Schlafen wieder ins Hotel Aubergine zurück.

Aber nichts.

Die Ménage ging weiter, als wäre nichts geschehen. Ich weiß nicht, welchen teuflischen Pakt die Schwestern geschlossen hatten, keine wollte etwas darüber sagen und meine Teilung ging weiter.

Eines Nachts schleppte ich am Großmarkt Kisten von einem offenen Lastwagen, ein Unwetter brach los, ich war in Hemdsärmeln. Tags darauf hatte ich neununddreißig Fieber. Das war seit meiner Diphtherie nicht mehr vorgekommen. Ich schlüpfte unter die Bettdecke. Ich wurde mit Aufmerksamkeiten und Bouillon bedacht, auch die Katze kam mich besuchen und schlief auf dem Bett, was mehr hätte ich mir wünschen können?

Innerhalb einer Woche war das Fieber vorüber, ich beschloß, daß ich noch einen Tag länger im Bett bleibe, danach würde ich wieder zur Schule gehen. Es war ein ruhiger Nachmittag, ein Duft von Bignès mit Cremefüllung wiegte meinen Halbschlaf. Signora Elide kam herein, mit Tee und kleinem Gebäck.

»Unser Saltatempo ist geheilt«, sagte sie, »er ist ein schöner kräftiger Bursche«, und sie fing an, mir den Kopf auf nicht konventionelle Art zu streicheln.

»Ja, es geht mir besser«, antwortete ich und schob mich ein bißchen zur Seite.

»Nun ja«, sagte sie und legte ihre Hände auf die Hüften, »jetzt, wo ich dich gesund gepflegt habe, verdiene ich da nicht eine Belohnung?«

Ich antwortete nichts. Das durfte einfach nicht wahr sein. Signora Elide war zwar noch begehrenswert, aber wie man so sagt: sie hätte meine Mutter sein können.

»Kurz und gut«, sagte Elide ein bißchen ungeduldig, »sollten denn nur meine Töchter in den Genuß kommen, während ich immer unten schuften muß?«

»Was meinen Sie mit Genuß, entschuldigen Sie bitte?«

»Oh, junger Mann«, sagte Elide und packte mich mit Bestimmtheit an einer Stelle, wo ich bis dahin das Thermometer hingelegt hatte, »ich weiß doch ganz genau, daß du mit beiden meiner Töchter Liebe machst, ich hab's immer gewußt, wir haben's immer gewußt. Aber jetzt bin ich dran.«

Ich schloß die Augen. Ich wehrte mich nicht. Das Ergebnis kam mir nicht außergewöhnlich vor, doch für Signora Elide war es gut genug, denn sie sagte:

»Jetzt sind wir quitt«, und brachte ihren Büstenhalter in Ordnung.

Genesend und inzestuös ging ich fort. Ich begriff, daß ich nicht mehr dorthin zurückkommen konnte. Zwei waren möglich, drei nicht, und außerdem bestand ja auch die Gefahr, daß noch irgendeine Oma auftauchen konnte. Tamara wohnte in einer Wohngemeinschaft, ich bat sie, dort für eine Weile Aufnahme finden zu können. Ich bekam eine Pritsche in der Küche, jede Nacht stieg man über mich hinweg, um den Kühlschrank zu konsultieren, aber daran gewöhnte ich mich.

Was die Via Tognoli 28 angeht, hatte ich einen Zettel hinterlassen, mit der Miete des vergangenen Monats und war davongeschlichen wie ein Dieb. So konnte ich nicht weggehen. Daher ging ich zurück und verabschiedete mich.

Berta empfing mich sehr streng.

»Da hast du es dir also einfach gutgehen lassen und bist abgehauen«, sagte sie.

»Eigentlich habt ihr ja angefangen«, verteidigte ich mich, »doch zuletzt verkomplizierte sich die Situation, im Grunde.«

»Ich bin schwanger«, sagte Berta plötzlich.

Ich schnappte nach Luft.

»Das ist nicht möglich«, sagte ich, »wir haben doch immer verhütet.«

»Ich habe ein Loch reingemacht. Ich wußte, daß du abhauen würdest. Ich liebe dich unendlich.«

Und sie warf mir ihre Arme um den Hals.

Da verstand ich, was für eine Katastrophe ich angestellt hatte. Diese wenigen Nächte in einer Umarmung waren für mich eine kleine Freude, für dieses Mädchen vielleicht der Traum eines Lebens. Ich war blind und egoistisch. Doch ich war noch zu jung, um einen so hohen Berg zu erklimmen. Daher sagte ich:

»Gib mir ein bißchen Zeit, darüber nachzudenken«, und lief zum zweiten Mal fort wie ein Dieb.

Ich redete fast eine Woche lang nicht. Meine Freunde fragten sich, ob ich vielleicht Drogen nähme. Sie versuchten alles, daß ich wieder normal wurde. Fred und Baco nahmen mich ins Gang mit, und ich tanzte Samba mit einem Transvestiten, der aussah wie die Madonna von San Luca. Marella veranstaltete akrobatische Verrenkungen, bei denen sie sich in zwei Teile brach, und ich starrte an die Zimmerdecke. Ich hatte etwas ganz Einfaches entdeckt: es gibt Verantwortungen, die man mutig und bestimmt angeht, und andere, die über einen herfallen, lastend und unbegreiflich, und diese zweiten muß man genauso angehen, wie die ersten.

Ich dachte daran, mit Tamara darüber zu reden. Sie schien mir die einzige, die verstehen konnte. Vielleicht auch noch Regina, aber zu ihr hatte ich kein ausreichend enges Verhältnis, und ich hatte Angst vor meinem Vater.

Tamara war zu Hause, im Bett.

Ich kam herein, sie hatte ein leidendes Gesicht, es war, als hätte sie viel geweint.

»Saltatempo«, gestand sie, »es geht mir schlecht. Ich muß dir etwas sagen. Ich war in der Schweiz, für eine Abtreibung. Ich habe morgens einen Zug genommen, und abends bin ich zurückgefahren, alles war durch Freundinnen vorbereitet worden, die sich um diese

Dinge kümmern. Sie haben mir beigestanden, und ich stehe hinter dem, was ich getan habe. Aber trotzdem geht es mir schlecht, und ich bin voller schlimmer Gedanken.«

Ich blieb die ganze Nacht über bei ihr, um mit ihr zu reden.

Am nächsten Morgen sah ich Berta vor der Schule. Sie steckte mir einen Zettel in die Hand und lief weg.

»Entschuldige«, stand darauf. »Ich bin nicht schwanger, das war eine Lüge, um mich an dir zu rächen, weil du weggegangen bist. Ich habe wahnsinnig darunter gelitten. Ich habe dich wirklich geliebt. Viel Glück, Berta.«

Auf diese Weise entdeckte ich während meiner dionysischen Zeit, wie viele andere innere, leidvolle Gottheiten ich heraufgerufen hatte. Ich dachte an Selene, an die Tatsache, daß sie möglicherweise wegen mir gelitten hatte, darüber hatte ich nie wirklich nachgedacht, nur mein Schmerz war von Bedeutung gewesen. Ich stürzte mich aufs Lernen und auf Bücher, ich las die ganze Nacht, ich verschlang Melville und Gadda, Satanik und Foucault, die Südamerikaner und Pasolini, ich hörte die Beatles und die Doors auf einem kleinen automatischen Plattenspieler, Marke Gelosino. Auch krächzend und fern, war jedes neue Lied eine Entdeckung. Dann ging ich zu Mozart über, zum Jazz, zu gälischem Folk, ich nahm alles in mich auf und war schlaflos. Tamaras Wohngemeinschaft hatte sich geleert und nun hatte ich ein Zimmer für mich ganz alleine. Marella hatte sich mit Riccardo verlobt. Ich war alleine und ging öfter zur Redaktion der *Gazzetta*. Ich hatte jetzt einen Freund, den alten Giason, der seine Erzählungen und Geschichten bei einem kleinen Verleger herausbrachte. Doch die anderen verabscheuten mich, zumindest glaubte ich das, vielleicht hatten sie ja das Gerücht verbreitet, daß ich ein subversives Element bin, dort eingeschleust, um die Schreibmaschinen zu sabotieren und die alten Tasten mit kyrillischen zu ersetzen.

Eines Abends sammelte ich die Mitteilungen der Ansa ein, als ich unter ihnen eine entdeckte, die mir den Atem verschlug. Eine gewisse Signorina Federica Cinti, genannt Fulisca, hatte einen Uhrmacher wegen sexuellen Mißbrauchs angezeigt. Er, ein Familienvater, bestritt die Tat. Kurz darauf kamen die beiden Fotos herein. Sie, die noch jünger wirkte, und er, ein dickliches Männlein.

»Diese Nachricht«, sagte Bedisco, »blasen wir zu einem richtigen Fall auf: sie enthält alle gepfefferten Zutaten: das schöne Mädchen, die Gewalt, ein unbescholtener Mann, der Zweifel. Die Stadt wird sich in zwei Lager spalten.«

»Was für ein Zweifel«, sagte ich, »ich kenne sie, sie ist eine Freundin von mir, sie würde niemals lügen.«

»Das entscheiden wir oder vielmehr die Richter«, sagte Bedisco. In diesem Augenblick klingelte das Telefon. Von der Zentrale würde der Sonderreporter Milio herüberkommen, ein aufsteigender Dreißigjähriger, der bereits zwei oder drei aufsehenerregende Fälle zu seinen Gunsten verbuchen konnte, nämlich das Verbrechen der blinden Gräfin, die grünen Ballette am Flußufer, den anarchistischen Kern der organisierten Blumenverkäufer.

Ich besuchte Fulisca im Krankenhaus, aber es war nicht erlaubt, sie zu sehen. Ein freundlicher Arzt sagte mir, es gehe ihr sehr schlecht. Außerdem sei sie Epileptikerin, fügte er hinzu, was geschehen ist, habe das Leiden nur verschlimmert.

Jetzt kannte ich den Namen von Fuliscas Krankheit. Ich ließ ihr Blumen da und ein Buch. Ich kehrte in die Redaktion zurück. Milio war eingetroffen, hochelegant, im Zweireiher, zuckertütenbraun, mit einbalsamierten Haaren, die falsch aussahen, und der Bräune eines Segelbootbesitzers.

»Also Junge, du kennst also die angeblich Vergewaltigte«, sagte er zu mir, »na, was meinst du, wenn wir uns ein bißchen unterhalten: wie sie sich im Dorf verhielt, ob sie viele Männergeschichten hatte, was man sich so über sie erzählte. Im Gegenzug bringe ich dir bei, wie man einen Zeitungsknüller zusammenbaut.«

»Sie ist eine Freundin von mir und sie ist krank«, antwortete ich, »das ist kein Zeitungsknüller.«

»Natürlich«, sagte er, »kenne ich die Pflichten unseres Berufsstandes. Ich würde niemals etwas schreiben, was deine Freundin nicht respektieren würde. Aber auch der Beschuldigte muß das Recht bekommen, sich zu verteidigen. Er ist eine Mann von sechzig Jahren, der immer gearbeitet und zwei Kinder hat.«

»Und er ist der Bruder des Erzbischofs«, sagte Giason.

»Sie hat keiner gefragt«, sagte Milio kurz. »Also, du sagst, deine Freundin ist krank?«

»Sie leidet an Epilepsie«, sagte ich.

»Sehr interessant, ein durchaus bedauerlicher Fall«, sagte Milio. »Scandoli, du gehst ins Krankenhaus. Nino, du machst Fotos von seiner Familie, vor allem dem kleinen Sohn, wenn du kannst. Tirinnanzi, du machst eine Aufstellung sämtlicher Vergewaltigungen der letzten Jahre. Giason, du …«

»Ich geh' ins Kino«, sagte Giason, »ich weiß doch schon, was du schreiben wirst.« Er nahm seinen Mantel und ging.

Zwei Tage später erschien ein von der Berufspflicht geprägter Artikel von Milio. Fulisca wurde als Irre dargestellt, die während der Krankheitsattacken nicht wußte, was sie tat, und sich hinterher an nichts mehr erinnern konnte. Er wurde als schwacher, gütiger Mann beschrieben.

Freilich, schloß der Artikel, obliegt es den Richtern, einen Urteilsspruch zu fällen. Wir können nur ein paar Dinge sagen. Es darf nicht die erstbeste instinktive Reaktion sein, die uns urteilen läßt, oder die politischen Vorsichtsmaßregeln gegenüber diesem neuartig aggressiven und frustrierten Feminismus. Auf der einen Seite haben wir es mit dem gebührlichen Respekt gegenüber einer leidenden, kranken jungen Frau zu tun, die möglicherweise nicht Herrin ihrer Handlungen ist. Auf der anderen Seite mit einem Mann, der sein Leben durch eine schändliche Anschuldigung zerstört sieht. Nicht wir sind die Richter, ich sage es noch einmal. Wir können allerdings sagen, daß man mit dem Wort Vergewaltigung schnell bei der Hand ist, doch die Beziehungen zwischen Mann und Frau sind oft von einer Ambiguität gekennzeichnet, in welcher Lust und Gewalt kohabitieren. Ich glaube, die Stadt sollte diesen Prozeß objektiv und unbelastet verfolgen, wie auch unsere Zeitung es tun wird, frei von Scheinheiligkeit und ganz und gar unparteiisch.

Zitternd kam ich in die Redaktion. Milio war am Telefon, er empfing die Glückwünsche des Chefredakteurs. Bedisco sah ihn bewundernd und neidvoll an.

»Heh heh«, sagte Milio, »da ist ja unser Subversiver.«

»Ein schöner Artikel, Milio«, sagte ich, »ausgewogen und leidenschaftlich.«

Er blähte sich wie eine Plane.

»Erlerne die Kunst...«, sagte er.

»Ich habe eine Uhr«, sagte ich, »die funktioniert auf ganz eigenartige Weise. Ich und du, wir werden uns wiederbegegnen. Ich weiß nicht, was ich sein werde, aber ich weiß, was du sein wirst. Nämlich ein Scheißhaufen, ein Faschist und ein Speichellecker.«

»Raus hier, du Bastard«, sagte Bedisco und warf einen Stapel Papier nach mir. Milio hatte ungerührt verharrt.

»Wenn du's wissen willst«, sagte er, »ich habe eine Pistole in der Jacke.«

»Schieb sie dir in den Arsch«, sagte ich.

Und hier kam die zweite Überraschung. Nach Giason sagte auch Scandoli, der Sportreporter mit dem aufgeblasenen Lederhirn, der sich nie um irgendeinen Dreck kümmerte:

»Auch mich ekelst du an, Milio. Du hast nichts von dem geschrieben, was die Ärzte mir im Krankenhaus gesagt haben. Wenn der Uhrmacher nicht der Bruder des Erzbischofs wäre und sie ein armes Mädel vom Land, die nichts zählt, hättest du dann diesen Artikel geschrieben? Du bist wie die Schiedsrichter, die vor den großen Mannschaften auf die Knie gehen. Du bist unaufrichtig, wenn es nach mir ginge, würdest du in keiner Zeitung mitspielen.«

»Du auch, raus!« sagte Bedisco.

»Ich hab' schon einen neuen Job«, sagte Scandoli, »Pressebüro beim Giro delle Valli. Fahrt doch beide zur Hölle. Saltatempo, du Scheißkommunist, komm, gehen wir und spendier' mir was zu trinken.«

So endete mein Abenteuer bei der *Gazzetta*, und in der Redaktion fand eine Umbesetzung statt. Der Uhrmacher wurde freigesprochen, Fulisca kam in eine Klinik, sie erholte sich erst viele Jahre später. Die Schlacht um Information war gewonnen.

Das Jahr wurde heißer, die Besetzungen nahmen zu, es folgte eine nach der anderen. Auch unser Gymnasium war davon betroffen. Am ersten Tag blockierten wir den Eingang. Die Leiche präsentierte sich und verstand nicht, was da los war. Sie fragte jemanden, worauf man sie mit einem Heft bewarf.

»Ihr seid wirklich Arschlöcher«, sagte ich, »diese Frau ist meine Studienrätin, sie ist ein guter Mensch.«

»Es gibt keine menschlich guten Studienräte«, sagte Paolo Lingua, »sie sind allesamt funktionell für das System.«

»Das ist es nicht, was du in zwanzig Jahren in deinen Fernsehnachrichten sagen wirst«, sagte ich.

»Was für einen Scheiß redest du denn da?«

Ich begleitete die Leiche zur Bushaltestelle. Sie fragte mich, was denn eigentlich los sei.

»Wir sind alle ein bißchen aufgeregt, Signora.«

»Lesen Sie Seneca, Saltatempo. Dann werden Sie sich schon wieder etwas beruhigen.«

Ich kehrte vor die Schule zurück. Jemand pfiff mich aus. Fred und Tamara nahmen mich in Schutz, es gab ein paar Ohrfeigen. Und während wir Slogans aufsagten, versammelten sich innerhalb einer halben Minute fünfzig Polizisten in Vietnamkriegsanzügen. Sie zogen uns einzeln an den Füßen aus der Schule und schlugen wissenschaftlich auf uns ein, mich schlugen sie auf die Knie. Paolo Lingua brachen sie die Nase. Ich jubelte nicht, ich wollte es ja. Während wir miteinander streiten, nehmen die unsere Maße, sagte Fred, der mich stützte. Ich humpelte und eine Rippe tat mir weh. Die Polizisten traten weiter auf uns ein.

»Mann, sieh nur«, rief Fred mit lauter Stimme, »der blonde Polizist da, hat der einen Knackarsch!«

Der Blonde lief uns wütend nach. Er erreichte uns in einer Gasse voller Fahrräder. Er hob den Gummiknüppel hoch, doch Baco, der uns gefolgt war, hielt ihn von hinten fest. Zu zweit hielten wir ihn fest und Fred küßte ihn leidenschaftlich auf den Mund unter dem Helm. Das war eine der anomalsten und wirksamsten Guerillaaktionen, die ich je erlebt habe. Der Polizist rannte davon, als hätten wir ihn mit Napalm übergossen.

2

Der Mai kam. Aus Frankreich gelangten Nachrichten über große Unruhen zu uns. An einem Sonntag sahen wir in unserer Wohngemeinschaft Fernsehen, ein Interview mit Sartre, als Verdolin mit weit aufgerissenen Augen hereinkam.

»Genossen, eine Bitte. Ich müßte mal eben die Fußballergebnisse sehen.«

Der Antrag wurde mit sechs zu drei Stimmen abgelehnt, und Sartre konnte mit seinem Interview fortfahren.

»Das Radio«, schrie Verdolin, »dein kleines Radio!«

Er stürzte in mein Zimmer, schaltete es an, wir warteten wenige Minuten, ich verstand nichts. Dann las die Stimme des Radiosprechers die Ergebnisse vor. Seine Stimme ähnelte der des fröhlichen Gottes.

Verdolin stieß einen Schrei aus und warf seine Arme um meinen Hals.

Wir hatten im Toto gewonnen. Seit Jahren spielten wir immer den gleichen Tip, und nie sind wir je über zehn gekommen. Diesmal aber hatten wir zwölf Richtige, nichts Großes für die Statistik, doch groß für uns. Einemillionachthunderttausendzwanzig Lire. Sechshunderttausend Lire für mich, sechshunderttausend für ihn und sechshunderttausend für Fred.

Sofort machten wir unsere Pläne.

Fred, dreihunderttausend Lire, um das Motorrad so frisieren zu lassen, wie er es wollte, hunderttausend für kleine Geschenke für Verwandte und Freunde, und Ferien in Amsterdam.

Verdolin, einen Lodenmantel für die Schiassi, die schon ein Jahr lang darauf scharf ist, und eine Reise.

Ich sagte: vierhunderttausend auf die Seite und eine Woche Paris.

Nach Paris, sagte Verdolin, gute Idee, ich und du.

Ich, du und die Schiassi, dachte ich.

Doch statt dessen kassierte die Schiassi den Lodenmantel und sagte: ich komme nicht mit nach Paris, ich muß büffeln, ich habe zwei Ungenügend, fahr du.

Verdolin bekam eine Krise: seit vier Jahren atmeten sie einmal pro Kopf, einer atmete die Systole, der andere die Diastole, sie lebten aneinandergeklebt. Und jetzt eine ganze Woche der Trennung.

Wird dir gut tun, wenn du mal die Luft wechselst, sagte ich.

Aber sicher, Valerio, wird dir das gut tun, sagte sie.

Ihr seid doch wohl kein Pärchen, sagte Verdolin.

Wären wir ein Pärchen, würden wir dich alleine fahren lassen, sagte ich.

Tja, sagte Verdolin. Er schlief drei Nächte nicht, dann war er überredet und wir fuhren, mit einem Nachtzug, die erste richtige Reise meines Lebens.

Ich auf der Liege oben, er unten, mit der Energie unserer jungen Jahre, acht Brötchen mit Mortadella, die die Schiassi mit ihren heiligen Händchen gemacht hatte, und zwei Flaschen Mineralwasser von Santo Pellegrino.

Ich war glücklich, innerlich bewegt, vollbepackt mit Büchern von Hemingway, Rimbaud, Baudelaire, Aragon und Zigarettenpapier und kleinen Wörterbüchern. Verdolin hatte eine Schachtel Farbstifte bei sich und an die zwanzig Fotos von der Schiassi, auch mit sechs Jahren.

Im Zug hatte er einen ersten Anfall von Schiassitis. Er schnappte nach Luft und sagte: wieso hat sie mich fahren lassen? Wenn sie meiner müde ist, hätte sie mir das doch ins Gesicht sagen können, Frauen sind Verräterinnen, man sieht ja, daß sie nicht mehr konnte, sie konnte es ja schon gar nicht mehr abwarten, mich los zu werden, sie hat meinen Koffer gepackt, wenn ich zurückkomme, wird das Türschloß ausgewechselt sein und meine Sachen draußen liegen und ein Schild, darauf steht: »Ich hasse dich, dich und deine Scheißzeichnungen …«.

»Verdolin, hör auf«, sagte ich, »oder ich fange an zu furzen, bis du ohnmächtig wirst.«

»Du hast ja recht, vielleicht übertreibe ich ja«, sagte er und wälzte sich die ganze Nacht herum.

Wir kamen am Gare de Lyon an und gingen zu Fuß zum Hôtel des Beaux Arts. Wir konnten die Entfernungen nicht einschätzen, es war ein ganz schön weiter Weg, aber das hier war Paris. Ich trank jeden Schriftzug auf, jeden Hinweis, jede Auster, jede Buchhandlung, alles kam mir viel schöner und bunter vor, von den Zeitungen an den Kiosken über die Baguettes, die wie Zauberstäbe aus den Einkaufstaschen ragten, bis hin zu den Scheißhaufen der Hunde, die mir wie impressionistische Pinselstriche vorkamen. Verdolin ignorierte diese wunderbaren Parisitäten und fing an, schneller zu gehen, er hatte eine blonde Schiassi-Ähnliche gesehen und mußte unbedingt im Vaterland anrufen. Wir blieben an einer Kabine stehen, er zog italienische Telefonmünzen aus der Tasche und stellte entsetzt fest, daß sie hier nicht funktionierten. Es gelang mir, ihn bis ins Hotel zu schleifen, ein kleines Hotel in einer engen Straße voller Düfte von Braten, Gewürzen, Salaten aus Menschen. Menschen aller Rassen waren dort, ich sog jedes Gesicht auf.

»Verdolin«, sagte ich, »weißt du, hier kannst du die ganze Welt zeichnen.«

»Erst muß ich telefonieren«, sagte er.

Ich wählte die Nummer für ihn, er telefonierte, sprach mit ihr. Ich rechnete mir aus, daß ihn dies ungefähr sechs bis sieben Stunden mit Sauerstoff versorgen würde. So zogen wir herum, berauscht von Paris. Sofort sah ich, daß in jedem Haus eine berühmte Persönlichkeit gewohnt, in jeder Bar, in jedem Bistro ein Dichter gesessen hatte, in jedem Hotel jemand Bedeutendes gestorben war. Ich ging pinkeln und dachte, wenigstens habe ich Picassos Tropfen kopiert. Verdolin verschwand in einem riesigen Geschäft für Comics in Saint-Michel, ich durchstreifte das ganze Quartier Latin und zog hinauf bis zur Place de la Concorde, suchte nach literarischen Plätzen und Orten. Die Bücherseiten wurden zu Häusern, Plätzen, Kirchen. Der Himmel war der Einband eines Buches.

Am Abend aßen wir Schischkebab und suchten uns dann eine Bar mit Ausblick auf die vorübergehenden jeunes filles, und da setzten wir uns hin mit zwei bières. Es gab so viele Pariser Puppen, daß einem ganz schwindlig wurde. Verdolin hatte aber seine Autonomie aufgebraucht. Er hatte sich mit französischen Münzen versorgt und duellierte sich mit einer Telefonkabine. Ich war dabei mir vorzustellen, welcher der Tische dieser Bar der von Verlaine oder von Kopa war, ich suchte Spuren wie etwa die eines Hutes oder eines Gedichts auf einer Serviette. Am Himmel flogen die Wolken windgepeitscht schnell dahin, zwei junge Gitarristen sangen *Blowing in The Wind* (R. Zimmerman), und ich dachte, was kann ein Junge vom Land eigentlich mehr wollen, der in die Welthauptstadt der Literatur und der Magie gekommen ist?

Und da erschien Françoise.

Ihr Haar war lang und glatt, Jeans délavé, die ihre Hüften einwickelten, eine schlanke Taille. Und einen Pullover mit einer roten Rose und der Schrift: »Parlez-moi d'amour«.

Sie war mit einer Mulattenfreundin unterwegs, mit großer Nase und großartigem Körper. Sie setzten sich an den Tisch nebenan und bestellten pommes de terre à l'huile mit einem bezaubernden französischen Akzent, und wenn ich genauer darüber nachdenke, war es vielleicht gar kein Akzent, es war französisch und Schluß. Der Kellner bediente sie unverzüglich, uns hatte er zehn Minuten lang gar nicht beachtet. Ich sah, wie der zornige Verdolin versuchte, dem Telefonhörer etwas Schlimmes anzutun.

»Stai calmo, immer mit der Ruhe«, rief ich ihm zu.

»Italiano?« sagte Françoise mit guter Intuition.

Angebaggert in Paris, dachte ich, das Höchste.

»Oui«, antwortete ich.

»Von Roma?«

»Mehr nördlich«, sagte ich, »Dorf sehr schön avek boku des arbres, viele Bäume. Schatänje, Kastanien. Beau Fluß« – ich wußte, daß, wenn ich schnell spräche, mancher Fehler nicht so auffallen würde – »e vous kennen bien l'Italie?«

»Oh ja«, sagte sie, »vorig Jahr ein Monat in Venezia, Firenze und Roma.«

»Ich heiße Saltatempo«, sagte ich, »und der, der eines eurer Telefone mit Fußtritten traktiert, ist mein Freund Valerio.«

»Ich heiße Françoise, sie ist Lorette von Martinique. Jemals in Martinique gewes?«

Nicht einmal in Cesenatico, hätte ich gerne geantwortet.

»Nein«, sagte ich, »aber man hat mir Tolles erzählt.«

»Was ist los mit dein Freund?« fragte Lorette, die sah, wie Verdolin chez la cabine herumfluchte.

»Er ist in seine Freundin sehr verliebt. Wenn er nicht mit ihr telefonieren kann, bekommt er eine Krise, il devien fou, tu comprends, runter de tête.«

»Ihr Italiener«, sagte Françoise schmachtend, »immer verliebt.«

Sie hatte einen französischen Mund, der doppelt so groß war wie jeder italienische Mund, wenigstens kam es mir so vor. Sie war siebzehn und studierte Musik, Violon, um genau zu sein, Violine. Lorette achtzehn und studierte Pianò. Ich, was tat ich? Ich ging noch zur Schule und war auch noch Journalist, kleine Reportagen, ich war dort mit einem Stipendium der Sisal, des italienischen Totos.

Verdolin kam zurück.

»Sie ist nicht zu Hause«, sagte er und sah aus, als würde er auf der Stelle ohnmächtig werden.

»Welche Nummer hast du gewählt?«

»Die hier.« Und er zeigte mir einen Zettel.

»Und die Vorwahl vom Ausland aus?«

»Was für eine Vorwahl denn?«

Um es kurz zu machen, Loretta half Verdolin, Serena anzurufen, und sie sagten sich ich liebe dich, du fehlst mir, was macht ihr, seid ihr alleine, und wenn er ehrlich gewesen wäre, hätte er gesagt, nein, ich bin hier mit einer Mulattin mit einem großen Hintern, schließlich lieb' ich dich ja, statt dessen sagte er: weißt du, Saltatempo macht eine kleine Krise durch, ein alter Traum von ihm war, mit Selene nach Paris zu kommen, und jetzt ist er ein bißchen melancholisch, aber ich richte ihn schon wieder auf, buonanotte amore, und wie geht's dem Hund? Gut, und du denkst an mich? Jede Stunde, ich auch, bis morgen, was ist das für ein Geräusch? Der Hund zwischen den Töpfen, alles klar, amore, buonanotte, bis morgen.

Nach diesem Gespräch wurde Verdolin ruhiger, er zeichnete eine herrliche Karikatur von Loretta, italienische Touristen blieben stehen und sagten, auch von uns eine, auch von uns eine. Er sagte, eigentlich bin ich kein Berufszeichner, aber am Ende zeichnete er ein Riesenpferd aus Mailand, eine Frau, und sackte hundert Francs ein, der schlaue Hund.

»Gehen wir tanzen?« sagte Françoise und räkelte sich, wobei ihre Brüste nach vorne sprangen.

»Möglichst ein Lokal mit Telefon«, sagte Verdolin.

Wir gingen in ein Lokal in der Nähe der Place de la Bastille tanzen, und dort sah ich, daß Françoise sich bewegte, wie ich glaubte, daß es nur im Film oder im Crazy Horse vorkommen würde, und jeder sah sie nicht an, denn im Unterschied zu Italien, sieht der Franzose dich nicht an, wenn er von dir fasziniert ist, wenn er dich aber ansieht, bedeutet das, daß du ihn nicht interessierst. Was besagen wollte, daß Françoise mich eigentlich nicht mochte, weil sie in der Bar das Wort an mich gerichtet hatte.

Wir verließen das Lokal, wir gingen alle vier eingehakt und kamen zum Pont Neuf, der in Wirklichkeit alt ist, unter dessen weiten Bögen die Seine fließt, auf die an diesem Abend ein Silbermond schien, und Françoise sagte:

»Wer singt eine italienisch Canzon für misch?«

Verdolin sah mich an, als würde er sagen wollen nein, ich betrüge die Schiassi nicht.

Ich sang *'Na sera 'e maggio*, Reginas Lieblingslied, danach *Bella ciao*, politisch-traditionell, und dann *Una lacrima sul viso*, weil mir Bobby Solos tiefe Noten gut gelangen.

Françoises Augen schimmerten wie Fischlein und starrten mich an, ich gefiel ihr immer weniger. Wir verabredeten uns für den nächsten Tag in ihrem Quartier, Ménilmontant, ein bißchen abseits vom Zentrum. Und weniger Touristen, viel echter, sagte sie. Als wir uns verabschiedeten, küßte sie mich mit geschlossenen Lippen.

Dann haßt sie mich, dachte ich. Doch eine kleine Hoffnung hatte ich.

In dieser Nacht schlief ich nicht. Françoises Mund folterte mich. Verdolin hatte einen Mini-Wecker mitgenommen, ein Geschenk von Serena. Das tick-tack setzte das Uhrbiwerk in seiner Kulturversion in Gang. Picasso klopfte an die Wohnungstüre und rief: laß mein Model Françoise in Ruhe, Scheißitaliener, wenn sie sich verliebt, posiert sie nicht gut. Und ich antwortete, Signor Picasso, machen Sie für ein paar Tage etwas Abstraktes und gehen Sie mir nicht auf die Eier. Und dann sah ich Rimbaud und Fred auf dem Motorrad auf dem Boulevard Saint-Germain, mit hundertachtzig Sachen, und Fred sagte, wieso hast du Angst, Arthur, du wirst ja doch früh sterben. Und ich sah eine Buchhandlung mit zwei Büchern im Schaufenster. Das eine war *Contes* von Giason, und das andere *Les aventures de*

Mickey Marx, Zeichnungen von Verdolin, Texte von Saltatempo. Dann wachte mein Sozius auf, geschüttelt von einer nie vorher dagewesenen heftigen Schiassitis und schaltete die kleine Nachttischlampe ein.

»Das Geräusch«, sagte er.

»Welches Geräusch?«

»Während ich von der Kabine aus telefoniert habe, habe ich ein Geräusch gehört, sie hat gesagt, es wäre der Hund zwischen den Töpfen. Aber sie erlaubt doch nie, daß der Hund zwischen den Töpfen hergeht.«

»Wenn sie am Telefon ist, nutzt das der Hund aus und geht in die Küche.«

»Aber sie hat nicht gesagt, heh du, geh' von den Töpfen weg. Folglich war es nicht der Hund, sondern jemand, der kochte.«

Verdolins Augen funkelten im Halbdunkel, in einem Gesicht, das nichts Menschliches mehr hatte.

»Wer kann es denn dann gewesen sein?«

»Verdolin, du Arsch, du versaust uns die Ferien.«

»Jemand war mit ihr zu Hause. Ich fahre zurück. Ich kann nicht hier bleiben, ich sterbe.«

»Noch ein Hotel, in dem ein Berühmter stirbt«, sagte ich und drehte mich zur anderen Seite.

Er lachte, ein ersticktes Lachen. Er röchelte noch ein paar Minuten und schlief dann ein. Morgens um halb sieben weckte er Serena, und dieses Telefonat beruhigte ihn wieder. Wir nahmen einen labbrigen Kaffee und hervorragende Croissants, wir gingen in zwei, drei Museen, wo Verdolin mir erklärte, warum es leicht aussehe, Klatschmohn im Korn zu malen, in Wirklichkeit aber alles andere als leicht sei. Wir kauften eine *Libération*, und da stand: morgen große Demonstration, Camarades, nehmt alle teil. Camarades hieß das Gegenteil von dem, was es in Italien bedeutet, nämlich Genossen.

»Stell dir das vor«, sagte ich, »eine richtige große französische Demonstration. Riccardo wird vor Neid krepieren.«

»Serena würde das gefallen«, seufzte Verdolin.

Wir nahmen die Métro und fuhren nach Ménilmontant. Das war das wirkliche alte Paris, dort gab es Clochards und Gesichter, die geradezu bilderbuchhaft pariserisch waren, für mich waren sie erschienen. Françoisens Wohnung war winzig klein, mit ganz kleinen Heizkörpern und einer Toilette für Zwerge, doch von ihrem Fenster aus sah man die Dächer. Sie spielte für uns Violon, wobei ihr die Haare auf den Arm fielen und durch den Bogen sinnlich zur Seite bewegt wurden. In der Nacht war ihr Mund noch größer geworden. Dann kam Lorette. Wir gingen scharfes Couscous essen, und Verdolin besoff sich mit Bier. Serena hatte noch nie Couscous gegessen, dessen war er sich sicher, und er fühlte sich schuldig.

Danach gingen wir dann wieder in die Wohnung hinauf, um zu entscheiden, wohin wir gehen wollten. Doch ich sah, wie Lorette Verdolin bei der Hand nahm und zu ihm sagte, komm, ich will, daß du mir eine schön Chaton zeichnest, was Katze bedeutet, und so blieb ich mit Françoise alleine, die das Licht abdunkelte.

Dann legte sie eine Platte auf, die *Et j'entend siffler le train* (A. Barrière) hieß.

Dann küßten wir uns und sie hatte, ich wiederhole es, einen Mund, der doppelt so groß war wie der der Italienerinnen, weshalb man sie küssen mußte, indem man von den Seiten anfing und dann zur Mitte vordrang, und das war eine unglaublich fabelhafte Übung.

Dann zog sie sich aus und ich fühlte mich krank, aber richtig krank.

Selene hatte einen wunderschönen Körper, trug aber Unterwäsche, na, nennen wir sie einmal vorschriftsmäßig, weißer Büstenhalter, weißer Slip. Françoise dagegen trug einen Büstenhalter aus pfirsichrosa Spitzen und den dazu passenden Slip, in kleiner Ausführung, und zwar so klein, daß ich kurz vor dem Herzstillstand war und sagte: attend un moment, trop de couscous, einfach zuviel.

Sie wirkte enttäuscht, sie hatte große Erwartungen an ihren Latin Lover.

Sie steckte sich eine Unterhaltungszigarette an, und während sie das tat, drehte sie sich um, und ich sah ihren funkensprühenden Hintern.

Mamelis Hymne erschallte im gesamten Quartier und auch *Bella ciao* und *'Na sera 'e maggio* und ich stürzte mich auf sie wie ein wildes Tier, das nach Pfirsichrosa dürstete.

Italien-Frankreich wurde mit großem Kampfgeist und schnellen Wechseln angesichts der gesamten Nacht gespielt, gelegentlich standen wir auf, um etwas zu trinken und den Brand des Couscous zu löschen und dann wieder zu baiser, das heißt zu vögeln und allez wieder trinken und dann allons wider die Natur und geht wieder ins Bad und allez vögele mich noch einmal durch, und ich konnte fast schon nicht mehr, dachte aber: wenn ich hier sterbe, um so besser, vielleicht beerdigen sie mich ja auf dem Père Lachaise neben Jim Morrison (Weissagung), im Vaterland können sie mich höchstens neben den Schlagzeuger der Maccarons beisetzen. Unterdessen sprach Verdolin mit Lorette über Serena und sie schlief ein, wie man das auf Martinique eben macht, wenn dir etwas echt auf die Eier geht.

Am nächsten Tag fuhr Verdolin mit dem ersten Zug ab und ich ging nicht zur Demonstration, ich blieb drei Tage und drei Nächte bei Françoise und vögelte, und ging nur hinaus, um eilig einen Crock Monsieur zu kaufen und mir die Stände mit gebrauchten Büchern anzusehen und Bier und Kondome zu kaufen, von denen wir eine Mengen verbrauchten.

So begann der französische Mai und ich verpaßte ihn in den Armen irgendeiner Françoise, die dann doch nicht so ganz irgendeine war.

Im Zug, während der Rückkehr, fühlte ich mich sonderbar. Françoise und Selene tanzten mir durch den Kopf, sie tauschten ihre Plätze wie beim Menuett, tändelten miteinander, die eine blond, kastanienfarbig die andere. Der Unterschied war, daß mich der Gedanke, Françoise nie mehr wiederzusehen, auch wenn wir unsere Adressen ausgetauscht und uns geschworen hatten wir sehen uns wieder, traurig machte. Doch mehr noch litt ich, ja, starb ich bei der Vorstellung, Selene nie mehr wiederzusehen. Ich war krank, nicht gerade wie Verdolin, aber fast so.

Ich kehrte zurück ins Vaterland.

In der Schule wurde ich gleich gefragt: na, dann bist du ja mitten ins größte französische Durcheinander gekommen, erzähl schon. Genossen, einen Augenblick Aufmerksamkeit, der Genosse Saltatempo, der an der Demonstration in Paris teilgenommen hat, gibt uns jetzt einen politischen Bericht.

Sie wußten es zwar nicht, aber im Zug hatte ich alle Zeitungen gründlich gelesen, die italienischen wie die transalpinen, und ich war bestens vorbereitet.

Die Franzosen reißen das Maul weiter auf als die Italiener, begann ich, und der Lärm war ohrenbetäubend. Der Demonstrationszug wurde mit einem roten Spruchband eröffnet, das wegen der verschiedenen Schlachten schon ziemlich verblichen war, so daß die Farbe pfirsichrot war, und darauf stand geschrieben »Parlez-moi d'amour«.

Raunen.

Ich mache einen Witz: darauf stand geschrieben »Ce n'est que un début«.

So erzählte ich den französischen Mai und alle waren zufrieden, und am Ende war ich fast selbst überzeugt, daran teilgenommen zu haben. Im Grunde, sagte der Che, el revolucionario verdadero está guiado para grandes sentimientos de amor. Keiner kam hinter mein Geheimnis. Nur Djap stellte mir ein paar inquisitorische Fragen und fragte mich, wie Sartre so war.

Er sieht aus wie ein Frosch, sagte ich.

Das Jahr ging mit einem großen politischen Paukenschlag zu Ende, Tamaras Gruppe und die von Riccardo trennten sich unter gegenseitigen Anschuldigungen von wegen Infantilismus, Opportunismus und Bücherdiebstahl. Ich war gelegentlich der, der Eliot las, gelegentlich der vom französischen Mai, gelegentlich der anarchische Parteilose, gelegentlich der mit dem Papa PCI. Ein Cocktail, der es mir erlaubte, mit allen zu streiten, aber auch zu diskutieren. Ich zog es vor, mit Tamara oder mit Lussu über Politik zu sprechen. Ich mochte nicht immer in Versammlungen sein, ich wollte lieber Teil von etwas Strömendem sein, von etwas, das sich bewegte, und man wußte nie, was sich ereignen konnte, dann verstand man von Mal zu Mal, wer wirklich an deiner Seite stand, wer wirklich den Mut zu seinen Ideen hatte. Was ich von der Politik wollte, und nicht nur von ihr, war bereits in einen Satz gefaßt: man muß den Worten ähneln, die man sagt. Vielleicht nicht Wort um Wort, aber ich denke, wir wissen, was gemeint ist. Einige redeten gut, doch wer weiß schon, warum ich ihnen nicht glaubte, mein Uhrbiwerk zeigte an: der wird nach einem Jahr oder auch zehn aufgeben, wenn alles gut geht, hängt er den Schuh an den Nagel, wenn's schiefläuft, wechselt er die Mannschaft insgesamt. Andere redeten wenig, wie Lussu oder Tamara, oder naiv wie Fred oder die Schiassi, doch ich fühlte, daß hinter ihren Worten etwas war, das sie, eines schönen Tages, machen würden. Dieses Gefühl hat mich mein Leben lang begleitet.

Die Schule ging mit einer leicht zurechtgestutzten Versetzung zu Ende. Ich kehrte ins Dorf zurück, mit der Hälfte des Sümmchens aus dem Totogewinn und einigen Halbwahrheiten über Paris. Es war bereits Juli. Mein Vater war voll mit der Arbeit an den Hechten für den Brunnen beschäftigt, Onkel Nevio hatte sich in den Kopf gesetzt, nur noch Forellen zu angeln und stellte den ganzen Tag nur noch falsche Fliegen aus der Behaarung von Karnickelhintern her. Gancio und Osso waren am Meer. Der Boom des Massenurlaubs war ausgebrochen, Balduinos und Dondolos Bar füllte sich mit Grüßen von der adriatischen Riviera, mit Segeln, Sonnenuntergängen und Arschbacken, und es kamen sogar Karten aus Positano und vom Matterhorn. Die Autobahn war eine einzige Autoschlange, zum Fluß gingen inzwischen nur noch kleine Kinder, die ich nicht kannte. Ich dachte daran, wieder abzufahren, vielleicht auch alleine. Einmal rief ich Françoise an, doch eine Stimme antwortete, sie sei in Saint-Tropez – der Mond – er fragt sich – perché, die Glückliche. Eine schwüle Einsamkeit umgab mich und rieb mich auf. Ich stieg zur Fanara hinauf.

Ich blickte über das Tal und bemerkte, daß der Himmel seine Farbe verändert hatte, er war grau, der Rauch der Industrieanlagen und die Verstopfung durch Autos hatten ihn beschlagen, man konnte die Gipfel der Monti Alti nicht mehr sehen. In Richtung Osten arbeiteten zwei große Kräne an einem neuen Residence. Im Westen wuchs eine Fernseh-Übertragungsstation empor. Doch da, wo ich mich befand, hatte sich nichts verändert, das Moos wuchs üppig, das Wasser floß ruhig, Raupen kletterten an Zweigen empor, Marienkäfer karamellisierten sich voller Freude in Glockenblumen. Ein Falke oben hielt Wache. Ich schloß meine Augen und wartete auf meine Mutter.

Sie kam. Sie war gekommen, um die Einmachgläser zu spülen. Sie war von der Sonne leicht gebräunt, doch immer noch hager.

»Saltatempo«, sagte sie, »erzähl' mir doch, wie ist Paris?«

»Groß und schön, voller Orte, an denen ein Dichter, ein Maler, ein Künstler den Löffel aus der Hand gegeben hat.«

»Ich und dein Vater«, sagte sie, »haben unsere Hochzeitsreise nach Paris gemacht.«

»Das stimmt«, sagte ich. Ich hatte es völlig vergessen, und mir fielen wieder Papas Theorien über den Eiffelturm ein, denn seiner Ansicht nach hätte man ihn auch aus Holz bauen können, und mit Belloni und Baruch hatten sie errechnet, daß sechs Jahre, eine Tonne Nägel und eine große Festmeterzahl Holz dafür nötig gewesen wären, doch man hätte es machen können.

»Woran ich mich am besten erinnere«, sagte Mama, »ist Notre-Dame. Es war September, drinnen war es schrecklich kalt und groß. Ich dachte, alle Kirchen aus dem Tal könnten darin Platz finden. Sie machte mir Angst, sie faszinierte mich, es war, als wollte sie einen bei sich behalten. So ist der Tod, sagte ich.«

»Mama«, sagte ich, »wie ist unser Haus? Immer noch gleich? Gibt es immer noch Siebenschläfer im Kornspeicher?«

Sie antwortete nicht. Wie beim letzten Mal verschwand sie langsam im Wasser.

Und dann kam Boleto, der Gnom.

»Jetzt vögelt man also auch schon im Ausland«, sagte er grinsend.

»Manche können das«, antwortete ich.

»Glaubst du etwa, ich hätte keine Reisen gemacht?«, sagte er. »Als ich ein geflügelter Gnom war, habe ich ganz Amerika gesehen. Und Kanada. Eisbären zu Tausenden, Walrösser und Pilze, noch nie so große Pilze gesehen, ein Mensch konnte sich auf denen ausstrecken.«

»Und die Wälder?«

»Wälder so groß wie von hier bis ans Meer. Aber vielleicht fällen sie ja auch die schon«, sagte der Gnom, »na, jetzt ist es längst sinnlos geworden, darüber nachzudenken.«

»Onkel Nevio hat gesagt, hier wird keiner mehr einen Baum fällen.«

»Die Welt hat angefangen davonzurollen«, sagte der Gnom, »die Menschen haben ihr einen ganz schönen Schubs verpaßt, jetzt ist es schwer, sie noch aufzuhalten. Die kommenden Jahre werden traurig sein für den Berg und das Tal, Saltatempo. Tu' was, hör auf dein Uhrbiwerk, Junge.«

»Nein, Schluß«, sagte ich, »ich bin groß, ich will in der Gegenwart leben.«

Der Gnom lächelte. Er nahm den Schöpflöffel, der seit hundert Jahren am Beckenrand hing. Er füllte ihn, er tat so, als würde er trinken, in Wirklichkeit goß er ihn langsam auf die Erde, Tropfen für Tropfen.

Das Uhrbiwerk setzte sich in Gang. Ich sah die Feuersbrunst in einem Wald, der hundertmal größer war als unserer, und flüchtende Tiere. Ich sah hundert weitere Feuersbrünste. Ich sah den ausgetrockneten Fluß und ein dickes schwarzes Meer, als wäre es Teer. Ich sah Menschen, die um Hilfe baten, auf einem Dach, umgeben von einem unendlich weiten gelben Morast. Ich sah durch das beschlagene Fenster ein Kind, das war im Winter verloren, mit einem Bären an der Leine. Dann sah ich meinen Vater, der mit einer Schaufel in der Hand schreiend herumlief, und in der Luft war etwas gleich einer Wolke aus dichtem Staub. Ich sah ein Haus, das in zwei Teile auseinanderfiel, gespalten von einer Axt. Und einen weißen Bau mit vielen Etagen und einem Parkplatz mit vielen vielen Krankenwagen. Ich roch etwas Gewaltiges, etwas wie Äther.

»Schluß«, sagte ich ermattet. Ich hüpfte den Feldweg hinunter. Am großen Nußbaum blieb ich stehen. Ich bückte mich, um ein paar Nüsse aufzuheben. Ich steckte sie mir in die Taschen, doch als ich mit der Hand hineinfuhr, um mir welche zu nehmen, waren sie weg. Ein Loch in der Tasche oder ein Nüsse fressender Geist? Mir kam ein jäher Gedanke, und ich fing an zu laufen. Ich ging bis zum Residence delle Roselle. Vor Selenes Chalet stand ein Auto. Ich sah ihren Vater, einen anderen kleinen Herrn und Nando, den Immobilienmakler. Ich erinnerte mich gehört zu haben, daß die Luninis das Haus verkaufen wollten. Nach eifrigem Händeschütteln fingen die drei an zu lachen.

Hinter mir hörte ich einen Fasan, der davonflog. Ich drehte mich um, ich wußte, daß sie da war.

»Jetzt bin ich also ohne Zuhause«, sagte Selene.

»Im Wald gibt es eine Menge hohler Bäume«, sagte ich.

Zwei Tage lang gingen wir von morgens bis abends nebeneinander her, ohne uns zu berühren, ohne uns zu küssen. Es war, als würde man Blut in einen erkalteten Körper zurückfließen lassen, als würde man einen verbrannten Wald wieder nachwachsen lassen. Doch mit jeder Stunde kamen wir uns wieder näher, man konnte nichts dagegen tun, es war wie eine magnetische Anziehung.

Eines Abends lagen wir auf der Wiese, wie damals, bei unseren ersten Küssen. Sie sagte:

»Morgen fahre ich ab.«

»Ich weiß«, sagte ich, doch das stimmte nicht.

Sie stand auf, ihr Gesicht glühte.

»Tu nicht so als wäre nichts. Du weißt genau, was sich jetzt tut. Nenn's Magie, nenn's Zauber oder Fluch. Wenn ich dich sehe, beginnt alles von neuem.«

Ich wußte nicht, was ich sagen sollte. Ich hatte Angst.

»Ich habe einen Freund gehabt«, sagte sie.

»Du bist immer Motorrad mit ihm gefahren, auf der Küstenstraße. Er war schön wie ein Schauspieler und elegant, er benutzte ein Aftershave, auch wenn er sich nicht rasierte.«

»Woher weißt du das?«

»Dann seid ihr eines Abends angeheitert in eine Pizzeria gegangen, er redete über Autos und Hubraum, und du hast gedacht, was will ich eigentlich von diesem Schwachkopf, du hast gesagt ich gehe und schau mir das Meer an und bist verschwunden.«

»Du bist ein verdammter Hexer«, sagte sie.

»Und was habe ich deiner Meinung nach gemacht?«

»Du hast jede, die dir über den Weg lief, abgeknutscht und durchgevögelt, denke ich mir.«

»Ich bin dir immer fast treu geblieben«, antwortete ich.

»Ich bin nicht eifersüchtig«, sagte sie und zog die Grimasse, die sie beim Lügen immer zog.

Und ich antwortete:

»Ich schon, und zwar sehr.«

Ich strich ihr über die Haare. Es war ein kurzer, weicher Kuß. Dann schob sie mich sanft weg.

»Nein, das gilt nicht, hier bist du im Vorteil. Das hier ist dein Gebiet, du bist ein Waldjunge und ich ein längst schutzlos gewordenes Mädchen aus der Stadt. Du hast alle, die mit dir zusammenarbeiten, die Grillen, die Sonnenuntergänge, die Schmetterlinge. Logisch, daß ich nicht widerstehen kann. Diesmal fordere ich dich heraus. Komm mit ans Meer, in mein Gebiet. Es ist nicht häßlich. Wir verbringen dort zwei Tage zusammen, wenn du mich da eroberst, werde ich dein sein für … sagen wir zwei Jahre.«

»Fünfzig«, sagte ich.

»Das ist verhandelbar«, sagte sie.

Wir einigten uns auf fünfzehn.

3

So nahm ich den Zug und kam nach Rivamarina, wo ich eine Suite von sieben Quadratmetern in der Pension Edelweiß gebucht hatte, mit Meeresblick, wenn man aufs Dach stieg. Im Hinblick auf die kurzen, aber sehr beanspruchenden Ferien habe ich mich um den Einkauf folgender Lustobjekte gekümmert.

Ein sahneweißes Lacoste-Hemd mit serienmäßigem Kleinkrokodil.

Eine blaue Leinenhose, die auch verknittert noch was hermacht.

Ein Paar Superga-Schuhe aus weißem Leinen (passend zu dem Lacoste-Hemd).

Zwei Badehosen, vorne rot und mit aufgedruckten Seepferdchen, die andere ein blauer Badeslip, der mit Vorsicht einzusetzen war, im Fall plötzlicher Erektionen.

Ein Deospray der Marke Gentleman.

Ein rotes Badetuch mit tauchendem Pippo. Hier habe ich gespart.

Ein Antimückenstick.

Selene holte mich an meiner Pension ab, in weißen Tennisshorts und Beinen zwischen rot und gebräunt. Ihre Freundin Giusi war bei ihr. Vielleicht war das ja die erste Prüfung, die zu bestehen war, denn sie hatte eine Stimme wie eine elektrische Fräsmaschine und sie blieb an jedem Geschäft stehen und sagte: wie hübsch, wie niedlich, wenn Ettore kommt, soll er's mir kaufen.

Ich stellte mir vor, daß Ettore der Eigentümer von Pirelli war, aber dann entdeckte ich, daß er Buchhalter war und offensichtlich gut verdiente.

Dann gingen wir zum Meer.

Ich war an den Fluß gewöhnt, wo man sich hinlegte, wo man wollte, pinkelte, Steine warf und angelte.

Dort nicht.

Man mußte unter Sonnenschirmen liegen, der Liegestuhl wurde aufgestellt, und der ganze im Schatten liegende Sand gehörte dir, wenn du aber deinen Fuß in den Schatten von jemand anderem gelegt hast, dann wehe.

Da stellte ich den Lehnstuhl halb in den Schatten und halb in die Sonne.

»Du, paß auf, denn so bekommst du Sonnenbrand«, sagte Giusi.

»Nein, denn in zehn Minuten ändert die Sonne ihre Richtung, und dann kommt der Schatten hierher.«

Giusi machte ein Gesicht wie die Wissenschaftler damals vor Galileo.

Wir schwammen, und ich muß sagen, daß war schöner als im Fluß, man konnte ruhig schwimmen, ohne Angst vor Strudeln, es gab Krabben, Muscheln und kleine Seezungen, die davonschossen, und vor allem gab es eine Plattform mitten im tiefen Wasser, wo man den Grund nicht mehr berühren konnte, und da konntest du hinschwimmen und ein Sonnenbad nehmen.

Und dann kam die zweite Prüfung.

»Schwimmen wir bis dahin, los«, sagte Selene, und sie und Giusi schwammen los wie junge Delphine.

Ich schluckte meinen Schiß hinunter, ich war kein besonderer Schwimmer, aber ich war doch immerhin ein Ex-Athlet von Dinamo. Ich legte in aller Ruhe und Gemächlichkeit los, mit Brustschwimmen.

Als ich erschöpft an der Plattform ankam, belagerte schon eine ganze Herde geiler Böcke in roten Badehosen Selene und Giusi, es waren wenigstens sechs oder sieben. Der Unternehmungslustigste war ein Ortsansässiger mit stark ausgebildeten Muskeln und einer Badehose, die sichtbar voll Material steckte.

»He Blonde«, sagte er, »kommt doch zum Dancing Bluemoon heute abend, es gibt einen Tanzwettbewerb.«

»Was meinst du?« fragte Selene mich.

»Ist das dein Freund?« fragte der Bemuskelte.

»Nein«, sagte Selene.

Du Sau, dachte ich.

»Dann gibt's ja kein Problem. Frag' nach dem Tisch von Vanes. Mich kennen alle, ich meine alle Frauen.«

Und er zwinkerte mit einem seiner Augen, wobei er mit großer Könnerschaft das andere zuhielt.

Dann stellte er sich im Gleichgewicht auf die Plattform, zog den Bauch ein und zeigte einen Kopfsprung mit Salto mortale.

Die Mädchen applaudierten. Er tauchte auf, um den Applaus zu empfangen. Schade, daß ihm Rotz von der Nase herunterhing. Er schneuzte sich im Wasser und verschwand im Schmetterlingsstil.

Die dritte Prüfung bestand in einem nachmittäglichen Spaziergang über eine Uferpromenade, wo ein großes Durcheinander von Menschen herrschte, und dann mußte man ein Eis essen. Dort war das Eis nicht wie bei Balduino, etwa das Mottarello oder Großvaters Becher oder Fickdichdoch. Und auch in der Stadt hatte ich noch keine solche Auswahl gesehen. Da gab es Becher, die hießen Antarktis, Schleckermaul, Blaues Zittern, Kaffeeversuchung, Tropicana, Himmlisch, Tour Eiffel. Jeder von ihnen kostete soviel wie zweimal Tagliatelle, zweimal Huhn, Kuchen, Obst und Espresso.

Wir setzten uns in diese Bar mit Blick auf die Vorübergehenden, Ettore war dazugekommen, der ein bebrillter Junge war und immer schwieg, denn schließlich redete ja Giusi. Und die aufgedrehten Mädels sagten, los, bestellen wir uns doch ein Eis.

»Aber es ist doch schon fünf Uhr«, sagte ich, »hinterher habt ihr keinen Appetit mehr.«

Sie blickten mich böse an und ich begriff, daß ich meine Waldbubennatur offenbart hatte. Giusi und Selene nahmen zwei Mal Blaues Zittern, Ettore entschied sich für einen Tropicana, und ich, weil ich doch in Paris gewesen war, bestellte einen Tour Eiffel.

Meine Erwartungen waren von drei unterschiedlichen Arten.

Ein Eis in einem breiten Becher, für große Münder, ganz aus Pfirsich mit einem Schirmchen oben drauf aus roter Spitze.

Oder ein Kebab-Eis mit Sahne.

Oder ein Eiffelturm aus Zucker und jedes Stockwerk aus einem anderen Geschmack.

Statt dessen war es ein Vanille- und Schokoladeneis mit vier Schirmchen und einem Obelisken aus Schlagsahne, der möglicherweise der Eiffelturm war.

Wir bekleckerten uns und ich ließ mein Eis nach der Hälfte stehen.

»Magst du es nicht?« fragte Ettore.

»Doch, nur verstehe ich nicht, warum es Eiffelturm heißt.«

»Vielleicht ist französischer Likör drinnen«, sagte Selene.

»Weil das Vanilleeis typisch französisch ist«, behauptete Giusi.

»Wenn du es nicht aufißt, eß ich es«, sagte Ettore.

Und ich entdeckte, was Ettores Zweitbeschäftigung war: das Schnorren. Natürlich habe ich bezahlt, weil keiner sonst irgendwelche Anstalten machte.

Die vierte schreckliche Prüfung war die Pizzeria. Wir bestellten Pizza um halb neun, und um Viertel nach neun hatten wir alles andere aufgegessen, die Grissini, das Brot und auch Giusis Bonbons. Hin und wieder kam der Kellner bei uns vorbei und sagte: Eure kommen gleich.

Auf diese Weise verstand ich, daß es am Meer nicht wie bei uns ist, wo einer in eine Pizzeria geht und man ihm dort eine Pizza macht. Die Pizzerien sind mit einem System verbunden, wo jemand eine Pizza bestellt, und diese Pizza wird in einer anderen Pizzeria gemacht, während in der Pizzeria sechs Bäcker eine Pizza für Leute machen, die vielleicht zwanzig Kilometer entfernt sind oder sogar in den Bergen. Folglich kamen unsere Pizzen gleich aus irgendeinem geheimen Lokal, und man mußte sich gedulden. Ich stellte meine Theorie vor, aber keiner lachte, im Gegenteil, Selene sagte:

»Hier ist es nicht wie auf dem Land, vier Hansel und gleich bekommt man, was man bestellt hat. Hier ist es gerammelt voll.«

Sie war wirklich eine dumme Kuh, ich dachte daran aufzustehen und zu gehen, doch in diesem Augenblick kamen die Pizzen. Sie hatten drei Margherita bestellt, und ich eine mit Salsiccia. Gebracht wurden eine Margherita, zwei mit Gemüse und zwei mit Frutti di mare. Für die überzählige gab es kein Problem, Ettore kümmerte sich um sie. Ich nahm die mit Gemüse, mein Hunger war so groß, daß ich auch eine Pizza mit Heizöl gegessen hätte.

Die letzte Prüfung des Tages war das Dancing Bluemoon. Wir gingen um elf dorthin, es war bereits die Stunde der langsamen Tänze, die ideale Bedingungen für Eroberungen und Bestätigungen schafft. Ein Orchester spielte auf einer Bühne unter Pinien, es war fast dunkel, wir bewegten uns inmitten von Stühlen und Küssenden und kippten Getränke mit Bitterorangensaft. Wir gingen nicht zu Vanes' Tisch, sondern zum Tisch eines gewissen Ninni, eines faszinierend verblödeten Zwanzigjährigen mit einem phosphoreszierenden Hemd. Jungen und Mädchen waren da, alle ein bißchen sonnengerötet und keiner mit einem normalen Namen, vielmehr hießen sie Ninni und Fede und Cris und Ghigo und Marcy und jeder redete mit jedem gleichzeitig, und Selene fing an, mit Marcy zu reden, sie ließ mich absichtlich alleine. Ich dachte, jetzt steh' ich auf und geh', zweiter Versuch. Aber da kam Vanes vorbei und sagte: da ist ja die Blonde von der Plattform. Tanzt du?

Selene sagte nein, diesen Tanz habe ich meinem Freund versprochen, und zeigte auf mich.

Vanes blickt mich voller Verachtung an, baggerte eine Deutsche an, der er nach zehn Minuten ein ganzes Ohr naß geleckt hatte. Selene aber tanzte nicht mit ihrem Freund, also mir, sondern mit Ninni, woraufhin ich Cris aufforderte, sie tanzte mit Ghigo und ich mit Marcy und so weiter, und ich dachte gerade, jetzt geh' ich, dritter Versuch, als sich ein Conferencier präsentierte, der Vanes' Vater zu sein schien, auf dem Kopf trug er eine Perücke aus totem Katzengetier und sagte:

»Signore und Signori, die Attraktion des heutigen Abends ist der Tanzwettbewerb, den wir in drei Kategorien durchführen, mit sage und schreibe neun Preisen. Die Preise werden gespendet von der Boutique del Dollaro in Rivabella und bestehen in jeder Kategorie aus: erster Preis ein Plüschtier, zweiter Preis ein Parfumset für Damen, dritter Preis eine Flasche Moscato.«

Und er zeigte drei Kaninchen groß wie Kürassiere, drei golden eingewickelte Päckchen und drei Flaschen.

»Oh, ja doch, das Kaninchen, ja ja«, sagte Selene. Das Landchromosom kam zum Vorschein.

»Ist doch eklig«, sagte Giusi.

»Ich will's aber«, sagte Selene. »Saltatempo, wehe dir, wenn wir verlieren.«

Leicht gesagt, da waren schließlich ausgewiesene Tänzer, die sich auf der Tanzfläche wie Grashüpfer bewegten, sie alle konnten tanzen, auch die Deutschen.

Die Kategorien wurden verkündet, und das waren: Beat Dance, was bedeutet: tanz, wie's dir in den Sinn kommt, Cha Cha Cha und Walzer. Ich bekam wieder Hoffnung.

»Selene, Walzer, erinnerst du dich, den haben wir auf der Piazza getanzt, als wir noch klein waren, du warst unglaublich, und ich hab es irgendwie hingekriegt.«

»Walzer ist doch was für alte Leute«, sagte Selene.

»Wenn du das Kaninchen willst, dann Walzer«, sagte ich.

Sie war überzeugt. Der erste Wettbewerb ging los, für Beat Dance. Das Orchester Max und die Vocalists spielten einen Song, von dem ich ungefähr bei der Mitte verstand, daß es sich um *Get Off of My Cloud* (R. Stones) handeln konnte. Die Tänzer war nichts Besonderes, doch einige Mädchen wackelten mehr mit ihrem Hintern, und Vanes machte Luftangriffspenetrationen mit seinem Ding und er gewann, zweite wurden ganz Junge, die unglaublich gelenkig waren, und dritte Giusi und Ninni.

Zweiter Wettbewerb, Cha Cha Cha, Musik *Patricia* (P. Prado). Und da waren zwei Berufspaare, die alle an den Rand tanzten, erster und zweiter Preis, der dritte ging an eine Mama mit Söhnchen.

Letzter Wettbewerb, Walzer. Es waren durchaus nicht nur Alte, zwei deutsche Paare gab es da, von denen eines zweihundertdreißig Kilo zu zweit wog, einige Paare vom Ort, die um die dreißig waren, zwei Kinder und wir.

Scheiße, dachte ich, die Kinder erwecken Sympathie.

Der Walzer ging los, es war *Diavoletto* (S. Belloni). Anfangs waren wir ein bißchen steif, doch dann flatterten wir davon. Das kleine Mädchen flog hin und humpelte weg, eine weniger, dachte ich unbarmherzig. Ich sah gleich, daß die Paare bescheiden waren, ausgenommen zwei schwarz gekleidete, die wie eines aussahen, so schnell drehten sie sich. Und dann eine Überraschung. Die beiden Wehrmachtspanzer flogen dahin wie Libellen, sie drehten Pirouetten mit der Wirkung eines Tornados und fegten einen weg. Wir hatten auf Glamour gesetzt. Ich war zwar ein bißchen steif, aber elegant, zehn Jahre Tanz auf der Piazza verleihen einem eine gewisse Haltung, und Selene hatte Ballettunterricht gehabt, und das sah man, sie ließ ihr Haar flattern, und ich merkte, daß, wenn sie sich drehte, sich der Unterrock hob und man ihre Beine sehen konnte.

»Schneller«, sagte ich.

»Dann sieht man meinen Slip.«

»Kaninchen«, sagte ich, und auf das Zauberwort hin legte sie los wie ein Kreisel.

Es gab Applaus und wir präsentierten uns alle völlig verschwitzt vor der Jury, die aus den Mitgliedern des Orchesters bestand.

Das Urteil war ungerecht.

Erster Preis: die deutschen Panzer, aus Sympathie.

Zweiter Preis: wir, wegen des Slips.

Dritter Preis: die beiden Schwarzgekleideten, die mit Abstand die Besten waren, doch sie nahmen es sportlich und bekamen den Moscato.

»Und heute abend hatte ich meine … na ja, ihr wißt schon«, erklärte die Tänzerin.

Selene war verschwitzt und ein bißchen schroff. Doch das Glück war uns hold. Der Panzer kam zu uns und sagte mit schwerem deutschen Akzent:

»Meine Frau sagt, sie mag italienisches Parfüm, wenn Sie mögen, tauschen wir Kaninchen gegen Parfümset, was?«

Wir mögen, wir nehmen Kaninchen und lassen Parfümset für deutsche Gattin und wir alle glücklich und Freundschaft Italia-Deutschland gestärkt.

»Was für ein schöner Abend«, sagte Selene zu mir vor der Pension.

»Wirklich schön«, flüsterte ich und umfaßte ihre Taille.

»Wir sehen uns morgen früh am Strand«, sagte sie, wand sich aus meinen Händen und küßte mich auf die Wange.

Sie ging weg und trug das Kaninchen auf der Schulter, wie es die Jäger mit dem Wildschwein tun.

Ich warf mich aufs Bett, meine Augen standen voller Tränen. Ich sagte, diesmal haue ich wirklich ab, sie wollte sich rächen und Schluß, ich bin darauf hereingefallen wie ein Schwachkopf, fick dich doch, Rivamarina. Ich habe riskiert zu ertrinken, ich habe zwei Millionen für Eis spendiert, ich habe eine kalte Pizza mit Rosenkohl gegessen, ich habe getanzt und sie hat das Kaninchen genommen, doch jetzt reicht's, morgen früh nehme ich den Zug und fahre wieder nach Hause, jetzt reicht's mit den italienischen Frauen, von jetzt an nur noch Französinnen und Deutsche von hundert Kilo an aufwärts.

Ich packte sofort meinen Koffer und natürlich machte ich bis fünf Uhr kein Auge zu.

Vormittags wachte ich um zehn Uhr auf. Aber ich nahm nicht sofort den Zug, ich dachte, daß ich sie noch ein letztes Mal sehen wollte. Sie ist kleinlich und engherzig und böse gewesen, aber ich bin es auch gewesen, ich will den Stolz beiseite lassen. Ich gehe zu ihr, um mich zu verabschieden und sage ihr, in Ordnung, du hast deine Rache gehabt, ich gehe, doch werde bitte keine, die sich derartig verhält, Liebe besteht nicht nur aus Erpressungen und Heimzahlungen, sie ist kein Wettkampf. Ich jedenfalls werde dich immer liebhaben, auch wenn du ein kleines Arschloch bist, genauer gesagt ein großes.

Diese Worte sagte ich laut auf dem Weg zum Strand, und die Leute sahen mich an, als ob ich verrückt wäre. Ich suchte nach Selenes Sonnenschirm, fand ihn aber nicht, bis ich ihre Stimme hörte und sie mir entgegengelaufen kam. Ihr Gesicht strahlte. Was war mit ihr in der Nacht passiert? Hatte sie mit dem Kaninchen gevögelt?

»Wieso bist du denn noch völlig angezogen? Los, nehmen wir uns ein Ruderboot.«

»Und wer kommt mit? Ich, du und Giusi und Pappi und Cris und Vanes und die Madonna?«

»Nein, du und ich, ganz allein.«

Zum Glück hatte ich die Badehose an, ich hatte vergessen, mir Unterhosen zum Wechseln mitzunehmen, ein weiterer Wink des Schicksals. Ich ruderte, so gut ich konnte, ich war kein besonderer Ruderer. Sie hatte sich aufs Heck des Bootes gelegt, das so etwas wie eine Platte zum Sonnen war, und sagte zu mir: du bist kräftig geworden, was für Schultern du bekommen hast, und zog den Büstenhalter aus.

Ich dachte, wenn sie sich weiter rächen will, soll sie nur, aber man wird ihren Körper erst nach einer Woche finden, wenn die Strömungen günstig sind.

Statt dessen sagte sie:

»Ich bin wirklich ein bißchen gemein gewesen, ich habe dich vielen Prüfungen ausgesetzt, nicht? Aber ich wollte sehen, ob du noch immer diesen verdammten dickschädeligen Stolz hast, vor allem aber, ob ich dir was bedeute. Du bedeutest mir sehr viel.«

Ich hörte auf zu rudern. Die Sonne war heiß und aufgrund eines physikalischen Gesetzes auch ihre Haut. Wir fingen an uns zu küssen und hörten nicht mehr auf. Ich spürte, daß mein Rücken in Flammen stand, sie wurde krebsrot, aber wir hörten nicht auf. Springen wir ins Wasser, sagte sie, nein sagte ich und küßte sie weiter. Bis wir einen dumpfen Schlag hörten und aufblickten.

Die Strömung hatte uns zwanzig Meter ans Ufer getrieben, neunzig Hotels westlich. Wir hatten ein anderes Boot gerammt, das Vater, Mutter und drei Kinder an Bord hatte, die alle erstaunt blickten.

»Paßt auf, wo ihr hintreibt«, sagte der Vater sehr väterlich.

Ich stand auf und sagte:

»Entschuldigung, uns ist ein Ruder zerbrochen.«

Drei Peinlichkeiten auf einen Schlag.

Die erste, das Ruder war nicht zerbrochen, und das konnte man deutlich sehen.

Die zweite, Selenes Büstenhalter hing windschief und freizügig an ihr herum.

Die dritte, als ich aufstand, merkte ich, daß ich seit drei Stunden einen Ständer hatte, und wenn es sich auch nicht um Vanes' Ausmaße handelte, so gab es doch einen offensichtlichen Pyramidaleffekt in meiner Badehose.

Der Vater versuchte, rückwärts zu rudern, eines der Kinder fragte:

»Papa, hat der Mann da einen Schwanz?«

In dieser Nacht trieben wir es zum ersten Mal auf Sadomaso, wir hatten Sonnenbrand und jede Berührung tat uns weh.

»Wir werden noch Zeit haben, es richtig zu machen«, sagte Selene.

»Ja«, sagte ich, »fünfzehn Jahre, das hast du geschworen.«

Ich kehrte ins Dorf zurück mit einer Nase, die sich stückchenweise ablöste. Die Nachrichten waren nicht gut. Gancio hatte einen erneuten Zusammenbruch, er war wiederhergestellt, doch jetzt war er in einer Klinik in der Stadt. Onkel Nevio kämpfte wie ein Löwe gegen Fefelli, der eine neue Straße durch den Kastanienwald und die Fanara öffnen lassen wollte, um noch weiter oben zu bauen, mitten im Wald. Man redete sogar davon, die Felsvorsprünge mit Dynamit zu sprengen. Kleine Schrecken vom Dorf, große Schrecken aus der Welt. Sowjetische Truppen waren in Prag einmarschiert, und im Haus des Volkes war man gespalten und hatte sich sogar verprügelt. Baruch war als Faschist bezeichnet worden, weil er gesagt hatte, ich habe Panzer leider selber schon gesehen, und die hier sind wirklich nicht die gleichen, sie ähneln sich nur.

Mein Vater sagte traurig:

»Für mich ist die Sowjetunion gestorben. Tut mir nur leid für Karamasow.«

Er sagte das so, als würde Karamasow noch leben.

»Und wie siehst du das?« fragte er mich.

»So wie du, Papa«, sagte ich.

»Dies eine Mal sind wir in Sachen Politik einer Meinung, das ist wie Schnee im August«, sagte er. Ich fand, er war gealtert, er hatte viele Haare verloren, und seine Bewegungen waren langsam, so als würde er befürchten, jeden Augenblick zu stürzen. Nur wenn er arbeitete, wurde er jünger, und die Späne flogen wie Sternschnuppen. Doch ich konnte nicht traurig sein in jenen Tagen.

Ich ging auf die Wiese hinaus, ich betrachtete die Sterne und dachte: die Sterne gibt es, weil ich Selene liebe, würde ich sie nicht lieben, würden sie verschwinden.

Nicht einmal Verdolin hätte so viel gewagt.

Rufus kam schwanzwedelnd her. Er sah verantwortungsbewußter aus, denn er hatte nun elf Junge. Auch ich und Selene, dachte ich, aber vielleicht nicht alle gleich auf einmal.

4

Mein letztes Jahr im Gymnasium begann. Unsere erste Besetzung, genauer gesagt die doppelte Besetzung, erlebte eine jähe Unterbrechung. Riccardos Gruppe hatte die erste Etage der Schule besetzt, gegen den Autoritarismus der Schule und der Bonzen, für ein selbstverantwortetes Seminar über neue Formen antagonistischen Denkens. Tamaras Gruppe hatte die zweite Etage besetzt, gegen den Autoritarismus der Schule und der Bonzen, für einen selbstverantworteten Unterricht über neue Formen der Konfliktlage der Arbeiterklasse.

Ich, Fred, Baco und die idealen Geliebten hatten eine opportunistische Position eingenommen, tamaristisch gefärbt mit anarchischen Schattierungen, oder Anarchisten auf der Grundlage eines organisierten Veterotamarismus. Lussu bildete eine Gruppe für sich.

Es waren Tage, durch die viele verändert wurden, die andere aber sehr schnell wieder vergaßen. Tage eines Fiebers, das allen gut tat, auch denen, die dieses Jahr nicht liebten. Tage der Besetzung und Profanierung, wovon strenge Gebäude noch immer eine heimliche Nostalgie bewahren. Tage der Prügel und hektographierten Blätter, der improvisierten Mahlzeiten und des nächtlichen Gitarrengezupfes, verbalen Qualms, jamaikanischen Qualms, Tränengasqualms. Tage mit plötzlichen Hausfrauenanfällen, wie etwa das Aufwaschen sämtlicher Böden, und unverständlichen Guerillaanfällen, wie etwa das Abschrauben von Wasserhähnen, eine Handlung, von der in Ches Schriften keine Spur zu finden war. Das alles in einer bunten Vermehrung von Schriftzügen an Wänden, Liebesbotschaften und politischen Vorwürfen, von Verdolins Zeichnungen, von eilig hingesauten Schwänzen, die von Feministinnen mit kritischen Tiraden unterstrichen wurden oder auch von feministischen Slogans, die von anonymen Schwänzen unterstrichen wurden, denn bei Versammlungen waren wir Männer still, doch im Kreis intimer Freunde legten wir los mit Klagen und Anschuldigungen in die lesbischpolitischsozialverunsicherte Richtung.

Doch die Nacht glättete die Polemiken und rundete die Ideologien, auf improvisierten Pfühlen und in Schlafsäcken erblühten die unterschiedlichsten Verpaarungen, auch dreispitzige und solche mit Turnover, große Befreiungen, Eifersuchtsdramen mit Tränen und herzzerreißenden Zweifeln zwischen dem Persönlichen und dem Kollektiven.

Wie etwa als Mina, die mit den Zöpfen, eines Abends fragte, könnte wohl mein Freund zum Schlafen hierher kommen, der aber unpolitisch ist?

Die Frauen sagten ja, denn deine Sexualität ist zwar Teil deiner Militanz, ist ihr aber nicht untergeordnet, es reicht, wenn er kein ausgemachter Faschist ist.

Die Männer sagten nein, denn wir sind hier und wir verstehen nicht, warum man draußen im großen Sammelsurium der gleichgültigen Sexualität herumstochern muß, wo es hier doch so viele revolutionäre Lümmel gibt.

Einer verstieg sich sogar dazu zu sagen: das wäre doch, wie wenn man sagt, ich bin mit Che im Zimmer und öffne Fanfani die Tür.

Wir verjagten ihn, bevor die anderen ihn verprügeln konnten.

Am Ende wurde beschlossen: sehen wir mal, wie sich dein Freund benimmt. Dieser, ein ziemlich Ausgefuchster, wurde innerhalb einer Woche Genosse und vögelte mit einer Deutschen, die auf einem Schnellkursus in Sachen Extremismus in Italien war.

Oft kam Selene und holte mich ab, gekleidet – ihrer Ansicht nach – im Besetzeroutfit, mit einem Poncho und ausgetretenen Tennisschuhen, ihr fehlte nur noch das Pausenbrot und ein Maschinengewehr. Ich sagte ihr, ich will nicht, daß du dich, koste es, was es wolle, politisierst, ich will, daß du deine Unabhängigkeit behältst. Die behalt' ich, die behalt' ich, sagte sie, du wirst schon dafür sorgen, daß ich sie behalte. Carpaccio unterzog sie einem Verhör, und am Ende definierte er sie als eine Sozialdemokratin bürgerlich-skandinavisch-solidarischer Prägung, genauer gesagt der letzte verfügbare Platz auf der Rechten innerhalb unserer revolutionären Bewegung. Ich atmete erleichtert auf. Wir machten mehrfach Liebe, doch nicht in einem Schlafsack, sondern als unvergeßliches Sandwich bestehend aus schottisch gemusterten und nach Naphthalin stinkenden Plaids, weshalb sie mich während des Geschlechtsakts hin und wieder bat: küß mich, Eta Beta.

Dann mußte Selene sich auf wichtige Prüfungen vorbereiten und sagte, wir werden uns für eine Weile nicht sehen.

Während dieser Zeit ereignete sich vieles.

Es gab eine brodelnde Versammlung. Tamara sagte, die Riccardisten hätten keinerlei Beziehung zur Arbeiterklasse, sondern ausschließlich mit der privilegierten Intellektuellenavantgarde. Riccardo sagte, die Tamaristen seien an eine naiv mythische Auffassung der Arbeiterklasse gebunden, ohne diese aber in Wirklichkeit zu kennen, und sie fürchteten die kritische Intelligenz der Intellektuellen, die doch eigentlich Arbeiter des Denkens wären.

Es folgten ein paar Argumente, wie beispielsweise ein Stuhl auf den Kopf von Djap und Prügel zwischen Heteros und Homos.

Die Debatte wurde von der Polizei unterbrochen, deren Knüppelschläge nur so auf uns niederprasselten, und sie schmiß alle raus. Paolo Lingua hatte einen gebrochenen kleinen Finger.

Am folgenden Tag besetzten wir erneut.

Die Riccardisten führten einen entscheidenden Tiefschlag gegen die globale Leadership. Sie veranstalteten eine Versammlung mit zwei echten Metallarbeitern, einem sogar in Arbeitskluft. Es fehlte nur noch das Plakat mit der Aufschrift »Arbeiter« und das Schweißgerät. Die beiden wurden mitten in die Versammlung gesetzt und waren einigermaßen verlegen, dann redete ein Schüler mit venezianischem Akzent, und der Arbeiter in Arbeitskluft sagte, bist du auch aus Treviso? Sie lösten sich und fingen an, über die kleinen Fabriken und die Ausbeutung zu reden. Es war ein Erfolg, es fehlte nur wenig, daß man sie schließlich noch um ein Autogramm gebeten hätte, stell' dir vor, zwei richtige Arbeiter, ich habe einen sogar berührt. Riccardo jauchzte vor Freude.

Wir verstehen es, mit Intellektuellen zu reden und auch mit dem Proletariat, sagte er, ihr nicht.

Da bereiteten ich und Fred einen Gegenzug vor. Am darauffolgenden Tag stand im Schaukasten geschrieben: In Klassenzimmer sieben, zweite Etage, veranstaltet das Kollektiv Bateau Ivre eine Begegnung mit dem französischen Philosophen Jean-Baptiste Paponnard von der Universität Narbonne, Verfasser der Bücher *Die Fiktion der Freiheit* und *Für einen Kommunismus der Ambiguität,* Untertitel *Von Karl Marx bis David Bowie.* Die Bücher werden in Italien von dem neuen Verlagshaus Fanara in Kürze veröffentlicht.

Das war die Antwort auf die Vorladung der beiden Arbeiter. Auf Nachfrage erklärte Riccardo, Paponnard sei ein zweitrangiger Schüler von Foucault, jedenfalls aber interessant in seiner Mittigkeit: daher füllte sich das Klassenzimmer mit den vereinten beiden Gruppen.

Paponnard kam herein: er hatte einen großartigen Kopf mit weißem Haar, er trug einen zerrissenen langen Überrock und war offensichtlich besoffen. Er berührte sofort eine Titte von der Schiassi, womit er sich der Gefahr aussetzte, mit einem Indigostift von Verdolin erdolcht zu werden. Dann bat er um ein Bier, rülpste und begann zu reden.

Ich übersetzte.

Er sagte, das Leben dans la rue, auf der Straße, ist die einzige Wahrheit, denn nur dort kannst du die Menschen sehen und wirklich begreifen, wohin die Geschichte treibt, vögeln, rauchen und trinken ist das einzige, was das Leben erträglich macht. Doch eines Tages werden die Sirianer mit ihren Raumschiffen auf unserer Erde landen und urteilen, wer gut gewesen ist und wer Böses getan hat. Sie werden die Guten in die Raumschiffe verladen und nach Sirius Eins bringen, der ein Ort voller Sonne ist, voller Obstbäume und Hunde. Die Bösen dagegen werden nach Sirius Zwei gebracht, der ein Ort wie die Hölle ist, nur daß es an Stelle des Feuers Duschen gibt, den ganzen Tag lang eiskalte Duschen, und wehe dem, der aufbegehrt.

Der Vortrag war stark metaphorisch geprägt, und ich versuchte ihn zugänglich zu machen. Doch allen war bewußt, daß er eine tiefe Wahrheit in sich barg.

Riccardo stimmte darin überein, daß das Leben auf der Straße, das heißt im Chaos der Revolution, hilft, die wahren Bedürfnisse der Menschen zu erkennen, und daß er auch über das Raumschiff einer Meinung war, weil neue Ideen nicht aus dem uns bereits Bekannten hervorgehen können, sondern aus einem Anderswo, aus einer Heterotypie, um es mit Foucault zu sagen, un ailleurs, das wir zu erkennen verstehen müssen, wenn es kommt.

»C'est ça«, antwortete Paponnard.

Paolo Lingua sagte, daß dieses Bild der Hölle als ständige Dusche eine starke Aufforderung zum Handeln sei, wir sind schmutzig von Revisionismus und Schuldgefühlen, und dies rechtfertige einen Grad von Gewalt, der jedesmal neu bestimmt werden muß, denn ein reines Gewissen ist nicht immer auch ein friedliches Gewissen.

»C'est ça«, sagte Paponnard.

Eine Rothaarige, mit einer Haarfülle wie eine Molotowbombe, sagte, sie habe nicht verstanden, ob mit Sirianer die von Damaskus gemeint seien, im Sinn der revolutionären islamischen Potentialität, oder etwas anderes.

Paponnard sagte, er habe von Sirius gesprochen, dem Stern da oben, und daß das eine wirklich schöne Frage gewesen sei.

In Wirklichkeit hatte er gesagt, daß sie eine ziemlich scharfe Tante sei, aber das hatte ich einfach nicht übersetzen wollen.

»Welche Unterschiede gibt es zwischen der französischen und der italienischen Bewegung?« fragte Tamara.

In Frankreich, sagte Paponnard, ist es leichter, etwas zu essen zu finden, es gibt viele Hilfseinrichtungen, wohingegen in Italien die Lebensmittelgeschäfte weniger bewacht werden und es einfacher ist, etwas zu stehlen, außerdem werden in Italien die Straßen oft des Nachts gereinigt, wohingegen man in Frankreich leichter verprügelt werden kann.

Die Metapher war ziemlich schwierig. Nur Djap verstand sie.

Genosse Paponnard will sagen, daß in Frankreich die politische Richtlinie von den falschen Leadern oft als Almosen ausgegeben wird, während man in Italien rebellieren und sie jeden Tag der Wirklichkeit neu entreißen muß. Hinsichtlich der Gewalt, versucht man in Italien, sie heimlich und scheinheilig zu waschen, wohingegen sich in Frankreich die Unterdrückung durch die Polizei nicht versteckt und daher weniger heimtückisch ist.

»C'est ça«, sagte Paponnard.

Lussu stand auf, er hatte alles durchschaut.

»Professor Paponnard«, sagte er, »haben Sie einen Hund?«

Paponnard fing an zu weinen und sagte, er habe einen gehabt, aber man habe sie gewaltsam getrennt, eines Abends, als es sehr sehr kalt gewesen sei. Die Polizei habe ihn gewaltsam in den Knast gesteckt, damit er sich duschen und seine Kleidung waschen konnte, und dort hätten Hunde nicht hinein gedurft, und als er wieder herauskam, war Boulboul verschwunden.

Ich übersetzte etwas durcheinander, doch diesmal herrschte einen Augenblick lang wirklich Verwirrung. Fred stand auf und sagte:

»Es ist klar, daß dir bei jeder politischen Aktion jemand zur Seite steht, und den darf man nicht verlieren, das ist eine Aufforderung zur Geschlossenheit.«

Paponnard kotzte und wir applaudierten.

Drei Tage wurde darüber diskutiert, bis Riccardo Paponnard an der Kirchenecke betteln sah und das klar wurde, was viele sofort verstanden hatten. Wir hatten einen französischen Clochard, der seit ein paar Tagen in der Stadt herumstreunte, als Philosophen ausgegeben.

Das ist ein infantiler faschistischer Betrug, tönten die Riccardisten, das ist eine kreative Art, Selbstironie zu kultivieren, antworteten wir. Paponnard war ein wirklicher Philosoph, fügte jemand hinzu und ging sogar in eine Buchhandlung, um nach Von Marx zu Bowie zu verlangen. Kurz gesagt, Jean-Baptiste Paponnard lebte lange in unserer Vorstellung weiter. Die einzige Unannehmlichkeit war, daß Paolo Lingua Fred eine Lippe zerschlug und sagte: feiges Schwein, du verhöhnst die Revolution. Doch am folgenden Tag kam das Fernsehen, um die Besetzer zu interviewen, und Lingua gelang es, daß man nur ihn interviewte. Von diesem Augenblick an begann sein Gang nach rechts, eine Partei pro Jahr.

Einen Monat später fand ich eine Behausung, ein nach Klo stinkendes Loch, doch vom Fenster aus sah ich einen Aprikosenbaum, und von der Fensterbank kamen recht freundliche Katzen herein. An die Wand heftete ich einen Poster vom Ontariosee, ein Foto von Selene, einen Che Guevara, einen Lee Evans, einen Gramsci, einen Poe, verschiedene Beatles, und es kam mir wie ein schmuckes kleines Zimmer vor. Seit langem ging ich in die Klinik, in der Gancio lag, aber dort erklärte man mir, daß er weiterhin auf dem Weg der Besserung war, aber noch niemanden sehen dürfe. Endlich sagten sie dann einmal, Sie können hinein, aber regen Sie ihn nicht auf.

Gancio saß vor dem Fenster, er verfolgte den Flug der Spatzen, wobei er seinen Kopf wie eine Katze bewegte. Vielleicht träumte er von seinem alten Blasrohr. Sein Kopf war kahlgeschoren und er war spindeldürr. Ich umarmte ihn, und er kam mir vor wie aus Glas.

Er legte sich mit überkreuzten Armen aufs Bett. In seinem Blick lag unendliche Müdigkeit und große Würde.

»Ich hab mir selber ins Knie gefickt, Saltatempo«, sagte er, »erinnerst du dich an den Fluß, als wir zum Ende des Wassergrabens geschwommen sind, wo das Wasser in Richtung Brücke fließt und sich in Strudeln dreht, da haben wir Wettkämpfe gemacht, wer am längsten durchhält, während die Strömung stärker wurde. Ich habe immer gewonnen, ich bin immer einen Augenblick früher, bevor ich von der Strömung erfaßt werden konnte, ans Ufer geschwommen, ihr habt noch früher aufgegeben. Für mich ist es immer so gewesen, ich mag es dort, wo alles stark fließt, wo Gefahr lauert. Jetzt hat mich die Strömung aufs Kreuz gelegt und ich bin untergegangen.«

»Wenn du die Stromschnelle hinter dir hast, wird es ruhig, und am Ende ist das Meer.«

»Ja, das Meer«, sagte er und kniff die Augen zusammen wie ein Indio, »am Meer ging's mir gut, mit Nora, dann sind sie gekommen. Sie haben mich gefunden, sie haben mir das Zeug ins Haus geschleppt, sie haben's mir geschenkt.

»Wer sind ‚sie'?«

»Nicht wichtig. Wie geht's Selene?«

»Gut. Sie büffelt hart.«

»Seid ihr zusammen? Lauert der Londoner Playboy noch immer im Hinterhalt?«

»Ich kann dir niemals genügend danken für das, was du mir damals auf der Fete gesagt hast. Du hast mir geholfen.«

»Wirklich? Hab ich gar nicht gemerkt. Hast du eine Zigarette?«

»Ich rauche doch nicht, Gancio, hast du's vergessen?«

»Hast du was Starkes zum Trinken bei dir?«

»Beim nächsten Mal versuche ich, eine Flasche Guatayaba-Feuerwasser reinzuschmuggeln. Versprochen.«

»Beim nächsten Mal«, lachte Gancio.

Eine Krankenschwester kam herein, nahm seinen dünnen Arm, setzte eine intravenöse Spritze und ging wortlos wieder hinaus.

»Sie stellen mich ruhig, ruhig, fast schon tot«, sagte er und lächelte bitter.

»Halt durch, Gancio«, sagte ich, »Onkel Nevio wartet auf dich, er hat gesagt, er hätte Arbeit für dich.«

Gancio wurde leichenblaß, er klammerte sich an die Bettdecke. Ich erschrak, ich wollte einen Arzt rufen, aber er hielt mich mit einer Armbewegung zurück.

»Ist nichts weiter. Das ist dieses Zeug in der Spritze, das bringt mich zum Kotzen. Der Arzt sagt, ich hätte die Leber eines Neunzigjährigen, ist doch nicht schlecht oder? Schöner war's, als ich wegen des Biers gekotzt habe.«

»Du wirst noch weiter mit uns kotzen.«

»Das weiß ich nicht, Saltatempo«, sagte Gancio und trank Wasser in kleinen Schlucken, »die Guatayabas leben durchschnittlich achtundzwanzig Jahre, das schien mir ein erreichbares Ziel, aber jetzt weiß ich nicht. Aber versprich mir etwas. Genauer gesagt, versprich mir zwei Dinge.«

»Alles, was du willst.«

»Das erste, wenn du ins Dorf zurückfährst, sag' Onkel Nevio, daß du mich in guter Form angetroffen hättest, frisch wie eine Rose. Und wenn die Gefahr auftauchen sollte, also der Guaytayaba-Pfeil im Rücken, dann sag' ihm, ich bin mir immer bewußt gewesen, was er für mich getan hat, auch wenn ich ihm vielleicht nicht genügend dafür gedankt habe.«

»Hör' auf, wie ein Toter zu reden.«

»Das sind Dinge, die man nur einmal im Leben sagt und dann nie wieder«, sagte Gancio. Wo hatte ich das schon einmal gehört? Dann fügte er mit einer plötzlich harten Stimme hinzu:

»Als zweites, räche mich.«

»An wem?«

»An den Pastoris und an deren Freunden, Saltatempo. Ist es wirklich möglich, daß keiner sich je gefragt hat, woher das Heroin kam, und das fand man ja nicht nur in der Diskothek, sondern auch im Dorf, in der Mefisto-Bar, und an noch vielen anderen Orten. Ich sage, viele wußten es und taten so, als würden sie es nicht sehen. Was glaubst du denn, wie sich diese Bastarde ihre tollen Autos kaufen konnten, etwa allein mit dem Gehalt von Fefelli? Sie versorgten das gesamte Gebiet, gemeinsam mit ein paar Mülltypen aus der Stadt. Die Schuld für das, was geschehen ist, ist ausschließlich meine eigene, aber ich zahle dafür, sie nicht. Einmal hatte die Polizei sie vor der Diskothek erwischt, sie wurden verhaftet. Fefelli hat sich da eingemischt, hat sie rausgeholt, er hat für sie gebürgt. Jetzt dealen sie nicht mehr, doch das Zeug, das sie verkauft haben, geht ja nicht zurück, es bleibt mir im Blut. Räche mich, Saltatempo. Ich weiß, es ist ein häßlicher Dolch, den ich dir in die Hand gebe, aber du bist der einzige, den ich manchmal als einen mir Ähnlichen empfunden habe.«

»Ich weiß nicht, Gancio«, sagte ich, ohne daß ich ihm in die Augen blicken konnte, »jetzt versuche, gesund zu werden, danach denken wir über diese Dinge nach.«

»Bastarde«, sagte er wieder, seine Augen waren geschlossen. Der tätowierte Drachen auf seinem Arm wirkte farblos, ich fürchtete er könnte wegfliegen, zusammen mit der wenigen Kraft, die ihm verblieben war.

»Aber wenn die Pastoris aufgehört haben«, fragte ich, »wer hat dir den Stoff denn danach gegeben?«

»Besser nicht«, sagte Gancio, »frag' mich das bitte nicht.«

»Hast du Angst?«

»Ich habe vor niemandem Angst«, sagte er, »nach ihnen gibt es Jüngere, die fahren mit einer Vespa, die bringen den Stoff von Dorf zu Dorf. Vielleicht verwalten die Pastoris noch ein Lager, das weiß ich nicht. Und dann ...«

»Und dann?«

»Dann hat ihn mir manchmal Osso verkauft.«

Dieser Tag veränderte vieles. Ich begriff, daß der Große Schatten, der über dem Dorf lag, viel größer und tödlicher war als ich es mir je vorgestellt hatte. Ich hatte fast Angst zurückzukehren. Ich büffelte Tag und Nacht. Selene gegenüber war ich still, sie hatte verstanden, daß etwas Schlimmes vorgefallen war, aber sie stellte keine Fragen. Sie spürte, daß ich mich irgendwie von ihr entfernte. Gancios Worte hatten mich wie ein Dolchstoß getroffen: du bist mir ähnlich, hatte er gesagt. Eine gleichartige Wut vereinte uns. Ich bin als erster aus der eisigen Strömung gestiegen, vielleicht wäre ich aber eines Tages bis zum bitteren Ende dringeblieben, um sie voll herauszufordern. Folge mir nicht, Selene, sagte ich einmal, als ich völlig besoffen war, ich habe einen schlimmen Weg vor mir.

»Wenn du mich verlassen willst, sag mir, daß du eine Filmschauspielerin liebst, das würde mich abschrecken. Aber was du jetzt gesagt hast, nein, das nicht«, sagte sie ruhig.

»Ich habe ein Verhältnis mit Brigitte Bardot und eines mit Cary Grant.«

»Gib mir Cary und behalte deine kleine Schlampe.«

Selene hatte wieder gelernt, Witze zu machen, und das machte mich glücklich. Aber ich hatte Angst um sie und um mich. Eines Tages las ich diese Verse von Apollinaire:

Ich wartete auf das Ende der Welt.
Meines kam und pfiff wie ein Orkan.

Für die Weihnachtsferien kam ich nach Hause, das mythische Jahr ging zu Ende. Das ganze Dorf war von Schnee bedeckt, als ich ankam, der Zug hielt einen Kilometer vorher an, ich mußte alles zu Fuß gehen. Und die Anzeichen für einen Orkan waren schon da.

Papa erzählte mir, daß nachts zuvor ein Verbrechen verübt worden sei, das erste Verbrechen seit dem Krieg. Favilla, der Schmied, war wahnsinnig geworden, er hatte seine Frau mit dem Gewehr erschossen und sich selbst durch einen Schuß in den Mund. Grundlos, hieß es, aber das stimmte nicht. Die Wucherer hatten ihn in den Ruin getrieben. Er hatte sich verschuldet, um eine Eisenwarenhandlung aufzumachen, und kam aus den Schulden nicht mehr heraus.

»Wer sind die Wucherer?« fragte ich. »Und wer verkauft Drogen im Dorf?«

»Das sag' ich dir erst, wenn ich sicher bin«, sagte Papa, »das einzige, dessen ich mir sicher bin, ist, daß das Geld anders geworden ist, es ist nichts mehr, das du in der Tasche hast, um zu kaufen, was du brauchst. Geld ist wie ein Steinschlag, der den Leuten auf den Kopf schlägt und sie benebelt, keiner sagt mehr, daß die Geschäfte gut laufen, daß es ihm gut geht, alle sind unzufrieden, das Geld reicht hinten und vorne nicht.«

»Wie in der Stadt.«

»Ich weiß nicht, wie es in der Stadt ist«, sagte er und schüttelte den Kopf. »Hier hat man uns einen gegen den anderen aufgebracht.«

Heiligabend war es antarktisch kalt. Regina machte eine gefüllte Gans, was aussah wie die Vorbereitung der Mumie von Ramses, und sagte: geh' mir nicht auf den Senkel, Junge. Also ging ich zu Balduino, um ihm frohe Weihnachten zu wünschen. Dondolo war mit ihrem Musiker zusammengezogen, und zwei neue Flipper waren angekommen, einer nannte sich Pirates. Balduino sagte, er wolle die Bar verkaufen, im Dorf gebe es inzwischen ja drei weitere, zu ihm würden nur die alten, derzeit noch Lebendigen kommen. Ich werde weiterhin hierher kommen, sagte ich. Mach'n Punkt, sagte er lachend, die Puppen sind am Mefisto oder bei der neuen Bar neben der Bank, dort macht man Hamburger, die bestehen aus zwanzig Lire Brot, hundertachtzig Lire Fleischkloß und tausendachthundert Lire amerikanischem Namen. Wenn ich ein Brötchen mit Butter machen und es Nebraska-Schnee nennen würde, wieviel könnte ich dafür wohl verlangen? Weißt du, was Baruch sagt? Daß wir in zwanzig Jahren die Deutschen um Genehmigung bitten müssen, jetzt müssen wir es noch bei den Amerikanern tun. Die Geschichte ist wie ein Karussell.

Wir gingen gemeinsam, mit den Händen in der Tasche und das Gesicht im Kragen verborgen, als wir einen Ton hörten, der vom Campanile kam, eine Windböe blies uns den Schnee ins Gesicht. Doch wir waren durch Wodka geschützt, zwei Schluck, und wir gingen weiter. Die Arbeiten am Brunnen wurden fortgesetzt, das geheimnisvolle Meisterwerk befand sich unter einer schneebedeckten Plane, er sah aus wie ein Eisberg mitten auf der Piazza. Die Uhr am Campanile schlug acht.

Für einen Augenblick sah ich den Brunnen in der Sonne glänzen, in einem Wirbel aus Hechten und Delphinen. Dann sah ich oben am Campanile zwei Beinchen in roter Strumpfhose, die ins Leere baumelten. Es war der Geigerteufel, der die Titelmusik zu Hitchcocks Fernsehfilmen spielte (H. Berlioz).

»Das Teufelchen der kleinen Scherereien«, sagte Balduino.

Doch ein neuer Windschlag brachte uns beinahe zu Fall. Mitten im Schneetreiben sahen wir, wie sich der Große Schatten auf die Piazza legte und mit einem Vogelschrei über sie hinwegzog. Er stieg den Campanile hoch, malte ihn schwarz an und hüllte das Teufelchen ein, das auf der Stelle zu spielen aufhörte und herabstürzte. Wie

Hunde bei den Fasanen gingen wir zu der Stelle, wo wir es aufschlagen gesehen hatten. Aber da war nichts, nur der Abdruck eines kleinen Körpers, ein bißchen rotes Zeug, das aussah wie Kerzenwachs.

Am nächsten Tag ging ich in den Wald, um Zweige von merkwürdiger Form zu suchen, Papa wollte einen großen Tischschmuck für ein Abendessen im Haus des Volkes herrichten, weil man Baruchs sechzigsten Geburtstag feiern wollte. Ich ging bis zur Fanara hinauf, das Becken war zugefroren, von den Bäumen ringsum hingen zu Eis gewordene Dolche herunter, es war, als wäre man in einer verzauberten Grotte. Ich sah auch größere Fußspuren, die stammten von einem gestiefelten Fußgänger.

»Gnom«, sagte ich laut, »komm' her, zum Schlittschuhlaufen auf dem Eis.«

Niemand antwortete.

»Gnom, du elendes schändliches Röhrendings, komm' jetzt, es ist Weihnachten, ich habe ein Geschenk für dich.«

Das stimmte, ich hatte ein Taschenmesser.

Der Wald blieb still. Ich folgte den Fußspuren des Gnoms. Sie rückten immer enger aneinander, ein Zeichen, daß er müde war, dann verschwanden sie in einem hohlen Baum.

Ich steckte den Kopf in das Loch.

»Komm' raus«, sagte ich.

Dann sah ich genauer hin. Der Baum war verdreht und hatte riesige Wurzeln, er sah aus als hätte er Arme und Beine, doch vor allem hatte er oben zwei schneebeladene Äste, die wirklich aussahen wie weiße Lippenbärte. Das Loch war der Mund und zwei Knorren die Augen.

Mein Gnom ruhte aus in einem hundertjährigen Schlaf. Der Wald war dabei, seine Geschöpfe nacheinander zu verlieren.

Unerwartet kam die Sonne zum Vorschein. Zu Neujahr war fast alles weggetaut, das Wasser sang an den Bäumen hernieder und in den Schluchten, es bildete Rinnsale und Schnellen, es floß durch die Wiesen und brachte die Straßen zum Glänzen.

»Es ist schön«, sagte ich, während ich meinem Vater half, einen Stamm zu zersägen.

»Es wäre besser gewesen, der Schnee wäre liegengeblieben«, brummelte er.

Das Schicksal des Dorfes bewegte sich zwischen Onkel Nevios Hartnäckigkeit, Fefellis Macht und dem Immobilienmakler Arcari, der sich in der gesamten Gegend breit machte. Onkel Nevio hatte die Arbeiten an der Straße zum Monte Mario blockiert, und das Gericht hatte ihm Recht gegeben. Doch ausgerechnet in dieser Zeit fand eine Umbesetzung der Regierung statt, und Fefè, der den richtigen Riecher dafür hatte, welche Strömung nun das Sagen haben würde, war Zweiter Staatssekretär im Ministerium für Öffentliche Arbeiten geworden. Jetzt zählte er zehnmal soviel wie vorher. In der Silvesternacht gab es Kracher, wir waren alle auf der Straße, in Balduinos Bar sahen wir uns die Feierlichkeiten in der ganzen Welt an. In New York und Moskau und Rio prosteten sie genauso wie bei uns. Ich rief Selene an, die in den Bergen ihre Ferien verbrachte, ich denke an dich, ich noch viel mehr, antwortete sie, ist Brigitte Bardot bei dir? Ja, aber sie ist mit Baco zusammen, sagte ich, und Cary Grant ist bei Fred, Pech gehabt.

Hier läuft man Ski, sagte sie, und ich antwortete: hier auch. Das stimmte. Caprone hatte den Traktor genommen und mit einem Seil versah er den Dienst eines Skilifts, er zog alle vom Abhang unterhalb des Fußballplatzes nach oben, und dann fuhren wir hinunter. Ich hatte alte Skier aus Bambus gefunden, Baco welche von Rossignol, die ganz abgesplittert waren. Roda gab eine fabelhafte Figur auf neuen Skiern ab, aber so gut er im Fußball war, so schlecht war er auf Brettern, es war, als hätte er drei Beine, die sich ineinander verknoteten.

Balduino und Carburo waren besoffen, sie nahmen den Schlitten und sagten:

»Jetzt wird die Equipe aus Italien die verhaßten Deutschen Wührer-Jägermeister schlagen.«

Sie fuhren los und wir sahen sie mit Lichtgeschwindigkeit im Unterholz verschwinden. Der Gott der Säufer rettete sie, sie hatten sich nur das Gesicht zerschrammt.

Am zweiten Tag des neuen Jahres kam der Orkan in aller Frühe. Ich hörte, wie Lastwagen sich die Schanze der Anhöhe hinauffraßen, aber ich war zu müde, um mir die Frage zu stellen, warum sie zu dieser Stunde arbeiteten. Sie fuhren auf der gesperrten Straße zur Anlage delle Roselle hoch. Sie nahmen die Absperrung weg, die die Durchfahrt verhinderte, und fuhren weiter zu den Hängen des Monte Mario. Hier befanden sich zwei Felsvorsprünge, die jede Weiterfahrt unmöglich machten.

Es begann zu regnen. Es war acht Uhr morgens. Ich wachte auf, weil ich das Geräusch von Onkel Nevios Vespa-Dreirad hörte. Er war völlig durcheinander und aufgewühlt. Fast weinte er.

Er zeigte mir ein Blatt Papier.

Es war ein ministerielles Dekret, das die Genehmigung erteilte, Arbeiten an der gesperrten Straße für die Entwicklung des Tourismus Roselle-Monte Mario von sechs Kilometern durchzuführen, mit Datum vom zweiten Januar, mit welcher jede andere Verfügung in der Sache für null und nichtig erklärt wurde.

»Ich weiß nicht, wie ich es deinem Vater sagen soll. Weckst du ihn auf?«

Das war nicht nötig. Ihn weckte die Explosion. Ungeheuer laut und donnernd, wie alle Silvesterkracher zusammengenommen und in einem einzigen Augenblick gezündet. Und dann das Geräusch eines Steinregens.

»Der Blitz soll sie treffen«, schrie Onkel Nevio, »das ist Dynamit.«

Mein Vater tauchte in Unterhemd und langen wollenen Unterhosen auf, er blickte hinauf zum Wald, wo sich eine Staubwolke erhob.

»Sie haben den ersten Felsvorsprung gesprengt, den mit den Quarzen. Das ist ein starkes Stück.«

Wir gingen auf die Straße, viele Leute standen vor ihren Häusern, und das rettete sie. Denn nach einer Minute spürten wir, wie die Erde bebte, und ich hörte, wie der Erdrutsch näher kam. Das hatte ich noch nie gehört, nicht einmal, als der Fluß Hochwasser hatte.

»Papa!« schrie ich. »Was ist das?« Mir war, als hätte ich die Stimme eines Sechsjährigen.

»Verflucht sollen sie sein«, sagte mein Vater und brach in Tränen der Wut aus, seine Tränen begleiteten die Katastrophe. Eine Erdlawine stürzte auf das Dorf, auf den nördlichen Teil. Wenn ich wieder daran denke, war es eigentlich wie ein gigantischer Menschenleib, der zusammenbrach, verwundet in seinem Felsenherzen, die Bäume waren die zertrümmerten Knochen, die Nerven die ausgerissenen Wurzeln, die Haut war das Gras, das unterirdische Wasser das Blut und alles schrie vor Schmerzen. Der Fluß schlammigen Erdreichs begrub an die zehn Häuser, strömte weiter und brach Weinberge und Gemüsegärten nieder und wälzte sich nach unten, in Richtung Fluß, mit einem traurig dumpfen Brummeln, als würde er um Verzeihung bitten.

»Carburos Haus«, rief Papa, »er, seine Frau, die Kinder!« Und er lief, in diesem komischen Aufzug, es war wie ein Stummfilm.

»Warte«, sagte Onkel Nevio, »wir rufen Leute zusammen.«

»Scheiß aufs Warten, hol Schaufeln.«

An der Biegung tauchte Regina auf dem Fahrrad auf, mit zwei Spaten über der Schulter. Dann der Traktor von Luis und der von Caprone und weitere Leute, alle eilten sie zu dem Erdrutsch. Wir kamen dahin und sahen nur Erde, Schornsteine und ein abgedecktes Dach. Zwei Kleine weinten mitten auf der Straße, es waren Carburos Kinder. Er hatte sie aus dem Fenster abgeseilt.

Wir fingen an zu graben, es regnete weiter, ich grub mit meinen Händen und verletzte mich an einer Flasche, es war Nußlikör, wir waren über Carburos Eßzimmer. Sie zogen seine Frau mit gebrochenem Arm heraus. Luis gelang es mit seinem Traktor, eine Öffnung in die Mauer aus Erde zu brechen, ein Loch zwischen den Balken einer Zimmerdecke wurde sichtbar. Mein Vater ließ sich hinab und zog Carburo heraus, die Balken gaben nach, nun waren alle beide gefangen, der Kopf draußen und die Beine zerschmettert, halb gerettet und halb tot. Ich schrie, aber die Stimme kam nicht heraus. Innerhalb weniger Minuten zog man sie heraus. Carburo war tot, mein Vater atmete noch, ein Krankenwagen brachte ihn fort, während die Feuerwehrleute anrückten.

An diesem Abend starben sechs, Carburo und sein Sohn Taddeo, und ein Arbeiterpaar von der Zementfabrik, mit einem Kind von drei Jahren, das den gleichen Namen hatte wie ich. Und auch Slim der Herrliche starb in seiner Baracke voller Käfige mit Kanarienvögeln. Mit ihm starben auch alle seine Vogelstimmen. Andere entgingen dem Tod um Haaresbreite. Wenn die Lawine nicht die Richtung geändert hätte, wenn die Fanara und der Kastanienwald und der Baumgnom seine furiose Wildheit nicht umgelenkt hätten, wäre das halbe Dorf zerstört worden.

Die Nacht verbrachte ich mit Regina im Krankenhaus, mein Vater lag auf dem Operationstisch. Eine freundliche Krankenschwester sagte mir: wenn du fernsehen willst, da redet man gerade über dein Dorf.

Ich habe keine Lust, sagte ich.

Besser so. Eine Vielzahl von Journalisten war angekommen, auch Milio, in Tarnjacke. Das Fernsehen hatte Onkel Nevio interviewt, der hatte nur so gewütet und alles gesagt, aber am Ende wurde nur dieser Satz gesendet:

»Wir sind verwundet, aber wir bauen alles wieder auf.«

Alles andere war herausgeschnitten worden.

Dann gab es eine Ansicht eines Geologen und das Interview mit Fefelli.

»Die Arbeiten durften gar nicht anfangen und dieser Felsen durfte gar nicht gesprengt werden«, hatte er erklärt. »Das Dekret besagte, daß von heute an die Arbeiten »in Gang gesetzt« werden sollten, doch bevor man anfängt, muß selbstverständlich die Meinung der Gebietskommission und der Geologen eingeholt werden. Es gibt schwerwiegende Verantwortlichkeiten und wir gehen der Sache auf den Grund, weil das, was sich ereignet hat, nicht noch einmal passieren darf.«

Der Name der Firma Arcari wurde überhaupt nicht erwähnt, auch weil Arcari in keiner Weise auftauchte, er war aus allen Dokumenten verschwunden. Als einzige Verantwortliche blieben zwei unbekannte Ingenieure und ein gewisser Fattorini, Sprengmeister, der nach Argentinien verschwand, um junge Talente für politisch produktive Explosionen zu trainieren.

Mein Vater hatte innere Blutungen, eine Prognose unter Vorbehalt. Für die Opfer fand eine beeindruckende Trauerfeier statt, mit sämtlichen Bürgermeistern der Dörfer des Tals, Fefelli hatte den Anstand, sich krank zu melden und nicht zu kommen. Es schien eine nicht heilbare Wunde zu sein, die Erinnerung an ein langsames, grausames Verbrechen, die uns ein Leben lang quälen würde.

Die Kübelbagger waren schon an der Arbeit. Ihr rasendes Drehen um sich selbst, ihr Schürfen und Glätten, mit dem Geröll und Erde, Ziegelsteine und Holz und Fetzen von vergangenen Leben zum Verschwinden gebracht wurden, schienen dem kleinen Dorf und dem großen Land zu sagen: dies ist eines der ersten Dinge, die ihr vergessen müßt.

5

Wir würden nicht vergessen, wie hätten wir vergessen können. So dachte ich, während ich mit dem Zug in die Große Stadt fuhr, der alten Hauptstadt, mit dem schwarzen Heft meines Vaters. Ich war nur wenige Male in der Großen Stadt, einmal, um das Fußballspiel zu sehen, ein zweites oder auch drittes Mal, um eine Bibliothek zu besuchen. Aber ich bin nie dageblieben, ich schnupperte an ihr und lief weg. Ich haßte den Verkehr und die Luxusgeschäfte, ich mochte ihren altertümlichen Charakter und die Stuckfiguren mit ihren abgebrochenen Nasen, und eine gewisse ländliche Prägung ihrer Bewohner, deren sie sich aber schämten und daher unter hocheleganten Anzügen und englischen Schuhen versteckten. Im Zug las ich das Heft und entdeckte, daß außer Papa auch Carburo, Onkel Nevio und Baruch dort hineingeschrieben hatten. Papa sprach von den ungenehmigten Aushebungen im Fluß, über die Schäden am Berg, über die Leute, die nachts hinaufgingen und Bäume fällten und sie dann auf Lastwagen verluden, und er hatte Autonummer und Lastwagentypus notiert. Carburo redete von den nächtlichen Versammlungen in der Villa Meringa, mit den Funkstreifenwagen der Carabinieri und den dunkelblauen Autos. Er erinnerte an die Freundschaften der Pastoris und ihre Verhaftung wegen Drogenhandels. Baruch redete über Wucher, er benannte Ossobuco und einen gewissen Signor C. Onkel Nevio hatte zwischen die Seiten Fotografien von Dokumenten gelegt, mit den Unregelmäßigkeiten, die er in Fefellis Amtszeit festgestellt hatte. Das war nicht das Tagebuch einer Bande von rachsüchtigen Wütigen, nein, es war ein kleines Buch ziviler Auflehnung einer Gruppe von Freunden, ein vielleicht unvollständiges und naives Buch, aber ein großmütiges. Dort stand geschrieben: seine Verteidigung kommt auch uns zu, es ist Schatz und Strafe für den, der ihm beisteht, wir wollen, daß die Dinge sich ändern, das hoffen wir immer noch. Das war die Botschaft, die ich der Großen Stadt überbringen wollte, einem ehrlichen Mann, einer Institution oder einer Partei, in der Hoffnung, daß sie nicht verloren gehen werde, und ich fühlte mich mit einer großen Mission betraut, derart groß, daß mir kein Vergleich einfiel, etwa von der Art Michael Strogoff oder Pecos Bill, der um Hilfe für das von Indianern belagerte Fort bittet oder Grauer Adler, der die Seminoles gegen die blauen Soldaten um Hilfe bittet. Oder der letzte Staffelläufer bei den viermal hundert Metern der schwarzen aufgebrachten Amerikaner bei den Olympischen Spielen, ja, das war der beste Vergleich, auch wenn ich, ich sage es noch einmal, dermaßen emotional geladen war, daß es schwierig für mich war, Vergleiche zu ziehen, etwa von der Art Weißer Hauer, der den ganzen Yukon überquert und den Schlitten mit seinem verwundeten Herrchen zieht oder, bescheidener, die Gesetzestafeln des Moses, in Ordnung, Schluß jetzt. Ich mußte in eine Rechtsanwaltskanzlei an der Piazza della Giustizia 6/c gehen, dem Platz der Gerechtigkeit. In der Stadt herrschte dichter Nebel, ich hatte Mühe, den richtigen Bus zu erwischen, und ich stieg an der falschen Haltestelle aus. Ich befand mich auf einem Viale zwischen hohen Häusern und Autos mit eingeschalteten Scheinwerfern, ich lief schnell auf die andere Seite, und sie bombardierten mich mit Hupen, dann nahm ich eine Seitenstraße mit einem Füllhorn erleuchteter Geschäfte voller Kleider, Nahrungsmittel und Kleinigkeiten, bis ich mich auf einer Piazza mit Kirche fand, aber es war nicht die Piazza, die ich suchte. Es war schwerer, sich hier zurechtzufinden, als im Wald. In der Mitte der Piazza war ein Becken, wie das der Fanara. In ihm schwamm ein einziger verzweifelter Goldfisch. In der Mitte plätscherte ein Wasserstrahl. Wenn ich oben, zwischen meinen Bäumen gewesen wäre, hätte ich das Uhrbiwerk in Gang gesetzt, und der Gnom oder Mama oder der fröhliche Gott hätten mir den Weg gewiesen, doch da, in dieser Stadt, kannte ich keine Seele, weder eine imaginäre, noch eine menschliche.

Während ich so vor mich hinklagte, sah ich ein Mädchen mit hellblauem Schal vorbeigehen, sie ging schnell, so wie alle, doch als sie mich sah, ging sie langsamer und sagte:

»Saltatempo!«

»Venerelli!« sagte ich.

Sie war es wirklich, sie, meine erste offizielle Küsserin. Sie hatte sich nicht zum Vorteilhafteren verändert, sie war dicker geworden, und die Gesichtszüge hatten durch ein zu kräftiges Make-up etwas Vulgäres. Ihre Titten aber waren immer noch so wie damals, vielleicht sogar eine Idee fülliger. Sie sagte mir, sie arbeite als Kellnerin in einer Bar gleich in der Nähe, sie nahm mich mit dorthin, sie lud mich zu einem Espresso mit Sahne ein.

Sie hatte sich die kleine weiße Arbeitsschürze umgebunden und sah hinaus.

»Im Dorf war es besser, auch der Nebel war anders, hier bleibt er an dir haften, er macht deine Kleider dreckig, er durchweicht dich. Sag, erinnerst du dich noch an den Ausflug im Bus?«

»Und ob ich mich daran erinnere!«

»Du siehst jetzt viel hübscher aus«, sagte sie.

»Du auch«, log ich.

»Erzähl mir, was sich im Dorf alles verändert hat. Fährt Fangio immer noch den Bus?«

»Ja«, sagte ich und ich weiß nicht, warum. Ich weiß ja nicht, was für ein Leben sie führte, wahrscheinlich wußte sie auch nichts von dem Erdrutsch. Aber ich hatte keine Lust, ihr das zu erzählen, ich wollte ihr auch nichts erklären, die Geschichte des Dorfes war im Uhrbiwerk, und es hätte vieler Wassertropfen bedurft und eines ganzen Jahrhunderts, um alles zu erzählen, es war besser, wenn sie alles so in Erinnerung behielt, wie es war. Ich ließ mir sagen, wo die Piazza della Giustizia war, versprach, daß ich noch einmal in ihre Bar kommen würde, dann ging ich. Addio, Venerelli mit den schönen Brustwarzen, um derentwillen ich so gelitten hatte.

Die Eingangshalle des Palazzos der Rechtsanwälte war schlicht, alt und voller Hundescheiße. Ich las die Namensschilder an den Klingeln, das waren dreißig, sie sahen aus wie die Medaillen eines Generals: es war ein Palazzo, der entsprechend dem juristischen Wert ausgestattet war. Nur Rechtsanwälte wohnten dort oder Steuerberater, alle hatten mindestens zwei Universitätsabschlüsse und zwei Hunde mit jeweils zwei Ärschen. Der Mann, zudem ich mußte, hieß Speri, doch ich fand ihn nicht. Dann sah ich seinen Namen unten auf einem ovalen Türschild. Da stand: Avvocato Cannavale, in großen Buchstaben, Avvocato D'Intesa in mittelgroßen Buchstaben und Avvocato Speri in kleinen Buchstaben.

Ich klingelte, und eine durchaus anmutige Sekretärin öffnete mir, wahrscheinlich war sie die Chefsekretärin, die mich zu einer weniger hübschen brachte, und die wiederum brachte mich zu einer Dicken, die Speris Sekretärin war.

Speri erwartete mich, er war jung, er trug einen Oberlippenbart, er hatte Ähnlichkeit mit Clark Gable, nur viel viel häßlicher. Neben ihm stand ein dickbäuchiger, distinguierter Mann in gelber Weste, der eine Pfeife mit Prince Albert Tabak rauchte, nicht, daß ich da irgendwelche Kenntnisse hätte, aber die Tüte schaute aus seiner Tasche hervor. Das war offensichtlich Rechtsanwalt D'Intesa.

Speri sagte, er habe telefonisch mit Onkel Nevio gesprochen und er wisse, daß die Absicht bestehe, eine oder mehrere Anzeigen zu erstatten. Ich händigte ihm das Heft aus. Er öffnete es und zeigte es sofort D'Intesa, der interessiert zu sein schien, er blätterte, runzelte die Stirn und zog einige Male tief und prinzengleich an seiner Pfeife.

»Sicher«, sagte Speri, »dieser Erdrutsch war eine fahrlässig ausgelöste Katastrophe, aber dann hat man alles ein zweites Mal begraben. Hoffentlich kommt es zu einem Prozeß, aber die sind gut beschützt, vor allem dieser Arcari ist äußerst geschickt, er arbeitet mit ausländischem Kapital, er taucht nirgends auf und er wäscht das Geld einer außerordentlich mächtige Loge, die ...«

»Das interessiert den Jungen nicht«, unterbrach ihn D'Intesa knapp und bündig.

»Was deinen früheren Bürgermeister Fefelli angeht, durchlebt er einen Augenblick politischer Ungnade, er hat viele Fehler gemacht, aber er ist immer noch sehr mächtig. Ich versichere dir, daß ich für deinen Vater, von dessen Mut man mir erzählt hat, mein Mögliches tun werde. Unsere Partei ist an vielen Fronten tätig, die Zeiten sind hart, sehr hart, aber man muß auch für die kleinen Dinge kämpfen, wie dieses hier.«

»Für uns ist das nicht klein«, sagte ich.

»Siehst du, Junge«, sagte D'Intesa und setzte sich, und ich mochte es nicht, wie er sagte »Siehst du, Junge«, »die Sache ist klein im Verhältnis zu dem, was passiert. Hinter diesem Erdrutsch stecken dunkle Interessen, aber wenn du wüßtest, wie viele große dunkle Geheimnisse wir zu sehen bekommen. Weißt du was Sid bedeutet, was Sifar und was CIA? Sie bereiten einen Krieg gegen uns vor, gegen saubere Menschen wie deinen Vater oder deinen Onkel, die uns wählen, so wie du uns eines Tages wählen wirst. Aber wir können nicht mit gesenktem Kopf vorgehen, wir müssen eine Strategie anwenden, denn sie haben seit langem die Macht in der Hand. Wir müssen von ihnen lernen, geschickt zu sein und geduldig und uns im richtigen Augenblick bewegen. Dieses Heft steckt voll interessanter Dinge, auch wenn sie nicht neu sind. Wir wissen, daß in der Villa Meringa viele Leute zusammenkommen, auch Militärs, die Brüder Pastori sind notorische Neofaschisten, und dann ist da noch Arcari, der Mitglied einer Loge ist, genauer gesagt einer Gruppe von Geschäftemachern mit gleichen Absichten, wenn du erwachsen bist, wirst du das verstehen. Sie sind bereits so mächtig, daß sie Fefelli erpressen können. Doch wir, ich wiederhole es, lieber Junge, wir gehen strategisch vor, das braucht ein bißchen Zeit und Geduld, aber wir werden das schon schaffen. Einstweilen aber bewahren wir dieses Heft auf.«

Ich wollte sagen, daß es mir lieber wäre, wenn Speri es aufbewahrte.

»Wir telefonieren in jedem Fall mit deinem Onkel und lassen euch etwas wissen.«

»Entschuldige, D'Intesa«, sagte Speri, »vielleicht sollten wir ihm etwas Schriftliches in die Hand geben. Ich meine, die Tatsache, daß wir ein Heft mit informellen Anschuldigungen erhalten ...«

»Nicht nötig«, sagte D'Intesa und hielt seine Pfeife wie eine Pistole auf ihn gerichtet, »wenn das Heft juristisch bedeutsam werden sollte, werden wir alles schriftlich fixieren, falls nicht, geben wir es zurück. Zufrieden, lieber Junge?«

»Das ist kein Augenblick, in dem ich zufrieden sein kann«, sagte ich.

»Ich verstehe, daß unsere Sprache ein bißchen schwierig für dich wirkt«, sagte D'Intesa, »aber siehst du, Junge, juristisches Wissen scheint fernab und kalt zu sein, doch am Ende erreicht es, was es will.«

»Oder auch, was es nicht will«, sagte Speri.

Diesmal waren es die Wölkchen, die, eins nach dem anderen aus der Pfeife aufsteigend, das Uhrbiwerk in Gang setzten. Ich sah Speri mit einer Zukunft als Stripteasetänzer, nacheinander nahm man ihm alle politischen Ermittlungen weg und ihm blieb nur noch eine über einen Diebstahl von kubanischen Langusten auf dem Fest der L'Unità. Er trat aus der Partei aus und tanzte anderen auf den Eiern herum, in einem Amtsgericht irgendwo im Süden. D'Intesa dagegen machte große Karriere und trat in eine Kommission ein, die wegen zahlloser Vergleiche und Freisprüche in die Geschichte eingehen würde, und er wurde ein vielgeschätzter Gast bei Talkshows. Von der roten Partei ging er in eine Partei, die shocking rot war, dann hopste er wieder in die frühere zurück, und dann sah ich nichts mehr, es war, als würde man der Kugel eines Flipperkastens folgen. Wer weiß, was noch aus Cannavale würde.

Die Türe flog auf und beseitigte meine Zweifel. Ein runder, gut gekleideter Mann erschien, mit einem Draculagesicht, der aber jede Nacht statt Blut Pasta all'amatriciana aufsog.

»Der Chefredakteur der Zeitung ist da wegen dieses Streitfalls«, sagte er, »ich will euch alle in meinem Büro haben.«

»Das ist der Junge, über den ich mit dir gesprochen habe, er kommt aus dem Dorf des Erdrutsches von Fefelli und Arcari«, sagte D'Intesa, »das Heft, das er mitgebracht hat, ist ... hinreichend dokumentiert.«

»Gut«, sagte Cannavale, und er wollte ›Mist‹ sagen. Hier brauchte ich kein Uhrbiwerk. Der da hätte auch einen freigesprochen, der einen ganzen Kindergarten aufgefressen hätte.

»In einer Minute sind wir da«, sagte Speri.

»Nein, ich will euch sofort bei mir haben. Und was Sie angeht, D'Intesa, ein Erdrutsch besteht aus Erde und Schlamm, nicht aus den beiden Namen, die Sie so voreilig genannt haben.«

Ich schwöre, daß ich nichts sage, wollte ich sagen, vielleicht sogar in einem sizilianischen Tonfall, auch wenn ich glaube, daß man diesen Satz in allen Tonfärbungen der Welt sagt. D'Intesa und Speri verließen das Büro gemeinsam mit mir, bedrückt. Ich hatte den Eindruck von drei Fischen. Speri war eine ehrliche Barbe und D'Intesa ein Hecht, bereit, ihn zu verschlingen, und dann kam Cannavale, ein riesiger Wels zum Einstampfen, mit einem ausreichend großen Maul, um alle beide und eine ganze Mannschaft von Geschworenen zu verschlingen.

Kaum hatte ich im Slalom die Hundescheiße umgangen, war ich wieder in der grauen, nebligen Stadt. Ich hätte bemerken müssen, daß die Piazza della Giustizia in dichtem Nebel lag, und vielleicht lag ja auch etwas Prophetisches in dieser Situation. Doch insgesamt vertraute ich noch immer den Worten Onkel Nevios: Cannavale ist ein Schwein, aber Speri und D'Intesa sind unsere Leute, sie werden uns helfen.

Ich ging unter einem Portikus her, oben waren zwei grinsende Greife und Adelswappen, ich suchte meines: Saltatempo de' Boschis di Gnomoboleto Delfiume, Wappen mit zwei Uhren auf grünem Grund und der lateinischen Inschrift: Time is on my side.

Dann bemerkte ich, daß die attraktiven Mädchen dieser Stadt mit achtzehn Jahren alle gleich aussahen, mit Bubikopf, Mäntelchen mit Kräuselkragen, Miniröcken und Stiefeln, während die Jungen Rollkragenpullover trugen und flache, breite Wildlederschuhe. Ich blickte auf meine Schuhe, sie sahen aus wie zwei abgelutschte Lakritzstücke, und mein Pullover hatte viele Löcher. Normalerweise kümmerte mich das einen Scheißdreck, genauer gesagt, das war mein Stil, doch inmitten all dieser Geschäfte erwachte mein Hunger auf Mode. Und ich sah ein Geschäft, das sich Bekleidung Chelsea nannte, so groß, wie ich noch nie eins gesehen hatte. Sieben Schaufenster voller Bekleidung, eines mit Pullovern aus Kaschmir und Angora und Merinowolle, das Wasser lief mir im Mund zusammen, wie bei Verdolin, wenn er vor einer Farbenmischerei steht. Da lag ein Pullover, und darunter stand 20.000 Lire, er hatte einen V-Ausschnitt, war von einem wunderschönen Grün, das mit meinen großen Augen harmonierte. Auf Selene hätte ich mächtig Eindruck gemacht, vielleicht auch auf die Bardot. Ich hatte ein bißchen Geld aus der Keksdose meines Vaters genommen, Regina hatte gesagt, er hätte es dir gegeben, nimm es und fahr in die Stadt. Ich dachte an Lucianas Slogan für ihre Kundinnen: Wenn alles schiefgeht, kauf dir ein kurzes Kleid. Und für einen Mann? Ich beschloß, entweder finde ich den passenden Slogan oder nichts, und so blieb ich vor dem Schaufenster stehen und trat auf meine Füße, bis ich endlich gebar: Niemand ist am End' so arm, daß er sich ein' Pullover nicht leisten kann.

Der Vers war absoluter Bockmist, aber er gab mir den Antrieb, und ich ging hinein. Der Verkäufer, sicher ein Graf in inkognito, betrachtete mich mit adeliger Kälte.

Ich dachte daran, mit drei Sätzen folgender Art zu treffen.

Mein Rolls-Royce ist verspätet bei diesem schrecklichen Nebel, und während ich auf ihn warte, möchte ich mir ein paar Ihrer Artikel ansehen, etwas Warmes, Leichtes, daß die Mädels Lust bekommen, sich daran zu reiben.

Oder: Haben Sie vielleicht etwas, das sich unter einem orangefarbenen Smoking gut macht?

Oder auch: Ich bin der Sohn von Avvocato Cannavale und möchte Papa ein Geschenk machen, aber zwei Nummern kleiner, weil er es eng haben will.

Etwas bündiger fragte ich:

»Könnten Sie mir wohl den grünen Pullover für zwanzigtausend Lire aus dem Schaufenster zeigen?«

»Signore«, antwortete er, »der kostet zweihunderttausend Lire.«

»Das glaub' ich nicht«, schoß es mir aus dem Mund.

»Das glauben Sie nicht«, stöhnte er, »aber so ist es.«

Es stimmte, ich hatte die Nullen falsch gezählt. Ich wollte gerade gedemütigt hinausgehen, als ich einen langen Typen Jacketts auswählen sehe, und zwei Verkäufer, die ihn gravitätisch bedienen. Ich schaue ihn an und denke, das ist doch nicht möglich. Das ist die zweite Rückkehr in die Vergangenheit an diesem Tag, es ist der Troll. Der hatte sich nun wirklich zu seinem Vorteil verändert, wenigstens äußerlich. Er ist immer noch krumm und unbeholfen, doch die Pickel sind verschwunden, er ist hochelegant in seinem dunkelblauen Jackett und den vergoldeten Manschettenknöpfen, die aus seinem Hemd hervorschauen, er ist gut gekämmt und selbstsicher. Der mit den Hühnern, der, der neun Jahre gebraucht hat, um die Grundschule hinter sich zu bringen. Das häßliche Küken ist ein prächtiger Fasan geworden.

»Troll!« sage ich.

»Saltatempo! Wie viele Jahre ist das her!«

Er gibt mir die Hand, er lächelt, seine Zähne sind immer noch schief und krumm, ja, er ist es.

Wir gehen hinaus, er schleppt zwei Tüten voller Mode mit sich, er lädt mich zu einem Aperitif ein und erzählt mir seine Geschichte. In der Hühneraufzucht hat er sich mit den Problemen genau befaßt, und gemeinsam mit einem Kollegen hat er eine Methode erfunden, die Hühner mit Überschallgeschwindigkeit zu rupfen. Natürlich die toten Hühner. Dieses System hat er sich auch in Japan patentieren lassen, jetzt fährt er zu allen Hühneraufzuchten in Italien, um das System zu verkaufen und zu installieren, auch in Deutschland und in Österreich, und wenn wir an die Hühner im Osten kommen, dann ist es vollbracht. Mit zweiundzwanzig Jahren ist er Millionär, hat eine junge Frau aus Padua geheiratet, er wohnt auf den Hügeln in einem Haus mit Garten. Hier hat er Käfige mit sechzig Hühnern aufgestellt, die er genau beobachtet, denn er will eine neue Erfindung patentieren lassen, ein Futter, das ein Huhn doppelt so füllig macht wie normal, mit Schenkeln, die eines Radrennfahrers würdig sind.

»Wozu soll das gut sein?«

»Die Leute wachsen besser auf, sie haben mehr Geld und essen mehr. Der Sektor geht in Richtung Küken, ich schwimme gegen den Strom, in Richtung Superriesenhuhn. Und ich werde erfolgreich sein. Saltatempo, hättest du je gedacht, daß ich, der Dümmste der Klasse, jemals Geld verdienen würde?«

»Du warst nicht der Dümmste, dir kommen ebenso viele Verdienste zu wie Marcella.«

»Los, erzähl mir vom Dorf«, sagt er, »ich hab von dieser schlimmen Geschichte mit dem Erdrutsch gehört.«

»Ja. Meinem Vater geht es sehr schlecht, aber vielleicht kommt er durch. Auch Gancio geht es schlecht. Es gibt auch gute Nachrichten, aber in diesem Augenblick fällt mir nichts ein. Besser, wenn du dir keine allzu traurigen Gedanken machst.«

Troll sagt nichts und weint, ganz plötzlich, Krokodilstränen. Es ist, als würde er zehn Jahre zurückgehen, die Sicherheit, das Geld und das Godzillahuhn verflüchtigen sich, er kehrt krumm auf die letzte Schulbank zurück und blickt aus dem Fenster in eine merkwürdige und unbegreifliche Welt.

»Ich hätte nicht weggehen dürfen«, sagt er.

Ich weiß nicht, was ich ihm sagen soll, ich weiß nicht, was in dem Kopf dieses großen Jungen vorgeht, vielleicht, so wie es vielen geht, ist eine Hälfte in seiner stinkenden Hühneraufzucht geblieben die andere Hälfte in dem dunkelblauen Jackett und den goldenen Manschettenknöpfen. Vielleicht ist er ja doch nicht so glücklich wie es scheint, und ich sage:

»Komm hin und wieder ins Dorf zurück. Vielleicht tut dir das gut.«

»Wenn ein Huhn einen Stall verläßt«, sagt er, »ist es für die Pfanne.«

Wundervoll auf den Punkt gebracht. Addio Troll.

Ich laufe durch die Flure des Krankenhauses. Sie haben die Blumen ausgewechselt, und jetzt ist da ein richtiger Friedhofsgeruch, der Geruch von Medikamenten war besser. Mein Vater liegt in einem Zimmer mit einem Alten zusammen, dessen Kopf zerquetscht ist, er hat sich von einer Terrasse gestürzt, aus Einsamkeit.

Papa liegt in einer Rüstung aus Gips, er ist eingeschlafen, ich warte, bis er aufwacht. Auf dem Nachttisch befinden sich eine ungeöffnete Zeitung, eine Flasche Wasser, seine Uhr mit dem Armband, das er drei- oder viermal repariert hat. Er öffnet die Augen.

»Ich habe das Heft zu den Rechtsanwälten gebracht«, sage ich, »sie waren alle zufrieden, sie sagten, damit würden sie viel bewirken können.«

»Gut«, sagt mein Vater. »Wie du siehst, hat es sich gelohnt, alle diese Jahre zu schreiben.«

Ich meine, es gehe ihm etwas besser, aber ich habe Angst, ihm das zu sagen. Er schläft wieder ein. Ich nehme seine Hand, berühre seine Schwielen, jede einzelne von ihnen. Meine Hand hat keine. Zwischen meiner Kindheit und seiner liegen hundert Jahre, wir haben die schnellste Umbruchzeit des Jahrhunderts erlebt, vielleicht aller Jahrhunderte. Und doch sind wir uns immer nahe gewesen.

Während ich im Zug heimkehre, lese ich ein Buch, es ist Martin Eden. Es ist die letzte Szene, als er sich umbringt, indem er sich ins Meer stürzt. Ich kann nicht weiterlesen. Ich mache das Buch zu, und in diesem Augenblick fühle ich, das mein Vater gestorben ist.

Am Tag der Beerdigung ging ich in den Wald, ich wollte noch einmal mit Papa sprechen. Ich wartete, daß die Tautropfen von einem Nußbaum herabfallen würden, und dann sah ich ihn, auf der kleinen Steinbank auf der Anhöhe, mit den Hunden.

»Du wirst sehen«, sagte ich, »mit deinem Heft, da wird es rundgehen.«

»Nichts wird rundgehen«, antwortete er und streichelte Fox. »Wir haben daran geglaubt, unser Leben ist voller Schweinereien und Engstirnigkeiten gewesen, doch hin und wieder erschallte die Posaune, und wir gingen wieder an unsere Plätze zurück, um zu kämpfen und uns eine Hand zu reichen. Wir haben geglaubt, wir könnten frei sein und die zwanzig Jahre der Schwarzhemden verhindern. Doch jetzt tönt die Posaune nur schwach. Sie haben uns verkauft, verschachert, einen nach dem anderen. Sie haben unsere armseligen Leben und unsere Geschichte verschachert, um eine Geschichte zusammen mit den anderen zu machen, eine vorgetäuschte Geschichte, die nicht einmal ein glückliches Ende hat, sie wird in der Gleichgültigkeit enden, für alle und alles. Wenn es ihnen nützt, Stimmen zu bekommen, beschimpfen sie uns gar noch.«

»Papa«, sagte ich, »aber dich wird man mit großer Liebe in Erinnerung behalten, als einen guten und starken Mann. Ein bißchen Wut vielleicht auch, aber das war ja dein Treibstoff.«

»Ich hätte gerne mehr getan. Ich arbeitete und arbeitete und dachte an die Politik, an meine Wut, und habe vielleicht gar nicht gemerkt, was mit dir los war, mit Regina, mit meinem Bruder. Ich habe soviel Holz bearbeitet, daß man daraus die Arche Noahs bauen könnte, aber dann hatte ich keinen, den ich da hätte hineinklettern lassen können.«

»Sei nicht traurig deswegen, Papa. Auch wenn ich nach Hause kam und dich die ganze Nacht mit dem Beil habe hauen hören, dachte ich: was ist das eigentlich für ein Vater, es wäre doch besser gewesen, wenn sie mich Pinocchio genannt hätten. Und ich kam nicht in die Werkstatt, um dich zu grüßen, weil ich deinen Weingeruch nicht riechen und deine unzusammenhängenden Gedanken nicht hören wollte. Wir haben uns lieb gehabt, auch weil wir nicht so getan haben, als wäre alles bestens, wir haben unserem Elend ins Gesicht geblickt. Du bist kein perfekter Vater gewesen und ich kein idealer Sohn, und Regina war nicht meine Mutter, doch unser Haus war ein Heim, ich habe glückliche Stunden darin verbracht, und jetzt wird es mir leer vorkommen. Und jetzt Schluß, du hast mir beigebracht, daß man so etwas nur einmal im Leben sagt. Als ich dich in dieses Loch inmitten der Trümmer habe eindringen sehen, habe ich begriffen, daß dies vielleicht das Ende war, aber daß du gewonnen hattest, ein für alle Mal.«

»Kümmere dich um Rufus«, sagte Papa, »und um Regina.«

»Ich werde beiden Brei aus Brot und Milch geben«, antwortete ich.

Der Pfarrer war sternhagelblau und hielt eine Rede, die nicht einmal ein wegen seiner Hämorrhoiden aufgebrachter Fidel Castro gehalten hätte. Er donnerte gegen die Sünder, ja, er sagte sogar: die Schweinesünder, die den Wald zerstören und nur ans Geld denken und sieben unserer Bewohner umgebracht haben. Mit jedem Wort riskierte er die Versetzung in die Gemeinde von Maracalagonis. Unseren Tischler, fügte er hinzu, habe ich zwar nie in der Kirche gesehen, aber ich weiß, daß er im Innersten seines Herzens fromm war. Hätte ich ihn um ein Kreuz gebeten, hätte er es mir gemacht. Keiner machte übrigens einen Kommentar, wer wußte denn schon alles über meinen Vater? Nicht einmal ich, wahrscheinlich. Baruch sagte wenige und sehr einfache Dinge. Dann wurde der Pfarrer mit dem Köder eines guten Glases Zibibbo weggelockt, und mit leiser Stimme sangen alle die Internationale. Der Friedhof leuchtete von Ginster und roten Tüchern.

Als mein Vater in die Grube hinabgelassen wurde, hörte man eine Stimme donnern:

»Was ist das denn für ein Scheißsarg!«

Wir gingen darüber hinweg, es war wie eine Geschichte von Poe, war es vielleicht Papas Stimme, die sich aus dem Jenseits beklagte?

Nein, es war Balduino, bis oben hin angefüllt mit Likör, wie eine Hochzeitstorte.

»Er mochte kein Mahagoni, er sagte immer, Nußbaum, das ja, das ist ein wunderbares Holz, ich will einen Sarg aus Nußbaum.«

Und etwas Ungewöhnliches geschah. Die Zeremonie hielt inne. Die beiden Barbesitzer, der, der zu trinken ausgab und der, der das Grab zuschaufelte, brausten mit dem Auto in ein Nachbardorf. Don Brusco fragte, was denn jetzt los sei.

»Uns fehlt die Erlaubnis der Provinzialkommission für Beisetzungen«, sagte Baruch.

»Es könnte ja eine Wasserader darunter sein«, sagte ich.

»Oder Trüffel«, sagte Caprone.

»Vielleicht auch eine antike Amphore«, sagte Luciana.

Der noch einmal zibibbierte Pfarrer schlief auf einem Grabstein ein. Kurz darauf kam der neue Sarg, aus Nußbaumholz. Zu viert versteckten sie sich hinter einem Strauch und nahmen die Umbettung vor. Der Pfarrer wurde geweckt, der neue Sarg hinuntergelassen. Onkel Nevio kam angelaufen und hatte einen Schuh in der Hand.

»Der hier ist draußen geblieben«, sagte er.

Wir dachten: ist er im Paradies, gibt es da Wolken, und man braucht keine Schuhe. Ist er in der Hölle, verbrennt er sich auch mit Schuhen. In die großen Weidegründe reitet man zu Pferd. Im islamischen Paradies zieht man die Schuhe aus, bevor man eintritt. Buddha geht ausschließlich barfuß. Und wenn nachher gar nichts existiert, geht man im Nichts nicht spazieren.

Als ich nach Hause zurückkam, sah ich Selene vor der Tür. Sie war gerade erst angekommen, der Zug hatte Verspätung, es tut mir sehr sehr leid. Ich küßte sie, ich dachte, Liebe mit ihr zu machen, wenn man zu einer Beerdigung geht, drängt's einen nachher, das mag blasphemisch sein, aber so ist es, sagte mein Vater immer, warum sollte er nicht recht haben.

»Ich weiß, daß du jetzt ein bißchen fern bist, Saltatempo«, sagte sie. »Aber ich werde auf dich warten. Allerdings ist mir jetzt nicht danach, mit dir zu schlafen.«

Wir schliefen beieinander, zwei Nächte, ich stellte sie offiziell Onkel Nevio vor, und in diesen Tagen fühlte ich mich nicht alleine. Jeden Morgen kam Regina und goß die Blumen, und Rufus und Baruch und einmal auch Arturo Centouno-Hunderteins, still auf Söckchen mit 'nem Stöckchen.

»Weißt du, wer das Bett gemacht hat, in dem ich schlafe?« fragte er mich.

»Mein Vater«, antwortete ich.

»Nein, dein Großvater«, sagte er, und still auf Söckchen ging er fort.

Nachmittags begleitete ich Selene zum Bahnhof. Danach brach ich zusammen, ich fing mitten auf der Straße an zu weinen und Rufus jaulte kontrapunktisch dazu.

Onkel Nevio sagte, daß von der Rechtsanwaltskanzlei keiner angerufen habe. Zwei Tage später kehrte ich in die Große Stadt zurück, zur Piazza della Giustizia 6/c. Speri war nicht da. Mir wurde ein Brief von D'Intesa ausgehändigt, in welchem stand:

»Lieber Junge. Das Heft ist als Zeugnis eines mutigen Lebens außerordentlich interessant, wenn man es systematisch aufbereiten würde, könnte es ein ermutigendes Buch für die Militanten werden. Doch das, was es enthält, rechtfertigt keinen neuen Prozeß, ein paar Autonummern und ein paar Fotokopien von Dokumenten reichen nicht aus, man müßte hundertmal soviel haben. Wenn ihr Hilfe braucht, setzt euch jederzeit mit uns in Verbindung. Herzliche Grüße«.

Allerdings sah ich, daß aus dem Heft vier Seiten fehlten. Ich wurde wütend, ich ließ es an der Sekretärin aus, die schrieb an der Maschine und sagte, ich kann da nichts tun.

Ich sagte, ich glaube nicht, daß sie nicht da sind, ich werde hier auf dem Sofa warten. Ich wartete bis spät abends, dann verstand ich, daß nichts zu machen war.

»Wissen Sie, Signorina«, sagte ich, »ich habe verstanden, wieso ihr diese Kanzlei hier habt. Piazza della Giustizia, Platz der Gerechtigkeit, 6/c. Wenn es die wirklich gäbe.«

Die Sekretärin unterdrückte ein Lachen. Vielleicht war zu lachen da drinnen ja eines der schlimmsten Verbrechen.

Das war meine erste Lektion in öffentlicher Gerechtigkeit.

Während ich in der Stadt war, trat in Onkel Nevios Geschäft ein Oberst der Carabinieri ein, stattlich und gutaussehend. Man nannte ihn den Amerikaner, weil er drei Jahre in den USA studiert hatte, in einer Spezialschule für Spezialpolizisten. Bei ihm war Licio Pastori.

»Tut mir wirklich leid für Ihren Bruder«, sagte Licio. Onkel Nevio gab ihm mechanisch die Hand. Dann sagte Pastori: »Ich stelle Ihnen Colonello Maluschi vor, den neuen Chef der Ermittlungsabteilung.«

»Es ist mir eine Freude, Sie kennenzulernen«, sagte der Oberst. »Sie sind ein guter Bürgermeister, sehr beliebt. Sicher, es gibt auch solche, die Sie gar nicht mögen. Aber das ist wie in meinem Beruf, man kann nicht alle zufriedenstellen.« Er ging durch das Geschäft und schaute sich alles mit Interesse an. »Und ich sehe, sie haben ein paar sehr schöne Jagdgewehre. Das da ist ein Browning? Darf ich mir das mal ansehen?«

Mein Onkel nahm das Gewehr aus dem Vitrinenschrank. Der Oberst streichelte es sinnlich, er prüfte das Einführen von Patronen.

»Wie schön Waffen doch sind. Wenn sie nicht schießen müssen, natürlich. Oder allenfalls auf einen Fasan.«

»Richtig«, sagte Onkel Nevio, er fühlte sich beunruhigt und es war ihm, als hätte er einen langen Schweif aus bunten Federn.

»Sehen Sie, Signor Bürgermeister«, sagte der Amerikaner und zielte mit dem Browning auf die Wand und nahm einen imaginären, vielleicht sogar subversiven Fasan ins Visier, »die Ermittlungen über den Erdrutsch haben die Verantwortlichen dafür bereits ausfindig gemacht. Es war eine übereilte und fahrlässige Initiative zweier Ingenieure, zweier Elendiger, einer hatte bereits Vorstrafen für illegales Bauen. Dann gibt es da den Sprengmeister, der ins Ausland geflohen ist, hoffentlich schnappt man ihn, aber das ist schwierig. Jetzt muß das Dorf aber wieder zur Normalität zurückkehren, ich habe gesehen, man baut wieder auf, jetzt ist es an der Zeit, Anschuldigungen und alte Wunden beiseite zu lassen.«

»Wenn es das eine oder andere Mißverständnis gegeben hat«, sagte Pastori, »müssen wir das überwinden. Auch Fefelli ist es müde sich herumzustreiten.«

Sie wirkten gut aufeinander eingespielt, zwei Schauspieler, die ihre Rolle gelernt hatten. Eine ausgewählte Gruppe von Militärs, Faschisten und Politikern für das Gemeinwohl eines Dorfes, auch eines ganzen Landes, wie sie es wollten. Man muß schon wirklich voreingenommen sein, um denken zu können, daß sie ein anderes Dorf, ein anderes Land als das unsere wollten.

»Wir wissen, daß weitere Anzeigen in Umlauf sind«, sagte Maluschi, »daß ein Heft Ihres Bruders die Runde macht, daß Ihr Neffe mit Rechtsanwälten zu tun hat. Die Jungen sollten nicht in derart heikle Geschichten verwickelt werden.«

Onkel Nevio hatte Angst. Er schaute hinaus auf die Piazza, ob wohl jemand vorbeikäme. Nur ein Jeep stand draußen, mit zwei weiteren Carabinieri.

»Daher«, sagte der Oberst, »komme ich, um Sie zu bitten, diesem Dorf Frieden zu geben. Signor Ossobuco hat mir gestern gesagt, er habe Angst heimzukehren, weil man ihn des Wuchers beschuldige. Das sind starke Worte, es ist an Ihnen, Klarheit zu schaffen. Sie sind der Bürgermeister aller Einwohner, nicht nur eines Teils.«

»Ich glaube, daß man vor aller Befriedung erst einmal die Wahrheit herausfinden muß. Wo nicht, heißt das nicht befrieden, sondern vertuschen, verwischen, ablenken, suchen Sie sich das Passende aus.«

»Dann suche ich mir Ordnung herstellen aus«, sagte der Oberst kurz angebunden, »das ist meine oberste Aufgabe und auch Ihre, Ordnung bewahren. Sonst muß ich meinen, daß Sie nicht der geeignete Bürgermeister für dieses Dorf sind.«

»Sie sollten nicht soviel Schießpulver in Ihrem Geschäft aufbewahren«, sagte Pastori, der sich zwischen den Tresen herbewegte, »da reicht ein Funke, und alles fliegt in die Luft.«

»Raus hier«, sagte Onkel Nevio.

»Wir gehen, wenn wir uns deutlich genug ausgedrückt haben«, sagte Maluschi.

»Sie haben sich beide überaus deutlich ausgedrückt«, sagte Onkel Nevio.

Sie gingen weg und stiegen in den Jeep, der zu neuen Missionen fuhr. Bevor sie wieder an die Front gingen, hielten sie bei Chicco an, um Wachteln den Hals umzudrehen.

Das alles erzählte mir Onkel Nevio erst viele Jahre später. Von diesem Tag an wurde er trauriger und stiller. Der Bürgermeister ist müde, sagten die Leute. Er hielt die Angst über diese Unterhaltung in seinem Inneren zurück, nicht einmal mit Baruch sprach er darüber. Und das war nicht gut, denn das alles nagte an seinem Herzen.

In den letzten drei Monaten auf dem Gymnasium büffelte ich Tag und Nacht, alleine oder mit Fred und Tamara, und ich putschte mich literweise mit kaltem Espresso auf. Unsere durchschnittlichen Herzschläge betrugen vierhundert im Ruhezustand. Baco nahm ein Medikament, das Plegin heißt, es putschte gewaltig auf, zeigte aber auch Nebenwirkungen, drei Stunden rastlosen Büffelns und eine auf dem Klo und so weiter.

Vom Tag des Abiturs ist nur wenig in meiner Erinnerung geblieben. Unsere Prüfungskommission war von mittlerer Schurkenhaftigkeit definiert worden. Ich erinnere mich an einen sizilianischen Studienrat, der mich über Pirandello befragte, aber am Ende doch nur alleine sprach. Eine kleine Mathematiklehrerin, die aussah als wäre sie mein Waldgnom, war äußerst launenhaft, allerdings war sie bösartiger gegenüber den Mädchen als gegenüber den Jungen. Ich hatte fleißig gelernt und kam mit einer Gleichung, die versuchte, die Einzigartigkeit der Dreifaltigkeit zu beweisen. Dann stellte ich mich dem Lehrer für Griechisch. Er hatte einen absolut fürchterlichen Ruf und ein erschreckendes Aussehen, mit Glatze, buschigen Augenbrauen und einem großen ungepflegten Bart. Er sah aus wie der Bösewicht in den Filmen von Charlie Chaplin.

»Odyssee«, donnerte er, »sechzehntes Buch, von diesem Vers an, lesen Sie, übersetzen und kommentieren Sie.«

Ich las, es war die Begegnung zwischen Telemachos und Odysseus, und beim Lesen sah ich jedes Wort und jedes Bild, der Raum verschwand, Ithaka mit seinen Olivenhainen umgab mich, ich sah das Meer von Cesenatico, da ich das griechische nie gesehen hatte. Ich fühlte mich müde wie Odysseus und glücklich wie Telemachos.

»Übersetze ich jetzt?« fragte ich.

»Nein«, antwortete er, »es genügt mir zu hören, wie Sie gelesen haben.«

Und ein großes Lächeln zeichnete sich auf dieses Walgesicht. Ich dachte, die Schule ist Langeweile, Tortur und alle Dinge, die nicht bleiben, aber andere tauchen nach und nach wieder auf und wieder andere vergißt du nicht, wie diesen Augenblick der Sympathie für einen plumpen Menschen, den ich für nur wenige Minuten kennengelernt und nie mehr wiedergesehen habe.

An dem Abend, als die Tabellen ausgehängt wurden, ging ich das bestandene Abitur mit Selene feiern, auch bei ihr war es ziemlich gut gelaufen. Sie erzählte mir, daß sie nach England fahren würde, mit der unglaublichen Begründung, dort Englisch lernen zu wollen, für drei lange Monate. Ich war enttäuscht, aber ich hatte begriffen, daß das Glück eines Paares aus der Summe des individuellen Glücks besteht. Ihres stieg um zwei Punkte, meines verminderte sich um einen. Das ist ein mathematisches Prinzip, folglich abstrakt und schwierig anzuwenden. Damals gelang es mir aber.

»Wo fährst du hin?« fragte ich.

»In ein College, in einem Ort, der Coventry heißt.«

»Ach, was für ein Zufall«, sagte ich, »ich habe dort nämlich ein Schloß und fahre nie dorthin. Könntest du vielleicht zweimal in der Woche dahingehen und die Katze füttern?«

»Frißt sie so wenig?«

»Sie ist eine Gespensterkatze. Da drinnen leben ausschließlich Gespenster. Da gibt es das Gespenst ohne Kopf, ohne Schilddrüse, dann ist da noch Signor Waldemar, Van Maxel, Karamasow...«

»Karamasow?«

»Ja, er auch. Und dann gibt es da noch das Schlagzeugergespenst, das die ganze Nacht über spielt. Deshalb fahre ich nur selten dahin. Dann ist da das Gespenst der sieben Kragen.«

»Und was macht das?«

»Es küßt dich, wenn du's nicht erwartest.«

Und ich küßte sie. In dieser Nacht liebten wir uns wie Katzen, ich erinnerte mich seit langem nicht, daß sie so leidenschaftlich war, sie machte auch einen Striptease zu Fever. Fabelhaft, sagte ich, ich will dein Manager werden.

Morgens begleitete ich sie zum Bahnhof.

»Ich werde viel an dich denken«, sagte ich, »und du weißt, wieviel ich denken kann. Wenn du Brian siehst, grüß ihn.«

»Hör auf. Ich liebe nur dich.«

»Ich vertraue dir. Jedenfalls und wenn es dich überhaupt interessiert, in zehn, fünfzehn Jahren wird Brian hundert Kilo Speck auf die Waage bringen, mit Foulard, es könnte aber auch sein, daß er schon so dick ist. Ich kann ja durch die Zeiten springen.«

»Ich weiß. Deshalb reise ich ab, du lebst in drei oder vier Zeiten, und ich habe nur in einer Platz. Und weil du doch so ein Hexer bist, was wird denn aus dir?«

»Ein Serienmörder«, sagte ich, »oder ein Abgeordneter und du eine Ärztin oder eine jahrgangsreife Superfrau, die sich von einem kleinen Scheißindustriellen aushalten läßt.«

»Andere Möglichkeiten?«

»Stripteasöse im Crazy Horse oder meine Frau«, sagte ich.

Sie fuhr ab und ich küßte sie bis zuletzt. Als der Zug weit weg war, begriff ich, daß ich alleine war, und alleine hatte ich die entscheidenden Tage meines Lebens vor mir. Das Uhrbiwerk hatte vier Zeiger. Zwei zeigten an, daß ich noch immer Teil des Waldes war, bereit, wiedergeboren zu werden, ich würde Selene wiedersehen und ich würde mein Talent finden: ich würde die Odyssee im Theater vortragen, ich würde Poe in einem Film darstellen, ich würde Die Erinnerungen eines jungen Rechtsaußen schreiben und Bürgermeister von Maracaibo werden.

Die andere beiden sagten mir: du wirst Fefelli töten. Die Wut von Gancio, deines Vaters und aller, die am Berg gekämpft haben, wird gebündelt in dich zurückkehren und ein Opfer von dir fordern.

Vor meiner Rückkehr ins Dorf verabschiedete ich mich von allen, auch von Riccardo und Djap, ich sagte ihnen, sie sollten mich doch besuchen kommen und dachte gleichzeitig, hoffentlich tun sie's nicht, ich küßte Tamara, dachte daran, Tremolina zu vögeln, änderte dann aber meinen Plan, ich besoff mich mit Fred und Baco, die nicht mehr zusammen waren. Ich kaufte mir einen grünen Pullover, diesmal aber für genau zwanzigtausend Lire, und eine Schallplatte von Totò für Regina. Ich besoff mich noch einmal und hörte die ganze Nacht lang Monk. Bevor ich morgens den Zug nahm, ging ich Gancio besuchen. Dort hieß es, er sei nicht mehr da, er sei entlassen worden, die Ärzte seien dagegen gewesen, aber er sei nach Südamerika abgereist.

Die Guatayabas hatten einen neuen Häuptling.

6

Ich kehrte ins Dorf zurück. Es würde ein langer Sommer werden, und ich würde mich entscheiden müssen, was ich tun wollte, wenn er vorüber war. Ob zur Universität gehen oder nach Kuba fahren oder mich umbringen oder eine Rockband gründen, oder eine Rockband gründen und mich dann auf einer Tournee umbringen oder einen Obst- und Gemüsehandel der Linken eröffnen oder einen Tyrannenmord begehen. Das Leben breitete sich vor mir aus, ich war frei und die Freiheit birgt Gefahren, du kannst nicht wissen, ob in deinem Lebensstrom nicht ein Strudel ist, bereit, dich zu erwürgen, ob hinter der Biegung die Straße ansteigt oder in eine Schlucht hinabstürzt, ob dich ein Gasthof erwartet oder der Sheriff von Nottingham. Die Freiheit, sagte Baruch, ist ein Pilz, den du probieren mußt, vorher kannst du nicht sagen, ob er dir schadet oder nicht. Und ich wußte nicht, welche meiner beiden Uhren stärker schlagen würde. Ich wußte nicht einmal mehr, ob ich jung oder alt war. Ein junger Mann, der mit zwanzig stirbt, ist mit achtzehn bereits alt. Und wenn Onkel Nevio noch vierzig Jahre zu leben hatte, konnte er jünger sein als ich.

Und so war es auch mit dem Dorf, es schwebte zwischen zwei Altersstufen. Es gab noch immer viele alte Häuser mit Gärtchen, Holzstapeln und Brunnen, Caprones Schafe, die über die Straße liefen, die Piazza mit der Bar und den Leuten, die vor der Haustüre saßen, die Glocken der Kühe am Straßenrand und die Fahrräder mit Licht bei Nebel. Es gab den Wald, die Fanara, die versteckt liegenden Häuser, den Fluß mit den Anglern, die Stille des Monte Mario. Und die Autobahn, schon ein bißchen betagt, mit Löchern im Asphalt, die Zementfabrik, die immer stärker qualmte, die alte Wunde am Berg, das Residence delle Roselle, deren Häuser nur zur Hälfte bewohnt waren, die neuen Geschäfte mit bereits stotternder Neonbeleuchtung, aber alles war in Bewegung und veränderte sich ständig. Eine neue Tankstelle mit Waschanlage, weitere tausend Fernsehantennen auf den Dächern, neue fürchterliche Kleinvillen zuhauf auf halber Berghöhe.

Und der neue Brunnen, der im August fertig werden sollte.

Auch in Balduinos Bar, hatte man mir gesagt, gab es große Neuerungen, das heißt ein größeres Fernsehgerät und eine Jukebox. Die Jukebox hatte nur gut ein Dutzend schon ein bißchen aus der Mode gekommene Lieder. *Romantica*, *Non ho l'età* und *Piove*. Dann eine Polka, eine Mazurka und ein Franksinatra. *White Christmas* von Bing Crosby, bei dem man allerdings, wenn man es hören wollte, auf Zingara drücken mußte. Modernere Sachen waren die Beach Boys, *Satisfaction* und eine Platte, von der es nur ein Exemplar gab, und das befand sich dort: sie hieß *Tu che sei la vita mia* von Arturo und den Dreamboys. Die wurde am meisten gespielt. Als die Jukebox in der Bar aufgetaucht war, hatte sie großes Erstaunen hervorgerufen, aber auch verdammten Ärger, vor allem bei den Tresette-Spielern, die bekanntermaßen Konzentration brauchen. Maria Casinò sagte: wenn ihr Weiße Weihnacht auflegt, werde ich melancholisch, dann kommen mir die Tränen, und ich kann nicht mehr weiterspielen. Caio der Brotbäcker sagte: jedesmal, wenn ich dieses Stück höre, das einem echt reinfährt (er meinte *Satisfaction*), vertue ich mich sofort. Da müßt ihr euch auf noch ganz andere technologische Invasionen vorbereiten, sagte Baco, in Amerika arbeiten sie bereits an einer Kreuzung aus Flipper, Fernsehen und Jukebox, das nennt sich Videogame.

»Solang so was aus Amerika kommt«, sagte Baruch, »ist das in Ordnung. Wenn bloß nichts kommt, was kracht.«

Baruch traf immer ins Schwarze, leider Gottes.

Doch abgesehen von der Megaflimmerkiste und der Jukebox, war die Bar unverändert, mit dem Billard, durchgescheuert wie ein gebrauchter Kragen, und der Vitrine mit den Sportanglertrophäen. Wohingegen das Mefisto und das Acapulco und die New Bar sich Tresen aus Jaspis und Alabaster hineingestellt hatten und man sich auf Puffs aus Flußpferdhodensack setzte und in die Séparées mit Triclinium, wo man zum Aperitif Oliven und Zwiebelchen umsonst reichte, da wird dir doch klar, was für eine unsaubere Konkurrenz das ist, sagte Balduino.

Na ja, sagte ich, dann biete du doch Mortadellawürfel an.

Kann ich nicht, antwortete er, dann kommt Caprone herein und putzt alles weg.

Dann sagst du ihm, daß er auch noch was für andere übriglassen soll.

Sag du ihm das, antwortete Balduino.

Da stellten wir zwei Teller mit Hinweisschildchen hin. Für Caprone. Für anderen Kunden.

Caprone wurde stinkwütend, und zwar dermaßen, daß er mit einer Mortadella von fünfzehn Kilo unter dem Arm hereinkam, sie hinter den Tresen schleppte und sagte:

»Da, jetzt sind wir quitt, Ghittoni.«

Ghittoni bedeutete Knauser, Geizkragen, Schurke.

Abends kamen immer noch alle auf die Piazza, an denselben Tischen, und redeten über meinen Vater. Sie sagten, bevor er starb, habe er noch den letzten Entwurf für den Brunnen fertiggemacht, und daß er zufrieden sein würde, ihn fertig zu sehen. Ich sah, daß Baruch fehlte. Es hieß, er würde umziehen. Er habe sein Haus verkauft, ein Landhaus inmitten von Kirschbäumen, und würde in ein häßliches Mietshaus hinter der Kirche ziehen.

»Wieso?« fragte ich Baruch.

»Vielleicht bist du groß genug, um zu verstehen«, sagte er. Er erzählte mir, daß er eine Bürgschaft für einen Freund unterschrieben hatte, den Namen nannte er nicht, der sich mit Wucherern und mit der Bank eingelassen hatte. Sein Freund habe es nicht geschafft, da herauszukommen, und da habe er für ihn bezahlt, indem er das Haus verkauft habe.

»Das ist nicht richtig, Baruch. Die sind nicht ehrlich, du hast ihnen nichts geschuldet.«

»Was man verspricht, muß man halten. Und außerdem habe ich Gicht, ich war es leid, zu Fuß bis zur Piazza zu kommen. Jetzt wohne ich näher dran.«

Mein Onkel erzählte mir den Rest der Geschichte. Nun waren es nicht mehr Ossobuco und Osso, die Geld verliehen, sie waren reich geworden und kauften Häuser und Grundstücke, jetzt war es Chicco, der Besitzer des Ristorante, der Geld verlieh.

»Aber der ist doch Genosse«, sagte ich.

»Ich weiß nicht mehr, ob er ein Genosse ist. Er ist ein Halsabschneider, und ich habe ihm gesagt, daß ich ihn, wenn er nicht aufhört, anzeige.«

Ich ging am Ristorante vorbei. Zufällig saß er an einem Tisch draußen und machte Abrechnungen.

»Saltatempo, was machst du denn hier? Willst du ein Hochzeitsessen bestellen?«

Ich war nicht in der Lage, irgend etwas zu sagen. Ich sah ihn so wütend an, daß er aufstand und wegging. Er hatte alles verstanden. Vielleicht hat dieser Blick ihn schlimmer getroffen als irgendeine Beschimpfung. Oder vielleicht war es ihm auch nur ein bißchen unangenehm in seinem neuen Leben ohne Gewissensbisse.

Ende Juni gingen Onkel Nevio und ich wieder öfter an den Fluß, um zu angeln. Wir gingen flußaufwärts, wo das Wasser noch sauber war. Einmal nahmen wir Fred und das ideale Liebespaar mit. Sofort schrie die Schiassi, nein, nicht diese armen Würmer, dann hätten wir entweder nur mit Brot und Polenta angeln dürfen, aber Karpfen gab es da keine, oder die Schiassi hätte gehen müssen. Statt dessen erklärte ihr Onkel Nevio geduldig das Gesetz der Natur, daß im Fluß der Fisch die Fliege, die Libelle und alles, was auf die Wasseroberfläche fällt, frißt. Der Spatz frißt den Wurm, der Wal frißt das Plankton, die Gottesanbeterin frißt ihr Männchen, der Löwe frißt das Gnu, wir Menschen fressen die Hälfte alles Erschaffenen. Und wenn wir unbedingt einen kosmischen Sinn in dem allen finden wollen, so rächt sich der Wurm am Ende, denn er frißt den Angler, der schön mürbe und weich geworden ist.

Im Verlauf weniger Minuten sahen wir, wie die Schiassi mit unvermutetem Sadismus Würmer an den Haken hängte und sagte »nun zappel' nicht so, du blödes Tier«. Verdolin beobachtete sie verliebt: auch bösartig mochte er sie.

Danach wog die Schiassi ihren ersten Fisch, und das Gesetz der Natur nahm seinen Lauf.

Fred fischte mit den Händen, ich hatte ihm den Trick mit dem Schlagstein beigebracht. Ich und Onkel Nevio angelten zwei große Barben, die wir wieder ins Wasser warfen, und ein paar mittelgroße Fische. Wir machten Feuer und brieten sie dann in der Pfanne. Wir waren wie Cowboys vor dem Biwak, hatten außerdem aber noch Öl, Salz, Coca-Cola, Brot, Selleriestangen, Servietten und einen Abfallbeutel.

Onkel Nevio nahm die Gelegenheit wahr und sagte:

»Kinder, ihr seid die ersten, die es erfahren sollen. Vor Ferragosto werden wir ein großes Fest veranstalten, wir wollen den Brunnen einweihen. Doch im Oktober kandidiere ich nicht mehr als Bürgermeister. Ich ziehe mich zurück und werde mit Luciana zusammenleben.«

Ich war enttäuscht. Damals hatte er mir noch nicht von den bevorstehenden Veränderungen erzählt. Aber nicht deshalb gab er auf, er gab auf, weil er die letzten Jahre noch gut leben wollte, er hatte einen Herzinfarkt hinter sich, und das hatte er für sich behalten. Für uns würde er immer der Bürgermeister sein.

»Ich bitte euch eindringlich, erzählt es keinem«, sagte er.

Aber wir erzählten es allen, und das war genau das, was er wollte.

Die einen sagten, das sollte er nicht, die anderen, vor allem die Frauen, sagten, er macht es richtig, er soll seine alten Tage zufrieden mit Luciana verbringen. Viele machten sich Sorgen wegen der neuen Wahlen. Giglio Arduini, der die Nummer eins der Partei geworden war, schlug vor, daß Dottor Carabelli kandidieren solle. Ah, also das nicht, ein schwuler Bürgermeister, das nicht, sagten andere. Aber Carabelli war längst eine Institution im Dorf und sehr beliebt. Bei Tag und bei Nacht fuhr er mit seiner Lambretta herum und behandelte die Menschen, auf dem Berggipfel und im tiefsten Tal, bei Hitze und bei Eiseskälte. Außerdem hatte der Apotheker ihn für einen Aerosol-Vertreter sitzenlassen. Nach langer Diskussion wurde beschlossen, daß Carabelli der Bürgermeisterkandidat sein solle, und endlich konnte man sagen, daß die sexuelle Befreiung auch mein Dorf erobert hatte.

Die anderen, die von der Villa Meringa, versammelten sich jetzt in einem anderen Schlachthaus, dem Hotel Lara, Eigentum der Pastori-Brüder. Sie beschlossen, Boccoli, den Direktor der Bank, als Kandidat aufzustellen. Und sie verkündeten, daß auch sie ein Fest veranstalten würden, um den Kandidaten vorzustellen und eine großartige Mitteilung zu verkünden.

Die Genehmigung war erteilt worden, das Multiresidence Millerose oberhalb der Roselle zu bauen, knapp vor dem unheilvollen Felsvorsprung. Achtzig Wohnungen, ein Swimmingpool, ein Tennisplatz und ein Hotel mit Tagungsstätte. Arbeit und Geld für alle, und vor allem für den Immobilienmakler Arcari, diesmal alles ganz offen und ohne Strohmänner. Das Fest war für den Tag der Brunneneinweihung festgelegt worden. Dabei sein würden Arcari, Fefelli, der Minister Anguilla und verschiedene Generäle. Großes Bankett im Freien im Park der Villa Meringa. Ehrengast die berühmte Schauspielerin Gina Jocesò. Am Ende ein Konzert des Tenors Malavasi, der von einem Triumphzug heimkehrte, und Feuerwerk. Dunkle Abendgarderobe erwünscht.

Auch wenn im Provinzmaßstab, dies war ein erstes Beispiel für ein Militär-Unternehmertum-Politik-Bündnis mit ein bißchen Kultur und ein bißchen Sexbomben-Anstrich. Alle SoziChristLiberalen und Hauptfiguren der mondänen Stadtgeschichte würden da sein, die man erst später Vips nennen würde.

Weil man im Dorf von nichts anderem redete, gingen wir zu Onkel Nevio und sagten: sie machen ein großes Fest, um dich auszulöschen, und wir werden darauf antworten. Auge um Auge, Buffet um Buffet, Feuer um Feuer und heiße Frau um heiße Frau. Wir feiern deinen Abschied und den neuen Brunnen mit einem Fest, im Vergleich zu dem deren Fest wie eine Pfarrtombola aussieht, bei allem Respekt für Don Brusco.

Onkel Nevio sagte, ich verstehe doch gar nichts von Festen, mehr als Salsiccia und kleine Band, was können wir schon machen?

Ich, Baruch, Giglio, Fred und ein gewisser Cavadori, Organisator des Kastanienfestes, der Wahlen für die Miss Bein und persönlicher Freund von Fred Bongusto, setzten uns zusammen. Am Ende wurde folgendes Programm niedergeschrieben.

Mittags Salsiccia für alle auf der Piazza. Am Nachmittag Spiele und Liscio-Tanz mit der Gruppe Camilla und ihre Korsaren. Am Abend im Haus des Volkes, um achtzehn Uhr, Vorführung eines Dokumentarfilms über die Resistenza, auf der Piazzetta vor der Bank Puppentheater Fagiolino-Bohnenstange der Kassenarzt. Um neun Uhr Defilée für Unterwäsche vom Modehaus Luciana Modabella. Gegen neun Uhr dreißig Einweihung des Brunnens, gefolgt von einer Feuerwerksdarbietung der Brüder Pipitone. Um zehn Uhr die größte englische Rockband, die man je in dieser Gegend gesehen hat.

So weit, so gut, sagte Onkel Nevio, aber erklärt mir doch bitte mal, wieviel soll das Ganze kosten und wo finden wir die größte englische Rockband?

Wir erklärten ihm, daß wir die Kosten noch nicht genau errechnet hätten, aber alle wären bereit, umsonst zu arbeiten und sogar eine Gebühr zu zahlen, und dann käme noch das Geld von der Lotterie hinzu und die möglichen Sponsoren. Das Programm wäre so ausgelegt, daß es jede Generation einschließt, vom kleinsten Kind bis zum Rockbegeisterten, vom Militanten bis zum betagten Tänzer, vom Schleckermaul bis zum Feuerwerkverrückten, alles sei da, Unterwäsche, Kultur und Cholesterin, mit einem Wort, wir würden die anderen wegfegen.

»Einverstanden«, sagte Onkel Nevio, »doch unter einer Bedingung. Ich habe Geld bekommen, weil ich einen Anteil am Geschäft abgetreten habe. Wenigsten zwei Millionen will ich aus meiner eigenen Tasche dazugeben. Ich will sie vor Neid platzen sehen, diese Scheißkerle.«

Auf dem Papier schien alles festzustehen, doch die Schwierigkeit kam erst noch. Vor allem brauchte man die große Band. Fred sagte, rufen wir doch die Rolling Stones an, vielleicht wollen die ja nach Italien kommen, was kostet uns schon ein Versuch? Ich rief die Telefonauskunft an und fragte, ob es wohl möglich wäre, diese Nummer in London zu bekommen, Rolling Stones, R wie Richard, O wie Otto...

Eine sanfte Stimme antwortete mir: Machen Sie sich jetzt lustig über mich?

Könne sie denn nicht mal nachschauen, ob Mick Jagger im Telefonbuch stehe? fragte ich. Sie unterbrach die Leitung. Wir blätterten die Fachzeitschriften durch: die Beatles waren auf Tournee, die Nomadi spielten an dem Tag in Mestre. Ich wollte erneut anrufen und nach Tom Jones fragen, als Cavadori kam und sagte: Jungs, eine Riesenüberraschung. Wir können die Scrapers haben.

Nie gehört, sagten wir im Chor.

Ihr seid Ignoranten. In Italien kennen wir sie noch nicht, aber die werden bald auch hier explosionsartig bekannt werden. In Belgien, in Deutschland, in der Schweiz sind sie gerade der Hit. Und er brachte uns eine belgische Zeitung, es stimmte, sie waren in den

Charts, an zwanzigster Stelle mit Wild Night. Eine deutsche Zeitung zeigte ihr Foto, vier große Jungs mit phosphoreszierenden Jacken, und Haare auf dem Kopf, mein Gott, von wegen Pisse, da hatte man Artischockendünger drauf getan, jeder hatte eine andere Pflanze auf dem Kopf, der Schlagzeuger eine Palme, ein anderer eine Weide, noch ein anderer einen Kaktus und der Sänger eine Banane, mit Brillantine zum Tukanschnabel aufgemöbelt. Und dann bedeutete Scrapers Schrapper, was bedeutete, daß sie alle alten Vorstellungen von Musik wegschrappten, aber es bedeutete auch Planierraupe, und das paßte zu unserer traditionellen landwirtschaftlichen und baulichen Tätigkeit.

Onkel Nevio schaute sich das Foto an und sagte: hier verspiele ich meinen Arsch und das bißchen Ansehen, das ich noch habe.

Wir teilten uns in zwei Mannschaften: eine offizielle und eine heimliche. Die offizielle sollte das Fest organisieren; die heimliche, bestehend aus mir, Fred und Grillomartino, sollte die Initiativen des Gegners sabotieren.

Außerdem bekamen wir unerwartet Hilfe. Gancio war zurückgekommen. Sonnengebräunt, schnurrbärtig, mit einem neuen Drachentatoo. Noch bevor wir ihn willkommen hießen, sagten wir: erzähl'.

»Viel zu viel, Jungs, viel zu viel. Aber vor allem eines: die Guatayabas gibt es und ich habe sie gesehen. Sie rauchen Kräuter in einer Pfeife, und dann sehen sie einen Gott, jeder seinen eigenen, jeder hat seinen persönlichen Gott, mit dem er spricht. Die Frauen haben Titten, die ein bißchen lappig runterhängen, sind aber fröhlich und sagen niemals nein. Sie essen Maniok und Krokodilskarbonade, die *Gazzetta dello Sport* kommt mit zweitägiger Verspätung, aber sie kommt. Ich bleibe ein paar Monate hier, raffe ein bißchen Geld zusammen und fahre zurück. Da lebt man mit ganz wenig.«

Dieses Meer aus Halblügen und Halbwahrheiten machte uns klar, daß Gancio immer noch derselbe war.

Für Onkel Nevio war er das schönste Geschenk, sein Quasisohn, wie er ihn nannte, war zurückgekehrt und es ging ihm gut. Nur ich, der Gancio in- und auswendig kannte, verstand, daß ihm etwas Schönes widerfahren war, doch das Dunkle war in seinem fremdländischen Kopf geblieben.

Der Vortag des Festes kam. An der Villa Meringa war mehr Polizei als bei einer Demonstration. Sie inspizierten alles, sie kamen auch ins Dorf, eine Gruppe zu dritt, die von einem etwas dicklichen Typen angeführt wurde, der gleich Garcia getauft wurde, der Seargant in den Zorro-Filmen. Sie betraten die Bar und blickten sich überall um.

»Wenn Sie den Che Guevara suchen, der ist grad auf dem Scheißhaus«, sagte Balduino.

Das mochten sie gar nicht. Sie verlangten die Papiere von denen, die draußen saßen. Dann begingen sie den Fehler, daß sie sie von Caprone verlangten. Er wurde stinkwütend und hatte eine Sense bei sich, wir hielten ihn gerade noch rechtzeitig fest. Onkel Nevio kam an und sagte zu der Streife: Jungs, morgen findet ein Fest statt und kein Krieg. Ich begreife euer Verhalten nicht. Ich bin der Bürgermeister und fordere euch auf, mein Dorf zu respektieren.

Er sagte das mit soviel Kraft und Festigkeit, daß Seargent Garcia beinahe strammgestanden hätte. Sie gingen fort, nachdem sie ein paar Hecken an der Straße durchsucht hatten.

Wir bereiteten den Sabotageplan vor. Dafür brauchten wir einen Transporter und eine Bombe. Den Transporter lieh uns Caio der Brotbäcker. Die Bombe hatte uns Dolcino beschafft, der in der Molkerei-Genossenschaft arbeitete. Er gab sie uns in der Nacht zuvor und sagte, Vorsicht! die hier ist wie eine Atombombe. Wir waren bereit.

Für uns fing das Fest um Mittag an. Großes Salsiccia-Essen, ein Nebel von Salsiccia, eine Wolke aus reinem engelgleichem Schwein. Die Rauchzeichen und der Duft verbreiteten sich im ganzen Tal. Die Cherokee von Scaricalasino, die Apachen von Montefalco, die Komanchen von Polverino riefen uns an: Botschaft erhalten, wir kommen mit Korbflaschen voll Wein. Die Grills steigerten die Temperatur von sechsundzwanzig auf sechsunddreißig Grad, man mußte viel trinken und niemand beklagte sich.

Dann ging man zu den Spielen und zur Lotterie über. Unter den Preisen sah ich ein Kaninchen, das genauso aussah wie das beim Walzerwettbewerb, und mir zerbrach das Herz. Doch das Fest steigerte sich furios, es gab eine Tombola, ein Tresette-Turnier und schließlich einen Wettbewerb für Armdrücken.

Aus der Toskana war Garzellini gekommen, der Hammer von Barberino. Er hatte einen Arm, sagte Luciana, daß er als Ärmel ein Hosenbein brauchte. Er schlug alle mit großer Leichtigkeit. Dann hatte er Caprone vor sich. Die Handgelenke vereinigten sich. Die Blicke trafen sich, Caprone riß sein Lächeln mit drei einsamen Zähnen auf, und das war, nach Ansicht einiger, der Punkt, an dem Garzellini psychologisch anfing zu wackeln. Das Startzeichen wurde gegeben, und der Hammer von Barberino griff sofort an, doch Caprone, der Bock von Vignabassa, gab keinen Millimeter nach. Garzellini begann, unter den Tisch zu schauen, um zu sehen, ob sein Gegner irgendwo festgenagelt war oder eine Winde hatte, die ihn stützte, oder ein mechanisches Teil, Typus Terminator, denn je mehr er drückte, um so weniger machte das dem anderen etwas aus, und er lachte. Es war, als hätten auf Caprones Arm vierzig Mann gesessen. Man hörte einen Laut, wie wenn man in eine Fuchsfalle tritt, das war Garzellinis Mittelfuß, der nachgab, und dann schrie Caprone *alé!* und Garzellinis Arm sauste auf die Tischplatte.

Nur wenige gingen zum Film über die Resistenza und ein paar schnarchten ziemlich laut, doch Baruch tröstete Giglio und sagte, nach einem Nachmittag wie diesem würden die Seelen der Partisanen verstehen und vergeben. Während die Bühne aufgebaut wurde und unter der Plane jemand den Brunnen wienerte, gingen ich, Gancio und Fred auf Erkundung zur Villa Meringa, verkleidet als junge Brotbäcker. Die Bombe war unter einem Stück Stoff. Die ersten dunkelblauen Autos kamen an und die ersten Gäste. Die Carabinieri bewachten das Zufahrtstor, und einer saß auch im Wipfel einer Roßkastanie. Er wirkte wie eine Krähe. Ich sah Osso, fett und schwabbelnd, in einem Smoking, er sah aus wie ein gefüllter Pinguin. Gancio konnte nicht widerstehen und rief: »Achtung, Osso, heute abend darfst du nicht furzen.« Osso drehte sich um, sah uns, stand mit offenem Mund da, übergewichtig, lächerlich, verpinguiniert. Dann machte er mit seinem Arm ein vielsagendes Zeichen. Ein Carabiniere sagte: weiterfahren, weiterfahren. Und das taten wir, wir wollten ja nicht auffallen. Der Angriff basierte auf der Tatsache, daß wir einen unserer Leute in der Villa hatten, nämlich Veleno, einen der Kellner des Ristorante Foglia d'Oro, der engagiert worden war, um bei Tisch zu servieren. Er war ein zuverlässiger Genosse und haßte Fefelli, weil er seine Mutter, die bei ihm Köchin war, entlassen und beleidigt hatte. Wir stiegen aus dem Transporter und schlichen zur Wiese unterhalb, still wie Guatayabas. Veleno wartete auf uns hinter der Villa, wo der Schuppen mit den Werkzeugen war. In dem Schuppen befand sich eine kleine Türe, die direkt auf das Loch in einer Hecke führte. Wir gaben ihm den Sprengkörper.

Standen sie unter der Bedrohung von Dolcinos Bombe, so befanden auch wir uns in Schwierigkeiten: keine Spur von den Scrapers, und sie sollten schon seit sieben Uhr da sein. Es fehlte nicht mehr viel Zeit bis zur Einweihung des Brunnens, und wir waren sehr angespannt. Außerdem war das Unterwäschen-Défilée, das im Haus des Volkes stattfinden sollte, blockiert worden. Draußen standen schon zweihundert Menschen, und der Saal faßte nur hundert. Wir beschlossen, es zu wagen: nur drei Modelle, eines für jede Generation, aber auf der Bühne der Piazza. Sodom und Gomorrha, sagte Don Brusco. Weißen oder roten? fragte Balduino, der gerade rechtzeitig mit zwei Flaschen in der Hand ankam. Im Grunde, seufzte Don Brusco, ist es ja heiß, die Frauen laufen ja doch halb nackt herum. Und gab sein Okay.

Als der Campanile der Kirche neun Schläge von sich gab, war die Lage folgende.

In der Villa Meringa saßen alle bei Tisch, ein Tisch in Hufeisenform, mit Blumen geschmückt. An dem Teil, der dem Pferdehintern zugewandt war, saßen die Wichtigsten: der lächelnde Arcari, der leicht infantile Fefelli, drei martialische Generäle und der an Grissini knabbernde buckelige Minister Anguilla. Dann der Bürgermeisterkandidat Boccoli im Blazer, Gina Jocesò in Lamé, mit üppigem Dekolleté und einer Fülle von Halsketten. Es folgten ausgewählte Bürgermeister, der Direktor der Zementfabrik, der Chefredakteur der Stadt-Gazette mit Gattin, ein Kardinal ohne Gattin, ein Graf mit beigefügter Gräfin. An den Seiten die weniger wichtigen Wichtigen wie Osso, Ossobuco, Rondelli, stellvertretende Bürgermeister und so weiter. Oberst Maluschi, Chef der Bereitschaft, ging mit großen Schritten umher und war stinkwütend, weil nicht genügend Napalm verwendet worden war, das heißt Insektenspray, und die Mücken nun Zivile wie Militärs belagerten. Alle hatten Hunger, doch das durfte man nicht sagen. Endlich erschienen zwölf Kellner in weißen Jacken mit Tabletts, und sie lachsierten und kaviarierten die Anwesenden. Beim Grafen setzte sich sofort ein Crostino quer und es waren Augenblicke des schieren Entsetzens. Maluschi stand schon bereit für einen Luftröhrenschnitt mittels Bajonett. Eine Dame kippte sich Butter in den Ausschnitt. Weitere Unregelmäßigkeiten gab es keine, und man machte weiter. Die Pastori-Brüder aßen im Stehen, allzeit bereit. Das Feuerwerk ging los, ein paar artige Knaller. Und dann wurde weiter gegessen und getrunken.

Auf der Piazza begrüßte ein Gejohle den Beginn des Unterwäschen-Défilées. Wir stellten uns in Reihen auf, weil wir Unruhen befürchteten. Da kam Luciana Modabella, und sie kündigte an: Ihr werdet drei Beispiele zu sehen bekommen, jedes für eine bestimmte Altersgruppe, weil die Frau in jedem Alter schön ist, mit zwanzig, mit dreißig und mit vierzig, und von vierzig an aufwärts bleiben sie immer vierzig.

Tosender Applaus.

»Das erste Beispiel«, sagte Luciana, »ist ein Composé aus schwarzer Spitze, Büstenhalter und Slip sind handgestickt, geeignet für junge Frauen, und es trägt Nuccia Riggio, unsere hübsche Sizilianerin.«

Auf der Piazza war ein Schrei zu hören: das war Nuccias Vater. Er war nicht verständigt worden. Doch als Nuccia in ihrer südlichen Schönheit erschien, sagte Mama Riggio: nach dem heutigen Abend verheiraten wir sie innerhalb einer Woche, und er beruhigte sich.

»Und jetzt«, sagte Luciana, »für das Alter, in dem die Schönheit reif ist wie eine Oktobertraube, ein Hochzeits-Babydoll aus schottischer Seide, und es trägt Gina, unsere Postbotin.«

Und Gina lieferte ihre Schönheit unter allgemeiner Bewunderung als Eileinschreiben ab, alle applaudierten und Caprone weinte, das war seine Art, seine Freude auszudrücken.

»Und zum Abschluß«, sagte Luciana, »für uns, die über vierzig sind, – und wer gesagt hat viel älter als zwanzig, dem wird gleich was wo reingesteckt – haben wir hier einen langen Morgenmantel, Modell Paris Pigalle, der uns vorgeführt wird von Zoraide.«

Und Zoraide stellte die geschliffene Schönheit ihrer Jahre heraus, und als sie den Morgenmantel öffnete, um die schwarzen Strümpfe zu zeigen, mußten wir Caprone zu viert festhalten.

In einem Gewitter hormoneller Empfindungen bewegten sich die Zuschauer von der Bühne zur Mitte der Piazza. Dort wartete Onkel Nevio, bis alle da waren, dann gab er ein Zeichen. Zu zwölft, in aufeinander abgestimmter Bewegung, wurde die Abdeckplane des Brunnens hochgehoben.

Da war er, der lang Erträumte. Doch diesmal war er schöner als in den Träumen.

Ich hatte noch nie etwas so Schönes gesehen, nicht einmal in Paris oder mein Empfinden ließ mich das zumindest glauben. Der Brunnen war von innen her beleuchtet, das Wasser war blau und ruhig, die Wasserspeier waren noch nicht eingeschaltet. In der Mitte des Brunnens stand eine Venus, die sich mit den Händen an den richtigen Stellen bedeckte, und rings herum vier Tritonen mit einer Muschel in der Hand und ein Reigen von Delphinen, Hechten, Thunfischen und Fröschen, einige aus Kupfer, andere aus Marmor. Doch die schönsten waren vier lackierten Hechte aus kanadischer Kiefer, und ich erinnere mich, daß ich die Köpfe in der Werkstatt gesehen hatte, als mein Vater die Schuppen hineinschnitzte. All diese Stunden wurden jetzt zu einem Augenblick, aber das lohnte sich.

Onkel Nevio stellte sich unterhalb der Venus auf, die ihn interessiert anschaute. Er war sichtbar angesäuselt. Mit einer Hand in der Hüfte und die andere am Megaphon, sagte er:

»Wir hätten diesen Brunnen von irgendeinem berühmten Architekten oder Bildhauer bauen lassen können, aber wir haben das nicht gemacht, weil es hier, in unserem Dorf, ebenso tüchtige Leute gab, und mit deren Arbeit haben wir einen Brunnen bekommen, der in ganz bescheidener Weise viele Brunnen in der Stadt zur Hölle schickte.

Wir hätten ein Denkmal für die Resistenza errichten können, aber ich weiß, wir brauchen keine Denkmäler, um an unsere Brüder und Väter und Großväter zu erinnern, das wahre Denkmal ist in uns, das ist unsere Freiheit.

Wir hätten es einem berühmten Mann unseres Dorfes widmen können, aber hier sind wir ja alle berühmt und bedeutend.

Wir hätten einen modernen Brunnen bauen können, irgend etwas abgrundtief Häßliches aus Beton und Stahl, aber daran, abgrundtief Häßliches zu errichten, daran denken alle hier in der Umgebung.

Wir hätten eine ganz verhüllte Venus machen können, aber wir haben ja nichts zu verbergen, ich kann euch sogar sagen, wer hier Modell stand, nämlich die Arbeiterin Mediga, Verzeihung Marin Roda, die frisch Vermählte.

Und schließlich, irgendwer hat gesagt, aber warum denn einen Meeresbrunnen? Vor allem als Referenz an unseren Fluß, den wir sehr lieben, und der sich, wie alle Flüsse, ins Meer ergießt. Und dann ist da unser Verlangen nach reinem Wasser, das die Häßlichkeiten wegwäscht, die wir gesehen haben und hoffentlich nie wieder sehen müssen. Doch vor allem, weil wir gerne das Meer hätten, es würde uns freuen, morgens aufzustehen und das Boot zu nehmen, und wenn das nicht da ist, dann träumen wir eben davon, denn, Dank sei Gott, in diesem Dorf sind wir immer noch verrückt und stellen uns die Dinge vor, daher haben wir den Brunnen gebaut, den wir uns alle erträumt haben, und wenn jemand irgendwas dagegen hat, dann soll er zuerst einmal mit unserem Traum zurechtkommen. Eins, zwei, drei, los!«

Und aus hundert Löchern spritzten Wasserstrahlen hervor. Venus und die Tritonen weinten, die Hechte und Thunfische pinkelten, der Frosch spuckte. Eine Kaskade von Applaus kam auf.

»Wer weiß, wie hoch die Rechnung sein wird«, sagte Balduino, aber auch er war tief bewegt.

In diesem Augenblick öffnete Veleno in der Villa den Sack mit der Bombe. Drinnen war ein mit Zinn verkleideter Behälter. Veleno hielt ein Taschentuch vor den Mund und öffnete ihn.

Darin befanden sich vier Stücke von einem Käse, der Grabenstinker heißt, er wurde zwei Tage lang in der Sonne mürbe gemacht, eingelegt in einer schlechtgewordenen Labflüssigkeit und in Ricottaserum. Es war, als würde man dem Teufel die Unterhose vom Hintern ziehen, als würde man einen Friedhof abdecken, als würde man sämtliche Gorgonzolas der westlichen Welt loslassen. Aus dem Behälter strömte eine Horde stinkender Geister und übelriechender Gespenster und Irrlichter und Dämpfe aus, die sich auf den gedeckten Tisch zubewegte. Als der Geruch, doch das Wort Geruch ist sehr armselig, die Tischgesellschaft erreichte, lähmte er schlagartig die Gabeln in halber Lufthöhe, tötete er Arcaris Lächeln und vetrifizierte die Titten der Jocesò. Ein stehender Carabiniere wurde ohnmächtig.

»Mir will scheinen, als würde ich ein gewisses unangenehmes Aroma wahrnehmen« sagte Fefelli.

»Männer«, forderte Oberst Maluschi, »macht die Quelle ausfindig.«

»Die Quelle dieses Geruchs, eine Kloake oder wer weiß, was sonst«, schrie Fefelli.

Als der Hintern des Teufels gefunden wurde, mußten sie ein Loch von zwei Metern Tiefe graben, weil es nach einem Meter immer noch stank. Die Dienerschaft wurde verhört, keiner wußte irgend etwas. Vielleicht der Rest von einem alten Fest, der dort vergessen worden war.

Die Torte wurde zu Tisch gebracht, sie hatte die Form eines Residence, mit tausend Zuckerhäuschen, der Swimmingpool war aus Gelatine und das Hotel aus Schokolade. Arcari schnitt triumphierend die Stücke heraus. Doch der Appetit war allen vergangen, und es blieben sechsunddreißig Kilo von ursprünglich vierzig übrig.

Da erhob sich Fefè, toastete und verkündete: jetzt, der künstlerische Augenblick, auf den wir alle gewartet haben, der Tenor Malavasi, der von einer triumphalen Tournee zurückkommt, wird Opernarien singen, und am Flügel wird ihn begleiten der Maestro Stradivari.

»Stramicioli«, korrigerte ihn der Maestro.

Und Malavasi fing gleich mit *La donna è mobile* an.

Die dort waren zu Tode verkäst, aber wir saßen in der Scheiße. Die große Rockband war nicht zu sehen und die Piazza war voller Menschen, Menschen auf Stühlen, auf der Erde und auf den Balkonen und der eine und andere war auch auf Bäume geklettert. Die Scheinwerfer waren an, auf der Bühne thronten die Lautsprecherboxen Roland und die Mikrophone. Das Essen war gerichtet, in der Fachsprache heißt das Rock the catering. Fünfzig Biere und ebenso viele Schinkenbrötchen warteten auf die Scrapers in den Garderoben, genauer gesagt in der Sakristei der Kirche. Don Brusco hatte sich, obwohl er in die Villa eingeladen worden war, für unser Fest entschieden, und zwar aus drei Gründen.

Zuerst, er war kein mondäner Pfarrer und ihn hatte die geschriebene Aufforderung Dunkle Abendgarderobe erwünscht stinkwütend gemacht. Was glauben die denn wohl, wie ich komme, in Rosa? hatte er gesagt.

Zweitens, irgendwer hatte ihm gesagt, daß Scrapers auf englisch Erzengel bedeuten würde.

Drittens, unser Wein war bedeutend besser als ihrer.

Es war bereits halb elf, und ein paar fingen schon an zu pfeifen. Außer den Ortsansässigen waren alle jungen Rockbegeisterten und Halbstarken aus dem Tal gekommen. Die Scrapers hatten einen zugkräftigen Namen, und dann wirkten sie auf den Plakaten wie ziemlich gutaussehende arme Teufel.

»Was nun«, rief einer, »geht es um Mitternacht los?«

»Es braucht seine Zeit«, sagte Maghino, der Elektriker, der zum Beleuchter befördert worden war. »Die Scrapers sind schließlich nicht irgendwelche Sesselfurzer.«

Das war zwar nicht genau so wie die Ansagen beim Festival von Sanremo, aber es besänftigte alle, zumindest für eine Weile.

Ein paar Minuten darauf flog allerdings eine Flasche auf die Bühne, und die Piazza fing an zu rumoren. Der Campanile schlug zehnmal, und auf den elften Schlag sah ich, wie Gancio mir endlich das V-Zeichen machte. Mit Höchstgeschwindigkeit kam ein roter Transporter an, mit englischer Fahne, den Scrapers, den Instrumenten, dem Manager Cavadori und zwei auf der Straße aufgegabelten Mädchen.

»Es gab eine Kontrolle der Carabinieri, und weil zwei ihre Ausweise nicht dabei haben, mußten wir die Hochstraße nehmen«, erklärte Cavadori.

Die Scrapers stiegen aus. In natura waren sie ziemlich klein, aber die Klamotten blendeten. Und der Sänger, der mit den Haaren in Bananenform, hatte etwas Vertrautes.

»Heh«, sagte ich, »are you the singer?«

»Yes«, sagte er.

»And what's your name?«

»John Malcolm beziehungsweise Gino Domineddio, du Blödmann.«

Er war es wirklich. Er war nach Belgien gegangen, um als Pizzaiolo zu arbeiten, und ist als Rockstar zurückgekommen.

»Was seid ihr denn nun, Engländer oder was?« fragte ich ihn nach den üblichen Umarmungen.

»Wir sind eine Gruppe von Emigrant Rock«, erklärte er mir, »zwei Sizilianer, ein Abruzzer und ein Sarde, aber wir haben in allen Pizzerien Europas gearbeitet, zuerst als Kellner, dann als Musiker. Wir sind polyglott. Keiner merkt was.«

Es gab ein letztes Problem. Die Scrapers mußten ihre Instrumente einrichten, mindestens eine Viertelstunde. Und hier hatte Onkel Nevio einen genialen Einfall.

Er bat die Pipitone Brothers, ihre Darbietung vorzuziehen. So drehten sich alle beim ersten Knall zum Fußballplatz, von wo aus das Feuerwerk losging, und hinter der Bühne konnten die Scrapers dann proben. Sound and light, all together.

Die Pipitones waren eine Sonderklasse für die Luftstickereien und Lufthäkeleien, nichts, was auch nur entfernt mit den vier Fürzen von der Villa Meringa zu tun gehabt hätte. In den nachtblauen Himmel zeichneten sich weiße Dahlien, rote Geranien, Löwenzahnblüten, die in silberne Kaskaden zerstieben. Raketen rauschten, die ein buntes Niesen und vulkanische Funken abluden und ineinander verschachtelte Feuerwerkskörper, eine blaue Qualle, aus der eine gelbe Qualle hervorschoß und dann eine noch größere grüne, die alle überdeckte, und wenn man glaubte, es sei zu Ende, pam, noch eine goldene Riesenqualle, die den ganzen Himmel ausfüllte. Begleitet von den Gitarrentönen Billy Bachisio Puddus, zeigten sich grüne Marsmännchen, fliegende Drachen und zum Schluß ein derart funkensprühendes Krachen, daß man glaubte, bei der Landung in der Normandie zu sein, ganze drei Minuten lang. Als es zu Ende war, applaudierten nicht nur wir, sagten die Zeitungen, sondern auch die ganze Villa Meringa, einschließlich der Carabinieri, so daß Oberst Maluschi rief: »Schluß jetzt, nehmen Sie Haltung an!«, aber die Carabinieri schauten weiter in den Himmel und hörten gar nicht mehr auf.

»Dieses Feuerwerk ist eine Zugabe«, sagte Fefelli und wollte glauben machen, daß es von ihm wäre, aber nur wenige glaubten ihm. Malavasi, der seine Romanzen wegen des Höllenlärms hatte unterbrechen müssen, sagte leicht nervös:

»Kann ich wieder anfangen?«

»Aber sicher«, sagte Minister Anguilla in Person.

Malavasi stimmte *Bella figlia dell'amore* an, und bald darauf setzte die Gitarre von Billy Bachisio Puddu ein und deckte ihn mit einhundert Dezibel zu. Der Wind wehte zu unseren Gunsten, es war, als würde man die Scrapers mitten auf dem Tisch haben. Der von Triumphen heimkehrende Malavasi fluchte und ging stinkwütend weg.

Das Konzert war reines Adrenalin. Domineddio war eine echte Bühnenbestie, er war schon verschwitzt, bevor er die Bühne betrat, und als er mit Tutti Frutti einsetzte, besprengte er die ersten Reihen. Er trug eine violette, ziemlich enganliegende Seidenhose und bewegte seine Hüften in einer Weise, die viele Frauen zwar unanständig, aber doch interessant fanden. Der Schlagzeuger stampfte auf wie eine Kavallerieeinheit, der Bassist war regungslos und bewegte nur seine Finger, der Solist hatte die Zigarette in seine Gitarre gesteckt, ein showträchtiger Einfall, und Armando, der Akkordeonspieler, sagte, ich auch, am Abend darauf versuchte er es und steckte sein Instrument in Brand.

John Malcolm Domineddio wechselte Erfolgssongs von Iggy Pop den Rolling Stones und von Presley ab mit selbstgeschriebenen Stücken wie etwa *You Dirty Woman* und *I Love My Bike* und ging dann über zu einer romantischen Ballade, *Midnight in London*, die er in Wirklichkeit in einer Pizzeria in Bellinzona geschrieben hatte, nachdem er von einer Schweizerin sitzengelassen worden war. Viele Zugaben wurden erklatscht, ein Song, *Ventiquattromila baci*, wurde mit englischem Akzent gesungen, dann auf Wunsch *Nessuno mi può giudicare* und zum Abschluß *I Wanna Hold Your Hand* von den Beatles, und da kam es zur Apotheose, denn ein Mädchen, die es in der Zeitung gelesen hatte, zog den Büstenhalter aus und schleuderte ihn auf die Bühne, und auf der Stelle dachte Luciana, das macht man wohl so, zog eine Vierer-Größe aus schwarzer Spitze aus ihrer Bluse und schleuderte sie auf die Bühne, und Zoraide machte es ihr nach und schleuderte eine mit Stäben verstärkte Fünfer-Größe hinauf, und die Hälfte der Frauen aus dem Dorf folgte ihrem Beispiel. Die Bühne war von Spitzen und von Baumwolle übersät, und Domineddio küßte sie. Glücklicherweise war der Pfarrer schon völlig besoffen und verfolgte das Schauspiel nicht mehr.

In dem Gedränge kam Balduino zu mir und fragte mich: müssen wir Männer jetzt etwa unsere Unterhosen da raufwerfen?

Nein, sagte ich, wir sind ausgenommen.

Das Konzert ging mit einem »Danke, danke, ihr seid ein wunderbares Publikum« zu Ende. Luciana küßte Domineddio und machte sich dann ans Verteilen der Büstenhalter an ihre jeweiligen Eigentümerinnen. Gelegentlich sagte sie: den hast du aber nicht bei mir gekauft. Es gab nur einen kleinen Zwischenfall. Schillaci und der Bassist Jerry Melodia sahen sich an und fielen sich weinend in die Arme. Sie waren Cousins und hatten sich zwanzig Jahre lang nicht gesehen. Natürlich, sie sagten kein Wort. Wir hatten das Duell der beiden Feste haushoch gewonnen. Das Dorf hatte eine solche Nacht verdient.

Morgens wachten wir auf, und alles kam uns besser vor. Die Scrapers fuhren auf eine Tournee durch den Tessin, wir umarmten uns und tauschten unsere Adressen aus.

Am Abend langweilten wir uns schon ein bißchen.

Drei Tage darauf war alles wieder wie sonst.

Im September verschwand Gancio wieder.

Im Oktober gewann Carabelli die Wahlen mit geringem Stimmenvorsprung, und auf der Stelle füllten sich die Wände mit Hinweisen und Kommentaren gegen ihn und über seine sexuellen Neigungen.

Im November entschloß ich mich, daß ich mich wohl nicht an der Universität einschreiben, sondern mir eine Arbeit suchen würde. Selene würde Weihnachten wiederkommen, wir schrieben uns lange Briefe, aber ich wußte nicht mehr, ob ich sie noch liebte. Es schien mir, als wären wir in zwei unterschiedliche Welten zurückgekehrt. Ich hatte das Gefühl, daß der Wald mich rief, daß ich aber den Weg nicht mehr finden konnte. Alles verlief langsam und gleichförmig, wie eine Autoschlange bei Nacht, die in die Stadt zurückkehrte. Die Erinnerung an das schöne Fest im August hatte meine Wut besänftigt. Und was, wenn ich immer hier leben würde, in diesem Dorf? Wenn ich Tischler würde, wie Papa, oder versuchte, Korrespondent der *Gazzetta* zu werden, an Stelle von Testuggine-Schildkröte? Ich könnte abgeschieden leben und ein Buch schreiben, das erst nach meinem Tod entdeckt würde, der Fall des Tischler-Schriftstellers, der das Meisterwerk des zwanzigsten Jahrhunderts geschrieben hat, *Spine*, das in einer alten Standuhr gefunden wurde. Was, wenn ich der politische Führer der Linken im gesamten Tal würde? Wenn ich ein tüchtiges Mädchen heiraten würde? Wenn ich Fred heiraten würde? Wenn ich in die Karibik fahren würde? Meine Ideen waren so klar wie rote Trauben.

An einem Tag im Dezember, am zwölften, war es bitterkalt. Ich wachte auf und erinnerte mich plötzlich an die Geschichte mit dem Schlüssel und dem Schrank in der Werkstatt. Ich suchte ihn in der Nageldose und fand ihn gleich. Bevor ich in die Werkstatt ging, schaltete ich das Radio an.

Man brachte die Nachricht über den Bombenanschlag an der Piazza Fontana.

7

Ich weiß nicht, wie viele wir waren. Dreißigtausend sagte das Fernsehen, achtzigtausend sagten die Veranstalter, ich hatte noch nie so viele Menschen zusammen gesehen, die Piazza der Großen Stadt war vollgestopft, auch die Nebenstraßen, und vom Bahnhof kamen immer noch mehr an. Es war wie der Fluß, der ein neues Bett findet, er füllt die Tümpel und breitet sich im Röhricht aus, und wo früher Sand war, strömt jetzt ein reißender Fluß oder ein Rinnsal. Ich war ein Tropfen im Fluß, traurig, erregt und verängstigt, zu viel auf einmal, Hoffnung und Verzweiflung, Wut und Freude, mit so vielen zusammen zu sein. Mich beeindruckten die großen Dinge, die Rednertribüne, die hunderten von Spruchbändern, die dichten Demonstrationszüge der Fabriken, Studenten, die einen Slogan nach dem anderen kriegerisch aufgeheizt brüllten. Aber noch mehr beeindruckten mich Einzelheiten. Möglich, daß ich etwas brauchte, das ich aus diesem sich selbst bewegenden Bild ausschneiden konnte, wie wenn man vor einem riesigen Schlachtengemälde steht, von dem man benommen wird, und man sich bei einem Detail aufhalten muß, dem Kopf eines Pferdes, einem gestürzten Soldaten, einem Baum im Hintergrund.

Ich erinnere mich an eine Gruppe stiller Arbeiter inmitten all diesen Geschreis, und an einen alten Mann in Arbeitskluft, der ein Schild hochhielt mit dem Foto eines der Opfer. Ich erinnere mich an Baruch neben mir, der versuchte, im Rhythmus des Demonstrationszuges mitzugehen, aber wegen seiner Gicht humpelte und Mühe hatte, mitzuhalten, und ich und Fred ihn gelegentlich stützten, wogegen er protestierte.

»Als ich auf den Bergen war«, sagte er, »ließ ich mich einmal von meinen Partisanenfreunden transportieren, aber damals hatte man mir ins Bein geschossen. Jetzt mach ich's allein.«

Ich erinnere mich an zwei Frauen in gelber Kluft, die einen Karren voller Thermoskannen mit Kaffee und Tee schoben und ihn anboten, es war kalt an diesem Tag. Ich erinnere mich, daß ich die Weihnachtsgeschenke in den Schaufenstern betrachtete und daran dachte, daß ich noch ein Geschenk für Selene kaufen müßte.

Dann ein Durcheinander, eine besorgte Stimme: »Die Polizei greift an«, und einer vom Ordnungsdienst, der durch ein Megaphon spricht »Ruhig, ganz ruhig, heute sind wir viele, es wäre wesentlich leichter für uns, sie anzugreifen«. Ich erinnere mich an Loris und Tamara, die sich nach ihrem kurzen Intermezzo wiedergesehen hatten und eingehakt gingen. Und an eine Mutter mit einem Kind, sie brachte es schnell weg, so als wäre es in Gefahr, und an einen Jungen, der rief »Sie brauchen keine Angst vor uns zu haben, Signora«. Und an einen, der von einer Bar aus den faschistischen Gruß machte, und der Ordnungsdienst hielt zwei zurück, die sich auf ihn stürzen wollten. An eine Schaufensterscheibe, die in Stücke ging, und an kleine Jungen, die Schuhe klauten, und an andere, die verärgert waren und sagten, was hat das denn mit den Toten zu tun?

Ich erinnere mich an ein wunderschönes Mädchen in rotem Mantel, deren Blick und deren Tränen ich kreuzte. An das eisige Gefühl, das mich überkam, als ich Rechtsanwalt D'Intesa auf der Rednerbühne sah. Und als ich die Augen schloß, wurde dieser ganze Lärm zu einem Wasserfall in einer Schlucht. Ich sah die leere Piazza, bei Nacht, voller Dosen und Papier, nach einer Wahlveranstaltung oder einem Konzert wie viele andere. Wo seid ihr hin, ihr alle, die ihr damals dabei wart? dachte ich. Würdet ihr das noch einmal machen? Ihr wart anders, ihr habt anders geglaubt oder hatte man euch gesagt, daran zu glauben, und ihr habt nur gehorcht? Konntet ihr euch damals vorstellen, daß es für niemanden Gerechtigkeit geben würde, sondern daß die Ungerechtigkeiten sich sogar übereinandertürmen würden, so wie Schimmel auf einem toten Baumstamm?

Ich sah im Uhrbiwerk, wie jäh und tiefgreifend sich die Stadt veränderte, daß ich dachte: an diesem Tag war sie aufgeschreckt worden, auch Städte brauchen Ruhe und Frieden, sie hat unsere Wut bis in ihren Untergrund verschluckt, sie hat sie gefangengenommen, und jetzt läßt sie ihre Geschäfte und Schaufenster leuchten, damit wir uns nicht mehr erinnern sollen. Vergeßt, bitte, sagt sie, ich bin eine alte Stadt, ich habe die Kriege des Mittelalters erlebt und die

Pest und Duelle und feindliche Invasionen und dann die Schüsse in den Straßen und die Panzer, laßt mich in Ruhe alt werden.

Und als ich die Augen öffnete, sprach ein Redner, doch ich verstand nichts, hinter mir rief eine Gruppe aufgebrachte Sprechchöre. Onkel Nevio kam zu mir, er keuchte, er hatte sich mit Herzberuhigungspillen vollgestopft wie ein Rennpferd. Ich habe Verdolin gesehen, er war außer Atem, er hat mir gesagt, er habe Selene gesehen, hinten, unter den Arkaden. Sie sagt, daß sie nach der Demonstration vor der Buchhandlung auf dich wartet.

Sie war mit dem ersten Flugzeug zurückgekommen. Ich hab's nicht deinetwegen getan, sagte sie. Ich hab's für die armen Toten getan und auch deinetwegen. A hard situation and a dark future for Italy, hatte der Kommentator des englischen Fernsehens gesagt, und er wirkte wirklich besorgt. Wir küßten uns, während die Piazza sich leerte. Vielleicht war das ja nicht angemessen, aber wir konnten nicht anders, ich hielt sie umarmt und ließ sie nicht los, auch nicht, als wir uns von unseren Freunden verabschiedeten.

»Brauchst du ein Seil, um sie an dich zu fesseln?« sagte Fred.

Selene verbrachte den Heiligen Abend bei ihren Eltern, aber am ersten Weihnachtstag, sagte sie, wolle sie ins Dorf kommen. Onkel Nevio befahl: ich will sie kennenlernen, laden wir sie zu Luciana zum Abendessen ein. Nein, antwortete ich, das ist zu kompromittierend. Niemand ist jemals von einer Lasagne schwanger geworden, antwortete er. Ich sagte: Einverstanden, aber bringt sie nicht in Verlegenheit, sie ist schüchtern. Zu Beginn des Abendessens taten Onkel Nevio und Luciana so, als wären sie noch schüchterner als sie, in Wirklichkeit scharrten sie und sprachen mit angezogener Handbremse. Onkel Nevio hüstelte und sagte, sagen Sie doch, sagen Sie doch, Signorina, wie ist denn der Arztberuf so? Und Selene antwortete: ich bin erst im ersten Jahr, ich habe gerade erst angefangen, Anatomie zu studieren. Und Luciana kommentierte: Anatomie ist etwas sehr Schönes. Es war nicht ganz klar, ob sie auf die von Selene anspielte oder auf ihre eigene oder ganz allgemein blieb.

Dann, als sie sahen, daß Selene sowohl das Essen als auch den Wein mochte, wurden sie zutraulicher. Mein Onkel sagte, studieren Sie, Signorina, wenn Sie wollen, bin ich ihre Versuchsperson, denn ich hab' alles, ich brauche wirklich einen Arzt. Du brauchst keinen Arzt, sagte Luciana, du brauchst die Santa Voegelie.

»Wer ist denn die Santa Voegelie?« fragte Selene.

Ich hätte erklären sollen, die Heilige der Sacra Guêpière, die, die für ein gesundes Sexualleben bei Paaren sorgt, es gibt auch gereimte Lieder zu diesem Thema. Ich sagte es nicht.

Dann heizte sich die Situation auf. Onkel Nevio erzählte von dem Mal, als Dottor Carabelli in ein Haus auf dem Land gerufen worden war und der Bauer ihm mitgeteilt hatte, daß Marisa im Schlafzimmer wäre und es ihr schlecht gehe. Der Arzt hatte das Thermometer herausgenommen und gesagt: während ich mir die Hände wasche, messen Sie ihr Fieber, legen sie es ihr unter die Zunge. Der Bauer kehrte zurück und sagte, sie hat es verschluckt. Das ist doch unmöglich, sagte der Doktor, lassen Sie mich mal sehen. Der Arzt betrat das Zimmer, und da lag eine Kuh auf dem Boden.

»Dann ist sie wenigstens nicht alleine«, erklärte der Bauer.

Selene lachte wie verrückt, der Wein hatte die Wirkung, daß sie rosig glühte und eine richtige Frau vom Dorf war. Luciana fing an mich zu zwicken und mir ins Ohr zu flüstern, wie schön sie ist, wie schön sie ist, wenn du sie laufen läßt, bist du ein Tölpel, beim vierten Zwicken sagte ich: Luciana, ich hab' verstanden, sie flüsterte, bei euch Männern hakt man besser nochmal nach.

Dann erzählte uns Onkel Nevio ausführlich von seinen Nierenkoliken und sprach von Heilkräutern. Er war so erfahren und ging so ins Einzelne, daß Selene fragte, macht es Ihnen etwas aus, wenn ich mir Notizen mache, und sie fing an zu schreiben wie in einer Vorlesung.

Ich war stolz auf Onkel Nevio. Alles war gut gegangen. An der Tür verabschiedeten wir uns und Luciana sagte mir: warte, ich muß dir noch was geben.

Es war ein kurzer Schlafanzug für Selene.

»Wenn du sie laufen läßt«, sagte sie noch einmal und machte eine Drohgebärde.

Zu Neujahr flogen die Eltern der Schiassi auf die Malediven, die leidvolle Auswanderung der Italiener zu diesen fernen Inseln nahm ihren Anfang. So konnten wir in ihr Haus in den Dolomiten fahren.

Schöne Berge, aber unsere sind schöner, erklärte ich, obwohl das überhaupt nicht stimmte. Als die Sonne sie rötete, war es, als wäre man auf einem anderen Planeten, und in den Wäldern mußten Gnome von außerordentlicher Qualität sein. Es gab viel dolomitischen Schnee, der allerdings, wenn man ihn probiert, genauso schmeckt wie der apenninische. Wir gingen Ski laufen. Selene war wie ein wendiges Eichhörnchen, ich ein Wildschwein mit zwei Bügelbrettern an den Füßen. Wir waren drei Paare. Ich und sie, die idealen Geliebten, und Fred mit einer deutschen Freundin.

»Ich will nur in Ruhe gelassen werden«, machte er klar, »es gibt gegenwärtig keine Sinnesänderungen.«

Nachts hörten wir das Quietschen der Bettfedern in dem Schlafgemach, in dem Verdolin mit der Schiassi vögelte, sie machten es leise, weil sie sich schämten, gelegentlich hörte man nur ein genießerisches »huh!«. Selene dagegen schrie wie eine Bacchantin und sorgte dafür, daß die Nippsachen vom Nachttisch fielen.

Eines Nachts fing ich an zu schreien:

»Wo ist mein Spiderman-Kostüm! Wo hast du es hingetan, du weißt doch, daß ich ohne dieses Kostüm keinen hoch kriege!«

Nach langem, quälendem Beharren, machte Selene noch einmal einen Striptease für mich, wir hatten ein kleines Radio mit schlechtem Empfang, wir suchten nach einer angemessenen Musik, doch am Ende strippte sie zur Musik von *Quarantaquattro gatti,* das Lied vom Zecchino d'Oro. Das Ergebnis war jedenfalls umwerfend.

Eines Morgens waren wir früh aufgewacht, im Wald schossen die Eichhörnchen nur so hin und her. Sie lief voraus, ich hinter ihr her, ich verlor mich auf einer Lichtung. In ihrer Mitte war ein Felsblock, der aus dem Schnee ragte, wie ein Fels im Meer. Ich dachte, sie hätte sich dahinter versteckt, weil Spuren dort waren. Aber dann war es ein Gnom, wesentlich älter als der Boleto-Röhrling-Gnom, er rauchte eine aus einem Kiefernzapfen gemachte Pfeife. Er pinkelte.

»Entschuldigen Sie, wenn ich Sie gestört habe«, sagte ich.

»Keine Ursache, Junge«, antwortete er, »pinkel' du doch auch.«

Ich pinkelte eine Minute lang, knöpfte meine Hose wieder zu, und er pinkelte weiter.

»Kennen Sie«, fragte ich, »zufällig den Gnom vom Unterwald am Monte Mario?«

»Das ist mein Ururenkel«, sagte er, »wieso?«

»Ich will Ihnen ja keine schlimme Nachricht überbringen, aber ...«

»Hat er sich aufgebäumt? Das ist nicht schlimm. Das tut er oft, wenn er nervös ist, er nimmt zwanzig Jahre die Form eines Baumes an und dann kehrt er wieder zur gnomischen Gestalt zurück.«

»Werden Sie auch zum Baum?«

»Dazu bin ich zu alt«, sagte der Gnom und pinkelte weiter, ja, er strullte sogar noch stärker, »wenn ich mich bäume, verwandle ich mich nicht mehr zurück. Ich ziehe es vor, einmal und dann für immer zu sterben.«

»Wann wird das geschehen?«

»Wir Gnome in Dolomien brauchen nur einmal mit einem Menschen zu sprechen, und wir krepieren auf der Stelle.«

»Nein!« schrie ich. Ich hatte ihn umgebracht!

»Angeschmiert, du Blödmann«, sagte der Gnom, pinkelte mir auf den Kopf und verschwand im Wald unter großem Gelächter mit sieben Echos.

»Saltatempo, was machst du da so völlig verträumt mitten im Schnee?« sagte Selene und warf mir einen eisigen Schneeball mitten ins Gesicht.

»Du Verdammte«, rief ich, holte sie ein und konnte sie auch unter drei Pulloverschichten noch verwirren.

Während wir uns küßten, sahen wir Fred und die kleine Deutsche, die eingehakt gingen. Er blieb stehen und küßte sie leidenschaftlich.

Wir begegneten uns und ich blickte ihn verwundert an.

»Heh«, sagte er, »mach' ja nicht meinen Ruf zunichte.«

»Meinen auch nicht«, sagte das Fräulein.

Ich kehrte in die Stadt zurück, und wieder drehte sich das Karussell der Unruhe. Selene hatte sich in Medizin eingeschrieben und ging sehr beharrlich zu den Vorlesungen, abends büffelte sie sich durch herrliche Bücher über Krebs, Pocken und Verbrennungen, ich sah sie sehr selten. Ich streunte durch die Universität, sammelte Programme und Studienpläne, aber entschied mich nicht. Ich war unentschlossen zwischen Literaturwissenschaft, Philosophie und Botanik. Ich hatte einen gefälschten Ausweis gekauft und aß in der Mensa, weil ich kein Geld hatte. Mein Vater hatte mir ein paar Lire hinterlassen, und ich wollte seine schönen Objekte aus Holz nicht verkaufen, die Kuckucksuhren und die alten restaurierten Pendeluhren. Onkel Nevio beharrte: ich kümmere mich um dich und Gancio, aber Gancio war weit weg. Er war nicht mehr nach Südamerika gefahren, er hatte von Paris angerufen und gesagt: ich arbeite in einem Restaurant, auf dessen Speisekarte steht »Tortellini alla Hemingway«, doch abgesehen davon, ist alles bestens.

Ich ging zu einer Versammlung bei den Literaturleuten, die Redebeiträge waren mehr oder weniger die gleichen wie im Gymnasium, die Bärte waren länger und man zitierte mehr. Ich sah Riccardo wieder, der mich nur knapp grüßte, und Lussu, der sich richtig freute.

»Jetzt gehen wir es ernsthaft an, Saltatempo«, sagte er, »zum richtigen Zeitpunkt will ich mit dir über etwas reden. Zu dir habe ich Vertrauen.«

Zwei Tage später wurde er zum ersten Mal verhaftet, sie durchsuchten seine Wohnung, fanden aber nur Flugblätter. Im Gefängnis schlugen sie ihn. Ich sah ihn in einer Bar wieder.

»Sei bereit, Saltatempo«, sagte er, »bereite dich vor, es wird zu Schlägereien kommen.«

An einem Abend sollte ich mit Selene ausgehen, aber sie sagte, sie sei müde, sie hatte an dem Tag fünf oder sechs Vorlesungen hinter sich. Und sie schrie mich an, wieso ich mich nicht endlich entschließen könnte, mich einzuschreiben, in zwei Wochen sei Immatrikulationsschluß. Das ist meine Sache, sagte ich. Tu, was du willst, antwortete sie und legte auf.

Ich ging zur Mensa. Da war eine Brünette, mit der ich gelegentlich sprach. Ich schleppte sie ab, wir gingen ins Kino. Dann rauf zu ihr. Zwei Stunden lang verweigerte mein Schwanz jeden Dienst, fehlte nur noch, daß er unters Bett verschwand. Dann belebte er sich wieder für eine Karnickelrammelei, und während sie im Bad war, schlich ich mich davon. Ein mieses, elendes Bild. Ich nahm den Zug und kehrte ins Dorf zurück, ich wollte mit Baruch reden, ich war völlig durcheinander.

Kaum war ich zu Hause angekommen, da erinnerte ich mich wieder an den Schlüssel. Ich öffnete den Schrank in der Werkstatt und sah das Geheimnis meines Vaters.

Da standen siebenundzwanzig kleine Statuen aus Holz, jede war ungefähr zwanzig Zentimeter hoch. Eine Laienkrippe, ohne Stall und ohne Jesuskind. Da war Baruch mit seinem Spazierstock, Karamasow mit dem roten Halstuch, Caprone mit einem Lamm aus Holz auf dem Sockel, Regina mit der Zeitung, Luciana zeigte eine lange Unterhose. Und dann Onkel Nevio mit dem Gewehr und Rufus neben ihm. Lavamèl war auch da, er saß und hatte seine Katze auf dem Schoß. Slim mit einer Schildkröte auf der Schulter, Balduino mit der Weinflasche, Bortolini mit dem Rohrstock, und Carburo, Zoraide, Favilla der Schmied und Caio der Brotbäcker und weitere drei oder vier, die ich nicht kannte, vielleicht waren sie gestorben, als ich klein war. Und auf demselben Sockel waren wir, die von der Flußbande, im Alter von sieben oder acht Jahren. Ich, Gancio, Osso, Selene, der Troll, Fulisca. Alle vereint, wie damals, auch wenn sich der eine oder andere vom Sockel gelöst hatte, um mit seinen eigenen Füßen zu gehen, und wir waren nicht in dieselbe Richtung gegangen. Und dann hatte Papa ein Selbstportrait von sich geschaffen, mit einem Beil in der Hand wie ein Sioux und darunter die Inschrift: »Ich«.

Ich rief Onkel Nevio, der vor lauter Freude anfing, wie ein Kind in die Hände zu klatschen.

»Die müssen alle sehen«, sagte er, »wir bringen sie gleich noch zum Haus des Volkes oder wir machen einen Stand auf der Piazza.«

»Laß sie noch einen Tag hier«, sagte ich, »ich möchte sie noch ein bißchen anschauen.«

»Einverstanden«, sagte Onkel Nevio, »das ist etwas Wunderschönes. Das tröstet mich etwas über die schlimmen Nachrichten von heute hinweg.«

»Gancio?« fragte ich gleich.

»Genau er«, seufzte Onkel Nevio, »er ist zurückgekommen, aber er wagt es nicht, sich zu zeigen. Es heißt, man habe ihn in der Bar des Hotels Lara gesehen, bei den Pastori-Brüdern, in der Gesellschaft von Abschaum.«

»Ich besuch' ihn. Und die andere Nachricht?«

»Die andere ist eher lästig als schlimm. Samstag kommen Fefelli und Arcari mit ihren Kupplerhöflingen ins Dorf zurück, eine Feier zur Grundsteinlegung für das Multiresidence. Carabelli weiß nicht, ob er da hingehen soll oder nicht. Sie haben ihn eingeladen, aber jede Nacht wird er an den Häuserwänden als Päderast beschimpft. Ich habe ihn gesehen, als er die Schriftzüge abgewischt hat, selber, um das Geld der Gemeinde zu sparen. Der arme Kerl, er hält das nicht mehr aus.«

Der Onkel fuhr weg, trat aber sehr langsam aufs Gas, seinen Kragen hatte er hochgestellt. Rufus bellte irgendwo hinter dem Haus, ich blickte zum Berg hinüber und sah den Großen Schatten. Hau ab, du Blutrünstiger, dachte ich, du gehst mir auf den Geist. Welche der Statuetten willst du jetzt noch, geh' doch in die Stadt, da gibt es so viele Menschen. Doch der Große Schatten glitt wie eine Schlange am Wald entlang und bewegte sich hinunter zum Fluß.

Ich konnte nicht schlafen. Die Standuhr schlug die Stunden. Ich hörte eine Stimme, die mich rief. Es war Gancio. Reglos, mitten auf der Wiese, mit den Händen in der Tasche.

»Was tust du um diese Zeit hier?« fragte ich.

»Was heißt diese Zeit?« fragte Gancio.

Ich merkte, daß es fast Morgen war. In meinem Kopf war es eben erst Mitternacht.

»Niemand hat Schuld«, sagte er mit müder Stimme.

»Was?«

»Was ich dir gesagt habe, daß du mich rächen sollst, ich glaub' nicht mehr dran, tu's nicht. Es ist weder Ossos noch Fefellis Schuld, noch die Schuld der Pastoris oder der bösen bösen Gesellschaft, das Schicksal gibt dir den Schubs und stößt dich ins Wasser. Aber du bist es, der entscheidet, ob du wieder nach oben kommen oder mit dem Strom schwimmen willst, bis du auf einen Strudel stößt, der stärker ist als dein Lebenswille, und dann, Freunde, gute Nacht.«

»Gancio, fang nicht wieder an, dir selbst weh zu tun. Erinnere dich an den Abend mit den Scrapers, an die biologische Bombe in der Villa, an die Rückkehr von John Domineddio. Und an deine Guatayaba-Freunde.«

»Willst du die Wahrheit wissen, Saltatempo?«, sagte Gancio. »Weißt du, was ich in Südamerika gesehen habe? Elend, unendliches Elend und Ausbeutung und Menschen, die sich für ein Paar Schuhe gegenseitig die Kehle durchschneiden. Und als ich ins Dorf der Indios gekommen bin, war die Hälfte von ihnen tot oder lag wegen einer Infektion im Krankenhaus, man vergiftet ihr Wasser, damit sie abhauen und man die Bäume im Dschungel fällen kann. Ich habe mich mit komischen Pilzen vollgestopft, um nichts sehen zu müssen, aber ich sah dann noch viel klarer.«

»Die Indios kämpfen«, sagte ich, »und sie werden weiterkämpfen, so wie wir.«

»Ihr Fluß ist größer und die Strömung stärker«, sagte Gancio, »ihre Lebensspanne ist kurz, verglichen mit uns sind sie Schmetterlinge. Was mich betrifft, was macht's schon?«

»Du hast mir gesagt: im Leben redet man nur einmal darüber.«

»Im Leben, mein Freund«, sagte er traurig. Das Morgenlicht verschwand plötzlich, die Dunkelheit kam und Gancio war nicht mehr da. Am Himmel sah ich eine dunkle drachenförmige Wolke. Da erinnerte ich mich an den Weg des Großen Schattens, ich nahm das Fahrrad und fuhr hinunter zum Fluß. Ich fuhr über den Schotter hinunter, aber es war zu dunkel. Ich schaltete das Fahrradlicht an und, um es nicht ausgehen zu lassen, fuhr ich im Kreis. Ich richtete den Lampenschein auf den Graben, und auf dem sandigen Ufer lag Gancio, zusammengerollt, so, als würde er schlafen.

Ich setzte mich neben ihn.

Ich warf einen Stein.

»Sechzehn Aufschläge«, sagte ich, »dir zu Ehren, Gancio.«

Dann fuhr ich zu Onkel Nevio, um ihn zu benachrichtigen.

Er war nicht durch Drogen gestorben. Vielleicht ein Cocktail aus Pillen und Alkohol, legale Drogen. Ein Herzstillstand, in wenigen Monaten wäre er zwanzig geworden. Onkel Nevio fühlte sich elend. Carabelli verbot ihm, zum Begräbnis zu gehen, doch Onkel Nevio war da, in der ersten Reihe. Alle waren da, auch Osso.

Er kam zu mir und erwartete etwas, einen Schlag mit der Faust, einen Satz.

»Es tut mir leid«, sagte er.

»Wie kannst du so scheinheilig sein«, sagte ich, »auch du hast ihm ein Stück Tod verkauft.«

»Stimmt, aber das war mir nicht klar, es tut mir leid«, sagte Osso.

Wieviel Elend mußte in seinem Kopf sein, um nicht zu kapieren, was er für ein paar Lire getan hatte, um nicht zu kapieren, daß sein Platz nicht mehr unter uns war, daß er seinen neuen Platz am gedeckten Tisch Arcaris hatte. Ich war nicht fähig, irgend etwas zu sagen, ich war gelähmt, er ekelte mich an und tat mir leid. Regina war es, die ihn am Arm nahm und sagte:

»Geh', wenn du Respekt vor dem Toten und vor Nevio hast, dann geh'.«

Als Osso sich entfernte, rannte er beinahe.

Nach der Beerdigung ging ich nach Hause zurück. Ich stellte die Statuetten auf dem Tisch auf. Fast ohne mir darüber klar zu werden, stellte ich die Lebenden auf die eine Seite und die Toten auf die andere. Nur wir Kinder waren noch zusammen, auf dem Sockel unser Kindheit, als wir Freunde waren.

Und schlagartig wurde alles klar. Diese kleinen Statuen und das Leben, das sie in sich einschlossen, die langsame Mühe meines Vaters, ihre Gesichter aus dem Holz des Waldes hervortreten zu lassen, um sie für immer an diese Orte zu binden. Er hatte sie vor der Brutalität und Gier konstruiert und verborgen, damit etwas von ihnen bliebe, damit die Verschiebung der Jahre sie nicht wegreißen würde. Diese kleinen Statuen waren Männer und Frauen und blickten mich jetzt an. Jemand hatte mit ihrem Leben gespielt, hatte sie verschachert, korrumpiert, gebeugt. Jetzt sollte er bezahlen. Vielleicht war Fefelli ja alt und müde, doch er war es, der dem Großen Schatten geholfen hatte, in die Stadt einzudringen, er hatte in seinem Umkreis die Pastoris, Ossobuco, Arcari genährt und groß werden lassen. Und ich hatte in meiner Wut diesen Gedanken genährt und groß werden lassen, der mich, seit ich klein war, gepeinigt hatte.

Ich nahm Baruchs Statue in die Hand, die zu glänzen schien, die Züge wurden immer lebendiger. Die Standuhr teilte die Stille in zwei Hälften. Das Uhrbiwerk hüllte mich ein, riß mich vom Tisch weg und ließ mich durch das Fenster fliegen, über den Wald, bis zum steinernen Becken. Es war kalt und ich zitterte, Baruchs Statue bebte und sagte zu mir:

»Stell mich auf die Erde, ich bin müde.«

Ich stellte sie auf das Moos und sie schlug kleine Wurzeln, dann kleine Zweige, und sie wuchs unter meinem Blick, wurde alt und verwandelte sich in einen Baum, eine große Eiche, auf der Spitze des höchsten Astes hing Baruchs Jacke.

»Erinnerst du dich«, sprach der Baum, »als du entdeckt hattest, daß Fuliscas Großvater von Partisanen umgebracht wurde, und du völlig durcheinander zu mir gekommen bist? Erinnerst du dich, was ich dir damals sagte?«

»Ja, Eichebaruch«, antwortete ich, »du sagtest: danke jedem Tag, an dem du in Frieden aufwachen kannst, ohne daß du die Welt in Freund und Feind einteilen mußt.«

»Und weiter?«

»Weiter erinnere ich mich nicht...«

»Und weiter sagte ich dir: denn vielen ist es passiert, an diesem Tag, dem Tag des Kampfes, aufzuwachen. Es ist kein schönes Aufwachen, es ist ein schmerzhaftes und grausames Aufwachen. An diesem Tag frage die anderen nicht, wer du bist, die Freunde werden antworten, daß du ein Held bist, die anderen, daß du ein Mörder bist. Nur du kannst es wissen und du wirst für jede Stunde deiner Entscheidung zahlen. Erst sehr viel später wirst du sehen können, ob du der Welt Leid zugefügt oder ob du ihr geholfen hast, gesund zu werden, ob du mehr Leben zum Wachsen gebracht als du ausgelöscht hast. Das nennt man Verantwortung.«

»Das ist alles viel zu groß, als daß man es denken könnte«, sagte ich, vor Kälte zitternd, »du bist ein alter Baum, Baruch, ich habe nicht dein langes Leben, deinen Lebenssaft, deinen Stamm, sag mir etwas, das mir hilft.«

Das belaubte Dach des Baumes atmete, schwarzweiße Elstern flogen auf.

»Erinnere dich, kleiner Baum Saltatempo. An dem Tag wirst du dich alleine fühlen, doch das bist du nicht. Und erinnere dich an etwas noch Wichtigeres. Schau' dich in der Nähe des Tyrannen um, den du haßt, und du wirst tausend Speichellecker und tausend Komplizen finden. Schau' dich in ihrer Nähe um, und du wirst weitere tausend und abertausend finden. Sind die alle an einem einzigen Tag geboren? Vor diesem Tag zu kämpfen bedeutet, diesen Tag zu bekämpfen.«

»Du redest unklar«, sagte ich.

»Ich bin ein Orakel und keine meteorologische Gazette«, sprach er ein wenig eingeschnappt, schüttelte das Laub und überschüttete mich mit einem Regen behaarter Raupen.

Ich fand mich in meinem Haus im Dunkeln wieder, mit der kleinen Statue in der Hand, eine Raupe kletterte den Tisch empor. Ich glaubte, ich hätte verstanden. Jetzt war ich an der Reihe. Ich war weder traurig noch wütend, ich fühlte deutlich, daß jede Handlung, die ich von nun an ausführen würde, außerordentlich wichtig wäre, weil ich danach keine weiteren Handlungen mehr hätte. Niemals mehr sich den Schal umbinden und die Jacke anziehen, niemals mehr die Tür schließen und Rufus streicheln und auf der Straße zum Dorf gehen. Niemals mehr das Dorf, niemals mehr den Wald und die Berge, die Wanne und den lustigen Gott. Niemals mehr Selene. Niemals mehr Blut - danach.

Ich kam zu Onkel Nevios Geschäft. Ich hatte den Schlüssel, er hatte mir einen gegeben für den Fall, daß er seinen verlieren würde, er vertraute mir. Ich öffnete, ich wußte, wie der Alarm auszuschalten war. Ich wußte, daß in dem Maul des ausgestopften Hechtes der Schlüssel versteckt war, der den Tresor öffnete, in dem zwei Pistolen und die Projektile lagen. Ich nahm die Beretta neun, Onkel Nevio hatte mich manchmal mit ihr schießen lassen. Er konnte nicht damit fertig werden, daß ich der erste in der Familie war, der kein Jäger werden wollte. Ich schloß das Geschäft wieder ab und ging nach Hause. Ich schlief ein.

Selene kam in Tränen aufgelöst herein, sie war klein wie eine Statuette und leuchtete, sie setzte sich auf den Rand des Bettes, wie die kleine Fee von Peter Pan.

»Ich habe das mit Gancio erfahren, ich komme morgen. Ich bitte dich, ich habe deinen Onkel angerufen, aber da ist immer besetzt, vielleicht hat er den Hörer abgenommen, weil er schlafen möchte. Ich fühle, daß du dabei bist, etwas Schreckliches zu tun. Hast du auch wirklich verstanden, was dir Eichebaruch gesagt hat? Warte auf mich, ich bitte dich.«

»Ich werde nichts Merkwürdiges tun«, sagte ich, »und ich bin müde, mit Schatten zu sprechen.«

»Du hast recht, Saltatempo, wir sind einander fern gewesen in letzter Zeit. Aber ich glaube an diese Arbeit. Ich will eine gute Ärztin werden, ich weiß, daß ich dich in letzter Zeit alleine gelassen habe, aber du hast mich auch so oft alleine gelassen. Höre auf mich, ich bitte dich, stürze dich nicht in die Strömung, Gancio hat es nicht geschafft und du wirst es auch nicht schaffen. Ich liebe dich, höre auf mich.«

Ich ging hinaus, sie lief mir in kleinen Sprüngen, wie ein Eichhörnchen, nach.

»Ich höre dich nicht mehr«, log ich, »ich höre nicht mehr, was du sagst.«

Die Uhren krümmten und schlugen sich, eine biß die andere, und vielleicht würde nur eine übrigbleiben.

»Hör auf mich«, sagte Selene mit hauchdünner Stimme.

Eine Wolke bedeckte den Mond, und sie verschwand.

Morgens zog ich einen Pullover an und eine weite Hose meines Vaters mit großen Taschen. Die Sonne war warm, eine Pause in der Kälte. Ich ging zu den Roselle und sah dunkelblaue Autos an der Zufahrt zur Straße, die zum Wald und zum künftigen Multiresidence führte. Die Motoren waren abgestellt, kein Auto bewegte sich. Vielleicht bin ich ja verfrüht, dachte ich, oder sie warten auf jemanden.

Die Pistole blähte meine große Tasche, ich zog meinen Pullover herunter, um sie besser zu verdecken. Während ich ging, hupte eine Alfa Giulia der Carabinieri und sie riefen:

»Geh' von der Straße!«

Ich näherte mich weiterhin den dunkelblauen Autos. Von weitem sah ich Arcari und Oberst Maluschi, sie wirkten deprimiert, vielleicht waren nicht genügend Leute gekommen. Ich nahm die Abkürzung über die Wiese und hinter dem Apfelbaumgarten, ich kenne diese Gegend besser als ihr, Jungs, dachte ich. Ich kam bei einer Hecke heraus, die ein Weinfeld einfaßt, drei Meter von ihnen entfernt. Alle waren in unmittelbarer Nähe. Schau' dich in der Nähe des Tyrannen um, und du wirst tausend Speichellecker und tausend Komplizen finden. Ich schloß die Augen, atmete ruhiger und machte zwei Schritte nach vorn, die Hand auf dem Schaft der Pistole. Ich sah mich um.

Doch Fefelli war nicht da. Don Brusco war da, mein Onkel und Bürgermeister Carabelli, der gerade seine Schärpe abnahm. Die Pastoris sahen mich erstaunt an.

»Nichts ist, Saltatempo«, sagte mein Onkel, »Fefelli ist heute in der Früh gestorben, ein Herzinfarkt, als er im Begriff war, hierher zu kommen.«

»Von mir aus«, sagte Arcari mit unterdrückter Wut, »können wir die Grundsteinlegung trotzdem vornehmen. Die Journalisten sind da. Fefelli wäre einverstanden.«

»Ich bitte doch sehr«, sagte der Pfarrer, »ein bißchen Respekt für die Toten.«

Aus meinem Bauch stieg etwas hoch, was Kotze sein konnte oder auch ein großes Gelächter. Die Pastoris gingen an mir vorüber und rempelten mich an. Nerio sagte:

»Der alte Scheißkerl, hätte ja auch in der kommenden Nacht sterben können, dann hätten wir nicht die ganze Zeit hier vergeudet.«

»Er zählte ja sowieso keinen Dreck mehr«, sagte Licio, und sie stiegen ins Auto, ein mayonnaisefarbener Mercedes, das schönste Auto, das ich je gesehen hatte.

Gancio sagte immer: eines Tages werde ich eins von denen klauen.

Ich ging über die Felder zurück, ich aß eine schöne Dolde schwarzer Trauben, ich fühlte mich in jeder Ader und in jeder Pore lebendig.

So habe ich also die große Gelegenheit verpaßt, dachte ich, in die Geschichte meines kleinen Dorfes und ganz Italiens einzugehen. Sicher, Arcari wird Fefellis Stelle einnehmen, und eines Tages wird Arcari durch irgend jemanden ersetzt. Aber ich habe meine Pflicht getan, ich habe die Herausforderung angenommen, die seit Jahren auf mich wartete. Jetzt bin ich beinahe frei.

Denn um ganz frei zu werden, mußte ich noch ein paar Dinge erledigen.

Vor allem brachte ich in der folgenden Nacht die Pistole wieder in den Tresor, niemand hatte etwas bemerkt. Ich steckte sie wieder in ihre Samthülle zurück. Ich schloß wieder ab. Herzensküsserin, Feuermäulchen, Hure, sagte ich zu ihr, du Königin meiner Zinnsoldaten, ruhe in Frieden tausend Jahre oder auch wesentlich kürzer. Was ich gelernt habe und in mir trage, ist hundert Pistolen wert.

Als zweites ging ich nach Hause, nahm die kleinen Statuen und brachte sie Regina. Sie strahlte, als sie sie sah.

»Nevio hat mir gesagt, sie wären schön, aber das habe ich mir nicht vorgestellt. Auch mir hat er sie nie gezeigt. Wir stellen sie auf die Piazza oder an einen Ort, wo jeder sie ansehen und sich wiedererkennen kann.«

»Ja, genau das«, sagte ich.

Das letzte war ein Anruf bei Selene, aber dort sagte man mir, sie habe bereits den Zug genommen, um zu mir zu kommen.

Das fehlte gerade noch. Selene sollte nicht wissen, was ich vorhatte. Ich ließ einen Zettel an der Tür: »Ich fahre in die Stadt, komme spät wieder«. Ich versteckte mich im Wald und wartete darauf, daß es dunkel wurde. Ich ging über die Wiesen neben der Straße hinunter. Ich wußte immer, wo ich war, Kurve nach Kurve, auch wenn ich sie nicht sehen konnte. Ich wußte, daß oberhalb des Hotels Lara eine Reihe mit Zypressen stand, von dort aus mußte ich in gerader Linie hinuntergehen und kam dann an einen kleinen Platz, wo die Hotelgäste ihre Autos parken.

Der Mercedes stand dort, zwischen zwei Bäumen. Vom Hotel drang Musik und Gelächter heraus, zu dieser Zeit tranken alle und spielten Poker. Ich wartete den günstigen Augenblick ab, wenn der Krach am lautesten sein würde. Mit einem Stein schlug ich ein Fenster ein, dann öffnete ich die Tür. Sie zu knacken hätte zuviel Zeit in Anspruch genommen. Ich wartete, am Hotel keinerlei Bewegung. Ein Lastwagen fuhr vorbei, ich drückte mich hinter dem Auto ganz flach auf den Boden. Jetzt kam das Schwierige. Mit Gancio habe ich es so viele Male gemacht, aber noch nie bei einem Auto dieser Art. Es war, als wäre er bei mir und würde meine Hand führen, mit einem Schraubenzieher löste ich die Zündkabel. Ich klemmte sie zusammen und ließ den Motor an. Ich hatte zwar keinen Führerschein, war aber schon ein paarmal gefahren. Ich nahm die Strada della Strega, den Hexenweg. Sie war eine alte Straße, die es schon vor der Landstraße gab, inzwischen war sie völlig verlassen, sie führte zu ein paar Bauernhäusern. Sie hatte viele Kurven und Schlaglöcher, manchmal war sie auch voller Steine. Nach dem letzten Haus wurde sie noch schmaler und zerstückelter, stieg bis zu einem Punkt an, der l'Inferno hieß, die Hölle, hier führte sie in einen Felsspalt und verlief oberhalb einer tiefen Schlucht weiter. Es gab keine Prellsteine, seit vielen Jahren schon wurde sie von einigen Jägern nur noch zu Fuß begangen. Ich fuhr ganz langsam, es war mir gelungen, die Scheinwerfer einzuschalten, doch der Weg hatte viele Windungen, das Licht verlor sich an den Felswänden und in der Dunkelheit des Abgrunds. Ich spürte, daß die Reifen nur eine Handbreit vom Wegesrand entfernt waren. Du schwimmst wirklich mitten im Strom, dachte ich, was hast du denn anderes erwartet? Ich fuhr unter einem schwarzen Felsbrokken her, an dem Wasser herunterrann, der Weg wurde schlammig und verengte sich noch mehr. Bis die Scheinwerfer ihr Licht auf einen Steinhaufen richteten, der alles blockierte. Ich bremste, der rechte Reifen blieb mit halber Breite im Gleichgewicht am Rand des Abgrunds. Ich stieg aus und schaute hinunter. In der dunklen Schlucht ließ der Wind das Laub aufrauschen, es war, als würde ein Tier atmen. Da unten, eingeschlossen zwischen zwei Felswände, befand sich das uralte Herz des Berges, da unten floß vor einer Million Jahre ein Fluß, und vielleicht hausten auf seinem Grund Ungeheuer und Wesen, die selbst für meine Vorstellungskraft unerreichbar waren.

Auto, sagte ich und streichelte den Kofferraum, nicht mit dir bin ich böse, du bist schön und schnell, du hast der Welt auch gute Dinge gebracht. Es hätte doch gereicht, wenn du das geblieben wärst, was du bist, ein großer Karren mit einem wunderbar raffinierten Motor, nicht der Beherrscher jeder Straße und jeder Stadt. Du bist auf dem Wimpel derer gemalt, die zerstört haben, was das Lebendigste und Großzügigste in meinem Dorf war. Es gibt Millionen wie dich, die in diesem Augenblick über die Autobahn jagen und aufeinanderprallen, sie werden zu Blechleichen und die Menschen in ihnen sterben zufrieden und in ihr Schicksal ergeben und immer mehr von ihnen werden sterben. Du bist das Auto zweier Bastarde, das ist nicht deine Schuld, aber jetzt mußt du diesen Sprung tun, mußt du es selber erleben, was es heißt, den letzten Atemzug zu tun. Begreif' du es wenigstens, denn gewisse Menschen können es nicht mehr begreifen.

Ich legte den Leerlauf ein und schob es, es bewegte sich schaukelnd wie eine Kuh. Der Berg öffnete seinen Schlund, ich hörte verschiedene Aufstöße, einen nach dem anderen, wie Bisse ins Blech, ein letzter dumpfer Schlag verschlang es schließlich ganz.

Gleich darauf fing es an zu nieseln. Mir war gar nicht bewußt geworden, wie lang der Weg war, den ich zurückgelegt hatte, ich lief lange Zeit auf einem abschüssigen Weg, schnappte nach Luft, blieb stehen, fing wieder an zu laufen. Ich kam um drei in der Nacht zu Hause an. Selene saß vor der Tür, sie weinte. Regina war bei ihr. Sie gab mir eine Tasse Brühe und einen festen Schlag auf die Schulter.

»Du lebst«, sagte Selene und trocknete mir die Haare, »ich hatte Angst.«

»Ja«, sagte ich, »auch ich hatte Angst.«

8

Die Pastoris hatten derart viele Feinde, daß sie gar nicht erst versuchten, Nachforschungen anzustellen, schließlich konnten sie sich den mayonnaisefarbenen Mercedes jederzeit wieder kaufen. Aber sie waren stinkwütend, und das nicht zu knapp. Der Abgrund des Berges verdaute das Auto, bedeckte es mit wilden Brombeersträuchern und abgeschlagenen Ästen und verwandelte es in ein glückliches pflanzen-mineralisches Ungeheuer. Ruhe in Frieden.

Als Selene in die Stadt zurückfuhr, um ihre erste Prüfung abzulegen und ihre erste eins einzuheimsen, kam mich Verdolin besuchen. Und weil er gehälftelt, das heißt ohne die Schiassi, auftauchte, verstand ich, daß der Grund wichtig war. Er sagte mir, daß eine Zeitschrift für Comics einen Wettbewerb für eine Geschichte ausschrieb, er habe die Personen bereits gezeichnet, aber der Text müsse noch geschrieben werden, und nur ich könne das tun.

Ich weiß nicht, ob ich dazu in der Lage bin, sagte ich. Ich machte mich an die Arbeit, in einer Nacht schrieb ich die Comicbearbeitung. Morgens gab ich sie Verdolin, und während er las, ging ich weg, ich schämte mich. Ich hörte ihn herzlich lachen.

»Saltatempo«, sagte er, »du bist eine Entdeckung.«

Wir schickten die Geschichte von Mickey Marx gegen die Mörderjukebox ein. Nach einer Woche kam der Brief des Chefredakteurs. Darin stand:

»Ihr habt zwar nicht gewonnen, aber ihr habt ein gutes Talent, und das müßt ihr pflegen. Arbeitet weiter und schickt uns weiteres Material.«

Verdolin war niedergeschlagen, aber ich gab nicht auf. Das Uhrbiwerk sagte mir, daß ein paar Jahre später ein weiterer magischer Brief ankommen würde, und diesmal würden wir es schaffen.

Alles konnte geschehen, alles hatte sich innerhalb einer Woche verändert. Ich dachte, ich stünde nur einen Schritt vom Abgrund entfernt, ich hätte einen Sprung gemacht und mich auf einer unsichtbaren Brücke wiedergefunden, die hinüber führte, in ein Land mühevoller und geheimer Freuden. Ich beschloß, daß ich wieder in die Stadt zurückkehren und mit Verdolin an einer langen Comic-Geschichte arbeiten würde, während ich gleichzeitig kleine Geschichten schreiben könnte und vielleicht sogar einen Romanerstling von sechshundert Seiten über den Kampf zwischen den Gottheiten des Guten gegen die Gottheiten des Bösen in einem Bergdorf zu Beginn des siebzehnten Jahrhunderts auf dem Hintergrund einer Liebesgeschichte zwischen zwei jungen Menschen die von einem örtlichen Herrn mit Macht behindert werden der in einen blutigen Krieg verwickelt ist an dem auch ein fremdes Land teilnimmt wo ein einsamer Held in einem Schloß am Ufer eines nebligen Sees lebt und eine Fee ihm eine sonderbare Prophezeiung macht der der Held folgt und sich entschließt aufzubrechen um den Herrn mit Macht zu töten welcher inzwischen einen Blick auf das junge Mädchen geworfen hat und zwei Prahlhänse ausschickt das junge Mädchen zu rauben als aus dem Wald ein Heer von Gnomen hervorbricht und das Mädchen fragt seid ihr gut oder böse und hier endet das erste Kapitel.

Bevor ich ins Dorf zurückkehrte, fühlte ich, daß ich in den Wald zurückkehren mußte. Es sah so aus, als hätte man ihn komplett umgestülpt, alles war durch den Erdrutsch verwüstet worden, doch der Dschungel wuchs wieder und bedeckte die Narben. Die Wipfel der hohen Bäume waren noch sichtbar, die große Kastanie und die Eiche der Eulen halfen mir wie Sterne, mich zurechtzufinden, allerdings mußte ich einen Umweg machen, um nach oben zu kommen. Ich nahm einen mir unbekannten Pfad, ich dachte, er würde mich zur Fanara bringen, statt dessen führte er weiter hinauf, an manchen Stellen war er unglaublich steil und ich mußte mich an Zweige klammern, es gab kahle Stämme, die ich noch nie gesehen hatte, und hundertjährige Eichen und Buchen, dann fingen unerwartet Föhren an. Ein weicher Nadelteppich empfing mich, und ich kam an einer Stelle raus, die ich nicht kannte. Das war direkt unter der senkrechten Wand des Monte Mario. Ein Wasserfall stürzte aus einem Felsspalt. Das Geräusch war laut und verzaubernd.

Ich ging an den Fuß des Wasserfalls. Bevor das Wasser wieder seinen Lauf aufnahm, bildete es eine Quelle mit kristallklarem Wasser, vielleicht war es dieses Wasser, das die Fanara speiste. Dort stand ein Kreuz, zur Erinnerung an jemanden, und, daran hängend, eine Schöpfkelle zum Trinken. Ich blickte ins Wasser und sah den sich spiegelnden Berggipfel. Dann hörte ich Schritte, ein Mann in einem schwarzen Überwurfmantel und mit einem großen Sack auf der Schulter kam den Pfad herauf. Ich hatte Angst. Dann sah ich, daß er an seinem Gürtel eine Vipernhaut gebunden hatte. Es war Celso: alle hatten ihn seit langem für tot gehalten. Statt dessen lebte er, er hatte den Berg nicht verlassen, er hatte Erdrutsche und Zerstörung überlebt.

»Celso«, sagte ich, als er noch einen Schritt entfernt war, »erinnerst du dich an mich?«

Er sah mich ruhig an.

»Du bist der mit den Zigaretten«, sagte er.

»Wo wohnst du?«

Er zeigte hinunter. Ich sah etwas, zwischen Baumstämmen versteckt, das wie eine winzige Hütte aussah.

Unerwartet hörte man das Geräusch eines Motors. Ich erinnerte mich, daß es dort oben einen Maultierpfad gibt, die Partisanen benutzten ihn, um sich in den Höhlen zu verstecken. Es hieß, er sei vermint. Ein grüner Jeep tauchte zwischen den Büschen auf und blieb oberhalb von uns stehen. Ein Mann mit Bergschuhen und einem Stock stieg aus.

»Buongiorno«, sagte er lächelnd, »diese Stelle wird inzwischen viel besucht.« Und dann, an Celso gewandt: »Nun, wie gings mit dem Angeln?«

Celso reichte ihm den Sack. Er war voller Kaiserlinge und Steinpilze. Die größten waren in Zeitung gewickelt. Ich schaute auf das Datum: es war eine Zeitung von 1948.

»Gut«, sagte der Mann, »das hier ist für dich.« Und gab ihm zwei Päckchen Zigaretten und ein Paket, vielleicht mit Essen.

Ich wollte gerade sagen, ist das nicht ein bißchen wenig, zwei Päckchen Zigaretten für diese ganze Herrlichkeit? Aber dann verstand ich, daß dort die Gesetze des Marktes nicht viel wert waren, und es war sinnlos, Celso zu erklären, was das Wort ›wenig‹ bedeutete. Er lebte mit dem Allerwenigsten.

Celso entfernte sich mit großen Schritten. Der Tauschhändler hatte Lust auf ein Schwätzchen. Er erklärte mir, daß er aus Lucino war, auf der anderen Seite des Berges. Es gab eine alte, absolut unwegsame Straße, die um den Berg führte, einst war sie die einzige, die die beiden Täler miteinander verband. Jetzt, mit diesem Gelände-Jeep, Integralgetriebe, acht Gänge, konnte er da hinaufkommen, was für ein Wunder der Mechanik, was für eine Industrie ist Fiat. Er war Restaurantbesitzer, er hatte eine Trattoria, die Cavallo Bianco hieß, Weißes Rössel, ich sagte, ich wäre schon da gewesen, obwohl das nicht stimmte. Eines Tages war er mit dem Jeep bis da oben hingekommen und hatte diesen eigentümlichen Höhlenmenschen mit einem Korb wertvollster Pilze gesehen, er hatte sie ihm abgekauft, und seitdem findet einmal in der Woche und bei jedem Wetter ihr Tauschhandel oder ihr Geschäft statt, ganz wie man es sehen will.

»Ich weiß nicht, wie dieser Mensch das macht«, sagte der Mann, »er hat keine Uhr, und doch ist er immer pünktlich.«

Er hat ein Uhrbiwerk in seinem Inneren, wollte ich sagen, oder: er braucht nur den Schatten an der Bergwand anzuschauen.

»Er lebt in einer Hütte aus Baumstämmen. Er ist nur einmal ins Dorf gekommen, um eine Korbflasche mit Wein zu kaufen. Es ist wirklich unglaublich, daß in unserer Zeit noch jemand so isoliert leben kann.«

Celso kann das, dachte ich, während der Jeep davonfuhr. Alle unsere Zerstörungen haben gegen diesen alten Mann nichts ausrichten können. Er ist ein wenig ausgewichen, hatte den Wald und seine Gesetze dann wiedergefunden. Diese Lebenszähigkeit war stärker als alles, sie war die Kraft des Waldes, der wieder nachwächst. Jahre zuvor war mir das wie ein elendes Leben vorgekommen. Und in Wirklichkeit war es ein verborgenes, geheimnisvolles Leben.

Der Wasserfall rauschte. Alles schien in einem blendenden Sonnenlicht auf, der Berggipfel schimmerte im Schnee. Ich sah meine Mutter und meinen Vater, weiter unten auf dem Pfad, sie hatten Kiepen voller Holz auf ihrem Rücken, sie grüßte mich mit einer Bewegung ihrer Hand, er wischte sich den Schweiß ab. Von da oben sah ich das gesamte künftige Tal, weitere Industrieanlagen und Häuser überall, ein ganzer Zementfluß, und mein Dorf, das immer kleiner zu werden schien, bis es ein Turteltaubenhäuschen war und drinnen waren die kleinen Holzstatuen. Ich sah, daß Arcari eine große und absolut unehrliche Karriere machte und den steinalten Baruch, der die Zeitung las und sagte: der ist wie der andere, Milliarden statt Gummiknüppel. Ich sah, daß einer der Pastori-Brüder mit Revolverschüssen ermordet wurde, vor dem Hotel Lara. Ich sah den Oberst der Carabinieri Maluschi auf einer Anklagebank, der Vorwurf gegen ihn lautete: Massaker, er war ruhig und voller Verachtung. Ich sah viel Verrat und viele Siege, und den Brunnen auf der Piazza, der nach zwanzig Jahren noch viel schöner war. Ich sah Osso vom Alkohol aufgedunsen und Baco vor einem blauen Bildschirm, ich sah die Kinder Schiassi-Verdolin und Lussus Gefängniszelle, ich sah Fred auf einer Yacht in tropischen Gewässern, und ich sah Tamara in einem angezündeten Auto sterben, an einem Tag, an dem sie vom Meer zurückkam und glücklich war. Ich sah mich als Alten voller Wut, der diesen Berg hinaufging und zu jemandem sagte, aber natürlich kenne ich diesen Pfad, und in Wirklichkeit hatte ich mich verlaufen. Ich sah Selene in einem weißen Kittel in einem Krankenhauszimmer, gebeugt über Onkel Nevios Bett, sie horchte sein Herz mit dem Stethoskop ab und sah mich an.

Dann hörte ich ein Knacken in den Zweigen, jemanden, der mit baritonaler Stimme sang, und der fröhliche Gott erschien. Er war, wie ich mich seiner erinnerte, kolossal, mit langem zerzaustem Haar und voller Dreck. Die hellblauen Augen traten aus dem bärtigen Gesicht hervor wie die Glasaugen von Plüschtieren. Er erinnerte mich an ein bestimmtes Großkaninchen.

»Saltatempo«, sagte er, »wer sich wiedertrifft, der stirbt nicht. Deine Dorfbewohner veranstalten ja schöne Schweinereien, die Luft stinkt und es gibt mehr Autos als Wünsche, und statt weiter darüber nachzudenken, graben sie weiter und gießen mit Beton aus, und alles wird wieder zu rutschen beginnen. Der halbe Berg ist auf mich gestürzt. Jetzt nehm' ich ein schönes Bad.«

Er zog sich nackt aus und stieg in das Becken. Er winkte mir zu, ich sollte es auch so machen.

»Aber es ist so kalt«, sagte ich.

»Komm schon rein, mein Junge.«

Schaudernd und zitternd zog ich mir die Sachen aus. Das Wasser war eisig, doch ich merkte, daß ich es gut aushielt.

»Du bist kräftiger geworden, Saltatempo, du hast zwar nicht die Kraft des Waldes, wohl aber die eines Bäumchens, eines zehnjährigen Haselnußbäumchens. Wenn du in der Stadt nicht zu einem Wrack wirst, wirst du eines Tages vielleicht ein schöner Birnbaum.«

»Eines Tages nach welcher Uhr?«

Der Gott lachte und brachte das Wasser mit den ihm eigenen Mitteln zum Brodeln.

»Los«, sagte er, »machen wir einen Spaziergang.«

»Wohin?«

»Tauch' ein und folge mir.«

Er verschwand mit einem halben Purzelbaum. Der Teich war nur wenige Meter breit und knapp über einen Meter tief, das Wasser war kristallklar, aber er war nicht da, ich verstand nicht, wohin er verschwunden sein konnte. Ich steckte den Kopf unter Wasser und hörte einen Strudel, der mich erfaßte, ich versuchte, keinen Widerstand zu leisten und mich mitnehmen zu lassen, wie er es mir gesagt hatte. Ich fand mich in einem unterirdischen Fluß wieder, der durch eine Felsgrotte floß, ich fuhr blitzschnell hinunter, die Grotte wurde schmaler, und ich mußte unter Wasser schwimmen, schon mangelte es mir an Luft, als ich das Licht sah und auftauchte. Ich holte tief Luft und war ganz aufgeweicht im Becken der Fanara. Der fröhliche Gott wusch sich die Achseln, zwei Frösche wuschen sich die Haare. Ich begriff, daß ich mich über gar nichts mehr wundern durfte.

»Das war doch schön, so zu schwimmen, oder?« kicherte er.

»Aber wie ist das nur möglich«, sagte ich, »der Teich ist unterirdisch mit der Fanara verbunden?«

»Genauso ist es. Die Leute glauben, daß es immer nur einen Weg gibt, den auf dem Papier oder den, den die anderen dir zeigen, um von einer Stelle zu einer anderen zu gelangen. Wenn sie wüßten, wie viele verborgene Gänge es in der Welt und in ihren Köpfen gibt. Wir erfinden Maschinen, um das zu verbinden, was ohnehin schon verbunden ist. Wir stehen auf der Autobahn im Stau, und ringsherum sind Straßen über Land und unter der Scholle und unter dem Wasser des Flusses. In der Nähe deines Hauses, zum Beispiel, gibt es eine direkte Verbindung nach Maracaibo.«

»Wo?« fragte ich ganz aufgeregt.

»Im Reisebüro, du brauchst nur das Ticket zu kaufen« und er fing hemmungslos an zu lachen, und die Frösche lachten mit ihm.

»Du bist unendlich witzig. Aber sei vorsichtig mit den Abkürzungen unter Wasser. Fast wäre ich unten geblieben.«

»Das wirst du schon lernen.« Und wieder tauchte er ein. Diesmal folgte ich ihm sofort, in ein grünes Wasser voller Fäden, wo Tritonen schwammen und smaragdene Frösche, dann wurde ich von einer warmen Strömung erfaßt, die mich immer schneller trieb, mich fortriß, gelegentlich konnte ich den Kopf hinausstrecken, ich sah ein fernes Licht und dachte: halte durch, Saltatempo, du mußt es schaffen, die Strömung wurde ungestüm und ich stürzte an einem Wasserfall herunter, der überhaupt nicht mehr aufhörte, bis ich auf etwas Hartem, etwas Schaukelndem landete.

Ich war auf der Plattform von Rivamarina, die von Vanes. Ringsum nur Meer, Rollschuhe und Hotels, genauso wie ich es in Erinnerung hatte, nur daß die Hotels und die Menschen am Strand sich um das Zehnfache vermehrt hatten. Der fröhliche Gott, in froschgrünen Bermudas, hofierte einige deutsche Weiblichkeiten.

»Vielleicht haben wir uns in der Richtung geirrt«, sagte er, als er mich sah, »aber hier ist es auch nicht schlecht.«

»Und was weiter?«

»Jetzt tauchen wir wieder ein«, sagte er.

»Laß mich erst zu Atem kommen«, flehte ich. Doch er war unerbittlich.

»Seht euch das an, Mädchen«, rief er. Er schraubte sich mit vier Saltos in die Luft, machte dann einen Salto mortale, stieg wieder auf, wobei er die Arme wie Flügel schwang und tauchte ins Wasser wie ein Kormoran. Die Deutschen wußten nicht, ob sie einen Exorzisten rufen oder applaudieren sollten. Ich tauchte mit einem Fußsprung ein. Ich sah den Gott auf dem Grund, der in einer Gruppe von Finnwalen herumschwamm. Ich gelangte zu ihm, ich hatte gelernt, unter Wasser zu atmen, alles war voll Korallen und Seerosen und wunderschönen Fischen, zuerst tropischen, dann mediterranen mit Goldfischen. Ich erkannte den aus dem Brunnen der Großen Stadt wieder und grüßte ihn, dann begannen die Schwärme der Meeräschen, ein Zeichen, daß Süßwasser in der Nähe war, und dann sah ich die

Hechte, meine alten Hechte mit ihrem Piercing von Haken und ihren vom Kampf mit den Anglern gezeichneten Gesichtern. Sie grüßten mich, indem sie mit dem Schwanz wedelten. Doch hinten kam ein bedrohlicher Bösefisch an, der zehnmal so groß wie die anderen war. Es war ein bärtiger Wels, dessen Gesicht aussah wie ein Mittelding zwischen Stalin, Rechtsanwalt Cannavale und Fefelli. Er hielt auf mich zu und öffnete sein Maul, mit einem Ruck wich ich ihm aus und schoß nach oben an die Oberfläche.

Jetzt waren wir durchnäßt im Brunnen, zwischen den silbrigen Hechten und den Tritonen aus Alabaster. Die Piazza war menschenleer unter einem gelben runden Mond. Ein Wasserstrahl beklopfte meinen Kopf. Ich blickte auf und sah eine etwas sonderbare Venus.

Sie war schön und regungslos, doch ihre Stirn hatte sie gerunzelt, und ein bißchen später verzog sie den Mund und fauchte meinen Gevatter an:

»Wenn du gekommen bist, um dich zu entschuldigen, dann erspar' dir das.«

»Ich hatte zu tun«, stotterte der Gott, »Meetings, Theophanien, Erscheinungen. Auch ein Auftritt im Rampenlicht. Ich bitte dich, verzeih' mir.«

»Fort von hier«, sagte die schöne zornige Göttin mit einer Bewegung ihrer marmornen Hand, »oder ich lasse die Hechtswölfe auf dich los.«

Eine der Schöpfungen meines Vaters ließ die Kieferknochen mit einem wenig vertrauenserweckenden Geräusch zuschnappen.

»Die Göttinnen«, seufzte der Gott und gab mir ein Zeichen, wir sollten sofort wieder eintauchen.

Diesmal war die Reise kurz, wir glitten einen blauen, glatten unterirdischen Tunnel entlang, der einer Bobbahn glich, nach einer Parabelkurve fand ich mich mit dem Kopf nach unten wieder und erneut unter Wasser. Es war nicht sehr hoch, mit zwei Armzügen tauchte ich auf.

Und diesmal war ich im Graben, unserem Treffpunkt am Fluß.

Der fröhliche Gott steckte einen Finger in die Strömung, und als er ihn wieder herauszog, hing ein kleiner Wrackbarsch an ihm.

»Der zählt nicht, das ist kein Fisch von hier.«

Er machte ein Feuer, steckte einen Stock in den Fisch und röstete ihn.

»Aquae ad unum marem conveniunt«, sagte er, »und außerdem habe ich Hunger, ich bin eine Gottheit und kann mir das erlauben.«

»Du bist wahnsinnig und außerdem ziemlich überheblich«, sagte ich. Ich war verbeult und mir war kalt.

»Du bist überheblich«, sagte der Gott, »willst du, daß alles wieder zur Normalität wird, wenn es dir in den Kram paßt? Du hast geglaubt, du wüßtest alles darüber, wie die Zeit, der Raum und ihre Gegenteile funktionieren. Du hast es lustig gefunden, wenn du von einer Uhr zur anderen springen konntest. Aber es funktionierte nie so, wie du dachtest. Willst du wissen, wieso? Weil du nicht ausreichend an die Welt glaubst. Du hast geglaubt, du würdest die Zeiger drehen, du Träumer, du Vöglein im Sturm, du Fischlein in den Stromschnellen! Du wolltest etwas sehr Kostbares erleben, wie etwa deine Lust, in einem Augenblick zu kämpfen, statt die Kraft dazu jeden Tag zu gebrauchen. Du dachtest, dein Schicksal wäre besiegelt, du hast alles vorausgesehen, Drama, Tragödie und Revolverschüsse, doch statt dessen bist du hier, wie du siehst, an der Stelle, wo alles begonnen hat und immer wieder neu beginnen wird.«

»Was ist denn dann geschehen, wenn ich nicht die Bohne verstanden habe?«

Der Gott biß in den Barsch und gab mir nicht mal einen Happen.

»Was geschehen ist? Gute Frage. Ich denke mal, daß du dich nicht auf den Beginn des Universums beziehst, sondern auf deine kleine Geschichte. Na ja, inzwischen hast du gelebt, und das ist schon ein schönes Ergebnis. Wenn du's genau wissen willst, fand eine Beratschlagung im Wald statt, um über dein Schicksal zu entscheiden. Ein richtiger Auflauf, du bist stark in deiner Phantasie, Junge. Auf der einen Seite war der Große Schatten, der kleine Geigerteufel, die Sacra Pilla, die dunklen Elfen, die Hexe Berega, der Gnom Boleto, Saturno, die Mathematiklehrerin und zwei völlig anomale Harpyien, zwei fabelhafte geflügelte Schönheiten. Auf der anderen ich, der Fressergnom, Eichebaruch, Santa Putilla, die Wasserelfen, Dionysos, den du beim mündlichen Abitur in Gestalt des Griechischlehrers kennengelernt hast, und dann ein Vertreter der Linken von Sirius und ein Herr mit Lippenbart und Überwurfmantel, der, glaube ich, Edgar Allan Puck hieß.«

»Poe«, sagte ich.

»Ja. Er hat gesagt, daß es vielleicht auch seine Schuld war, wenn du dir hin und wieder die Zukünfte ein bißchen düster vorgestellt hast, daß du aber ein tüchtiger Junge wärst. Der Große Schatten hat gesagt, sag' ihm, daß er Angst vor mir hat, aber er fordert mich immer heraus, ich bin's leid, jetzt werd' ich ihn zur Räson bringen. Ich habe gesagt, meinst du nicht, du hast schon genug Schaden in diesem Tal angerichtet? Ich führe lediglich Befehle aus, hat er geantwortet, und zwar treu durch die Jahrhunderte. Und die da, und er deutete auf die Sacra Pilla, die ist es doch, die nie genug bekommt und die Männer in den Ruin treibt und an den Galgen. Wenn es nach mir ginge, würde es mir auch reichen, Anweisungen von den Bazillen zu bekommen, und ich habe schon genug Arbeit, schau, fünfzig Lungenentzündungen allein heute, und ich habe ein Gebiet, das dreimal so groß wie normal ist, ich habe um einen Stellvertreter gebeten, aber nichts. Und der da spielt Geige.«

»Ich kümmere mich nur um kleine süße Mädchen«, antwortete der kleine Teufel, »töten mag ich nicht, schließlich bin ich ja kein Erzengel mit Schwert.«

»Nur immer sachte mit derartigen Behauptungen«, hat Santa Putilla gesagt.

»Und wie ist es ausgegangen?« fragte ich.

»Dann gab es Redebeiträge pro und contra. Saturn hat gesagt, er gehört zu meiner Mannschaft, er ist reizbar, egozentrisch, launisch und dann diese Geschichte, daß er einzigartig und besonders sein will, dabei bleibt er doch immer ein Waldmensch.«

»Er liest die Odyssee ausgezeichnet«, hat Dionysos gesagt.

»Er liest auch den *Playboy*, er massakriert sich durch wichsen und ist ein Maskilist«, haben die Harpyien entgegnet.

»Er ist aufrichtig bis aufs Blut«, hat der Sirianer gesagt, »auf unserem Planeten wäre er mindestens Alkazar der dritten Kategorie, und außerdem ist der Beitrag von Saturn rechtslastig.«

Kurzum, es war eine lebhafte Versammlung, die beiden Gnome haben sie wegen der Lippenbärte mit Knüppeln traktiert, ein blonder Elf hat zur Hexe Berega gesagt: entweder stimmst du für ihn oder ich vögele dich nicht mehr, und am Ende habe ich gesagt: Schluß jetzt, es ist offensichtlich, daß keine einhellige Meinung besteht, daher entscheidet der Würfel.

»Ein Würfel!« rief ich empört, »dieser ganze Kongreß der Gottheiten und ausgewählten Mythen, und dann entscheidet am Ende ein Würfel? Schön verantwortungslos!«

»Dann würfle ich, mein Holder, darin liegt der Trick. Ich habe gewürfelt und gesagt: Wie seltsam. Der Würfel sagt, daß Fefelli dran ist.«

»Ich spiele falsch«, hat der Große Schatten gesagt. Ich habe ihm eine gescheuert, schließlich spürt er es ja nicht. Er ist gegangen und sagte: na, nicht so schlimm, der fällt mit einem Krachen. Er spielte auf den Ehrenwerten Herrn Abgeordneten an.

»Dann würfelt ihr also um unser Leben.«

»So wie ihr es an der Börse verspielt. Aber nein, aber woher denn. Wir haben deinen Mut und einige Empfehlungen berücksichtigt und die Tatsache, daß du einer der wenigen Blödmänner bist, der noch an uns glaubt. Du bist frei, eine deiner sechzehn Zukünfte zu wählen, doch darf ich dir nicht sagen welche, nur daß du in einer Papst wirst, mach' nicht so ein Gesicht, ich mache doch nur Spaß. Du mußt mir nur versprechen, daß du Uhren als etwas Wichtiges und Kostbares aufbewahrst, betrüge weder die eine noch die andere. Die mit der täglichen Mühsal und die der möglichen Welten, die, die deine Schritte auf der Erde zählt und die, die deine Träume mißt. Die, die läuft und die, die sich dreht. Die, die dir liebe Menschen raubt und die, die sie dir wieder zurückgibt. Die, die deine Feinde vernichtet, und die, die dir eine Vorstellung davon gibt, auf wie viele verschiedene Weisen du sie vernichten würdest. Die, die dich lieben läßt, und die, die dich lieben läßt, versteht du die eindrucksvolle Wiederholung?«

»Und diese Uhren werde ich also immer haben?«

»Wenn du mir sagst, was ‚immer' bedeutet, werde ich dir antworten«, sagte der fröhliche Gott. »Jetzt sehen wir mal, wer die meisten Aufklatscher mit dem Stein hinkriegt.«

»Vorsicht! Darin bin ich besonders stark.«

»Dann fang' du an.«

Ich nahm einen Kiesel, der aussah, als wäre er von Hand geschliffen worden, und warf ihn mit aller Kraft. Er klatschte sechsundzwanzigmal auf. Mein Rekord, zumindest soweit ich mich erinnern konnte.

»Mach' das mal nach!« rief ich triumphierend, »diesmal will ich doch wirklich mal sehen. Du bist zwar ein Gott, aber sechsundzwanzig sind viel.«

»Du hast recht, ich werde mich anstrengen müssen«, sagte er nachdenklich.

Er nahm einen Stein, der flach und lang und so breit wie ein Bügelbrett war.

Das hatte ich nicht erwartet.

Er brüllte und warf ihn knapp über die Wasseroberfläche. Gleichzeitig sprang er auf ihn. Der Stein und der Gott glitten über den Fluß, gegen die Strömung, das war kein Aufklatschen, das war ein Flug übers Wasser, etwas, das man zum Sport machen sollte.

»Nicht schlecht, was?« sagte der Gott schon in weiter Ferne, er übersprang die Schleuse und setzte das Gleiten fort.

»Addio«, sagte ich und winkte mit der Fischgräte.

»Ich kehre zur Quelle zurück«, rief er, »wir sehen uns, Saltatempo. Genau in sechs Umdrehungen des Uhrbiwerks.«

»Völlig klar«, sagte ich.

Der Abend kam und mir wurde langsam kalt. Ich sah einen Jungen, der mir vom Wasserfall entgegenkam und über die Steine hüpfte. Er war genau wie ich, genauer gesagt, fast genau, er hatte helleres Haar, trug eine Windjacke, wie die Feuerwehrmänner sie haben, und er hatte merkwürdige Schuhe an, mit einer großen Gummisohle und einem Wirrwarr von feuerroten Schnürsenkeln.

»Ein neues Schuhmodell für Gnome«, dachte ich.

Der Junge setzte sich neben mich und sagte:

»Papa, wenn ich beim Wasserfall bin und das Geräusch höre, ist es, als würde ich einschlafen, und dann sehe ich ganz merkwürdige Dinge.«

»Ach, wirklich?« sagte ich.

Am nächsten Morgen in aller Frühe fuhr ich in die Stadt. Ich hatte einen größeren Koffer als die anderen Male. Der Zug fuhr ab, er war ein bißchen verspätet, ich hatte Zeit, die verschiedenen Berggipfel zu erkennen und sie beim Namen zu nennen, jeden einzelnen. Dann pfiff der Zug, womit er seine Abfahrt ankündigte. Mir kehrte ein Satz von Baruch in die Erinnerung zurück, am Tag, an dem Fefelli zum

Bürgermeister gewählt worden war und alle gedrückter Stimmung waren: »Es gibt Leute, die sagen sie wollen kämpfen, und dann verwechseln sie den Anpfiff des Fußballspiels mit dem Schlußpfiff und gehen nach Hause.« Ich schaute aus dem Zugfenster. Das Dorf war in Morgennebel gehüllt, die Sonne drang durch und beleuchtete es. Ich stellte mir vor, wer gerade aufwachte und wer bereits arbeitete, wer noch schlief und wer noch im Bett verweilte, halb noch in der Buntheit seiner Träume, und halb schon beim Licht, das durchs Fenster fiel. Ich schloß die Augen, und der Fluß strömte in sie.

Stefano Benni, geboren 1947 in Bologna, ist einer der bekanntesten und erfolgreichsten Autoren Italiens. Seine Bücher erreichen in Italien Millionenauflagen und sind in viele Sprachen übersetzt.

Stefano Benni im Verlag Klaus Wagenbach

Baol. Die magischen Abenteuer einer fieberhaften Samstagnacht
Eine bitterböse Satire auf die Medien- und Konsumgesellschaft.
»Einer der größten italienischen Erzähler bringt uns hier wieder eine wunderschöne, bitterböse Satire.« Buchkultur
Aus dem Italienischen von Jochen Koch
WAT 390. 208 Seiten

Die Bar auf dem Meeresgrund
Unterwassergeschichten
In einer Bar auf dem Meeresgrund treffen sich Geschichtenerzähler aus der ganzen Welt und spinnen ihr abenteuerliches Seemannsgarn.
»Ein Buch wie eine Wundertüte, ein großartiges Unterwasser-Decamerone.« Brigitte
Aus dem Italienischen von Pieke Biermann
WAT 344. 208 Seiten

Geister
Ein höchst phantasievoller Roman über unsere Zukunft, die Zauberin Melinda, eingefrorene Geister und einen video-besessenen Präsidenten.
»Vorsicht, seine Geister, zumal in solch vorzüglicher Übersetzung wie der von Hinrich Schmidt-Henkel, machen süchtig!« Christoph Klimke, Die Welt
Deutsche Erstausgabe. Aus dem Italienischen von Hinrich Schmidt-Henkel
Quart*buch*. 420 Seiten

Komische erschrockene Krieger
Eine Satire auf das Großstadtleben im neuen Jahrtausend, geschrieben von einem Autor mit Kultstatus.
»Komische erschrockene Krieger, Bennis Antwort auf das Prinzip Berlusconi, ist ein Feuerwerk der Phantasie und Fröhlichkeit.« Martin Droschke, Kommune
Aus dem Italienischen von Pieke Biermann
WAT 366. 224 Seiten

Terra!
Der Kultroman *Terra!* ist Krimi und Märchen, Fabel und Comic, Abenteuer- und Science-Fiction-Roman, Fantasy und politische Satire in einem.
»Ein brillantes Feuerwerk blitzgescheiter witziger Einfälle.« Süddeutsche Zeitung
Aus dem Italienischen von Pieke Biermann
WAT 427. 432 Seiten

Italienische Literatur

Antonio Tabucchi Piazza d' Italia
Ein Familienroman über drei Generationen: Rebellen sind sie allesamt, die Männer und Frauen dieser toskanischen Familie, aus Tradition, Temperament und Lust am Gegenläufigen. Und sie kämpfen für Gerechtigkeit.
»Allerbester Tabucchi!« Martin Ebel, Die Welt

Deutsche Erstausgabe. Aus dem Italienischen von Karin Fleischanderl
Quart*buch*. Gebunden. 192 Seiten

Andrea Camilleri König Zosimo
Ein vergnüglicher Roman über den Bauern Zosimo, der im Jahre 1718 in Agrigent nach dem Willen des sizilianischen Volkes zum König gekrönt wird. Komisch, fantasievoll, verschroben, deftig, spannend - wie nur Camilleri erzählen kann.
»Der vielleicht schönste Roman Camilleris überhaupt.«
Henning Klüver, Literaturen

Deutsche Erstausgabe. Aus dem Italienischen von Moshe Kahn
Quart*buch*. Gebunden. 368 Seiten

Klaus Wagenbach (Hg.) Mein Italien, kreuz und quer
Zum vierzigsten Jubiläum des Verlags hat Klaus Wagenbach Italien neu besichtigt. Ein umfangreiches, preiswertes Kompendium: Italienische Schriftsteller erzählen von ihrem Land, kreuz und quer.
»Die italienische Literatur hat ihre vornehmste Heimstatt bei Wagenbach gefunden.« Alexander von Bormann, Der Tagesspiegel
Quart*buch*. Gebunden. 384 Seiten

Mario Fortunato Die Liebe bleibt
Um den toten Arzt Italo Blasi und den verdächtigen Apotheker Elia Sciaki zeichnet Mario Fortunato kunstvoll ein Gesellschaftsbild, in dessen Mittelpunkt eine jüdische Familiengeschichte steht.
»Kein Duft, keine Lichtstimmung, kein Augenblick in dieser Keimzelle der Gesellschaft entgeht dem unbestechlichen Blick Fortunatos.«
Lars L. von der Gönna, Westdeutsche Allgemeine Zeitung

Deutsche Erstausgabe. Aus dem Italienischen von Moshe Kahn
Quart*buch*. Gebunden. 188 Seiten

Pier Paolo Pasolini Ragazzi di vita

Das unbestrittene Hauptwerk, mit dem Italiens großer Schriftsteller, Filmregisseur und Ketzer den Verlorenen und Geächteten aus den Elendsquartieren der römischen Vorstädte ein unvergängliches Denkmal setzte – zur anhaltenden Wut bigotter Reaktionäre von rechts und links.

»Mit einer solchen Genauigkeit und Klarheit hat Pasolini diese Welt, mit der er sich thematisch auch später noch beschäftigt hat, nie wieder beschrieben.«

Maria Gazzetti, DIE ZEIT

Aus dem Italienischen von Moshe Kahn. Mit einem Nachwort von Umberto Eco
WAT 392. 240 Seiten

Elio Vittorini Gespräch in Sizilien

Dieser Roman hat Vittorinis Weltruhm begründet. Ein Mann kehrt in seine Heimat zurück: nach Sizilien. Seit fünfzehn Jahren sieht er seine Mutter zum erstenmal wieder, fährt mit dem Zug durch die Orangenhaine und Dörfer seiner Kindheit. Die Menschen haben sich verändert: Sie leben in der Diktatur des Faschismus.

»Das schönste Buch aus Italien.« Ernest Hemingway

Aus dem Italienischen von Trude Fein
WAT 333. 184 Seiten

Tiziano Scarpa Was ich von dir will

Ein sehr junges, freches und auch noch brillant geschriebenes Buch über ein altes Thema: Liebe und Sex, Leidenschaft und Langeweile, Enttäuschung und Hoffnung.

»Scarpas raffinierte, belesene, kalkuliert geschmacklose Miniaturen wird man zu den interessantesten Auftritten der neueren italienischen Literatur zählen.«

Holger Noltze, Frankfurter Allgemeine Zeitung

Deutsche Erstausgabe. Aus dem Italienischen von Olaf Roth
WAT 493. 160 Seiten

Tiziano Scarpa Venedig ist ein Fisch

Tiziano Scarpa führt uns durch seine Heimatstadt und läßt uns Venedigs Stadt- und unsere Körperteile neu entdecken.

»Ein Venedig-Führer für alle Sinne, wie man ihn sich schon immer gewünscht hat.« Alexandra Wacht, Mare

Deutsche Erstausgabe. Aus dem Italienischen von Olaf Roth
WAT 433. 120 Seiten

Mit einem *SVLTO* nach Italien

Rom *Eine literarische Einladung*
Ein Besuch mit Schriftstellern als Reiseführer und zugleich ein Blick auf die italienische Gegenwartsliteratur.
»So soll es sein, frische, lebendige Texte, in denen man wieder Ernst macht mit dem Blick auf diese Stadt.« Hanns-Josef Ortheil, Frankfurter Allgemeine Zeitung
Mit einem Vorwort von Luigi Malerba. Hrsg. von Margit Knapp
SVLTO. Rotes Leinen. Fadengeheftet. 144 Seiten

Nach Italien! *Anleitung für eine glückliche Reise*
Eine Hand- und Kopfreichung für den Reisenden, der mit guten Vorsätzen, aber wenig Kenntnissen ins Land der Zitronen fährt.
»Eine intelligent zusammengestellte Anthologie, die auf zwanglose Weise das Belehrende eines Reiseführers mit dem Unterhaltenden der Glosse und der literarischen Skizze verbindet.« NZZ
Herausgegeben von Klaus Wagenbach
SVLTO. Rotes Leinen. Fadengeheftet. 144 Seiten mit Abbildungen

Florenz *Eine literarische Einladung*
Schriftsteller beschreiben Florenz als Ort der Kunst, der Sprache und der Narretei.
»Unverzichtbar vor, während und nach einem Florenzbesuch.«
Manfred E. Schuchmann, Hessischer Rundfunk
Herausgegeben von Marianne Schneider
SVLTO. Rotes Leinen. Fadengeheftet. 128 Seiten mit Abbildungen

Casanovas Venedig *Ein Reiselesebuch*
Ein Reiselesebuch, in dem man – zuhause bei der Lektüre oder unterwegs durch die Kanäle – die Anlegestellen findet, um in das Venedig Casanovas überzusetzen.
Herausgegeben von Lothar Müller
SVLTO. Rotes Leinen. Fadengeheftet. 128 Seiten

Alice Vollenweider
Italiens Provinzen und ihre Küche *Eine Reise und 88 Rezepte*
Eine Reise durch Italien und seine höchst verschiedenen regionalen Küchen – mit vielen Rezepten und anderen nützlichen Hinweisen auf Leute, Orte, Unterhaltungen.
SVLTO. Rotes Leinen. Fadengeheftet. 168 Seiten mit vielen Abbildungen

Italienische Staatsbürgerkunde

Paolo Flores d'Arcais Die Demokratie beim Wort nehmen
Der Souverän und der Dissident
Die Demokratie auf dem Prüfstand: Warum erkennt sich der Bürger in seinen parlamentarischen Vertretern nicht wieder? Wollen wir, daß Politiker lügen? Wie steht es um die Pressefreiheit und um eine unabhängige Justiz?
»Hinter der offensichtlichen Polemik von Flores d'Arcais verbirgt sich eine analytische Schärfe, die politiktheoretische Debatten an der herrschenden Kultur mißt.«
Zeitschrift für Politikwissenschaft

Deutsche Erstausgabe. Aus dem Italienischen von Friederike Hausmann
WAT 496. 144 Seiten

Paolo Flores d'Arcais Die Linke und das Individuum
Ein politisches Pamphlet
Eine Provokation: Warum darf sich die Linke nicht an der Zerstörung des Individuums durch die moderne Gesellschaft beteiligen?
»Ein lesenswerter Band über ›die Demokratie‹ in heutigen westlichen Staaten.«
Stuttgarter Zeitung

Aus dem Italienischen von Roland H. Wiegenstein
WAT 283. 112 Seiten

Die italienische Originalausgabe erschien 2001 unter dem Titel *Saltatempo* bei Giangiacomo Feltrinelli Editore in Mailand.

1. Auflage im August 2004

Verlag Klaus Wagenbach, Emser Straße 40/41, 10719 Berlin
Einbandgestaltung: Julie August unter Verwendung des Bildes *Tuscan hilltop village* von Liz Wright, 1990 © Bridgeman Art Library. Gesetzt aus der Quadriga. Bucheinbandstoffe von Herzog, Beimerstetten. Gedruckt auf chlor- und säurefreiem Papier und gebunden von Clausen & Bosse, Leck. Printed in Germany.

ISBN 3 8031 3191 x
9 783803 131911